Noël sur la 5e Avenue

SARAH MORGAN

Noël sur la 5e Avenue

roman

Traduit de l'anglais (Royaume-Uni) par
JEANNE DESCHAMP

Titre original : MIRACLE ON 5TH AVENUE

Ce livre est publié avec l'aimable autorisation de HARLEQUIN BOOKS S.A.

HARPERCOLLINS FRANCE

83-85, boulevard Vincent-Auriol, 75646 PARIS CEDEX 13.
Service Lectrices — Tél. : 01 45 82 47 47

www.harlequin.fr

ISBN 978-2-2804-1106-6

Chers lecteurs,

Si vous avez déjà eu l'occasion de vous plonger dans un de mes livres, vous ne serez pas étonnés d'apprendre que je suis plutôt une inconditionnelle des happy ends. J'appartiens à l'espèce des optimistes résolus, avec une nette tendance à voir ma tasse à moitié pleine — de préférence avec du bon café bien corsé. Toute grande lectrice que je suis, je n'ai jamais été portée sur ce que l'on appelle la « littérature d'épouvante ». Je ne suis pas douée pour les suspenses terrifiants, les serial killers et les drôles de bruits qui résonnent dans la nuit — ce qui, d'une certaine façon, me rapproche de l'héroïne de ce roman.

Eva est une fille romantique qui voit toujours le bon côté des choses. Lorsqu'une mission professionnelle l'amène à passer quelque temps en compagnie de Lucas Blade, un auteur de romans policiers qui explore les aspects les plus abjects de l'âme humaine, elle fera tout son possible pour que la relation fonctionne, même si elle voit clairement dès le départ qu'ils sont aux antipodes l'un de l'autre. Elle est peut-être à la recherche d'une histoire d'amour, mais Lucas n'est pas son type — pas du tout, même.

À moins que... ?

Lucas ne se contente pas de fouiller les dédales obscurs de l'inconscient criminel, il a aussi ses propres démons à combattre. Mais Eva-au-grand-cœur est déterminée à faire la lumière sur les recoins sombres de sa vie.

C'est un roman qui montre qu'on peut avoir une seconde chance dans la vie, mais il y est aussi question d'espoir et du pouvoir de l'amour, qui guérit nos blessures. J'espère de tout cœur que vous prendrez plaisir à lire *Noël sur la Cinquième Avenue*. Et si ce n'est pas déjà fait, n'oubliez pas de vous mettre en quête des histoires de Paige et de Frankie dans *Nuit blanche à Manhattan* et *Rendez-vous à Central Park*. Et j'espère que vous me rejoindrez sur Facebook pour chatter sur www.facebook.com/AuthorSarahMorgan.

Affectueusement,

Sarah
xxx
www.sarahmorgan.com

Pour Sue.
L'amitié entre des personnages imaginaires est sans aucun doute mon thème de prédilection, mais notre amitié à nous est bien réelle. J'ai beaucoup de chance.

« Donnez à une femme les bonnes chaussures, et elle pourra conquérir le monde. »

— Marilyn Monroe

Chapitre 1

« Un de perdu, dix de retrouvés… d'accord. Mais encore faut-il avoir trouvé le premier ! »

— *Eva*

— Ah non, non, *non* ! On oublie le lâcher de colombes ! Je sais que notre client prononcera sa demande en mariage devant tous ses invités, le jour même de Noël, et que deux tourterelles symboliques, ça paraît follement romantique. Mais lorsque les fientes commenceront à pleuvoir, je peux t'assurer que ce ne sera plus poétique *du tout*. Les gérants de la salle d'événementiel vont nous blacklister et, au beau milieu de cette débâcle générale, l'amour de sa vie pourrait bien refuser de lui accorder sa main. Ce sera grillé pour le happy end espéré.

Ajustant la position du téléphone à son oreille, Eva Jordan releva son col et se blottit plus étroitement dans son manteau. Derrière les vitres du taxi, la neige continuait de tomber à gros flocons, balayant avec une obstination implacable les efforts de ceux qui luttaient pour l'éliminer. Plus les chasse-neige déblayaient les voies, plus elle tombait dru. C'était en tout cas l'impression qu'Eva retirait de la scène. Dans cette lutte entre l'homme et les éléments, les éléments l'emportaient haut la main. C'était à peine si elle voyait la Cinquième Avenue à travers le tourbillon dense des flocons qui oblitérait presque entièrement le scintillement festif des vitrines illuminées.

— Laisse-moi m'occuper de ce projet, Paige. Je vais prendre notre client entre quat'z'yeux et recadrer son concept du « romantique ». On lui organisera un très bel événement, mais sans quelque volatile que ce soit occupé à couver ou à pondre, et on oublie le reste de la basse-cour avec. Quant à l'alliance en or, une seule suffira. Personne n'a jamais aspiré à en recevoir *cinq* d'un coup ! Qu'il veuille faire à sa belle une déclaration d'amour d'exception, OK. Mais, entre l'exception et l'excès, il y a des nuances.

Comme toujours, Paige resta concrète et pragmatique :

— Notre client m'a expliqué que Laura rêve de ce moment depuis qu'elle est toute petite. Il se met la pression car il a peur de décevoir ses attentes.

— Qu'elle rêve d'une demande en mariage originale, c'est une chose, mais je suis sûre qu'aucune ménagerie ne figure dans le scénario. Je vais lui concocter un joli projet, à notre tourtereau, et le résultat sera spectaculaire. Personne n'est plus doué que moi pour le romantique.

— Sauf quand il s'agit de ta vie personnelle.

— C'est gentil de me rappeler que ma *sex-life* est en voie d'extinction. Merci, Paige.

— De rien. Maintenant que le constat est fait, comment comptes-tu remédier à la situation ?

— Je ne remédie à rien du tout. On a déjà eu

cette conversation mille fois. La mille et unième serait de trop.

Eva plongea la main dans son sac et en extirpa un carnet de notes.

— On pourrait revenir à ce qui nous occupe, s'il te plaît ? Il nous reste juste un mois avant Noël.

— On n'aura pas le temps d'organiser un événement très élaboré, donc.

— Il n'est pas utile de faire dans l'élaboré. Il est plus judicieux de faire dans l'émotion. Notre boulot consistera à créer l'ambiance propice pour que Laura soit bouleversée par les mots qu'il prononcera et par le sens qu'il mettra derrière ses paroles.

Eva tapota la page de son carnet de la pointe de son stylo.

— Voyons... Ils se sont rencontrés à Central Park, je crois. En promenant leurs chiens respectifs ?

— Oui, c'est ça. Mais sans vouloir te freiner dans tes élans, Ev, Central Park est enseveli sous vingt centimètres de neige en ce moment et ils annoncent qu'il pourrait encore en tomber le double. Une demande en mariage dans ces conditions pourrait se terminer aux urgences. Ce qui serait mémorable, je te l'accorde. Mais pas tout à fait pour les bonnes raisons.

— S'il te plaît, laisse-moi m'occuper de ce projet, Paige. Je vais avoir tout le temps d'y réfléchir pendant que je serai seule dans l'appart de monsieur-l'écrivain-reclus. J'ai deux jours complets à passer là-bas pour décorer les lieux et remplir son congélateur de petits plats cuisinés avant qu'il rentre du coin paumé en montagne où il est allé se retirer pour écrire.

Elle griffonna une note à sa propre intention puis

referma son carnet et le glissa de nouveau dans son sac.

Paige soupira au téléphone.

— Tu travailles trop, Ev.

— Et c'est toi qui me dis ça ? C'est l'hôpital qui se moque de la charité.

— Même moi, je m'accorde des temps de pause pour décompresser.

— Ah oui ? Ça a dû m'échapper, alors. Et au cas où tu ne l'aurais pas remarqué, notre agence décolle et la charge de travail augmente vite.

— Si tu te prends une soirée par-ci, par-là pour un rencard torride, cela ne menacera pas l'expansion d'Urban Génie.

— Merci, c'est gentil. Mais il y a juste un tout petit problème, c'est que je n'ai *pas* de mec torride sous la main. Pas même un mec vaguement tiède, d'ailleurs.

— Et si tu refaisais un essai de rencontres en ligne ?

— Je n'ai aucune envie de passer par un site spécialisé pour trouver quelqu'un. Je préfère trouver mes futurs rencards grâce à des méthodes classiques.

— Mais tu ne rencontres personne ! Tu travailles du matin au soir, puis tu vas te coucher avec ton ours en peluche.

— Ce n'est pas un ours, c'est un *kangourou.* Un cadeau de ma grand-mère quand j'avais quatre ans.

— D'où son air exténué, à ce pauvre kangourou. Il est temps que tu le remplaces par un grand et beau mec musclé, Eva.

— J'adore ce kangourou. Il ne m'a jamais déçue.

— C'est un peu léger, comme critère, non ? Il

faut que tu te secoues, ma cocotte. Que tu sortes un peu de chez toi. Et le banquier de l'autre fois ? Il te plaisait.

— Il a dit qu'il appellerait... et il ne l'a pas fait. La vie est déjà assez stressante comme ça sans que je la passe à tourner en rond à attendre qu'un mec que je ne suis pas sûre d'apprécier se décide à téléphoner pour me proposer un rencard auquel je ne suis pas certaine d'avoir envie d'aller.

— Tu aurais pu l'appeler, toi, au lieu d'attendre.

— J'ai essayé. Il n'a pas répondu.

Eva laissa son regard se perdre par la vitre.

— Je veux bien courir après un rêve lorsqu'il s'agit de notre agence d'événementiel. Mais je refuse de courir après un homme. D'ailleurs tout le monde le dit : on ne rencontre pas l'amour quand on le cherche. Il faut attendre que ce soit lui qui te trouve.

— Il aurait peut-être plus de chances de te trouver si tu ne restais pas cloîtrée dans ton appartement.

— Eh bien, justement, il m'arrive de le quitter, mon appartement. La preuve : je suis sur la Cinquième Avenue ! Au cœur même de la foule !

— Sur la Cinquième Avenue peut-être, mais seule Et pour aller t'enfermer dans un autre appartement Seule, toujours. Pense à toutes les magnifiques occasions de faire l'amour que tu laisses filer, jour après jour. Si tu continues à ce rythme, tu rencontreras le mec de ta vie lorsque tu auras quatre-vingts barreaux, avec quelques dents en moins et un col du fémur en menace de rupture.

— Et alors ? Il y a plein de gens qui s'éclatent sexuellement à quatre-vingts ans. Il suffit d'être un peu créatif.

Faisant abstraction de la sensation de vide au creux de sa poitrine, Eva se pencha pour parler au chauffeur de taxi.

— Vous pourriez vous arrêter un moment devant Dean & DeLuca ? Si la tempête empire, comme la météo l'annonce, il faudra que je fasse quelques provisions supplémentaires.

Paige était toujours en ligne.

— C'est à peine si je t'ai croisée, ces deux dernières semaines. On a bossé comme des folles. Mais je sais que c'est une période de l'année difficile pour toi et que ta grand-mère te manque.

Sa voix se radoucit :

— Tu veux que je te rejoigne après le boulot ? Je pourrais te tenir compagnie dans l'appartement ?

Eva n'avait qu'une envie : accepter.

Elles déboucheraient une bouteille de bon vin, se pelotonneraient en pyjama sur le canapé et papoteraient pendant des heures. Elle avouerait à Paige qu'elle se sentait triste très souvent et puis...

Et puis quoi ?

Eva baissa les yeux sur ses genoux. Elle ne voulait pas être ce genre d'amie-là. La fille qui passe son temps à se plaindre.

L'amie-boulet.

Et puis qu'est-ce que cela changerait qu'elle confie sa peine à Paige ou à Frankie ?

Sa grand-mère aurait honte d'elle si elle était encore en vie.

— Tu as encore des rendez-vous de boulot. Et puis ton dîner avec Jake.

— Je sais, mais je peux facilement me...

— Non, non, tu n'annules surtout pas. Ça va aller.

Eva s'était dépêchée de trancher. Pour ne pas être tentée de changer d'avis.

— S'il n'avait pas fait ce temps de chien, tu aurais pu rentrer à la maison ce soir et retourner là-bas demain matin, mais apparemment la tempête promet d'être sévère. Même si je n'aime pas te savoir seule là-bas, je pense qu'il vaut mieux éviter les déplacements inutiles.

Eva se mordilla la lèvre. Peu lui importait l'endroit où elle passerait la nuit. Elle se sentait mal partout, de toute façon. Elle ne savait même pas si c'était normal ou non de réagir de cette façon. Sa grand-mère avait été la seule famille qui lui restait. Elle avait été une part essentielle de sa vie. Un peu plus d'une année s'était écoulée depuis qu'elle était morte. Et la douleur restait aussi aiguë que si le décès était survenu la veille.

C'était grâce à Grams qu'elle avait grandi dans un environnement stable, positif et rassurant. Ce qu'elle était devenue aujourd'hui, elle le devait à sa grand-mère, et Eva était consciente que ce qui lui avait été offert n'avait pas de prix. Grams n'aurait jamais exigé ni attendu quoi que ce soit en retour. Mais Eva n'en avait pas moins le sentiment d'une dette. Et le seul moyen qu'elle avait trouvé pour s'en acquitter au moins en partie, c'était de s'extirper de son lit tous les matins, de serrer les dents et de continuer à sourire, envers et contre tout.

Plus que jamais depuis la mort de sa grand-mère, elle s'efforçait de vivre une vie dont celle-ci aurait été fière.

Sauf que...

Si Grams l'avait vue maintenant, elle l'aurait

rabrouée gentiment en lui reprochant de passer trop de soirées seule chez elle, avec Netflix et un chocolat chaud pour unique compagnie.

Sa grand-mère avait adoré qu'elle lui raconte ses histoires de cœur. Tristesse ou pas tristesse, celle-ci l'aurait poussée à sortir et à voir du monde. Au début, c'était ce qu'Eva avait essayé de faire mais, ces derniers temps, sa vie tournait essentiellement autour de Paige et Frankie, qui étaient à la fois ses associées et ses meilleures amies. Leur compagnie était toujours réconfortante, même si de leur côté elles avaient déjà trouvé l'amour avec un grand A.

L'ironie du sort voulait qu'elle, la plus romantique des trois, mène la vie la plus solitaire du lot.

Par la vitre du taxi, elle contempla la chute légère des flocons dont la blancheur irréelle se détachait sur le ciel assombri. Elle se sentait coupée des autres. Coupée du monde. Perdue.

Si seulement elle n'avait pas ressenti les choses aussi intensément, tout aurait été plus simple.

Par chance, elle avait une vie bien remplie. C'était la première période de fêtes qu'elle abordait depuis que Frankie, Paige et elle avaient monté Urban Génie, leur agence d'événementiel qui offrait également un service de conciergerie. Et elles avaient du travail par-dessus la tête.

Sa grand-mère aurait été fière de ce qu'elle avait accompli sur le plan professionnel.

« Profite de chaque petit bonheur, Eva ! Vis à fond l'instant présent ! »

Elle cligna les yeux pour désembuer sa vision.

Depuis quand avait-elle cessé de suivre ce bon conseil ? Elle passait ses journées les yeux rivés sur le futur, à planifier et à jongler avec son emploi du temps. Elle s'accordait rarement le droit de faire une pause, de goûter l'ici et maintenant. Depuis un an, elle ne vivait plus qu'en mode accéléré. Elle avait traversé un hiver glacial, un printemps embaumé de senteurs, un été brûlant et, maintenant, elle bouclait la boucle en entamant son second hiver sans sa grand-mère. Au lieu de se laisser porter par la vie, elle tentait de passer en force, oubliant le rythme des saisons, fonçant droit devant, sans regarder ni à gauche ni à droite.

Mais comment vivre l'instant présent alors qu'elle détestait chacun des instants qui s'étaient succédé depuis la mort de Grams ?

Elle avait fait de son mieux pour être forte et continuer de sourire, mais cette année avait été la plus difficile de sa vie.

Le chagrin du deuil, songea-t-elle, était un horrible compagnon de route.

— Ev ?

La voix de Paige au téléphone l'arracha à ses considérations déprimantes.

— Tu es encore là ? Je me fais du souci pour toi, tu sais.

Eva ferma les yeux et se ressaisit. Elle ne voulait pas que ses amies s'inquiètent à son sujet. Sa grand-mère le lui avait dit et répété : « Sois le rayon de soleil, Eva. Pas la pluie. »

Jamais, au grand jamais, elle n'aurait voulu être le nuage noir dans la vie de quelqu'un d'autre.

Elle rouvrit les yeux et sourit.

— Tu n'as aucune raison de t'inquiéter pour moi. Il neige et j'adore ça. Si la tempête se calme un peu, j'irai faire un bonhomme dans Central Park. Si je ne peux pas me dégotter un homme dans la vie, je peux au moins m'en fabriquer un en neige.

— Tu vas te fabriquer un bonhomme de neige sexy ?

— Absolument. Avec des épaules de lutteur et des abdos de folie.

— Et je suis sûre que tu utiliseras la carotte pour autre chose que le nez.

Eva rit tout bas.

— Je pensais éventuellement mettre un concombre pour figurer l'élément anatomique auquel tu fais allusion.

Le rire joyeux de Paige tinta à ses oreilles.

— Carrément ? Avec des exigences aussi démesurées, ce n'est pas étonnant que tu restes célibataire. Je t'ai déjà dit que tu avais un sens de l'humour digne d'une ado ?

— C'est pour ça qu'on est amies à vie, toi et moi.

— Ça fait du bien de t'entendre rire, en tout cas. Noël était le moment de l'année que tu préférais, avant.

Avant, oui. Elle avait toujours adoré la période des fêtes. Les pères Noël en costume rouge, les chansons qu'elle connaissait par cœur, les immeubles éclairés comme autant de cathédrales. Elle aimait tout particulièrement la neige — la fragile beauté des flocons qui appelait des souvenirs de descentes en luge, de jeux en plein air, de joues écarlates sous les écharpes.

Enfant, avec sa grand-mère, elle avait trouvé la neige magique.

Assez, maintenant ! Ça suffit, la nostalgie.

— C'est toujours ma période de l'année préférée !

Elle n'avait pas besoin d'attendre le premier janvier pour prendre de grandes résolutions.

Quoi qu'il arrive, désormais, elle sortirait, se remuerait un peu, danserait et vivrait sa vie comme sa grand-mère aurait aimé qu'elle la vive.

Et sa décision entrait en vigueur à la minute même.

Noël.

Il détestait les fêtes. Exécrait les pères Noël omniprésents, les chansons qui vous écorchaient les tympans dès qu'on mettait le pied dans un magasin, la froide morsure des flocons qui vous cinglaient le visage. Plus que tout, il haïssait les flocons. Ils virevoltaient avec une trompeuse innocence, tapissaient les voitures et les arbres, atterrissaient dans les paumes de gamins émerveillés qui rêvaient bonhommes de neige et balades en traîneau dans les forêts givrées.

Lucas, lui, avait en tête des associations beaucoup plus lugubres avec la neige.

Assis dans le noir dans son appartement sur la Cinquième Avenue, il fixait sans les voir les froides étendues hivernales de Central Park.

La neige tombait sans relâche depuis plusieurs jours. Et ce n'était pas terminé. On annonçait sur New York un blizzard comme on n'en avait plus connu depuis quelques décennies. Avec ces prévisions alarmistes, les rues loin en dessous de lui étaient étrangement vides à cette heure. Les derniers retardataires pressaient le pas pour regagner leurs foyers ou se hâtaient vers les bouches de métro pour profiter des transports en commun pendant qu'ils fonctionnaient encore. Personne ne levait le nez en direction de ses fenêtres... pour la bonne raison qu'il n'était pas censé être chez lui. Même sa chère famille, pleine de bonnes intentions mais terriblement interventionniste, le croyait retiré dans le Vermont pour une session d'écriture intensive.

S'ils avaient su qu'il était toujours à New York, ils l'auraient sollicité sans relâche, se seraient manifestés pour prendre de ses nouvelles, auraient insisté pour l'associer à toutes sortes de projets festifs...

« Il est temps que tu te bouges, Lucas. Tu ne vas pas rester enfermé chez toi toute ta vie. Ça a assez duré comme ça. »

Mais qui pouvait se permettre de déterminer si cela avait « assez duré » ou non ? Lui-même n'avait pas la réponse à cette question. Tout ce qu'il savait, c'est qu'il n'avait aucune envie « d'aller de l'avant » ou de « passer à autre chose », comme on le lui répétait.

Et il était encore moins disposé à s'investir dans les célébrations liées aux fêtes. Le mieux qu'il pouvait espérer, c'était de traverser la période de Noël tant bien que mal, comme il le faisait chaque année depuis trois ans. Et il ne voyait aucun intérêt à infliger son état de misère morale à d'autres. Il avait mal. Au-dedans comme au-dehors, la douleur était là. Du naufrage consécutif à sa mort à *elle*, il était sorti broyé et estropié. Vivant, oui — si on pouvait appeler ça une vie.

Il aurait pu traîner son spleen jusque dans le Vermont pour se boucler dans un chalet isolé en montagne, comme il l'avait annoncé à sa famille.

Ou trouver refuge dans un pays chaud et laisser les flocons derrière lui. Mais à quoi bon ? Cela n'aurait servi qu'à déplacer sa douleur dans un nouveau cadre. Quoi qu'il fasse et où qu'il aille, sa souffrance voyageait avec lui. Elle l'infectait comme une bactérie dont aucun antibiotique ne viendrait à bout.

Il faisait donc au plus simple et restait chez lui alors que les températures chutaient sur New York et que le monde autour de lui disparaissait sous une blancheur morne, transformant son immeuble sur la Cinquième Avenue en une forteresse de glace perdue au beau milieu de nulle part.

Une situation qui ne lui convenait au fond pas si mal.

La petite musique aigrelette de son téléphone était le seul son du monde extérieur qui venait parfois faire intrusion dans son univers de silence. Il avait sonné près d'une quinzaine de fois ces derniers jours sans qu'il fasse l'effort de répondre. Sa grand-mère et son frère avaient essayé de le joindre à plusieurs reprises. Mais la plupart des appels venaient de son agent.

Hanté par une vision de ce que deviendrait sa vie si sa carrière d'écrivain prenait fin, Lucas se résigna à prendre son téléphone.

— Lucas !

La voix de Jason, joviale et énergique, lui jaillit dans les oreilles. À l'arrière-plan on entendait des sons festifs où les rires se mêlaient à la musique.

— Alors, cette retraite au cœur des montagnes ? Je commençais à me demander si tu étais coincé sous une congère. Comment ça se passe, alors, dans les tourbières enneigées du Vermont ?

Lucas scruta la *skyline* de Manhattan qui se découpait devant lui, avec les silhouettes des buildings que la neige rendait floues.

— Le Vermont en hiver est superbe. Une splendeur hors du temps.

C'était la stricte vérité. En présumant que rien n'avait changé depuis sa dernière visite là-bas, un an plus tôt.

— *Time Magazine* te décrit comme l'auteur de polars le plus captivant de ta génération. Tu as lu l'article ?

Lucas jeta un coup d'œil aux piles de courrier non ouvert qui s'entassaient sur une console.

— Je n'ai pas encore eu le temps de m'y plonger.

— C'est pour ça que tu es au sommet de ton art. Tu ne te laisses pas distraire. Quand tu as un livre en cours, tu es à fond. Tes lecteurs trépignent d'impatience en attendant le nouveau Lucas Blade.

Son livre en cours.

L'angoisse le submergea sans prévenir. Et les sueurs froides d'une peur panique éclipsèrent momentanément ses pensées dépressives. Il n'avait pas écrit une seule ligne. Pas un traître mot. Sa tête était vide et son inspiration en état de mort clinique. Mais il n'en avait toujours pas dit un mot à son agent ni à son éditeur. Il continuait à espérer un miracle, une rémission spontanée qui le délivrerait des tentacules empoisonnés de Noël et lui permettrait de trouver refuge dans la fiction. Car, si étonnant que cela puisse paraître, les sombres circonvolutions mentales de ses personnages psychopathes le reposaient des ténèbres de son propre désert intérieur.

Son regard tomba sur le couteau posé sur une table basse à proximité. La lame étincelait. Le narguait.

Il avait passé l'essentiel de sa semaine l'œil rivé sur cette arme blanche, à la regarder fixement, même s'il savait que ce n'était pas la solution. Quelque part au fond de lui, il avait d'autres ressources que celle-là.

— C'est pour ça que tu as essayé de m'appeler ? Tu veux savoir où j'en suis de mon manuscrit ?

— Je sais, je sais... Tu as horreur d'être interrompu en plein processus créatif, mais ton éditeur me met la pression. Les ventes de ton dernier livre ont pulvérisé tous les records.

Lucas perçut la jubilation non dissimulée dans la voix de son agent.

— Le tirage de celui-ci va être triplé d'emblée. Si tu pouvais me dire deux ou trois mots sur l'intrigue, histoire d'avoir quelques premiers éléments à mettre sous la dent de ton public impatient ?

— Désolé, mais je ne peux rien dire du tout.

S'il avait été fichu de trouver la moindre idée pour son intrigue, il aurait été à son ordinateur en train d'écrire !

Mais il avait juste un grand blanc terrifiant dans la tête.

Il lui manquait un crime. Pire encore, il lui manquait un meurtrier.

Pour lui, un roman démarrait lorsqu'il tenait son personnage. Il était connu pour être imprévisible dans la conduite de ses intrigues et pour sa capacité à provoquer des chocs que même ses lecteurs les plus avertis échouaient à anticiper.

Mais le seul choc qu'il avait à offrir pour le moment, c'était celui de la page blanche.

Cette année, sa situation s'était encore dégradée par rapport à l'an passé. Pour le bouquin d'avant, il avait réussi tant bien que mal à démarrer l'écriture vers le mois de novembre, en s'arrachant chaque mot à la force du poignet, juste avant l'arrivée de l'hiver et de sa cohorte de souvenirs traumatiques. C'était un peu comme essayer d'atteindre le sommet de l'Everest avant que le vent ne se lève. Le timing était crucial.

Cette année, il n'avait pas été fichu de se lancer pendant qu'il en était encore temps et il commençait à se dire qu'il avait loupé le coche pour de bon. Autrement dit, qu'il allait devoir demander un report de la date de remise de son manuscrit, ce qui serait une première. Reconnaître qu'il était en situation d'échec serait déjà assez pénible en soi. Mais le pire, ce serait les questions qui ne manqueraient pas de tomber. Puis il y aurait les éternels regards compréhensifs, les marques de compassion étouffantes.

— Tu peux au moins m'envoyer quelques pages, non ? Le premier chapitre, par exemple ?

— Je te tiendrai au courant.

Lucas prononça les vœux et autres formules d'usage en cette saison pré-festive et mit fin à l'appel.

Plongé de nouveau dans la solitude de son appartement, il se frotta la nuque. Il n'avait *pas* de premier chapitre. Pas même une misérable première ligne. Rien. La seule victime dans l'histoire, pour le moment, c'était son inspiration. Elle gisait, inerte et exsangue. S'il y avait encore moyen de la ramener à la vie, ce serait de l'ordre de la résurrection.

Il avait tenté toutes sortes de manœuvres de

réanimation pour réveiller sa muse muette. Des journées entières, il était resté en faction devant son ordinateur portable allumé. Il avait ragé, pesté, juré et tenté de nier le problème en y allant au forcing. Mais son imagination était restée aux abonnés absents. Depuis des semaines, il n'avait qu'une seule obsession en tête et c'était Sallyanne. Elle monopolisait ses pensées, son esprit, son cœur. *Son cœur massacré.*

Trois ans plus tôt, jour pour jour, il avait reçu le coup de fil qui avait fait basculer la vie en apparence enchantée qui avait été la sienne. La scène aurait pu figurer dans un de ses livres. Mais, cette fois, il n'avait pas été question de fiction. C'était lui, l'écrivain, et non pas un de ses personnages, qui avait franchi la porte de la morgue pour identifier le corps. Il n'avait plus besoin de se transposer dans la situation pour imaginer ce que les personnages en question ressentaient. Il avait vécu le cauchemar en direct.

Depuis, vivre était devenu un combat, une épreuve au quotidien. Il se traînait, absent aux autres et absent à lui-même. Ce qui ne l'empêchait pas, tel un robot, de faire les gestes, de prononcer les mots voulus pour donner le change. Très vite, il avait compris que c'était ce que les gens attendaient de lui. Ils ne souhaitaient pas être témoins de son anéantissement interne et préféraient penser qu'il avait surmonté sa perte et qu'il était « passé à autre chose ». Pendant le reste de l'année, il parvenait à jouer à peu près le jeu. Mais quand revenait le mois de décembre et la date anniversaire du décès de Sallyanne, il perdait tous ses moyens.

Tôt ou tard, il lui faudrait confesser à son agent et à son éditeur qu'il n'avait pas écrit un traître mot du nouveau thriller que ses lecteurs étaient censés guetter avec impatience.

Ce nouveau bouquin ne remplirait pas les caisses de sa maison d'édition. Il était mort avant même de naître.

Après le décès de sa femme, il avait toujours continué à écrire, pourtant. Des romans étaient nés sous sa plume, qui avaient figuré pendant des mois sur la liste des best-sellers. Des romans dont les droits de traduction avaient été achetés dans plus de cinquante pays. Mais il avait apparemment perdu la formule magique, et le syndrome de la page blanche le tenait à la gorge.

Aujourd'hui comme hier, il ne pouvait rien faire d'autre que ce qu'il faisait déjà depuis un mois : s'asseoir face à un écran muet et espérer que quelque part, du fond de son esprit torturé, monterait une image, une vision, une idée.

Au point où il en était, il lui faudrait ni plus ni moins un miracle.

Cela dit, Noël était censé en fournir, des miracles, non ? Qui sait ? À force de serrer les dents et d'attendre, il finirait peut-être par être touché par la grâce et par accoucher d'un scénario.

— C'est ici ?

Eva se pencha pour regarder par la vitre du taxi.

— Rhooo ! C'est classe ! L'immeuble donne sur Central Park. Qu'est-ce que je ne donnerais pas pour habiter aussi près de chez Tiffany's !

Le chauffeur de taxi jeta un coup d'œil dans son rétroviseur intérieur.

— Vous avez besoin d'un coup de main, avec tous ces sacs ?

— Non merci, c'est gentil. Je vais me débrouiller.

Eva lui tendit le prix de sa course et poussa sa portière. Le froid était devenu mordant et la neige épaisse balayée par le vent réduisait la visibilité à quelques mètres. Une horde de flocons vagabonds vint s'infiltrer dans les quelques millimètres non protégés de son cou, s'insinuant sous son col comme autant de doigts glacés. En quelques secondes, ses sacs furent recouverts et elle avec. Mais, le pire, c'était l'état du trottoir. Elle tenta tant bien que mal de garder l'équilibre sur la couche de neige et de glace... mais ses semelles dérapèrent.

— Oups !

Elle moulina des bras et le portier de l'immeuble se précipita, la rattrapant juste avant qu'elle ne s'étale au sol.

— Faites attention où vous mettez les pieds. C'est une véritable patinoire.

— Une patinoire de la mort, oui !

Elle s'agrippa au bras du portier et attendit que les battements de son cœur s'apaisent.

— Merci, en tout cas. Je n'aurais pas aimé passer mes vacances de Noël à l'hôpital. Il paraît qu'on y mange très mal.

— Nous allons vous aider à porter tous ces paquets.

Il fit un signe de la main et deux hommes en uniforme vinrent charger ses affaires sur un chariot.

— Merci. J'aurai besoin de monter tout ça au dernier étage. Dans le penthouse. Normalement, on a dû vous annoncer ma visite. Je reste quelques jours ici pour décorer l'appartement d'un client qui est absent pour le moment. Lucas Blade.

Le client en question était écrivain et spécialisé dans la littérature de suspense. Il avait dû écrire au moins une douzaine de thrillers couronnés de prix divers.

Eva n'en avait pas lu un seul.

Elle détestait le crime et la violence, que ce soit dans la réalité ou dans la fiction. Sa politique à elle consistait à rester focalisée sur le positif dans tous les domaines. Elle croyait en la bonté du monde.

Et préférait passer ses nuits à dormir plutôt qu'à trembler en regardant toutes les cinq minutes sous son lit.

La chaleur de l'immeuble l'enveloppa dès qu'elle pénétra dans le hall. C'était réconfortant d'être à l'abri avec la tempête glaciale qui soufflait sur la Cinquième Avenue. Elle avait les joues qui piquaient et le bout des doigts anesthésiés par le froid, malgré ses gants. Même son épais bonnet en laine ne l'avait pas protégée de l'âpre morsure de l'hiver new-yorkais.

— Je vais vous demander une pièce d'identité, s'il vous plaît, madame.

Le portier avait repris tout son sérieux et ne semblait pas vouloir plaisanter avec ses responsabilités.

— Nous avons eu une vague de cambriolages dans le quartier, récemment. Quel est le nom de votre société ?

— Urban Génie.

Même si l'agence existait déjà depuis le printemps, le plaisir de prononcer son nom restait toujours aussi vif. C'était *sa* société. La sienne et celle de ses deux meilleures amies.

Elle sortit sa carte d'identité de son sac.

— L'agence n'existe pas depuis très longtemps, mais on cartonne ! Enfin…

Elle retira ses gants et tourna les yeux vers l'avenue glissante et les voitures qui roulaient au pas.

— Ce n'est peut-être pas le moment de parler de « cartonner », mais nous avons de grands espoirs pour l'avenir, en tout cas. J'ai la clé de l'appartement de M. Blade.

Elle la brandit devant lui pour témoigner de sa légitimité, et le regard du portier se radoucit.

— J'ai votre nom sur ma liste. Il faudra juste me mettre une petite signature ici.

Eva signa son nom en lettres rondes et généreuses.

— Je pourrais vous demander un petit service ? Lorsque Lucas Blade reviendra, ne lui dites pas que je suis venue ici. Il est censé le découvrir au dernier moment. Il ouvrira sa porte sans se douter de rien et trouvera son appartement décoré, chaleureux et rempli de bonnes choses à manger. Un peu comme quand on découvre qu'on vous a organisé un anniversaire-surprise.

L'idée lui traversa l'esprit que tout le monde n'appréciait pas de se retrouver parachuté dans une ambiance festive en rentrant chez soi. Mais qui était-elle pour remettre en question les décisions de la famille ? Mitzy, la grand-mère de Blade — leur première cliente devenue depuis une amie — lui avait donné des consignes claires : faire de l'appartement un enchantement pour Noël. Pour le moment, Lucas Blade restait terré dans le Vermont, la tête dans le guidon, avec une date butoir à respecter pour la remise du roman auquel il travaillait jour et nuit. Le monde autour de lui avait cessé d'exister. La mission qu'elle avait reçue ne consisterait pas seulement à décorer les lieux, mais à faire de la cuisine et à remplir le congélateur de l'écrivain. Elle disposerait du week-end entier pour s'acquitter de ses tâches car il ne rentrerait que la semaine suivante.

Le portier sourit.

— C'est entendu. Nous tiendrons notre langue.

Elle jeta un coup d'œil sur son badge.

— Merci, Albert. Vous m'avez sauvé la vie. Dans certaines cultures, cela aurait fait de moi votre esclave dévouée. Mais, une chance pour vous, nous sommes à New York et je ne resterai pas accrochée à vos jambes. Vous l'avez échappé belle.

Il se mit à rire.

— La grand-mère de M. Blade a appelé tout à l'heure pour m'avertir qu'elle lui faisait livrer son cadeau de Noël dans l'après-midi. Elle ne m'avait pas précisé qu'elle lui offrait une jolie fille.

— Ce n'est pas moi, le cadeau ! Je fournis juste mes compétences. Comme vous voyez, je ne suis pas arrivée emballée dans du papier argent avec un grand ruban rouge autour de la tête.

— Donc, vous allez passer deux nuits dans son appartement ? Toute seule ?

— A priori, c'est le projet, oui.

Être seule n'avait rien d'exceptionnel pour elle. À part les rares nuits où Paige revenait à l'appartement, Eva vivait en recluse. Et elle ne se souvenait même plus de la dernière fois où elle s'était retrouvée à l'horizontale avec un homme. Mais le changement était pour bientôt. L'amour arrivait en tête de liste de ses résolutions pour l'année à venir.

— Lucas ne revient pas ici avant la semaine prochaine. Et vu le temps qu'il fait, ce serait de la folie de faire l'aller-retour.

Elle tourna la tête pour regarder la neige qui dansait à gros flocons derrière les vitres teintées.

— Cela m'étonnerait que les gens soient nombreux à circuler cette nuit.

— La tempête va faire du vilain, on dirait. À la météo, ils disent qu'il pourrait tomber jusqu'à cinquante centimètres de neige, avec des rafales de vent à quatre-vingt kilomètres-heure. Il ne reste plus qu'à faire des stocks de nourriture et de piles pour les lampes de poche, et à se préparer à utiliser les pelles à neige.

Albert examina ses sacs, tous pleins à craquer de décorations de Noël.

— Au moins, avec ça, vous ne trouverez pas le temps long, malgré les conditions hivernales. Vous avez tout ce qu'il faut pour mettre de l'ambiance ! Je parie que vous faites partie des gens qui adorent Noël.

— Bravo. Droit dans le mille.

Elle *avait* adoré Noël, du moins. Mais elle était déterminée à redevenir celle qu'elle avait été. Avec cette résolution en tête, elle fit un pied de nez à la sensation de vide qui se creusait dans sa poitrine.

— Et vous, Albert ? Vous aimez les fêtes ?

— Moi, cette année, à Noël, je pense que je viendrai bosser. J'ai perdu ma femme il y a deux ans, après quarante années de vie commune. Elle et moi, on n'a pas pu avoir d'enfants, donc Noël, c'était juste nous deux. Et maintenant, il n'y a plus que moi. Je préfère être ici, à m'occuper, plutôt que de rester tout seul dans mon appartement avec du surgelé dans mon assiette. J'aime bien avoir du monde autour de moi.

Eva ressentit une bouffée immédiate d'empathie. Le besoin d'avoir des gens autour de soi, elle le connaissait bien. Elle était comme Albert. Ce qui ne voulait pas dire qu'elle était incapable de rester seule. Pas du tout. Mais si elle avait le choix, elle optait pour de la compagnie.

Sur une impulsion, elle plongea la main dans sa poche et en sortit une carte.

— Tenez. Prenez ça.

Albert lut à voix haute.

— « Romano's. Restaurant sicilien à Brooklyn. »

— Ils servent les meilleures pizzas de tout New York. La propriétaire est la mère d'un ami. Et le jour de Noël, Maria cuisine pour tout le monde. Qui veut venir vient. Je serai là pour lui donner un coup de main. Mon métier de base, c'est la cuisine, même si je mets moins souvent la main à la pâte depuis que nous organisons des événements à grande échelle. Je suis obligée d'avoir recours à des prestataires extérieurs.

Arrête de raconter ta vie, Ev. Tu parles trop, comme d'habitude. Elle pointa le doigt sur la carte.

— Si vous êtes libre le 25, vous devriez vous joindre à nous, Albert.

Il garda les yeux rivés sur le carton dans sa main.

— Vous me connaissez depuis cinq minutes. Et vous m'invitez, comme ça, à passer Noël avec vous ?

— Parce que vous m'avez évité d'atterrir sur les

fesses et de me fracturer le coccyx. Et puis parce que c'est Noël. Personne ne devrait être seul à Noël.

« Seul. » Et voilà. Encore ce mot. C'était comme s'il venait se glisser à son insu dans chacune de ses pensées, chacune de ses phrases.

— Je ne vais pas vivre enfermée là-haut non plus. Dès que la tempête se sera calmée suffisamment pour que je puisse voir un peu plus loin que le bout de mon nez, j'irai à Central Park et je fabriquerai un bonhomme de neige grand comme l'Empire State Building. Ce sera l'Empire State Homme des neiges. En parlant de géants, j'ai un sapin qui devrait être livré dans la soirée. J'espère qu'il arrivera avant que la circulation ne soit complètement bloquée par le blizzard. Vous allez penser que j'ai volé le sapin de Noël devant le Rockefeller Center, mais je vous promets que ce n'est pas le cas.

— Il est si grand que ça ?

— Ce M. Blade vit dans un penthouse, avec une énorme hauteur de plafond. Il lui faut un sapin en conséquence. J'espère simplement qu'ils arriveront à le monter là-haut.

— Ne vous inquiétez pas. Je superviserai la manœuvre.

Il fronça les sourcils.

— Vous êtes sûre de vouloir rester ici ce soir ? Filez donc chez vous pendant qu'il en est encore temps. Si la tempête se prolonge, vous serez mieux en compagnie des vôtres que toute seule ici, non ?

Ces paroles réveillèrent la zone douloureuse dont elle s'efforçait d'oublier l'existence.

— Je serai très bien ici, en sécurité et au chaud. Merci, Albert. Vous êtes mon héros.

Elle se dirigea vers l'ascenseur, en essayant de ne pas penser à ces milliers de New-Yorkais qui se hâtaient dans les rues enneigées de la ville pour rejoindre ceux qui leur étaient chers.

Tous ces gens qui pressaient le pas pour retrouver la chaleur, les rires, les conversations... Les *câlins.*

Tout le monde. Sauf elle.

Dans sa vie, il n'y avait plus personne.

Plus un seul membre de sa famille en vie. Ni père ni mère. Ni oncle, ni tante, ni cousins. Rien.

Elle avait des amis, bien sûr. Des amis merveilleux. Mais pour une raison ou pour une autre, cette pensée ne parvenait pas à alléger sa tristesse.

Seule.

Pourquoi cette sensation d'isolement était-elle toujours exacerbée à Noël ?

L'ascenseur de luxe s'éleva en silence dans l'immeuble cossu et les portes s'ouvrirent.

L'appartement de Lucas Blade était juste en face de l'ascenseur. Elle sortit sa clé, remercia ses porteurs de paquets, entra, puis referma avec soin la porte derrière elle.

En se retournant, elle reçut de plein fouet l'impact de la vue spectaculaire qui se déployait derrière la paroi entièrement vitrée. Elle évita d'allumer pour garder intacte la magie du moment. Elle se débarrassa de ses bottes pour ne pas laisser de traces de neige dans l'appartement et se dirigea en chaussettes vers les grandes baies vitrées.

Lucas Blade écrivait certes des livres lugubres, mais il avait un goût irréprochable. Et du style.

Il avait aussi un super chauffage au sol. Une tiédeur bienfaisante pénétrait à travers la laine épaisse de ses chaussettes et ranimait en douceur ses pieds engourdis par le froid du dehors.

La *skyline* de Manhattan dressait devant elle sa découpe majestueuse. Eva se remplit les yeux du spectacle tout en laissant fondre les derniers flocons qui s'attardaient encore sur ses vêtements.

Loin en dessous d'elle, à ses pieds, la Cinquième Avenue formait une traînée de lumières entre lesquelles on voyait encore deux ou trois taxis jaunes téméraires effectuer ce qui devait être leur dernier trajet du jour. Bientôt la circulation serait arrêtée et seuls les véhicules de sécurité fonctionneraient encore. Se risquer dehors serait strictement déconseillé. Et New York, la ville qui ne dormait jamais, connaîtrait pour quelques jours le grand sommeil de l'hiver.

La neige derrière la vitre tombait dru. De gros flocons dansants tournoyaient avant de se poser avec une grâce paresseuse sur l'épaisseur blanche qui recouvrait déjà la ville.

Serrant les bras sur sa poitrine, Eva laissa son regard se perdre rêveusement sur les étendues argentées de Central Park.

C'était New York comme elle l'aimait : hivernale et mystérieuse. Pourquoi Lucas Blade avait ressenti le besoin de se retirer ailleurs pour écrire, elle n'en avait aucune idée. Si elle avait été propriétaire d'un appartement comme le sien, elle n'aurait pas eu envie de le quitter bien souvent.

Lucas Blade avait le cœur brisé, cela dit. Trois ans auparavant, sa femme qu'il adorait était morte au moment des fêtes. Son amie Mitzy lui avait confié à quel point ce drame avait changé son petit-fils.

Et comment en aurait-il été autrement ? Il avait perdu l'amour de sa vie. Son âme sœur.

Eva appuya le front contre la paroi en verre. Elle avait mal pour lui.

Ses amis lui reprochaient sa sensibilité exacerbée, mais elle en était venue à l'accepter comme faisant partie intégrante d'elle-même. Un tas de gens pouvaient regarder les actualités sans en être affectés. Elle non. Elle avait toujours ressenti les choses de façon démultipliée et il lui suffisait de penser à la souffrance de Lucas pour la sentir se propager en elle, même si elle ne l'avait jamais rencontré.

Après avoir trouvé l'amour, l'avoir vécu chaque jour, le perdre de façon brutale et définitive lui apparaissait comme une épreuve insurmontable et bien trop cruelle.

Comment recoller les morceaux après un drame de cette envergure ?

Elle n'aurait su dire combien de temps elle était restée là, perdue dans sa contemplation, ni à quel moment précis elle avait pris conscience qu'il y avait *quelqu'un d'autre* dans l'appartement. Cela commença par un léger picotement dans la nuque, comme un discret signal d'alerte qui se mua en un frisson glacé lorsqu'elle entendit un bruit sourd tout proche.

Stop. Pas de panique. Son imagination lui jouait des tours. Elle était seule dans l'appartement. La résidence de Lucas Blade bénéficiait d'un des meilleurs systèmes de sécurité de la ville, et elle avait pris soin de fermer la porte à clé derrière elle.

Personne ne l'avait suivie à l'intérieur, elle était

formelle. Donc, l'appartement ne pouvait être que vide. Sauf si...

Elle déglutit avec peine lorsqu'une autre explication s'imposa.

... sauf si la personne avait déjà été présente au moment de son arrivée.

Elle tourna la tête, regrettant d'avoir choisi d'admirer la vue toutes lumières éteintes. La tempête avait obscurci le ciel et l'appartement n'était qu'ombres caverneuses et recoins mystérieux. Son imagination se mit en branle, et elle dut faire des efforts désespérés pour se raisonner. Il y avait toujours des craquements bizarres dans n'importe quelle maison. Des bruits qui paraissaient inquiétants, mais qui étaient parfaitement inoffensifs et explicables.

Un son extérieur, peut-être ?

Elle retint son souffle et perçut un bruit différent. Cette fois-ci, pas de doute : il provenait bien de l'intérieur. Cela ressemblait à un bruit de pas. Des pas feutrés, comme si la personne ne souhaitait pas être entendue.

Elle vit quelque chose bouger parmi les ombres au-dessus d'elle.

Une peur aiguë la paralysa.

Son arrivée avait clairement interrompu un cambriolage. Comment, par quels moyens, elle ne chercha même pas à le savoir. Elle ne pensait plus qu'à une chose : sortir de là.

Aurait-elle le temps d'atteindre la porte ?

Son cœur battait fort et elle avait les paumes moites.

Si seulement elle n'avait pas retiré ses chaussures...

Tout en se ruant vers la porte, elle tira son téléphone de sa poche. Sa main tremblait si fort qu'elle faillit le laisser tomber.

Actionnant la touche « appels d'urgence », elle entendit aussitôt une voix féminine annoncer :

— Vous êtes bien au 911. Je vous écoute.

Elle tenta de se faire comprendre dans un murmure :

— Au secours. Vite. Il y a quelqu'un dans l'appartement de Lucas Blade.

— Il faudrait me parler un peu plus fort, madame.

Elle avait atteint la porte.

— Il y a quelqu'un dans l'appartement ! cria-t-elle.

Si seulement elle parvenait à s'engouffrer dans l'ascenseur et à descendre jusqu'à Albert...

Une main dure se plaqua sur sa bouche. Avant qu'elle ait pu émettre un son, Eva atterrit dos au sol, écrasée sous le corps musclé de son assaillant.

L'homme l'empêchait de faire le moindre mouvement en lui immobilisant les poignets.

Oh mon Dieu.

Si elle avait pu hurler, elle l'aurait fait et sans modération, mais impossible d'ouvrir la bouche.

Pas moyen de bouger non plus. C'était à peine si elle pouvait encore respirer. Même si ses sens, bizarrement, étaient encore assez aiguisés pour percevoir que son agresseur... sentait bon.

Triste ironie du sort : après presque deux années de vains espoirs, elle se retrouvait enfin à l'horizontale avec un homme couché sur elle de tout son long. Dommage qu'il soit juste en train d'essayer de la tuer.

Quel gâchis de mourir si jeune.

Ci-gît Eva qui avait émis le vœu pour Noël de se retrouver serrée contre un homme, sans avoir pensé à préciser de quelle façon elle souhaitait l'être.

Cette pensée qu'elle venait de formuler serait-elle la dernière ? Le cerveau humain était manifestement capable de brasser des considérations étranges juste avant la privation totale d'oxygène. À présent qu'elle avait composé son propre éloge funèbre, elle allait mourir, dans l'obscurité d'un appartement désert, quelques semaines avant Noël, broyée sous ce solide cambrioleur dont l'odeur corporelle lui montait à la tête. Si Lucas Blade décidait de différer son retour, son corps sans vie resterait là, à l'abandon, pendant des semaines. Ils étaient au beau milieu d'une tempête — une « situation d'urgence hivernale » comme on appelait cela officiellement.

Cette pensée ranima sa volonté défaillante.

Non ! Elle refusait de mourir sans avoir dit adieu à ses amis. Elle avait déjà trouvé le cadeau de Noël parfait pour Paige et Frankie, et personne ne savait où elle avait planqué les paquets. Sans compter qu'elle ne pouvait tout de même pas rendre son dernier soupir en laissant un appartement en désordre derrière elle ! Cela faisait plusieurs semaines qu'elle avait l'intention de faire un peu de rangement… sans jamais trouver le temps. Et si la police entrait chez elle pour chercher des indices ? Les trois quarts de ses affaires gisaient en désordre sur le sol. Ce serait horriblement embarrassant que des inspecteurs se retrouvent à fouiller dans ce bazar monstre. Mais, plus que tout encore, elle refusait de manquer Noël cette année-ci. Et puis il était hors de question qu'elle meure avant d'avoir expérimenté au moins une fois l'extase sexuelle sous forme d'un super méga-orgasme.

Elle n'avait pas envie que l'expérience présente, consistant à sentir un homme couché sur elle, soit le point final de son existence.

En un mot : elle voulait *vivre*.

Rassemblant toutes ses forces, Eva tenta de lui donner un coup de tête, mais il para l'attaque. Elle entendit le son rauque de la respiration de l'inconnu, entrevit des cheveux d'un noir de jais, un regard incandescent et sauvage.

Et tout à coup, ô miracle : de grands coups tambourinés à la porte.

— Police ! Ouvrez ! C'est un ordre.

Le soulagement la laissa sans forces.

Eva éleva un hymne de reconnaissance muet à l'intention des forces de l'ordre et entendit son attaquant jurer tout bas juste avant que la police, suivie par Albert, fasse irruption dans la pièce.

— Police de New York. Plus un geste !

L'appartement fut soudain inondé de lumière, et l'homme qui la maintenait asphyxiée sous son poids finit par se lever.

Insufflant de l'air à grands traits dans ses poumons assoiffés d'oxygène, Eva ferma les yeux, aveuglée par le rayon d'une lampe torche braqué sur elle. L'homme lui arracha le bonnet qu'elle avait gardé sur la tête. Ses cheveux libérés de la laine se déroulèrent sur ses épaules.

Un bref instant, leurs regards se rencontrèrent. Elle vit le choc et l'incrédulité dans celui de son assaillant.

— Vous êtes une femme !

Il avait une voix grave. Sexy. *Voix chaude, corps de rêve* — quel dommage qu'il ait choisi un style de vie à vocation criminelle.

— Oui, je suis une femme. Enfin... J'en étais une, en tout cas. Là, je ne suis pas complètement sûre d'être toujours en vie.

Encore à moitié sonnée, elle restait affalée au sol, se contentant de tester prudemment les diverses parties de son corps pour s'assurer qu'elles étaient toujours attachées les unes aux autres. L'homme se releva d'un bond fluide, et elle vit un des policiers ouvrir de grands yeux.

— Lucas ?

Le flic avait l'air sous le choc.

— On ne pensait pas te trouver ici. L'appel venait d'une voix féminine inconnue, signalant une intrusion dans ton appartement.

Lucas ? Son assaillant serait *Lucas Blade* ? Elle n'avait donc pas été victime d'un cambrioleur mais... du propriétaire des lieux !

Pour la première fois, elle se risqua à le regarder ouvertement — et le reconnut au premier coup d'œil. Elle l'avait vu en photo sur la couverture de ses romans. Son visage était d'ailleurs en tout point mémorable. Elle examina la ligne marquée des pommettes, le tracé audacieux d'un nez aquilin. Des cheveux noirs, un regard sombre. Il était aussi beau qu'il sentait bon. Quant à son corps... Elle n'avait pas besoin d'examiner de près la largeur de ses épaules ni la fermeté de ses muscles pour se persuader de sa puissance physique. Elle était restée clouée sous lui assez longtemps pour se faire une idée tout à fait concluante sur la question. Le souvenir de leur corps-à-corps lui suscita un frémissement inattendu tout en bas du ventre.

Hé ! Eva ! Tu es folle ?

Ce mec avait été à deux doigts de l'assassiner et il lui inspirait des pensées de nature *sexuelle* ?

Une preuve de plus, s'il en fallait, qu'elle avait passé trop de temps sans homme. Un problème qu'elle réglerait avant Noël quoi qu'il arrive.

En attendant, elle arracha son regard à l'emprise magnétique du sien et considéra la situation sous un angle pratique. Que faisait-il dans son appartement, pour commencer ? Il était censé se terrer dans sa retraite d'écrivain en pleine montagne.

— C'est elle qui est entrée par effraction, en l'occurrence.

L'expression de Lucas était sévère. Eva ne voyait que des regards accusateurs braqués sur elle, en fait. À l'exception de celui d'Albert. Le portier avait l'air aussi désorienté qu'elle.

— Je ne suis pas entrée par effraction. On m'avait dit que l'appartement serait vide.

L'injustice de la situation lui serra la gorge.

— Vous n'étiez pas censé vous trouver là, normalement.

— Et comment savez-vous ça ? Vous avez entrepris de faire l'inventaire des appartements qui restent vides à Noël ?

Il était peut-être beau gosse mais, pour arracher un sourire à ce type, il fallait probablement se lever de bonne heure.

Eva en resta interdite. Comment avait-elle pu

basculer aussi vite du statut de victime à celui de coupable présumée ?

— Mais pas du tout ! Je suis venue ici parce qu'on m'a demandé de le faire.

— Vous avez un complice à l'extérieur, autrement dit ?

— N'importe quoi ! Si j'étais entrée chez vous par effraction, expliquez-moi pourquoi j'aurais appelé la police ?

— C'est très simple : vous vous introduisez ici, découvrez que le propriétaire que vous croyiez absent est en fait sur place et vous appelez au secours pour vous donner une apparence d'innocence.

— Mais je *suis* innocente !

Eva le dévisagea d'un œil incrédule, avant de conclure :

— Avouez que vous avez l'esprit tordu.

Elle tourna la tête vers l'officier de police dans l'espoir d'obtenir du soutien mais n'en reçut aucun.

— Levez-vous, maintenant.

Le ton était sec. Le visage impérieux. Eva hissa son anatomie meurtrie et contusionnée en position assise.

— Encore faudrait-il que je puisse tenir debout. J'ai au moins quatre cents os fracturés.

Lucas lui attrapa le poignet et la mit sur pied d'autorité.

— Le corps humain compte moins d'os que cela.

— Quand ils sont tous cassés en petits morceaux, ça démultiplie leur nombre.

La force de Blade n'aurait pas dû la surprendre vu la façon dont il l'avait plaquée au sol.

— Je ne comprends pas pourquoi tout le monde

me regarde de cet air soupçonneux ! Au lieu de m'interroger comme si j'étais une criminelle, ils devraient vous inculper pour coups et blessures. Qu'est-ce que vous faites là, d'ailleurs ? Vous êtes censé écrire dans le Vermont, pourquoi rôder dans un appartement obscur, comme un criminel ?

— Je suis propriétaire des lieux. On ne « rôde » pas chez soi.

Il fronça les sourcils d'un air plus soupçonneux que jamais.

— Comment savez-vous que j'aurais dû me trouver dans le Vermont, d'ailleurs ?

Eva se pencha pour se tâter la cheville et fit la grimace.

— Par votre grand-mère. Et si quelqu'un *rôdait* dans cet appartement, c'est bien vous. Je vous ai entendu vous déplacer à pas de loup dans l'obscurité.

— C'est vous qui furetiez chez moi sans avoir allumé la lumière !

— J'admirais Central Park sous la neige. J'ai l'âme romantique. Aux dernières nouvelles, ce n'est pas un délit.

— Nous jugerons de tout cela au poste, ma petite dame.

L'officier de police lui posa la main sur l'épaule.

— On va l'emmener et l'interroger, Lucas.

— Attends.

Lucas leva à peine la main, mais le geste suffit pour que le policier s'arrête net et fasse un pas en arrière.

— Vous dites que vous tenez de ma *grand-mère* l'information que j'aurais dû me trouver dans le Vermont ?

Albert, qui était resté silencieux jusque-là, intervint énergiquement :

— C'est exact, monsieur Blade. Cette jeune femme s'appelle Eva Jordan et elle s'est présentée ici à la demande de votre grand-mère. J'ai moi-même effectué toutes les vérifications d'identité requises. Aucun d'entre nous à l'accueil n'avait été informé de votre présence dans la résidence.

Une ombre de reproche planait dans la voix du portier. Lucas ne releva pas mais reporta son attention sur elle.

— Vous dites que vous connaissez ma grand-mère ?

— J'effectue une mission professionnelle pour elle.

— *Professionnelle ?* De mieux en mieux ! Et de quel genre ?

Le regard de Lucas s'assombrissait à vue d'œil. C'était comme regarder un ciel menaçant juste avant une très mauvaise tempête.

Mitzy lui avait souvent parlé de son petit-fils écrivain. Elle lui avait dit qu'il skiait comme un dieu, que plus jeune il avait vécu une année entière dans une espèce de cabane au fin fond de l'Arctique, qu'il parlait couramment français, italien et russe, pratiquait à haut niveau quatre arts martiaux différents et qu'il ne montrait jamais ses manuscrits à personne avant d'avoir atteint le mot « fin ».

Mais Mitzy avait oublié de préciser qu'il pouvait avoir un côté inquiétant.

— Elle a fait appel à moi pour que je décore votre appartement en vue des fêtes.

— Et puis ?

— Et puis quoi ? C'est tout. Quel autre but voudriez-vous que j'aie ?

Elle vit la lueur sardonique dans les yeux de Lucas.

— Vous insinuez que je me suis introduite ici de façon à pouvoir me jeter à votre tête ?

— Ce ne serait pas la première fois.

— Non, sérieux ? Il y a des femmes qui ont fait ça ?

À son indignation venait se mêler une pointe de fascination. Même si elle avait de la peine à imaginer pouvoir aller jusqu'à ces extrémités pour un homme.

— Et comment ça se passe, au juste, dans ces cas-là ? Une fois que la fille est à l'intérieur, elle vous saute dessus et vous cloue au sol ?

— À vous de me le dire, riposta-t-il, les bras croisés sur la poitrine et rivant sur elle un regard interrogateur. Quel scénario aviez-vous mitonné avec ma grand-mère ?

Elle éclata de rire, avant de comprendre qu'il ne plaisantait pas.

— Je suis douée pour faire la cuisine, mais je n'ai encore jamais réussi à « mitonner un scénario » de séduction. Il faudrait déjà commencer par trouver la recette. Une pincée d'espoir à incorporer dans une once d'illusion, peut-être ?

Elle pencha la tête sur le côté.

— Je ne dis pas que je fais partie de ces nanas qui pensent que c'est encore à l'homme de faire le premier pas, mais de là à m'introduire chez quelqu'un par effraction pour capter son attention... Ai-je l'air d'être à ce point à bout de ressources sur le plan affectif, monsieur Blade ?

En vérité, elle était passablement à bout de ressources, mais il n'avait aucun moyen de le savoir, sauf s'il fouillait dans son sac et qu'il découvrait l'unique préservatif solitaire qui s'y morfondait depuis un siècle. Elle avait eu bon espoir d'offrir à cette pauvre capote une fin de vie en apothéose après une longue existence sans relief. Mais la perspective paraissait de moins en moins réaliste.

Blade la considéra d'un œil noir.

— Une femme à bout de ressources, comme vous dites, peut se présenter sous de nombreux visages.

— *Si* j'avais eu l'intention de m'introduire chez vous dans le but de vous séduire, vous pensez vraiment que je serais entrée ici en bottes de neige et avec un vieux pull informe sur le dos ? Je commence à comprendre pourquoi il vous faut un appartement aussi immense rien que pour votre seule personne. Votre ego doit tenir tant de place qu'il lui faut probablement une salle de bains rien que pour lui. Mais je vous pardonne votre arrogance car vous êtes riche et beau, donc je veux bien croire que vous ne mentez pas en évoquant ces intrusions féminines passées. Reste qu'il y a une faille dans votre raisonnement en ce qui me concerne, et elle est de taille : vous étiez censé écrire dans le Vermont.

Il soutint son regard.

— Je ne suis pas dans le Vermont.

— Oui, ça, je vois bien. J'ai des bleus pour le prouver.

L'officier de police ne se fendit même pas d'un sourire.

— Tu y crois à son histoire, toi, Lucas ?

— Malheureusement, oui. C'est tout à fait le genre de scénario que ma grand-mère est capable de concocter.

Il jura à voix basse, avec une richesse de vocabulaire qui lui valut un hochement de tête respectueux de la part d'un flic new-yorkais qui devait pourtant en avoir entendu d'autres.

— Tu veux qu'on te règle cette histoire comment, Lucas ?

— Je ne veux pas que tu la règles du tout. Merci d'avoir réagi aussi rapidement, mais je me charge du reste. Et si vous pouviez oublier tous que vous m'avez vu ici, ça m'arrangerait.

Il s'exprimait avec la calme autorité d'un homme peu habitué à ce qu'on discute ses ordres. Fascinée, Eva vit tout ce petit monde quitter l'appartement sans piper mot.

À une exception près, toutefois : Albert resta planté dans l'encadrement de la porte, solide comme un arbre.

Lucas le congédia avec impatience.

— Merci de vous inquiéter pour moi, mais je peux régler ce problème par moi-même.

— Ce n'est pas pour vous que je m'inquiète mais pour Mlle Eva.

Campant avec courage sur ses positions, Albert se tourna vers elle.

— Vous feriez peut-être bien de redescendre avec moi.

Son soutien lui alla droit au cœur.

— Merci, Albert, mais ça va aller. Je suis peut-être un petit format, mais je peux être redoutable au combat quand il faut. Ne vous faites pas de souci pour moi.

— Si vous changez d'avis, je suis là jusqu'à minuit.

Il jeta un regard sévère à Lucas, comme pour lui indiquer qu'il gardait un œil sur la situation.

— Avant de partir, je viendrai m'assurer que tout se passe bien.

— Merci, Albert. J'apprécie beaucoup.

— Ainsi vous êtes redoutable au combat, vous ? répéta Lucas avec un soupçon d'humour dans sa voix sombre. Pardonnez-moi si j'ai de la peine à le croire.

— Ne me sous-estimez pas, monsieur Blade. Lorsque j'attaque, c'est fulgurant. L'adversaire est là, sans se douter de rien, et d'une seconde à l'autre il peut se retrouver au sol, sur le dos, à agiter les pattes comme un cafard renversé.

— Comme cela s'est passé il y a quelques instants, vous voulez dire ?

Elle traita ses sarcasmes par le dédain.

— C'était différent. Je n'avais rien vu venir et je n'étais pas prête. Mais la prochaine fois, je le serai.

— La prochaine fois ?

— La prochaine fois que vous me sauterez dessus et que vous essayerez de creuser mon empreinte dans le parquet. Votre sol doit ressembler à une scène de crime, maintenant, avec la forme de mon corps dessinée en creux.

Lucas l'examina de son regard scrutateur.

— Vous avez l'air d'être dans les petits papiers du portier de la résidence. Vous le connaissez depuis longtemps ?

— Environ dix minutes.

— Dix minutes, vraiment ? Et il est prêt à risquer sa place pour voler à votre secours ? Vous faites toujours cet effet-là sur les hommes ?

— Ça m'arrive, oui. Mais pas souvent sur les bons, j'avoue. Rarement sur les jeunes, sexy et célibataires.

Consciente qu'elle en disait trop une fois de plus, elle se hâta d'enchaîner :

— Pourquoi la police n'a-t-elle pas procédé à une arrestation, à votre avis ?

— Vous venez d'affirmer que vous n'avez commis aucun délit.

— Je parlais de vous. Ils auraient au moins dû vous faire la leçon. Vous auriez pu me briser le dos. Et je n'ai jamais eu aussi peur de ma vie.

Elle pensa à la sensation du corps de Lucas Blade sur le sien — la pression vigoureuse de ses cuisses, la chaleur de son souffle sur sa joue. À la façon dont il avait pesé sur elle de tout son poids.

— Vous avez eu le tort de vous balader chez moi sans prévenir. Mais si j'avais vraiment voulu vous tuer, vous seriez déjà morte.

— C'est censé me réconforter ?

Elle frotta ses côtes douloureuses. Et se remit en tête que, même si son imagination se plaisait à broder sur les faits, leur corps-à-corps n'avait rien eu de romantique. Lucas Blade fixait sur elle un regard à l'éclat presque métallique. Il y avait quelque chose d'inquiétant chez cet homme qui donnait à Eva le sentiment de ne pas être tout à fait en sécurité.

— Vous attaquez physiquement tous ceux qui passent le pas de votre porte ?

— Seulement ceux qui s'introduisent chez moi sans y avoir été invités.

— Mais *j'étais* invitée ! Si vous aviez pris la peine de poser la question d'abord, vous auriez eu toutes les explications nécessaires. J'aurais cru qu'un homme avec votre niveau d'expertise en matière de crime serait capable de faire la différence au premier coup d'œil entre culpabilité et innocence.

Il lui jeta un regard pensif.

— Les criminels ne sont pas si simples à identifier. Ils ne se baladent pas avec une étiquette sur le front et ils ont rarement le physique de l'emploi. Vous pensez que vous reconnaîtriez un criminel rien qu'à sa tête ?

— Je suis douée pour reconnaître un loser. L'homme canon, je le repère aussi sans problème. Donc, cela m'étonnerait que le criminel passe en dessous de mon radar.

— Ah vous croyez ça, vraiment ?

Il se rapprocha d'un pas.

— Les « méchants », comme on dit, évoluent en toute liberté parmi nous. Ils se fondent dans la masse. Le meurtrier, *in fine*, c'est presque toujours celui qui paraissait le plus inoffensif dans l'histoire. Le chauffeur de taxi débonnaire. L'avocat... ou le « gentil portier », ajouta-t-il, après avoir laissé planer un silence lourd de menace.

Cherchait-il à lui faire peur à dessein ?

— Albert, votre portier, est un des hommes les plus attachants que j'aie jamais rencontrés. Donc si vous essayez de me faire croire qu'il a des antécédents criminels, vous perdez votre temps. D'après mon expérience, l'immense majorité de nos contemporains sont des personnes tout à fait fréquentables.

— Vous ne regardez jamais le journal télévisé ?

— Les journaux télévisés ne présentent que la face sombre de l'actualité, monsieur Blade. Ils traitent les événements sur une échelle globale, en mettant l'accent sur le négatif. Jamais il n'y est question des innombrables actes de gentillesse résolument non médiatiques que les gens s'échangent dans leur vie de tous les jours. Il y aura toujours un volontaire pour aider une vieille dame à traverser la rue, un voisin sympa pour apporter une tasse de thé à une personne malade. On n'en entend jamais parler, car ces nouvelles ne sont pas payantes en termes d'audience. Mais ce sont ces petits gestes de solidarité au quotidien qui créent le tissu social et font que la vie vaut la peine d'être vécue. Les infos déprimantes sont des produits de consommation courante avec lesquels les médias s'engraissent.

— Vous pensez honnêtement ce que vous dites ?

— Oui, je le pense. Et je n'ai pas honte de dire que je préfère me focaliser sur le positif que de m'abreuver de récits de catastrophes. Je fais partie des gens qui voient leur verre à moitié plein. Ce n'est pas un délit. Vous avez l'œil rivé sur le mal dans le monde, et moi je vois le bien. Et j'ai la ferme conviction qu'il y a du bon en chacun d'entre nous ou presque.

— Qu'est-ce que vous en savez ? On ne connaît d'une personne que ce qu'elle choisit de nous montrer. Vous ignorez à peu près tout de ce qui se passe sous la surface.

La voix de Lucas était profonde et son regard exerçait sur elle une attirance hypnotique.

— Tenez, prenez le gentil monsieur qui a aidé la petite grand-mère à traverser la rue. Qu'est-ce qui vous dit qu'en rentrant chez lui il ne regarde pas des vidéos pédophiles sur un ordinateur ? Et la sympathique dame qui apporte une tasse de thé à son voisin de palier peut se révéler être une pyromane ou une dangereuse psychopathe, qui trouve ce prétexte pour entrer afin d'observer les lieux et noter les failles de sécurité. On ne sait jamais, lorsqu'on se contente de regarder, ce que quelqu'un nous cache.

Eva l'écoutait, déstabilisée par la vision sinistre qu'il lui peignait de l'humanité. C'était comme si quelqu'un avait bombé des graffiti obscènes sur le tableau lumineux qu'elle se faisait du monde.

— De l'extérieur, vous êtes agréable à regarder, monsieur Blade, mais à l'intérieur, il vous faudrait un relooking de fond en comble. Vous êtes un concentré de noirceur et de cynisme, avec une vision effroyablement déformée de l'être humain.

L'ombre d'un sourire effleura les lèvres de Lucas.

— Merci. Un journaliste du *New York Times* s'est exprimé en termes similaires dans un compte rendu critique très élogieux de mon dernier roman.

— De ma part, ce n'était pas un compliment, mais je peux comprendre que vous ayez besoin de fonctionner de cette façon pour réussir dans votre métier. Votre boulot à vous, c'est d'aller fouiller dans les replis les plus noirs, les plus abjects, les plus effroyables de la perversion humaine. Et forcément, votre vision du monde s'en ressent. Mais la plupart des gens sont simplement ce qu'ils ont l'air d'être, déclara-t-elle fermement. Tenez, moi par exemple. Regardez-moi bien, droit dans les yeux... Et maintenant, dites-moi : est-ce que je ressemble à une meurtrière ?

Chapitre 2

« Un crapaud est toujours un crapaud, jamais un prince déguisé. »

— *Frankie*

« Est-ce que je ressemble à une meurtrière ? »

Lucas examina le joli visage en forme de cœur. Les yeux de la jeune femme étaient d'un bleu presque marine et luisaient d'innocence. Avec ses longues boucles blondes et sa fossette sur la joue, elle avait l'air plus inoffensive qu'un chaton.

Rien en elle n'évoquait le crime.

Elle pourrait être l'infirmière chaleureuse et attentionnée dont personne ne soupçonnerait qu'elle était capable de tuer ses patients. L'institutrice de maternelle au cœur généreux dont on pensait qu'elle s'occuperait avec tendresse des enfants confiés à ses soins. Elle était l'archétype même de la « fille saine et pleine de vitalité » et ferait merveille dans une pub pour du jus de fruits frais ou pour des barres de céréales bio.

Une femme avec un corps et un visage comme le

sien resterait à l'abri des soupçons pendant des mois, voire des années.

Lucas sentit soudain son cœur se mettre à battre plus vite et la précieuse étincelle — l'énergie créatrice qui lui faisait faux bond depuis des mois — se réveiller en lui.

Sa visiteuse le considérait d'un œil prudent.

— Pourquoi me regardez-vous aussi fixement ? Qu'est-ce que j'ai dit de choquant ? Je peux vous assurer que je ne suis *pas* une meurtrière. Et franchement, j'ai du mal à imaginer que l'idée ait pu vous traverser l'esprit. Je ne tue même pas les araignées. Je les transporte à l'extérieur, même si je dois avouer que je me sers généralement d'un bout de verre ou de carton, parce que je n'aime pas la sensation de leurs pattes sur ma peau.

« Je ne tue même pas les araignées. »

Parfait. Sa meurtrière partagerait cette caractéristique.

Elle se contenterait de tuer les humains.

— C'est tout à fait ça !

Il n'avait même pas réalisé qu'il avait parlé à voix haute. Perdu dans ses pensées, il se rapprocha d'elle pour lui passer la main dans les cheveux. Blonds, soyeux, ils lui coulèrent entre les doigts et encadrèrent le visage de la jeune femme d'un halo doré. Sa chevelure à elle seule suffirait à attendrir l'homme le plus méfiant. À l'attendrir *et* à distraire son attention. L'amoureux transi mourrait bien proprement avant même d'avoir compris ce qui lui arrivait.

— C'est tout à fait *quoi* ?

Elle avait l'air exaspérée.

— Monsieur Blade ?

— C'est vous. C'est très exactement vous.

Son cerveau, enfin arraché aux affres de la stérilité, fonctionnait à plein régime. Les idées s'enchaînaient si vite qu'il mit un moment à se rendre compte qu'il avait toujours les doigts dans les cheveux de sa visiteuse.

La grande question, maintenant, c'était : comment procéderait-elle ? De quelle manière commettrait-elle ses meurtres ?

En étranglant ses victimes avec sa longue chevelure ? Les cheveux pourraient-ils constituer une arme ? Ou sa signature, peut-être ? Un indice qu'elle laisserait sur chaque scène de crime ?

Non. Impossible. Elle se ferait prendre en moins d'une semaine.

Peut-être qu'elle changerait de style de coiffure à chaque nouveau meurtre ?

Rien ne prouvait après tout qu'elle ne portait pas une perruque.

— Monsieur Blade !

Les immenses yeux bleus rivés sur lui exprimaient un début de désarroi.

— Qu'entendez-vous au juste par « C'est vous » ? Je n'ai jamais commis la moindre infraction de ma vie, si c'est à cela que vous pensez !

Probablement jamais, en effet. Mais elle *aurait pu.*

— Vous êtes idéale. Absolument idéale.

Sa peau d'une blancheur de lait se para de deux délicates taches rosées.

— I-idéale ? Comment ça, idéale ?

Elle était même capable de rougir. Une femme qui rougissait ainsi ne ferait pas de mal à une mouche. *Ou peut-être que si, justement ?*

— C'est quelque chose que vous faites sur commande ou c'est indépendant de votre volonté ?

— Quoi ?

— Rougir.

De la pulpe des doigts, il effleura la peau claire de la jeune femme, explorant la texture soyeuse. Il voulait savoir d'elle tout ce qu'il y avait à savoir — la déconstruire, trait par trait, pour retenir ceux qu'il prêterait à son personnage.

— J'ai spontanément tendance à m'empourprer lorsqu'un homme que je connais depuis quelques minutes à peine me caresse les cheveux en décrétant que je suis « idéale ». Bon. Vous aviez raison, finalement : les premières impressions peuvent être trompeuses. Si vous m'aviez posé la question il y a dix minutes, j'aurais dit que vous étiez une brute asociale dépourvue de savoir-vivre. Mais maintenant... je comprends que vous étiez juste sur la défensive. Ce qui n'a rien de surprenant, si les femmes ont tendance à entrer chez vous par effraction pour vous faire des avances.

— Quoi ?

Il oublia un instant son intrigue en cours de construction. Il s'était laissé aller à penser à voix haute, et elle avait interprété ses propos et ses gestes de travers.

Elle le croyait subjugué. Sous le charme.

Ce qui n'avait rien d'illogique, d'ailleurs. Elle correspondait à l'idéal physique de beaucoup d'hommes, avec ses courbes harmonieuses, la fraîcheur de sa blondeur naturelle, ses lèvres roses — tentantes, comme le plus sucré des bonbons. Il y avait eu un temps où il aurait pu, lui aussi, être touché par sa beauté. Mais cette phase de sa vie remontait à si loin qu'elle semblait presque oubliée.

Sallyanne avait dompté cet aspect-là. Elle avait assagi ce qu'il avait eu en lui de tumultueux, d'excessif. Elle lui avait appris à contenir l'énergie sauvage qui l'avait conduit à vivre sa vie comme un cheval fou, cherchant à dépasser en permanence ses limites, talonné aux flancs par un désir de découverte que tout semblait attiser. Mais, aujourd'hui, Sallyanne n'était plus et il n'avait plus personne à contenter que lui-même. Une tâche a priori élémentaire à laquelle il échouait invariablement.

Privé de paix intérieure comme de plaisir personnel, il canalisait ses émotions dans l'écriture dont il avait désormais fait sa priorité. C'était l'écrivain en lui qui l'avait sauvé in extremis au moment où il avait été au plus bas. D'où son angoisse exacerbée, ces derniers temps, à l'idée que son inspiration l'avait peut-être déserté pour de bon.

Mais il ne l'avait pas perdue, finalement. Son don était simplement resté en sommeil, dans l'attente qu'une étincelle le réanime. Et cette fille venait de lui rendre ce service.

Il ressentait un soulagement presque vertigineux, comme un homme au bord de la noyade qui viendrait de découvrir que la bouée de sauvetage qu'il croyait perdue flottait juste à côté de lui. Maintenant qu'il l'avait retrouvée, il s'y cramponnait ferme, bien décidé à ne pas replonger dans les eaux troubles de la panne d'inspiration.

Ses pensées tournaient à toute vitesse. Quel serait le mobile de son personnage ? Avait-elle été trahie et sa quête était-elle guidée par la vengeance ? Ou s'agissait-il d'une psychopathe sans conscience et sans émotion — quelqu'un qui serait privé de toute capacité d'empathie et qui se servirait de sa beauté comme d'un piège ?

S'il avait eu un bout de papier et un stylo sous la main, il n'aurait pas hésité à prendre des notes. Pour la première fois depuis des mois, il ressentait le besoin presque compulsif d'ouvrir son ordinateur. Il n'avait qu'une hâte : s'asseoir devant son écran et laisser l'intrigue se dérouler. Il ne lui restait plus qu'à entrer dans son histoire, la faire vivre en se laissant porter par la logique des personnages et pianoter sur son clavier jusqu'à ce que le bouquin soit terminé. Il sentait son idée de base germer et croître en lui. Son esprit était comme un lit de rivière à sec après une inondation. Il se sentait renouvelé en profondeur. Prêt à jaillir.

Enfin — *enfin !* —, après des mois d'angoisse face à la page blanche, il avait trouvé son assassin.

Ainsi, Lucas Blade la trouvait « idéale » ?

Son enthousiasme pour sa personne la surprenait, compte tenu de ce qu'elle savait à son sujet. À force de prendre le thé en dégustant des gâteaux avec sa grand-mère, elle avait appris pas mal de choses au sujet de Lucas Blade. Il vivait en reclus depuis qu'il avait perdu sa moitié trois ans plus tôt, et les femmes qui cherchaient à se rapprocher de lui se heurtaient à un mur d'indifférence. La vie de cet homme était un obscur mystère, une friche émotionnelle hantée par le deuil et l'écriture. Il sortait un nouveau thriller chaque année, s'envolait aux quatre coins du monde pour les tournées de promotion de rigueur, répondait aux questions des journalistes et dédicaçait ses livres à ses lecteurs enthousiastes. Mais, en dehors de ces apparitions publiques obligatoires, il s'isolait systématiquement.

D'après le portrait que Mitzy avait brossé de lui, Lucas avait renoncé à toute vie sociale et seule son écriture sombre et tourmentée le reliait encore au monde des vivants.

Il avait esquivé les quelques tentatives peu subtiles de sa grand-mère de le mettre en contact avec des jeunes femmes « bien sous tous rapports ». Difficile d'imaginer, dans ces conditions, qu'il la dévore des yeux d'un air extasié, comme si elle était la réponse à toutes ses prières.

Eva n'était pas convaincue du tout qu'il soit la réponse aux siennes, en tout cas, même s'il avait sans conteste un physique plus que flatteur. Lucas Blade était séduisant sur un mode un peu brutal et son charme était clairement du genre déconseillé aux âmes sensibles.

Était-il raisonnable d'éprouver une attirance pour quelqu'un qui venait de vous écrabouiller au sol comme une vulgaire punaise ? Ayant eu affaire à sa force brute, elle était surprise de le découvrir capable de douceur, comme en cet instant, alors qu'il lui caressait le visage avec des doigts sensibles, presque rêveurs. Mais ce n'était pas tant le contact physique qui lui coupait les jambes que la faim presque douloureuse qu'elle lisait dans son regard.

— Vous croyez vraiment que je suis la femme idéale, Lucas ?

Dans son regard la faim disparut, remplacée par la prudence.

— Vous avez un joli squelette, en tout cas.

Un joli *squelette* ?

On lui avait déjà dit qu'elle avait de beaux cheveux. Elle savait aussi qu'elle avait une silhouette harmonieuse. Si elle avait eu le choix, elle se serait accordé quelques centimètres de plus mais, en dehors de sa petite taille, il n'y avait pas grand-chose chez elle qu'elle aurait souhaité modifier.

C'était la première fois, en revanche, que quelqu'un la complimentait sur son ossature.

Il l'examinait sous tous les angles, d'un regard bizarrement scrutateur qui lui procurait une sensation croissante d'inconfort.

Lucas Blade était un écrivain à succès avec une réputation internationale et il comptait d'innombrables lecteurs et admirateurs. Mais il n'en restait pas moins un inconnu à la base. Un inconnu dont émanait une aura bien particulière de danger et de tension. Il se déplaçait comme une bête fauve, ne souriait jamais, et son regard était plus noir que noir. Et plus il la fixait, plus Eva se sentait comme une proie fascinée face à son prédateur.

Les propres paroles de Lucas résonnaient dans sa tête. « En voyant quelqu'un de l'extérieur, on ne sait jamais ce qu'il cache sous la surface. »

Malgré son naturel confiant, si elle l'avait vu s'avancer sur elle tard la nuit sur un trottoir, elle aurait sauté dans le premier taxi sans demander son reste.

— Vous regardez toujours les gens aussi fixement, monsieur Blade ?

Jetant un coup d'œil vers la porte, elle tenta

d'évaluer la distance qui l'en séparait. Il suivit son regard et fronça les sourcils.

— Je vous ai mise mal à l'aise. Désolé.

Il recula d'un pas, lui restituant une partie de son espace vital. Elle prit une grande inspiration et se souvint qu'il n'était quand même pas tout à fait un inconnu. Sa grand-mère était une amie, après tout.

— Comme première rencontre, c'est assez inhabituel. Dans un premier temps, vous essayez de me tuer...

— Je n'ai pas essayé de vous tuer. Je me suis contenté de vous neutraliser.

— Vu les différences de poids et de taille entre nous, cela revient plus ou moins à la même chose, non ?

Elle ne pouvait s'empêcher de repenser à la sensation du corps de Lucas plaqué contre le sien. À quand remontait la dernière fois où elle avait été tenue ainsi ? La dernière fois qu'elle avait été en contact avec tant de fermeté et de muscle, la dernière fois qu'elle s'était sentie aussi en sécurité...

En *sécurité* ? Il l'avait agressée, merde ! Elle avait l'esprit vraiment tordu. Comment pouvait-elle retirer un quelconque sentiment romantique d'une prise d'autodéfense dont elle avait fait les frais ?

— Il se pourrait d'autre part que vous m'ayez abîmée mentalement. Tous vos discours sur les aspects noirs cachés de l'individu lambda m'ont déstabilisée. Je me sens moins tranquille que je ne l'ai toujours été. Dorénavant, en croisant des gens dans la rue, je vais m'interroger sur ce qu'ils dissimulent sous leur air de rassurante normalité.

Elle se demandait d'ailleurs ce que *lui* dissimulait sous son physique mortellement séduisant.

L'éclat moqueur était de retour dans le regard de Lucas.

— Je croyais que vous ne voyiez que le bon en votre prochain ?

— Absolument ! Mais vous avez semé le doute dans mon esprit. Grâce à vous, je vais passer tout le trajet du retour à regarder par-dessus mon épaule.

— Tant mieux. Une saine prudence ne saurait nuire.

— Peut-être. Mais vous m'avez effrayée.

— C'est mon boulot d'effrayer les gens.

— Non, votre boulot, c'est *d'écrire* des livres qui donnent la chair de poule. Pas de terroriser les gens par vos paroles et votre attitude !

Elle se frotta les reins avec la paume de la main et vit l'expression de Lucas changer.

— Je vous ai fait mal ?

— Disons que j'ai atterri un peu maladroitement et que votre sol est dur.

En guise de test, elle fit rouler ses épaules.

— A priori, je devrais survivre.

— Tournez-vous et je vais jeter un coup d'œil.

— Vous me suggérez de retirer mes vêtements et de me présenter à vous de dos ? Je ne crois pas, non. Vous n'êtes pas le genre d'homme à qui une femme douée de raison se présenterait dans une attitude vulnérable, monsieur Blade. J'essaie de ne pas imaginer ce qui se serait passé si la police n'était pas intervenue à temps. Vous auriez broyé ce qu'il me restait d'os avec une de vos prises de karaté.

— Jujitsu.

— Enchantée de l'apprendre. Votre grand-mère m'a dit que vous maîtrisiez plusieurs arts martiaux à fond. Elle sera ravie d'entendre que vous faites un excellent usage de votre expertise. Je ne manquerai pas de louer votre maîtrise du juji-bidule quand je l'appellerai tout à l'heure.

L'expression de Lucas se figea.

— Vous n'appellerez *pas* ma grand-mère.

— Mais...

— Si j'avais voulu que ma grand-mère sache que je suis ici, je le lui aurais dit en personne.

— Mais pourquoi lui cacher votre présence ? demanda-t-elle. Mitzy vous adore. Elle ne jure que par vous.

— Ce n'est pas vraiment d'elle que je me cache, mais de son besoin incontrôlable d'interférer dans ma vie et de régler mes problèmes.

— Elle fait ça parce qu'elle vous aime.

Eva ressentit une pointe d'envie.

— C'est normal qu'elle tienne à vous, non ?

— Peut-être. Mais ça reste invivable quand même.

Il n'accordait que peu d'importance à sa famille, comme quelqu'un pour qui l'amour des siens allait de soi ! Que ne donnerait-elle pas pour avoir une mère, une sœur, une *grand-mère* pour se mêler de ses problèmes ? Un proche qui lui passerait un coup de fil de temps en temps, juste pour s'assurer que tout allait bien. Quelqu'un qui s'inquiéterait lorsqu'elle travaillait jusque tard le soir et qui insisterait pour savoir si elle s'alimentait correctement.

Elle cligna rapidement les yeux pour endiguer une montée de larmes.

Il était temps pour elle de prendre congé. Il ne voulait pas d'elle chez lui, c'était évident. Les décos de Noël et Lucas Blade, ça ne faisait clairement pas la paire.

À présent que les lumières étaient allumées, elle posait un autre regard sur l'appartement. Les volumes étaient superbes, mais le décor n'était… qu'un décor et rien d'autre. Il évoquait l'hôtel de luxe plus qu'un vrai foyer. Comme si quelqu'un était venu se poser là en oubliant d'apporter quelque chose de lui-même.

En termes d'espace, l'appartement était une pure splendeur, mais il y manquait une âme. On ne voyait rien dans ce séjour de personnel ni de distinctif. Aucun objet ne parlait de la personnalité de son propriétaire. On avait presque du mal à imaginer que des gens aient pu venir s'asseoir sur ces canapés ou poser des tasses sur la table en métal poli et en verre. L'endroit semblait presque abandonné, comme si Lucas avait oublié d'y vivre.

Elle avait envie d'y mettre une profusion de fleurs, de coussins, de vases. D'éparpiller quelques vêtements ici et là pour adoucir l'austérité du lieu et donner l'illusion d'une présence.

Dans quelle pièce s'était trouvé Lucas lorsqu'elle était entrée ? Là-haut, dans une des chambres ? Dans son bureau ?

Pour la première fois depuis qu'il l'avait aplatie sous lui, elle examina sérieusement son visage et vit ce qui lui avait échappé jusque-là. Les cernes sous les yeux qui trahissaient des insomnies chroniques. Les rides de tension de part et d'autre de la bouche.

Lorsqu'elle détourna le regard, son attention fut attirée par un objet qu'elle n'avait pas encore remarqué : un couteau à l'aspect acéré dont la lame luisait dans le halo d'une lampe de salon. Si la conversation s'était déroulée à la cuisine, elle n'en aurait fait aucun cas. Mais ils se trouvaient dans un séjour.

Mal à l'aise, elle contempla fixement l'arme blanche.

Il y avait quelque chose de déstabilisant — de presque menaçant — dans ce couteau.

Elle fit le tour des raisons possibles qui pouvaient justifier sa présence là, sur la table basse. Peut-être l'utilisait-il pour ouvrir son courrier ? Mais elle avait déjà remarqué l'énorme pile de lettres sur une console. Et il n'en avait clairement décacheté aucune.

Eva avait beau se creuser la cervelle, elle ne voyait aucune explication plausible.

La lame l'obsédait et son malaise se mua en inquiétude. Elle n'était pas spécialiste pour élucider des énigmes, mais elle était capable de déchiffrer certains indices aussi bien qu'une autre. Il y avait un couteau dans le séjour de Lucas, et il se terrait seul dans son appartement plongé dans l'ombre alors que sa famille le croyait loin de New York.

L'approche de Noël, elle le savait, pouvait être redoutable pour des personnes souffrant d'états dépressifs.

Du regard, elle embrassa la pièce avec ses murs nus et ses sols sans tapis.

— Vous venez juste d'emménager ?

— Cela fait trois ans que je vis ici.

Trois ans. Etait-il venu s'installer là alors que sa femme était encore en vie ? Non. Nulle part dans cet appartement on ne voyait la trace d'une présence féminine. Il avait dû changer d'habitation tout de suite après avoir perdu sa femme.

À la mort de celle-ci, il avait pris la fuite et était venu se planquer dans un lieu neutre. Et il se planquait toujours.

Son appartement donnait l'impression qu'il avait

quitté son ancienne vie comme on se jette dans le vide. Sans rien emporter avec lui.

Eva sentit son cœur se serrer pour lui.

Elle essaya de se dire que le sort de Lucas ne la concernait pas. Elle avait juste été missionnée pour décorer son appartement, après tout. Pas pour assurer le soutien moral de son propriétaire. Lucas avait d'ailleurs clairement exprimé le fait qu'il détestait qu'on s'occupe de lui. La raison lui commandait de le laisser tranquille. Mais si elle partait maintenant, il resterait seul et qui sait ce qu'il serait capable de faire ? Dans un élan de désespoir, il pouvait très bien retourner ce couteau contre lui. Or, elle était la seule personne au monde à savoir qu'il n'était pas occupé à écrire dans un chalet confortable quelque part en montagne, mais qu'il tournait en rond, tout seul, dans cet appartement sans âme, à broyer du noir.

S'il arrivait quelque chose à Lucas, elle en porterait la responsabilité morale. Et passerait une vie entière à se demander si elle aurait pu arrêter son geste en restant — si elle aurait pu faire la différence.

De nouveau, elle chercha son regard et vit que ce n'était pas un individu dangereux pour autrui qui se dressait devant elle. Lucas Blade était un homme réduit aux derniers degrés du désespoir, qui vacillait au bord du gouffre. Quelqu'un qui ne tenait plus debout que de justesse.

Cet homme avait peut-être choisi l'horreur comme thème d'écriture, mais il était clair qu'en ce moment rien n'égalait l'horreur de sa propre existence.

Et il était hors de question qu'elle le laisse seul dans ces conditions.

Chapitre 3

« Avant de sauter, regarde où tu mets les pieds. Ou pense à prendre une trousse de premier secours avec toi. »

— *LUCAS*

Lucas l'avait crue sur le point de partir, mais elle ne semblait plus du tout aussi pressée de s'en aller, tout à coup.

— Bon. Je ne voudrais pas vous chasser, Eva, mais mon livre m'attend.

Et il brûlait d'impatience de s'y mettre. Ses personnages prenaient forme dans sa tête et commençaient à ressembler à des êtres humains à part entière, avec leurs traits marquants, leurs particularités de caractère. Déjà, il les entendait dialoguer, voyait certaines scènes s'ébaucher dans son esprit. Pour la première fois depuis des mois, il avait hâte de s'asseoir devant son ordinateur. Le monde de la fiction lui ouvrait de nouveau ses portes, et il n'aspirait qu'à une chose : s'y calfeutrer et ne plus en ressortir. Il se sentait comme un malade en état de souffrance chronique à qui on faisait miroiter une seringue remplie de morphine. Tout ce qu'il voulait, c'était s'injecter sa dose et laisser le sentiment de délivrance se propager lentement dans ses veines. Il aspirait de tout son être à s'extraire de lui-même, pour tenir à distance la douleur qui le hantait sans relâche depuis trois ans.

Le seul obstacle entre sa drogue et lui, c'était la source de son inspiration, qui ne semblait plus vouloir quitter les lieux. Il était clair qu'il lui avait fait peur avec son attitude bizarre, mais pas assez, apparemment, pour qu'elle détale à toutes jambes se réfugier auprès de son pote Albert.

— Votre grand-mère a fait appel à mes services pour que je m'acquitte d'un certain nombre de tâches ici. Alors de deux choses l'une : soit je lui téléphone pour lui expliquer la situation, soit je reste et je fais le boulot pour lequel elle me paye.

Si elle appelait sa grand-mère, il n'y aurait plus moyen d'être tranquille. Il lui faudrait expliquer pourquoi il était à New York et pas dans le Vermont. Et, pire encore, il se retrouverait dans l'inconfortable obligation de se justifier sur le fait qu'il avait menti.

Il tenta l'intimidation en prenant une voix sinistrement suave :

— Regardez autour de vous. Ai-je l'air d'un homme qui a envie de voir son appartement plein de guirlandes pour les fêtes ?

— Non. Et c'est la raison pour laquelle votre grand-mère voulait que je m'en charge. Elle pense que vous ne pouvez pas continuer à vivre de cette façon. Elle s'inquiète à votre sujet. Et pour être franche, maintenant que je vous ai rencontré, moi aussi je me fais du souci pour vous.

— Et en quel honneur vous préoccuperiez-vous de la façon dont je vis ?

— Tout être humain digne de ce nom mérite d'avoir un sapin de Noël chez lui.

— Vous essayez de me torturer ?

— Vous torturer ? Un sapin de Noël, c'est extrêmement inspirant, au contraire !

— Qu'y a-t-il d'inspirant dans un arbre en plastique fabriqué à base de pétrole et probablement assemblé dans une usine chinoise ?

— En plastique ? Qui a dit que vous auriez droit à un sapin artificiel ? L'artifice n'a jamais été ma tasse de thé, monsieur Blade. Je ne fais que dans l'authentique, que ce soit pour les sapins de Noël, les petits plats cuisinés ou les orgasmes.

Elle rougit violemment.

— Oups. Oubliez ce dernier élément, s'il vous plaît. Ça m'a échappé. Je voulais juste dire que je déteste les contrefaçons dans tous les domaines.

Elle parlait si vite que les mots se bousculaient sur ses lèvres. Lucas se surprit à lutter pour ne pas sourire.

Il n'avait pas souvenir d'avoir déjà rencontré quelqu'un qui s'exprimait avec aussi peu de filtres. Il trouvait plutôt agréable de l'entendre dire sans retenue tout ce qui lui passait par la tête.

— Vous n'avez encore jamais feint un orgasme ?

— Je vous ai demandé d'oublier que j'avais dit ça !

Lucas l'imagina au lit, nue et désinhibée, et sa température corporelle s'éleva. Les images qui défilaient dans sa tête étaient suffisamment explicites pour le mettre mal à l'aise. Depuis la mort de Sallyanne, les femmes s'étaient offertes en nombre pour le consoler.

Il avait eu droit à un vaste éventail de propositions allant de la nuit de sexe jusqu'au mariage. Mais il n'avait jamais été tenté par aucune de ces formules. Pas seulement parce qu'il avait laissé ses années « bad boy » derrière lui, mais surtout parce qu'il avait perdu tout désir. Chaque fois qu'il regardait une femme dans les yeux, il revoyait l'expression sur le visage de Sallyanne la dernière fois qu'il l'avait vue en vie.

Mais sa sexualité avait beau être restée au point mort pendant trois ans, il ressentait du désir pour Eva, c'était incontestable.

Pour endiguer son début d'excitation, il tenta de réfléchir à la façon dont une personne aussi menue qu'elle réussirait à tuer un homme qui pèserait deux fois son poids.

— Je suis écrivain. Tous les comportements humains m'intéressent.

C'était *elle* surtout qui l'intéressait.

Il tenta de se persuader que l'intérêt qu'il lui portait était purement littéraire, mais il savait qu'il se racontait des histoires.

Elle laissa retomber ses bras contre ses flancs.

— Revenons aux sapins de Noël. Les vrais, ceux qui sont beaux et sentent bon.

— Et qui perdraient leurs aiguilles sur mes parquets.

En évoquant ses sols, il se souvint de la sensation du corps d'Eva sous le sien.

— Si les aiguilles tombent, on les ramasse, rétorqua-t-elle en déboutonnant son manteau. Ce n'est pas compliqué.

— Je n'ai pas le temps de ramasser des aiguilles.

J'ai un livre à finir dans un délai très court et j'ai besoin d'être seul et au calme. Si vous restiez pour décorer mon appartement, vous me déconcentreriez.

Ce n'était pas le bruit qui l'inquiétait ni le fait d'avoir quelqu'un d'autre dans son appartement — c'était *elle*.

Elle ranimait en lui un élan vital qu'il préférait garder en sommeil.

Peut-être parce qu'elle était l'exact opposé physique de Sallyanne, qui avait été grande et longiligne. En talons, sa femme l'avait presque égalé en taille. Plus il regardait Eva, plus il se disait qu'elle était aussi différente de Sallyanne qu'une femme puisse l'être. Il savait d'instinct que se perdre dans les courbes douces d'Eva serait une expérience entièrement inédite, sans flash-back ni douloureux rappels. Mais il savait aussi que, pour un homme comme lui, s'engager dans une histoire avec une femme comme elle équivaudrait à un acte criminel.

Même si le crime en question serait d'une tout autre nature que ceux qui peuplaient ses romans.

— Vous ne vous apercevrez même pas de ma présence.

— Comme si vous étiez du genre à vous fondre dans le décor !

Elle secoua la tête.

— Je vous promets que je ne vous dérangerai pas. D'une part, parce que je sais que le génie créatif a besoin de temps, d'espace et de silence. Et d'autre part, parce que votre compagnie n'est pas des plus enthousiasmantes, monsieur Blade.

Le chaton avait donc des griffes.

— Dites à ma grand-mère que vous avez changé

d'avis et que vous ne voulez plus vous charger du boulot qu'elle vous a confié.

— Non. Je suis payée pour décorer votre appartement et pour remplir votre congélateur en votre absence. Et c'est ce que je vais faire.

— Je ne suis pas absent, Eva.

— En effet, oui. Ça tombe mal pour vous comme pour moi. Mais vous ne m'autorisez pas à dire la vérité à la personne qui m'a confié ce travail. Et je déteste mentir.

Ainsi donc, les grands yeux bleus et la chevelure de sirène cachaient une jolie tête de pioche.

La pensée jubilatoire que sa grand-mère avait enfin trouvé plus têtue qu'elle compensa presque l'irritation qu'il ressentait à ne pas parvenir à éjecter Eva de chez lui.

Presque. Mais pas tout à fait.

— Partez. Et je vous verserai l'équivalent de ce qu'elle vous aurait payé.

— Ce n'est pas une question d'argent, monsieur Blade, mais de réputation. Je suis fière du métier que je fais.

— Et c'est quoi, votre métier, exactement ? Elfe de Noël ? Vous décorez à leur insu les appartements de tous les gens de mon espèce qui détestent les fêtes et qui les détesteront d'autant plus que vous leur imposerez vos conneries de colifichets à paillettes ?

Ses sarcasmes glissèrent sur elle sans paraître l'affecter.

— Je travaille pour l'entreprise Urban Génie. Nous faisons dans l'événementiel et la conciergerie.

— C'est un événement de dresser un sapin dans un appart ?

— Votre grand-mère fait partie de notre clientèle. C'est elle qui nous a sollicitées. Et tout ce que les gens nous demandent de faire, on le fait.

Il garda pour lui la remarque équivoque qu'appelait cette affirmation imprudente. Il n'avait pas envie de faire de l'humour leste aux dépens d'Eva, mais il devait reconnaître qu'il avait du mal à ne pas penser à elle en termes sexuels.

— Vous faites tout, donc, sauf décamper quand on vous le demande poliment.

— Si l'ordre venait d'un client, je le ferais. Mais vous n'êtes pas mon client.

— OK. Donnez-moi le nom de votre employeur et je l'appellerai pour lui expliquer que je n'ai plus besoin de vos services.

— Je suis mon propre patron. Nous sommes trois associées qui avons monté cette agence.

Il soupira.

— Et comment avez-vous connu ma grand-mère ?

— J'ai rencontré pour la première fois Mitzy à l'occasion de son quatre-vingt-dixième anniversaire, lorsqu'elle nous a commandé un gâteau. Elle a été notre première cliente. Le jour où je lui ai livré la pâtisserie, nous avons passé au moins deux heures à discuter, elle et moi. Et, depuis, elle continue de temps en temps à faire appel à nos services. Lorsqu'il fait froid, je promène son petit chien. Et on prend le temps de bavarder un peu.

À part son grand-père, personne n'avait jamais appelé sa grand-mère « Mitzy ». Pour tous les autres, elle était Mary. Ou Gran. Très clairement, cette fille représentait autre chose pour sa grand-mère qu'un simple service de conciergerie efficace.

— Et vous parlez de quoi, toutes les deux ?

— De tout. Mitzy est une femme passionnante.

— Elle vous paie pour avoir quelqu'un avec qui échanger quelques mots, alors ? Vous facturez au prix fort à une vieille dame un simple moment de compagnie ?

— Non. Je prends le temps de discuter avec votre grand-mère parce que je l'aime bien et que sa vie m'intéresse.

Il avait beau l'agresser avec des questions hargneuses, elle restait d'une patience angélique.

— Mitzy me fait penser à ma propre grand-mère, reprit-elle. Elle se sent un peu seule, je crois.

Même si le regard d'Eva n'avait rien d'accusateur, il éprouva un sursaut de culpabilité.

— Elle vous téléphone souvent ?

— Ça lui arrive, oui. Mais, le plus souvent, elle se sert de notre appli.

Lucas secoua la tête.

— Vous devez la confondre avec quelqu'un d'autre. Ma grand-mère n'a pas de téléphone portable. Elle a toujours refusé d'en avoir un.

Elle et lui s'étaient disputés assez souvent à ce sujet ! Sa grand-mère se donnait le droit de s'inquiéter pour lui, mais ne comprenait pas qu'il puisse se faire du souci pour elle.

— Elle a accepté quand je le lui ai demandé. Et elle se sert régulièrement de notre appli.

— Gran déteste la technologie moderne.

— Au début, elle était contre, oui. Mais il a suffi qu'on lui montre les manips de base. Elle se débrouille très bien, maintenant.

— Vous lui avez appris à se servir d'un smartphone ?

Et lui n'en aurait même pas été informé ? Impensable ! Lucas essaya de se remémorer quand il avait vu sa grand-mère pour la dernière fois. Pendant l'été, il avait été pris par les tournées promotionnelles qui l'avaient conduit aux quatre coins du monde. Il avait dû passer en tout et pour tout deux jours à la maison en juillet et en août. Et depuis, il avait été occupé à se torturer l'esprit pour trouver le sujet de son nouveau livre.

C'était de piètres excuses et il le savait.

La vérité, c'est qu'il supportait mal la compagnie de sa grand-mère depuis la mort de Sallyanne. Même si ses intentions étaient bonnes, elle voulait le consoler et son besoin de le guérir ne servait qu'à aggraver son mal. Personne ne pouvait panser la blessure qui suppurait en lui. Ni sa grand-mère ni cette jolie fille avec des yeux comme un ciel d'été et des cheveux couleur de blés mûrs.

Il tendit la main.

— Vous avez l'appli sur votre téléphone ? Montrez-moi.

Il lui prit son portable des mains et ouvrit l'appli.

— « Vos souhaits sont nos ordres » ?

Il haussa un sourcil.

— Mon vœu, c'est que vous disparaissiez d'ici sans dire à quiconque que vous m'avez vu. Et *hop* ! Comment allez-vous vous y prendre pour le réaliser, madame le génie de la lanterne ?

Elle lui arracha le téléphone des mains.

— Monsieur Blade, j'ignore pourquoi vous n'êtes pas dans le Vermont et je ne veux même pas le savoir.

Mon boulot, c'est de faire ma part du contrat que j'ai passé avec votre grand-mère. Je vais décorer votre appart, cuisiner pour remplir votre frigo, et je partirai tranquillement.

Il aurait été impressionné par sa fermeté s'il n'avait pas été rongé à ce point par l'impatience. *Enfin*, après avoir bouffé du syndrome de la feuille blanche pendant des mois, il était dans les dispositions nécessaires pour écrire. Et voilà que cette fille refusait de vider les lieux.

— Je pourrais vous faire évacuer de force.

— Vous le pourriez, oui. Mais je téléphonerais aussitôt à votre grand-mère. J'ai cru comprendre que vous ne le souhaitiez pas, donc je suis certaine que nous pouvons trouver un compromis acceptable pour vous comme pour moi.

— Je rêve ou vous me faites du chantage ?

Après dix années passées à explorer les rivages les plus noirs de la nature humaine, cette réaction n'aurait pas dû le surprendre. Mais, bizarrement, l'entêtement radical de sa visiteuse l'intrigua quand même.

Elle avait un regard confondant de gentillesse, une bouche voluptueuse et des courbes tendres. De l'extérieur, tout en elle n'était qu'acquiescement et douceur. À l'intérieur, elle était en acier trempé. En d'autres circonstances, le contraste aurait pu éveiller sa curiosité mais, là, il vit rouge.

Il était sur le point de la prendre sous les aisselles et de l'évacuer manu militari lorsqu'il vit la neige qui tombait dru de l'autre côté de la grande cloison en verre.

Le spectacle de la tempête le glaça.

Il se dirigea vers les fenêtres sans un mot et contempla la ville devant lui dont la neige redessinait les perspectives familières. L'épais rideau de flocons formait comme un voile qui lui masquait Central Park.

Des souvenirs remontèrent, comme un moutonnement de nuages noirs jetant une ombre sur lui. Le temps se désorganisa, l'aspira en arrière, vers une soirée exactement semblable à celle-ci.

Les mêmes tourbillons blancs, d'apparence si trompeusement innocente, s'étaient mués en tueurs aussi efficaces que ceux qui peuplaient ses livres. Et puis, il y avait eu le tournant brutal qu'avait pris son histoire avec Sallyanne et qui avait rendu le choc de sa disparition d'autant plus fatal.

Le temps aurait dû « faire son œuvre », comme on dit, mais il était conscient que le processus de guérison n'était toujours pas amorcé. Et il n'avait aucune idée de la façon dont il pouvait s'y prendre pour exorciser le passé. Son seul exploit, jusqu'à présent, avait consisté à se maintenir en mode survie. Se lever le matin, s'habiller, endurer une journée de plus. Il pensait avoir atteint le point le plus bas de sa misère mentale. Mais, depuis quelque temps, il devait composer avec un nouveau facteur aggravant : la pression que son environnement mettait sur lui pour qu'il « passe à autre chose et laisse le passé derrière lui ». Se rendre compte qu'il était incapable de répondre à leur attente ajoutait encore à son sentiment d'échec.

Il ferma les yeux en crispant les paupières, repoussant le souvenir des derniers moments où il avait vu Sallyanne en vie. Il aurait voulu pouvoir revenir plus loin en arrière, retrouver les jours insouciants. Mais, jusqu'à présent, il n'y avait pas réussi. Comme un disque dur détraqué, son cerveau patinait, crashait et le ramenait systématiquement vers le moment précis qu'il avait choisi d'oublier.

— J'adore regarder tomber la neige, pas vous ? C'est comme être enveloppé dans une étreinte toute blanche, toute douce.

La voix calme et rêveuse d'Eva vint trouer le cauchemar qui se déroulait dans sa tête. Il ouvrit les yeux et comprit que sa grand-mère avait peut-être beaucoup parlé avec cette jeune femme en partageant du thé et des gâteaux, mais qu'elle ne lui avait pas communiqué les circonstances précises du décès de Sallyanne.

Sa remarque innocente lui fit l'effet d'un papier de verre frottant une peau déjà à vif.

— Je hais la neige.

Elle se tenait à côté de lui, buvant des yeux le spectacle silencieux des flocons. Il tourna la tête pour l'observer, péniblement conscient de l'intimité factice que créaient les circonstances hivernales au-dehors.

Il n'aurait su dire exactement ce qu'il lisait sur son visage. Une joie pensive ? Un rêve de petite fille ? Il était clair en tout cas qu'elle baignait dans une indéfectible confiance en la vie. Ni la météo sinistre ni ses contemporains ne lui inspiraient la moindre méfiance.

« Je fais partie des gens qui voient toujours leur verre à moitié plein. »

Sa colère se mua en résignation. Il savait qu'il était sans recours. Même si la présence d'Eva dans l'appartement lui était intolérable, il était incapable de la jeter dehors. Pas avec le blizzard qui soufflait en ce moment sur Manhattan. Personne d'autre ne mourrait à cause de lui par une nuit de neige et de tempête.

— Bon, eh bien, allez-y, puisqu'il n'y a pas moyen de s'y soustraire. Collez donc des rubans sur les pieds de rampe, entourez la balustrade de guirlandes, accrochez du gui aux lustres, je m'en fous !

Il était conscient de la grossièreté de son comportement, mais il était au-dessus de ses forces de se montrer un tant soit peu accueillant. Il se sentait acculé, manipulé, pris au piège, même s'il pouvait difficilement tenir Eva pour responsable des conditions météo. Elle devait penser qu'à côté de lui même le sinistre vieillard de Dickens qui détestait tant Noël faisait figure d'aimable boute-en-train.

— Je monte me mettre à mon bouquin. Exercez vos ravages sur mon lieu de vie, s'il le faut, mais *surtout* ne vous avisez pas de perturber ma concentration.

Même un rat dans un restaurant aurait été mieux accueilli qu'elle ne l'avait été chez Lucas Blade.

Eva fit la grimace en se débarrassant de son manteau et transporta ses sacs jusqu'à la cuisine où régnait un ordre étincelant. Elle prit le temps d'admirer les plans de travail en bois et l'inox impeccable. Des cuisines, elle en avait vu suffisamment dans sa vie pour savoir que celle-ci était coûteuse, faite sur mesure et aussi fonctionnelle qu'esthétique.

— Je me sens peut-être comme un rat dans un restaurant, marmonna-t-elle, mais au moins, c'est un restaurant quatre étoiles.

Tout en gardant un œil sur la porte à l'étage

supérieur derrière laquelle Lucas avait disparu, elle commença à déballer ses provisions.

L'immense réfrigérateur était quasiment vide. Alors qu'on annonçait une tempête spectaculaire, il n'avait fait aucune provision ?

Elle examina les clayettes désertes, les comparant avec son frigo à elle qui était deux fois plus petit et trois fois plus rempli, débordant de légumes et des restes des plats qu'elle créait et testait à longueur de journée. Le réfrigérateur qu'elle avait devant les yeux donnait l'impression d'être neuf et de n'avoir jamais servi.

Qu'il n'ait pas envie de mettre des tableaux au mur était une chose. Mais il n'avait quand même pas passé trois ans ici sans rien avaler ?

Elle ouvrit les placards de rangement et trouva quelques conserves et un paquet de pâtes. Ainsi que six bouteilles de whisky pleines.

À une extrémité de la cuisine, un mur entier était dédié au stockage du vin. Il y en avait des rangées et des rangées, et seul le haut des bouteilles était visible. La seule fois où elle avait vu tant de bouteilles réunies sur une surface aussi restreinte, c'était dans un restaurant. Les casiers en bois ancien étaient très beaux et l'effet incontestablement décoratif. Mais elle n'avait pas l'impression que ces bouteilles étaient là pour des raisons esthétiques. Lucas Blade était soit un collectionneur passionné, soit un buveur invétéré.

Pas étonnant que Mitzy se fasse du souci pour lui.

Eva entrevoyait certains sujets de préoccupation, elle aussi, mais d'autres sentiments venaient se mêler à l'inquiétude. Elle s'immobilisa, la main pressée sur le ventre pour essayer de contenir le trouble qui s'y logeait. Lucas était un homme compliqué et très profondément perturbé. Autrement dit, quelqu'un à qui elle ferait mieux de ne pas s'intéresser sur le plan sexuel. Pas parce qu'elle voulait se préserver dans l'attente de L'Homme idéal. Mais le minimum serait quand même qu'elle trouve quelqu'un qu'elle apprécierait et dont elle serait appréciée en retour.

Or elle ne savait pas trop quoi en penser, de ce Lucas Blade. Son drame la touchait et il l'attirait physiquement, mais quant à savoir si elle l'*appréciait* ? Il lui faudrait plus de temps pour avoir la réponse à cette question. Et il était clair que, de son côté, elle ne lui inspirait qu'une solide exaspération.

Posant un nouveau sac sur le plan de travail, elle continua de décharger ses victuailles.

Pourquoi ne disait-il pas simplement à sa famille qu'il était à New York, mais qu'il ne souhaitait pas être dérangé ? Quel sens cela avait-il d'inventer cette histoire de retraite d'écriture dans le Vermont ?

Elle rangea une boîte d'œufs dans le réfrigérateur et leva les yeux vers le haut de l'escalier où elle avait vu Lucas disparaître. Juste avant qu'il ne lui tourne le dos pour se diriger vers la fenêtre, son expression avait été orageuse, presque menaçante. Elle avait eu la certitude qu'il allait l'éjecter de chez lui de force. Ou au moins trouver un moyen légal pour se débarrasser d'elle au plus vite. Mais quelque chose — et elle ignorait quoi — l'avait soudain fait changer d'avis.

Elle était venue ici avec la perspective tristounette de passer deux journées d'isolement total. Quelques heures plus tôt encore, elle aurait applaudi à l'idée d'une compagnie inespérée. Mais y avait-il vraiment motif à se réjouir ? Se retrouver enfermée dans un appartement par une nuit de tempête avec quelqu'un qui la voyait comme un affreux fardeau exacerbait plutôt son sentiment de solitude.

Peut-être aurait-elle dû accepter de partir, puisque c'était ce qu'il voulait. Mais comment aurait-elle pu passer le pas de la porte en le laissant seul face à la lame de son couteau ? L'abandonner à son sort aurait été d'autant plus difficile qu'elle savait que personne ne viendrait le voir ni ne prendrait de ses nouvelles. Elle n'avait jamais été capable de tourner le dos à une personne en état de détresse.

S'il était arrivé quoi que ce soit à Lucas, elle ne se le serait jamais pardonné.

Et puis il y avait le travail en lui-même.

Jusqu'à présent, c'était essentiellement Paige qui trouvait de nouveaux clients pour leur agence. Son amie était une véritable boule d'énergie avec une capacité de travail impressionnante et elle se démenait sans relâche pour faire tourner Urban Génie.

De son côté, c'était la première fois qu'elle décrochait un contrat un tant soit peu significatif et elle n'avait pas envie de le perdre. Ni de décevoir une cliente. Or Mitzy était devenue même plus qu'une cliente. Une amie.

Eva finit d'installer ses affaires dans la cuisine en laissant de côté tout ce qu'elle avait apporté pour orner le sapin. Les décos pouvaient attendre qu'il soit livré.

Décidée à oublier Lucas, elle plaça ses écouteurs sur ses oreilles et choisit sur sa playlist ses chansons de Noël préférées. Il faudrait qu'elle soit attentive à ne pas chanter, comme elle en avait l'habitude. Elle ne voulait pas déranger Lucas pendant qu'il écrivait.

Deux minutes après le début de la première chanson, Paige appela.

— Comment ça se passe, alors ? Ça doit te faire bizarre d'être dans un appartement vide.

Eva leva les yeux vers l'espace silencieux au-dessus d'elle.

— L'appartement n'est pas vide, chuchota-t-elle. Il est là.

— Qui ça, « il » ? Je mets la touche haut-parleur. Frankie me fait des grands signes. Elle veut tout entendre.

— Lucas Blade, murmura-t-elle tout bas.

Elle expliqua la situation en laissant de côté l'épisode avec la police. Inutile d'inquiéter ses amies avec ce genre de détails scabreux.

— Mais pourquoi avoir fait croire qu'il était à la montagne, alors ?

Eva songea à l'expression qu'elle avait surprise dans le regard de Lucas. Au couteau posé sur la table basse.

— Je crois qu'il a envie qu'on lui fiche la paix.

Elle le soupçonnait de ne pas mieux tolérer sa propre compagnie que celle des autres. Mais s'il était assez facile de s'isoler du reste du monde, on n'échappait que rarement à soi-même.

— Tu l'as vu en personne, alors ? Il est réellement sexy à mort ou ils ont utilisé une doublure sur les photos en quatrième de couverture ?

C'était Frankie qui venait de se mêler à la conversation. Eva laissa monter une image de Lucas Blade, revit le tracé de ses traits énergiques. *Et ses yeux...*

— Je confirme : il est sexy à mort.

Frankie émit une exclamation de triomphe.

— Rhooo ! Tu t'étais juré de mettre ton cher préservatif au travail avant Noël, non ? Tu tiens ta chance, Ev. Fonce.

Au souvenir de son corps cloué sous celui de Lucas, elle sentit son ventre tressaillir.

— Ce n'est pas mon type.

— Comment ça, mortellement sexy et pas ton type ? Un mec comme lui plaît à toutes les femmes, non ?

— Je ne nie pas qu'il soit excitant, bandant ou tout ce que tu voudras. Mais il n'est pas très amical.

— Et alors ? Tu n'es pas obligée de discuter avec lui. Utilise-le juste pour t'envoyer en l'air !

Ça, c'était la réaction enthousiaste de Frankie. Mais Eva se dit que son choix de vocabulaire avait dû donner l'alerte à Paige, car celle-ci reprit le téléphone.

— Qu'entends-tu exactement par « pas très amical » ?

— Rien. Laisse tomber. Il ne veut pas de moi ici, c'est tout.

— Mais tu restes quand même ? Tu m'épates.

Frankie jura.

— Si un homme ne voulait pas de moi chez lui, je ressortirais de là plus vite que mon ombre.

— Oui mais, toi, tu es introvertie. Tu as des comportements étranges dès que tu es en présence d'un homme, Frankie.

— Dois-je te rappeler que je suis amoureuse et que je partage ma vie avec un spécimen mâle tout à fait authentique ?

— Bon. OK. Tu es bizarre avec tous les hommes *sauf* avec Matt.

Paige intervint non sans une certaine véhémence :

— Dans ce cas précis, je suis d'accord avec Frankie. Si ce mec te met un tant soit peu mal à l'aise, tu te tires. C'est une règle que nous nous sommes fixée dès le départ, souviens-toi. Si on sent qu'une situation n'est pas claire, on part. A fortiori lorsque l'une d'entre nous bosse seule.

— Je ne me sens pas menacée. Et je ne peux pas le laisser.

Elle baissa la voix.

— Il n'y avait quasiment rien à manger dans l'appartement quand je suis arrivée. Et il n'y a pas que la bouffe qui manque. L'appartement est du genre spartiate. Il n'y a rien qui traîne. C'est comme s'il venait juste d'emménager.

— Avec toi sur place, ça va vite changer, commenta Frankie en s'esclaffant.

Mais Paige ne semblait pas d'humeur à rire.

— Plus j'en entends, moins ça me plaît de te savoir seule la nuit avec ce type. Comment t'a-t-il convaincue de rester ?

— Il ne m'a pas convaincue de rester. Il me poussait plutôt dehors, au contraire. Jusqu'au moment où...

Jusqu'au moment où il avait vu la neige tomber. Elle se tourna pour regarder la fenêtre. C'était donc ça, la raison. Il avait été déterminé à l'éjecter jusqu'au moment où il s'était rendu compte que la ville de New York était quasiment en état d'alerte.

— Il n'a pas voulu que je parte dans ce blizzard. Vous n'avez aucune raison de vous inquiéter. S'il avait eu l'intention de m'éliminer, il m'aurait mise à la rue et laissé la neige et le verglas faire le boulot à sa place.

Elle déambula jusqu'à la cloison vitrée et scruta le rideau mouvant de la neige chassée par le vent. Les rues et le parc avaient disparu sous l'assaut furieux de la tempête.

— Même si j'avais voulu partir, ce serait trop tard maintenant.

Le fait qu'ils soient enfermés là ensemble lui procura des picotements sur toute la surface de la peau. Il n'y avait plus qu'eux deux. Plus seuls que seuls au cœur de la ville paralysée et silencieuse.

Le mot « seul », cette fois, éveillait des sensations tout à fait différentes de celles qu'il évoquait d'ordinaire. Elle en avait le ventre chaviré.

— Tu as tout ce qu'il te faut là-bas ?

— Hou là, oui. Je suis arrivée avec des montagnes d'affaires. J'ai de quoi transformer la maison en un décor hivernal féerique et cuisiner des repas de gourmet pour tout un pensionnat.

Le seul hic, c'était qu'elle ne s'était pas attendue à trouver l'appartement aussi nu. Elle savait décorer, mais elle n'était pas magicienne non plus.

— Tiens-nous au courant, ordonna Paige. Si tu ne donnes pas de tes nouvelles régulièrement, on débarque en masse là-bas pour te récupérer, blizzard ou pas blizzard. Jake passe la nuit ici avec moi, et Matt et Frankie sont sur place aussi. Tu nous manques !

Eva eut un pincement au cœur. Ses deux amies étaient engagées dans des relations de couple durables. Elle se réjouissait qu'elles aient trouvé l'amour l'une et l'autre. Mais devait reconnaître qu'elle vivait encore plus mal sa propre solitude depuis.

Frankie reprit le téléphone.

— Tu n'as pas oublié la prise d'autodéfense que je t'ai enseignée, au moins ?

Eva sourit.

— Blade est ceinture noire ou équivalent dans plusieurs arts martiaux aux noms imprononçables. Je doute que ma petite prise me mène très loin face à lui.

Elle se souvint avec quelle maîtrise imparable il l'avait ceinturée puis plaquée au sol.

— Je vais plutôt faire confiance à mon intuition. L'univers de ses livres est trouble et inquiétant mais, lui, je ne le sens ni criminel ni pervers.

Elle essaya d'oublier ce qu'il lui avait dit au sujet de l'homme de la rue affichant une façade d'une normalité et d'une innocence trompeuses. Le tableau que Lucas Blade brossait de l'humanité était peint à travers un prisme déformant. Ils étaient peut-être quelques-uns dans la foule à dissimuler leur vraie nature de psychopathes. Mais la vaste majorité de leurs contemporains étaient inoffensifs et bien intentionnés. Elle en faisait l'expérience au quotidien.

Lucas Blade aurait mérité qu'elle l'étrangle pour avoir inoculé le germe du doute dans son esprit spontanément confiant.

— Donc, tu vas passer la nuit chez un inconnu qui n'a pas l'air très net ? reprit Paige d'une voix sombre. Franchement, Ev, il ne me plaît pas trop, ton plan.

— Je peux t'assurer que je ne le branche pas du

tout. Il n'en veut clairement ni à ma vie ni à ma vertu, donc tu peux dormir sur tes deux oreilles.

Eva leva de nouveau les yeux vers l'escalier. Mais tout était silencieux à l'étage.

— Qu'est-ce que ça veut dire, à ton avis, lorsqu'un mec te dit que tu as un joli squelette ? demanda-t-elle à mi-voix.

Frankie siffla entre ses dents.

— Quand c'est un auteur de thriller qui te dit ça, il vaut mieux mettre les bouts sans demander ton reste. Lucas Blade a une imagination terrifiante. Le dernier de ses meurtriers en date dépouillait ses victimes.

— De leur argent ?

— De leur peau.

— Oups.

Eva regretta d'avoir posé la question.

— Comment peux-tu lire des trucs pareils ?

— Parce que c'est plus fort que moi. Quand tu commences un de ses romans, tu ne le lâches plus. Il a un talent pour entrer dans la tête de ses lecteurs et jouer avec leurs nerfs. Ses livres s'arrachent. Et chacun de ses nouveaux bouquins est meilleur que le précédent. Tout le monde attend son prochain thriller, et moi la première... Tiens, d'ailleurs, si tu tombes sur le manuscrit, essaie de m'envoyer un chapitre ou deux. Il est comment, Blade, alors ?

Intimidant.

— Il ne s'attendait pas à me voir débarquer, donc je ne pense pas l'avoir vu sous son meilleur jour.

— Si tu ne trouves rien de positif à dire à son sujet, c'est qu'il doit être fondamentalement odieux, intervint Paige. Tu vois toujours le positif chez les gens, même quand ils n'ont rien pour eux.

— Ce n'est pas quelqu'un de mauvais. Il a acheté un petit chien à sa grand-mère.

— Et alors ? Il y a plein d'horribles psychopathes qui sont des maîtres exemplaires pour leurs animaux de compagnie. Rentre à la maison, Ev. Tu n'es pas responsable de lui.

— Je suis seule à savoir qu'il est chez lui en ce moment, répondit-elle simplement. Et il va mal. Qu'il veuille de moi ou non, je reste ici.

Lucas fixa l'écran qui brillait faiblement dans le noir.

« Regardez-moi. Est-ce que je ressemble à une meurtrière ? » Ces mots avaient déclenché une cascade d'idées, mais aucune encore n'avait trouvé le chemin de son cerveau à ses doigts. Trop de ses questions restaient sans réponse.

C'était comme s'il avait une boule de fils de laine emberlificotés entre les mains. Pas moyen de savoir de quel côté tirer pour les agencer de manière à tricoter quelque chose de lisible qui tiendrait ses lecteurs en haleine.

Bon. Pas de panique. Il tenait un début d'intrigue. Le reste suivrait forcément.

Il se leva et se dirigea à grands pas nerveux vers la fenêtre de son bureau.

C'était son super pouvoir à lui, la capacité de s'insinuer dans les profondeurs mentales cachées de ses contemporains et d'y réveiller les peurs les plus archaïques. S'il perdait sa vocation pour l'écriture, il pourrait toujours se recycler et faire du profilage criminel pour le FBI. Il avait des contacts chez eux, et des relations solides s'étaient créées au fil des années. Cela dit, s'il s'abîmait dans des introspections trop poussées, il pourrait finir par se perdre dans les méandres tortueux de sa propre psyché.

Mais pour l'instant, son cerveau était une fois de plus à l'arrêt.

Son agent ne tarderait pas à le rappeler. Et son éditeur de même.

Bientôt, ils lui réclameraient plus que quelques chapitres. Ils exigeraient le foutu bouquin en entier. Et le temps filait. Il s'était engagé à remettre son manuscrit pour le 24 décembre au soir. Il avait moins d'un mois pour y arriver. Jamais il n'avait écrit un roman en aussi peu de temps. Il atteignait un point critique où il allait devoir admettre qu'il ne pourrait pas remettre son travail dans les temps. Que non seulement son livre ne serait pas achevé à la date contractuelle, mais qu'il n'avait même pas le premier mot de la première page.

Une odeur s'éleva dans l'appartement et il tourna la tête vers la porte pour essayer de l'identifier.

De la cannelle.

Au moment où il parvenait à reconnaître l'arôme perçu, un coup discret fut frappé à la porte.

Il alla ouvrir à contrecœur et trouva Eva munie d'un plateau.

— J'ai pensé que vous aviez peut-être faim. Je ferai à dîner plus tard. Mais, en guise de goûter, j'ai préparé une fournée de biscuits de Noël à ma façon. Je pensais les congeler pour vous mais, puisque vous êtes là, autant vous en faire profiter tout de suite.

Il examina le contenu de l'assiette. Les biscuits

étaient découpés en forme de sapins de Noël et leur surface dorée était délicatement poudrée de sucre glace.

— Je croyais qu'un biscuit, c'était rond.

— On peut les faire de toutes les formes possibles ou imaginables.

— Et il a fallu que vous choisissiez celle du sapin de Noël ?

— Ce sont des biscuits, monsieur Blade. Vous pouvez les manger ou les laisser.

Il examina le reste du plateau. À côté de l'assiette de cookies, il y avait un mug plein de...

— C'est quoi, ce truc ?

Une tranche de citron flottait dans un liquide d'une vague couleur paille.

— C'est une infusion à base de plantes fraîches.

— Une infusion ?

Il secoua la tête.

— Cela m'étonnerait que vous ayez trouvé ce produit dans mes placards de cuisine.

— Je n'ai quasiment *rien* trouvé dans vos placards de cuisine.

— Je ne bois que du café. Noir. Et fort.

— Vous ne pouvez pas boire du café serré en fin d'après-midi. Cela perturberait vos rythmes de sommeil. Alors que cette boisson à base de plantes apaise et réconforte.

Il n'y avait plus rien à perturber chez lui vu qu'il était complètement insomniaque, mais il garda ce détail pour lui. Depuis dix ans que les médias étalaient en gros titres tout ce qu'ils pouvaient glaner à son sujet, il avait appris à devenir avare en révélations sur lui-même.

Une tisane. Comme si ça allait résoudre ses problèmes d'inspiration !

— Vous pouvez remporter votre plateau.

Si cela avait été un whisky sec, il l'aurait descendu sans discuter. Mais il refusait de boire de la *tisane* pour faire plaisir à qui que ce soit.

— Ai-je l'air de quelqu'un qui boit des infusions et mange des cookies en forme de sapin de Noël ?

Il perçut dans sa propre voix une hargne mille fois plus imbuvable encore que la mixture qu'elle lui avait apportée. Les yeux rivés sur ses traits, elle l'examina un instant en silence.

— Non. Mais on ne peut pas juger d'une personne en se fiant simplement à son apparence, n'est-ce pas ? C'est de vous que je tiens cet enseignement. Il ne vous est d'ailleurs pas venu à l'esprit que je n'essayais peut-être pas de vous amadouer, monsieur Blade, mais juste de vous empoisonner ?

Elle lui fourra le plateau entre les mains et s'éloigna avec un mouvement de tête dédaigneux qui fit voler ses longs cheveux d'or derrière elle.

Il la suivit des yeux, chancelant un peu sous le contraste déroutant entre la douceur de son physique et la façon cinglante dont elle l'avait remis à sa place.

L'empoisonner, avait-elle dit ?

Mais oui ! Mais voilà !

Il était enfin prêt à se mettre à son clavier, et il se retrouvait les mains encombrées d'un plateau. Se résignant à le prendre avec lui, il le déposa sur son bureau.

Il faisait nuit noire, à présent. Le seul éclairage dans la pièce venait de son écran, tempéré par l'étrange et fantomatique lumière que diffusait la neige au-dehors.

Il se remit face à son ordinateur. Pour l'instant, il n'avait que deux mots en haut de sa page vierge :

« *Chapitre premier* ».

Il s'assit et commença à écrire.

Chapitre 4

« On est ce qu'on mange, alors tâche de n'ingérer que des bonnes choses. »

— *Eva*

— Ah, le salaud ! De tous les grincheux, les aigris, les racornis du cœur de la création, c'est lui qui remporte la palme !

Offusquée et malheureuse, Eva s'agitait bruyamment dans la cuisine. Elle avait pourtant appris à ne pas prendre en considération uniquement la façon dont une personne se comportait, mais aussi à rechercher les raisons sous-jacentes qui pouvaient motiver le comportement en question. Nul besoin d'un doctorat en psychologie pour comprendre pourquoi Lucas était distant et désagréable. Mais son attitude l'avait blessée quand même.

Elle se répéta qu'il était malheureux comme les pierres. Qu'il ne se remettait pas de la mort de sa femme. Qu'il était...

Froid. Méprisant. Intimidant. Hautain.

Et à l'évidence, pas amateur d'infusions.

Le coup d'œil qu'elle avait pu jeter dans son bureau

lui avait permis de constater qu'il n'y régnait pas du tout la même atmosphère que dans le reste de l'appartement. Non seulement son cabinet d'écriture sentait le cuir tanné et la bonne fumée de bois, mais elle avait eu une impression de vie et de chaleur. Et pas seulement à cause du feu qui crépitait dans la cheminée. La pièce avait été meublée avec goût et avec une attention presque amoureuse. Deux profonds canapés en cuir usé se faisaient face de chaque côté d'une table basse indienne couverte de livres. Pas quelques ouvrages flambant neufs posés là pour le décor par un designer soucieux de créer un « accent culturel », mais des vrais livres, cornés pour certains, visiblement lus et relus et empilés au hasard de la lecture.

Sur le bureau, elle avait repéré un ordinateur d'aspect coûteux ainsi qu'un portable. Là aussi, les fenêtres étaient immenses, comme dans le reste de l'appartement où prédominaient les cloisons en verre. Mais le plus marquant dans la pièce, c'était les étagères couvertes de livres. Elles tapissaient les murs du sol au plafond et contenaient autant de titres qu'une petite bibliothèque de quartier. Là encore, rien à voir avec du snobisme de décorateur. Des volumes anciens reliés cuirs voisinaient avec des éditions de poche, et les dos marqués indiquaient qu'il en avait été fait bon usage.

Elle aurait été curieuse de savoir dans quel genre de lecture se plongeait Lucas Blade lorsqu'il voulait se changer les idées de l'univers sordide de ses propres fictions. Dévorait-il uniquement des thrillers ? Ou s'intéressait-il à d'autres formes littéraires ?

Il ne lui avait pas laissé l'opportunité de se faire

une idée du contenu de sa bibliothèque. D'un seul regard et avec quelques mots choisis, il lui avait fait comprendre qu'elle empiétait sur son territoire.

Lucas Blade ne voulait pas d'elle dans son appartement. Il était à peu près aussi heureux de l'avoir chez lui que de découvrir une verrue plantaire sous son gros orteil droit.

Mais avant de tourner les talons, elle avait appris autre chose encore à son sujet. Peut-être la chose la plus importante de toutes. À quel type d'activité Lucas Blade se livrait dans son bureau, elle n'en avait aucune idée, mais l'écriture, en tout cas, n'en faisait pas partie.

Sur l'écran de son ordinateur, elle n'avait vu qu'une page vide. Elle n'aurait peut-être rien remarqué sur un modèle d'ordinateur plus petit mais, en l'état des choses, elle avait pu déchiffrer les deux seuls mots qui s'affichaient en page 1 : « Chapitre premier ».

Et le manuscrit s'arrêtait là.

Qu'avait-il fait pendant toutes ces semaines où il était censé s'être isolé pour travailler ? Et à quoi s'était-il occupé pendant qu'elle se familiarisait avec sa cuisine ?

Il s'était montré pressé de s'enfermer là-haut sous prétexte que son inspiration l'appelait, mais il n'avait pas rédigé une seule ligne.

Pendant les quelques instants où elle était restée plantée devant sa porte à rassembler son courage avant de frapper, elle n'avait perçu qu'un profond silence. Pas un son. Rien. À aucun instant, elle n'avait entendu le *clac clac* feutré des touches effleurées par des doigts inspirés. Pas de bruit de barre d'espacement. Pas même le ronronnement discret d'une imprimante.

Si elle ne l'avait pas vu s'enfermer là-haut une heure plus tôt, elle aurait pensé que la pièce était vide.

Une soudaine bouffée d'empathie lui noua la gorge.

Après la mort de sa grand-mère, elle n'avait plus eu qu'une seule envie : se terrer au fond de son lit et ne plus en ressortir. S'il n'y avait pas eu Paige et Frankie, elle aurait probablement renoncé à faire l'effort de se lever.

Mais où étaient les amis de Lucas ?

Qu'est-ce qui les empêchait de venir tambouriner à sa porte pour lui apporter un plat chaud ou une bouteille à partager ? Pourquoi n'appelaient-ils pas pour lui proposer un resto ou un cinéma, le sortir de son enfermement ?

Pourquoi ? Parce qu'ils le croyaient dans le Vermont, tout simplement. Personne ne savait que Lucas était resté à New York.

Elle était seule à connaître la vérité.

Son regard glissa le long de la courbe élégante de l'escalier qui conduisait à l'étage et se posa sur la porte close du bureau. Comment aborder cette situation inédite ? Elle n'était pas la mieux placée pour reprocher à Lucas son absence de vie sociale. La sienne était tout sauf brillante en ce moment. Elle ne connaissait aucune méthode non plus pour l'aider à relancer son inspiration en panne — ou pour remédier au problème, quel qu'il soit, qui l'empêchait d'écrire son roman. La seule chose qu'elle pouvait faire pour lui, concrètement, c'était de lui cuisiner une nourriture saine, pleine d'énergie et reconstituante.

C'était le seul apport à lui fournir qui entrait dans son domaine de compétence.

Voyons... Qu'est-ce qui serait susceptible de lui faire du bien ? Il faudrait que cela sente bon, que ce soit facile et rapide à manger, sans être pesant pour la digestion.

Elle ouvrit le réfrigérateur, à présent bien rempli, et sortit du fromage, des œufs et du lait. Un soufflé devrait répondre aux critères — onctueux et aérien à souhait. Elle le servirait avec le mesclun tout frais qu'elle venait d'acheter. Le tout accompagné de pain frais.

Qui pourrait résister à l'odeur d'un bon pain cuit maison ?

Pendant les heures qui suivirent, elle mélangea, battit et pétrit. Il était rare qu'elle consulte une recette et elle ne pesait ni ne mesurait ses ingrédients. En cuisine, elle s'appuyait sur deux muses : l'expérience et le feeling. Et jusque-là, aucun des deux ne l'avait laissée en panne. Elle ajouta du romarin et du sel marin à la pâte et prit quelques notes sur son téléphone pour pouvoir ajouter la recette à son blog lorsqu'elle aurait un moment libre.

Elle avait démarré son blog, *La Cuisine amoureuse d'Eva*, comme une façon de classer et de mettre en mémoire tout ce que sa grand-mère lui avait appris. Au début, elle n'avait eu qu'un nombre limité d'abonnés fidèles, mais les visites s'accroissaient rapidement. Et ce qui avait commencé comme une activité de loisir était en train de devenir une passion et un métier. Elle avait été aussi surprise de découvrir qu'elle pouvait gagner sa vie en faisant ce qu'elle aimait que de voir ses ambitions grandir et s'affirmer.

Il était évident à présent qu'elle voulait pousser plus loin dans cette voie. Pas parce qu'elle briguait la fortune et la gloire, mais parce qu'elle croyait aux vertus de la cuisine facile et savoureuse pour tous. Avec cet objectif en tête, elle s'efforçait de n'utiliser que des ingrédients simples, pas difficiles à trouver, afin que ses lecteurs puissent se servir de ses recettes après une grosse journée de travail et pas seulement lorsqu'ils organisaient un dîner officiel.

Elle ne se souvenait pas qu'il y ait eu une période dans sa vie où elle n'avait pas cuisiné. Dans son premier souvenir conscient, elle se voyait debout sur une chaise à côté de la cuisinière à bois, concentrée sur les explications de sa grand-mère qui lui enseignait l'art de réussir une omelette.

Pour Urban Génie, elle avait rarement l'occasion de réaliser des recettes elle-même. Son job consistait à trouver les bons traiteurs, et elle passait ses journées à négocier des menus, à rencontrer de nouveaux fournisseurs et à jongler avec ses budgets.

C'était d'autant plus stimulant pour elle de faire un retour aux fourneaux, surtout dans une cuisine aussi bien équipée que celle de Lucas. Une partie du plaisir qu'elle ressentait à cuisiner venait de la conviction qu'en préparant de bons petits plats elle se rapprochait de sa grand-mère — comme s'il restait une proximité, un partage que l'absence de celle-ci n'avait pas effacés. Faire à manger comme elle le lui avait appris était une façon de la garder en vie, de se rappeler, encore et encore, les odeurs, les regards, les sourires partagés alors qu'elles s'activaient ensemble en cuisine.

Un héritage, ce n'était pas de l'argent mais des souvenirs. Et Eva portait en elle des trésors de moments heureux. Partageant la pâte, elle forma des boules dont elle entailla le dessus pour les saupoudrer de farine.

À intervalles réguliers, son regard se trouvait attiré par le couteau que Lucas avait laissé sur une table.

Ayant été témoin de quantité d'accidents dans les cuisines où elle avait travaillé, elle se montrait d'une prudence obsessionnelle avec les lames. Au bout d'un moment, elle alla chercher ce couteau et le glissa au fond d'un tiroir pour le dissimuler à la vue.

L'idée lui traversa soudain l'esprit que, s'il se suicidait avec, la police trouverait ses empreintes à *elle* sur le manche. Elle cligna des yeux, horrifiée que ses pensées puissent prendre un tour aussi lugubre.

Elle referma le tiroir d'un geste sec, exaspérée contre elle-même, mais aussi contre lui parce qu'elle savait d'où lui venaient ces angoisses inhabituelles. C'était lui qui avait implanté en elle ces scénarios paranoïaques. Même si elle récusait la vision de l'humanité de ce dernier, les commentaires pessimistes de Lucas s'étaient infiltrés dans son esprit et avaient contaminé ses habituelles considérations joyeuses et optimistes sur le monde. C'était comme s'il avait versé quelques gouttes de poison dans les eaux limpides d'un torrent de montagne.

Troublée, elle plaça les boules de pâte dans le four. Avec un peu de chance, Lucas leur réserverait un accueil plus positif qu'à sa malheureuse infusion.

Pendant que le pain cuisait, elle entreprit de

remettre de l'ordre dans la cuisine. Ses tendances « bordéliques » avaient longtemps été source de conflit entre elle et Paige, avec qui elle avait partagé un appartement pendant des années. Elle avait la manie de semer ses affaires partout, sauf lorsqu'elle était à ses casseroles. En cuisine, elle avait toujours été un modèle d'ordre et de propreté.

Surveillant la cuisson, elle retira les petits pains du four lorsque la croûte fut dorée à point. Elle se pencha pour en apprécier l'odeur, sourit et les fit glisser sur une grille de refroidissement. Cuisiner restait pour elle un acte magique dont le résultat ne manquait jamais de l'émerveiller, même après toutes ces années.

Pendant qu'elle attendait que son soufflé finisse de cuire, elle sortit son téléphone et photographia les petits pains, en faisant la mise au point sur leur jolie surface croustillante. Elle posta la photo sur son compte Instagram et nota que le nombre de ses *followers* était en augmentation vertigineuse depuis la veille. Elle s'était amusée à tester quelles étaient les heures de la journée où le trafic était le plus important.

Frankie avait les réseaux sociaux en horreur. Paige, la plus orientée business du trio, savait qu'il était important de soigner cette forme de com avec leurs clients et partenaires, mais elle manquait cruellement de temps. Eva était donc celle à qui revenait la responsabilité de diffuser du contenu sur tous les comptes d'Urban Génie en plus des siens. Animer leurs réseaux lui convenait bien. Elle avait une nature sociable et adorait voir leur entreprise gagner en visibilité grâce à ses apports réguliers. Encouragée par Paige, elle avait créé sa propre chaîne sur YouTube pour diffuser des vidéos de démonstration de recettes et elle commençait à gagner pas mal d'audience.

Peut-être qu'elle se filmerait plus tard pendant qu'elle confectionnerait de nouveaux pains. La cuisine de Lucas offrirait un cadre superbe à ses vidéos.

Le four tinta. Le repas était prêt et n'attendait plus que Lucas, qui ne donnait toujours aucun signe de vie. Elle était sur le point de rassembler son courage et d'encourir le risque de nouvelles brimades en allant lui porter un plateau lorsqu'elle entendit la porte du bureau s'ouvrir. Peu après, des pas retentirent dans l'escalier.

Lucas avait retroussé les manches de son pull noir jusqu'aux coudes, révélant des avant-bras superbes aux muscles finement dessinés. Il n'avait pas l'allure physique de quelqu'un qui passait ses journées scotché à son écran. Il était bien charpenté et à l'aise dans son corps, comme un homme qui aurait été habitué à travailler dur de ses mains. Il avait les cheveux en bataille, sa mâchoire était mangée par un début de barbe, et il paraissait perdu très loin dans ses pensées.

Absorbé par quoi, d'ailleurs ? Son livre ou le souvenir de sa femme décédée ?

Sourcils froncés, il regarda autour de lui dans la cuisine.

— Qu'est-ce que vous faites ?

— À manger. Vous avez besoin de vous alimenter.

— Je n'ai pas faim. Je suis juste descendu prendre une bouteille de whisky.

Très bien. Après tout, sa consommation d'alcool ne regardait que lui, elle n'avait pas à s'en mêler.

— Vous pourriez commencer par manger quelque chose. Il est important de se nourrir. Et vous êtes *affamé*.

— Qu'est-ce qui vous permet de l'affirmer ?

— Vous êtes maussade et irritable. Je suis exactement pareille quand j'ai faim.

Elle espérait qu'il la trouverait bienveillante, et non pas critique et péremptoire.

— Il se peut aussi, bien sûr, que vous soyez morose parce que vous avez du mal à avancer dans votre livre. Quoi qu'il en soit, mangez donc. Cela aura au moins pour résultat de rendre votre compagnie plus agréable.

— Qu'est-ce qui vous fait penser que mon livre n'avance pas ?

— J'ai vu votre écran d'ordi. Il n'y avait rien d'écrit.

— Écrire, ce n'est pas seulement aligner des mots sur une page. Parfois, cela consiste à laisser ses pensées vagabonder en regardant par la fenêtre.

Mais elle comprit au ton irrité de sa voix qu'elle avait touché un point sensible.

— J'ai une amie qui est écrivain. Elle dit que lorsque les mots coulent sur la page, c'est comme vivre en état de grâce.

— Et lorsqu'ils ne coulent pas, c'est comme vivre en état de damnation ?

Elle servit le repas.

— Je ne sais pas. Je ne suis pas écrivain, mais j'imagine que cela peut donner cette impression. C'est comme ça que vous vous sentez ?

— Il ne vous vient pas à l'esprit que je suis irritable et morose parce que quelqu'un d'indésirable et d'indésiré s'est incrusté chez moi pour la nuit ?

— C'est une autre possibilité, en effet. Mais pourquoi ne pas vous mettre à table ? Nous aurons la réponse ensuite. Votre cerveau fonctionnera mieux lorsque vous lui aurez apporté les nutriments dont il a besoin.

Eva posa une assiette pleine devant lui et vit son expression changer.

— C'est quoi ?

— Un soufflé au fromage réussi à la perfection. Essayez au moins une bouchée.

— Je vous ai dit que je n'avais pas...

— Tenez, voici vos couverts.

Elle les lui tendit puis assaisonna la salade avec de l'huile d'olive bio et de la crème de vinaigre balsamique achetée chez Dean & DeLuca.

— Je n'ai encore jamais vu quelqu'un prendre la peine de faire quelque chose d'aussi élaboré qu'un soufflé pour un repas ordinaire à la maison.

— Est-ce plus absurde que d'avoir pris la peine d'acheter ce four magnifique pour ne pas l'utiliser ?

Elle poussa la salade devant lui.

— C'est comme posséder une Ferrari et ne jamais la sortir du garage.

Par certains aspects, il lui faisait penser à une voiture de luxe. Il était beau. Racé. Elégant. *Beaucoup trop bien pour elle.*

— J'ai pris l'appartement avec la cuisine déjà équipée. Je ne me fais pas à manger.

— Comment faites-vous pour vous alimenter alors ?

— Quand je travaille ? Je me contente de ce qui me tombe sous la main. Parfois je me fais livrer.

— De la nourriture industrielle ? C'est horriblement mauvais pour la santé.

— La plupart du temps, je suis trop absorbé pour me soucier de ce que j'ingère.

Elle le vit passer distraitement les dents de sa fourchette sur la surface du soufflé. *Goûtez-le*, songea-t-elle. *Goûtez-le et découvrez ce qui se passe quand vous êtes attentif à ce que vous « ingérez », comme vous dites.*

Il tenta une fourchetée et hocha la tête.

— C'est bon.

Une seconde bouchée suivit la première.

— Non, erreur.

Elle tressaillit, offensée.

— Vous trouvez que mon soufflé n'est pas bon ?

Il prit une troisième bouchée, puis une quatrième. Reposa lentement sa fourchette.

— Elle commence par droguer ses victimes.

— Pardon ?

Lucas contemplait fixement le contenu de son assiette. Il ne semblait pas l'avoir entendue.

— Son truc, c'est de les inviter à venir goûter sa cuisine raffinée. Soirée intime. Musique douce. Vins fins. Échange de regards appuyés... Lui pense que c'est dans la poche...

— ... et puis elle lui fracasse une bouteille de vin sur le crâne ?

Il releva la tête et cligna des yeux d'un air surpris.

— Elle ne ferait jamais rien d'aussi brutal. Elle est beaucoup trop subtile pour cela.

— Elle, peut-être, mais moi je le ferai sans hésiter,

lui assura Eva d'une voix suave. Si vous critiquez encore mes réalisations culinaires.

— Quand les ai-je critiquées ?

— Vous avez dit que le soufflé n'était pas bon.

— C'est vrai qu'il n'est pas *juste* bon, il est *plus* que bon.

Il examina la consistance du soufflé de plus près.

— Il est exquis, même. C'est comme déguster un nuage.

Son compliment dégela l'atmosphère, et Eva le regarda vider son assiette avec une satisfaction non dissimulée.

— Bon, je choisis de vous pardonner.

Même si elle avait des réticences à l'admettre, elle était soulagée de le voir s'alimenter. L'immense réfrigérateur vide l'avait inquiétée. La perte durable d'appétit n'était pas bon signe. Elle le savait pour avoir perdu presque huit kilos juste après la mort de sa grand-mère. Pendant toute une période, le goût des bonnes choses l'avait quittée. Chaque heure avait été longue et pesante à traverser. Chaque jour s'était étiré jusqu'à paraître durer des mois.

Elle se sentit proche de Lucas, soudain.

Lui contemplait son assiette vide d'un air pensif.

— Si vous deviez empoisonner quelqu'un, vous vous y prendriez comment, Eva ?

Son sentiment de proximité s'évapora.

— Continuez d'être odieux et vous allez bientôt l'avoir, votre réponse.

Il reposa lentement sa fourchette.

— Je suis odieux ?

— Vous venez de sous-entendre que je pourrais servir de la nourriture empoisonnée.

— Vous êtes toujours aussi susceptible ?

— C'est de la susceptibilité de se sentir blessée lorsque quelqu'un s'en prend à vos compétences professionnelles ? Si on vous demandait comment vous choisiriez d'ennuyer à mourir vos lecteurs, vous seriez peut-être tout aussi offusqué, non ?

— Je n'ennuie jamais mes lecteurs.

— Et je n'empoisonne jamais les gens pour qui je cuisine.

— Ma question était purement théorique. Abstraite.

— Alors vous avez mal choisi votre moment. L'abstraction, ça va bien en dehors des repas. Pas quand vous êtes en train de déguster le mets préparé avec art qu'on vient de vous placer sous le nez.

Il plongea son regard dans le sien, et elle vit que ses yeux n'étaient pas noirs, en fait, mais bruns et veloutés. Une onde chaude et dangereuse se répandit en elle, liquéfiant tout sur son passage, comme si son corps entier prenait la consistance d'un miel onctueux et tiède.

Il détourna les yeux en premier.

— Vous aviez raison. J'avais faim.

Il prit un petit pain avant d'ajouter :

— Et je possède bel et bien une Ferrari, entre parenthèses. Que je garde au garage.

Eva sentait son cœur battre fort. Que venait-il de se passer ? *Comment fallait-il interpréter ce regard ?*

— Vous êtes propriétaire d'une Ferrari en plein New York ?

— C'est bien pour ça qu'elle passe l'essentiel de l'hiver au garage. Apparemment, elle n'apprécie ni la circulation au ralenti ni le froid glacial.

Il vit qu'elle n'avait pas encore touché au contenu de sa propre assiette.

— Vous ne mangez pas ?

— Je m'assure d'abord que vous ne tombiez pas raide mort avant d'avaler ma première bouchée.

Il sourit et, à ce moment précis, elle comprit pourquoi Lucas Blade attirait tant les femmes. Le pouvoir séducteur de ce sourire avait quelque chose d'indécent. Elle se hâta de prendre une fourchetée de soufflé pour recentrer ses sens sur des plaisirs moins périlleux.

Lucas rompit le pain et examina la mie parfaite d'un œil appréciateur.

— Alors dites-moi quels ravages vous comptez opérer sur mon appartement.

— Je vous demande pardon ?

— Épargnez-moi au moins les aiguilles de sapin.

— J'ai un nordmann qui devrait arriver ici d'une minute à l'autre.

— Annulez la commande.

— Un Noël sans sapin, ce n'est tout simplement pas pensable. Même pour quelqu'un comme vous.

— Cela fait trois ans que je m'en passe.

— Raison de plus pour en adopter un en grand format cette année.

— Il n'y a aucune logique derrière cette affirmation.

— Je ne vous dis pas comment vous devez écrire votre livre. Ne me dites pas comment je dois décorer cet appartement.

— La différence, c'est que mes lecteurs *choisissent* de lire mes livres. Je n'ai ni choisi ni demandé que vous mettiez vos guirlandes chez moi.

De son sourire sexy, il ne restait plus aucune trace.

— En fait, la dernière chose dont j'aie envie, c'est qu'on décore mon appartement. Alors pourquoi vous laisserais-je faire ?

— Parce que cela fera plaisir à Mitzy.

Lucas secoua la tête.

— Vous croyez sincèrement qu'en pataugeant dans un lit d'aiguilles de sapin, entouré d'angelots, de paillettes, de boules rococo et autres guirlandes lumineuses, je ferai le bonheur de ma grand-mère ?

— Elle a envie de faire quelque chose pour vous parce qu'elle vous aime. Pourquoi ne pas me laisser mettre un peu de couleur dans votre appartement, puisqu'elle m'a demandé ce service ? Puis vous lui direz que c'était une idée géniale et que cela vous a aidé à vous sentir mieux.

— Elle ne me croirait pas. Elle le sait, quand je mens.

— Alors il faudra faire un peu d'effort pour la convaincre.

— Je pourrais aussi être franc et lui dire que je refuse qu'on touche à quoi que ce soit chez moi.

— Cela lui ferait de la peine et vous n'avez pas envie de lui infliger ça. Vous êtes quelqu'un de gentil, dans le fond.

Elle l'avait affirmé avec fermeté et le vit hausser les sourcils.

— Depuis que je vous ai mise K-O ou presque, vous m'avez dit que j'étais odieux, irritable et morose. Et maintenant, vous me découvrez soudain un bon fond ?

— Je n'ai pas dit que vous étiez gentil avec moi, mais je sais que vous l'êtes avec votre grand-mère. Et maintenant, je suppose que vous allez me demander d'où je tire cette information ?

Il haussa les épaules et attendit en silence. Eva joua sa carte maîtresse.

— Parce que vous lui avez acheté un chiot. Elle se sentait seule et manquait de courage pour sortir de son appartement, alors vous lui avez offert un petit chien. Un animal affectueux qu'elle adore et pour lequel elle est prête à sortir de chez elle tous les jours. Enfin, *presque* tous les jours. Parfois, son arthrose la fait souffrir, et elle doit demander de l'aide.

— Et c'est là que vous entrez en scène.

— Oui. Ou elle passe par l'appli et nous lui trouvons un promeneur pour chien. Nous travaillons avec de super prestataires de service de l'Upper East Side — pas très loin d'ici, d'ailleurs. Ce sont deux filles qui ont monté ça. Elles ont appelé leur société les Woof Rangers.

— Vous êtes donc au courant que c'est moi qui lui ai offert son chien. Que vous a-t-elle raconté d'autre à mon sujet ?

Eva haussa les épaules d'un air vague.

— Pas grand-chose. Elle a juste mentionné votre existence une fois ou deux et a précisé que vous écriviez.

— OK. Laissez-moi deviner. Alors que vous sirotiez votre thé et que vous dégustiez des petits gâteaux toutes les deux, elle s'est épanchée au sujet de son petit-fils frappé par un veuvage prématuré et vous a confié que son souhait le plus cher était de le voir rencontrer de nouveau quelqu'un.

Il se pencha vers elle, le regard pénétrant et intense.

— Là-dessus, elle vous envoie en mission chez moi. Et vous espérez vraiment me faire croire que c'est juste pour décorer l'appartement ?

— Tout à fait.

Une chance qu'elle n'ait rien à cacher car, sous le feu de son regard inquisiteur, elle serait passée à des aveux complets et se serait auto-menottée et jetée en prison sur-le-champ.

— Bulletin d'information spéciale, monsieur Blade : je ne suis pas quelqu'un de compliqué. Les hommes pensent que les femmes sont mystérieuses, mais ce n'est pas mon cas. Je suis juste ce que j'ai l'air d'être. Ni plus ni moins. La dissimulation demande un talent que je n'ai pas. Ce qui ne me rend pas naïve pour autant.

— Si vous croyez sincèrement que ma grand-mère vous a envoyée ici pour faire la cuisine et accrocher quelques décos dans un sapin, vous êtes bel et bien crédule, Eva.

Il reporta son attention sur le contenu de son assiette et termina sa salade.

— C'est pour ça que vous avez préparé un aussi bon repas ? Parce que vous pensez, comme les Chinois, que le véritable chemin pour atteindre le cœur d'un homme passe par son estomac ?

— Je suis cuisinière, monsieur Blade, pas cardiologue. Je ne vois aucune raison a priori de me soucier de l'état de ce noble organe. Et étant donné que votre grand-mère ignore que vous êtes à New York, je ne vois pas comment un auteur de thriller avec une intelligence déductive aussi remarquable que la vôtre peut soutenir qu'il s'agirait d'une rencontre arrangée.

Troublée de ne pas se sentir aussi indifférente à son charme qu'elle l'aurait souhaité, Eva se leva pour débarrasser la table et chargea bruyamment le lave-vaisselle.

— Je peux vous garantir que je ne suis pas un paquet-cadeau livré par votre grand-mère.

De cela, au moins, elle était certaine. Mitzy et elle avaient discuté de la situation de Lucas à plusieurs reprises sans qu'elle démorde de sa position. Elle avait toujours déconseillé à sa vieille amie d'intervenir dans la vie de son petit-fils en essayant de lui trouver une nouvelle compagne. Si Lucas devait rencontrer quelqu'un, il le ferait à sa manière, au moment où il le jugerait bon.

— Si cela peut achever de vous tranquilliser, monsieur Blade, vous ne correspondez absolument pas à mon type d'homme. Vous êtes un auteur de thriller avec un esprit cynique et la conviction que chacun d'entre nous cache un hideux secret. Vous avez vu *L'Amour à tout prix* ?

— Non.

— C'est bien ce que je pensais. Il s'agit de mon film préféré — une preuve de plus, s'il en faut, que vous n'êtes pas fait pour moi, conclut-elle avec un mouvement solennel de la main.

Lucas se renversa contre son dossier.

— Là, vous m'intriguez. C'est quoi votre type, alors ?

Elle laissa défiler dans sa tête les quelques rencontres malencontreuses qu'elle avait faites au cours de l'année écoulée.

— En fait, je n'ai pas vraiment un type bien défini, même si j'ai une liste de critères.

— Lesquels, par exemple ?

C'était une plaisanterie récurrente entre ses amis et elle.

— Épaules larges, abdos bien dessinés, sens de l'humour, cent pour cent de tolérance pour mon vieil animal en peluche et suffisamment de tempérament pour fatiguer le préservatif que j'ai dans mon sac avant qu'il ne se périme comme le précédent.

Elle commença par sourire, puis vit son expression incrédule.

— Hé ! Ne me regardez pas comme ça. C'est de l'humour. Bon, oubliez ce que je vous ai dit. On change de sujet.

— Je commence à comprendre pourquoi votre vie amoureuse est en sommeil. Vous êtes une incurable romantique et vous attendez le prince charmant *himself* ?

La pointe d'amusement dans sa voix l'agaça, même si elle avait l'habitude d'être taquinée sur sa vision rose bonbon de l'existence.

— Pas vraiment. Mais même l'ami des assassins que vous êtes reconnaîtra que le prince charmant est un personnage plus recommandable que Jack l'Éventreur.

— Peut-être, mais moins intéressant. Et je suis sûr que le prince charmant a aussi une face cachée.

— Je ne veux même pas y penser.

Elle finit de ranger la cuisine.

— Il est tard et si vous n'y voyez pas d'inconvénient, j'aimerais monter déballer mes affaires. Votre chambre, c'est laquelle ?

— Pourquoi cette question ?

La barrière de méfiance était là, de nouveau, presque palpable.

— Comment m'y prendrais-je, sinon, monsieur Blade, pour m'y glisser sans bruit afin de vous séduire au cœur de la nuit ?

Elle nota un bref scintillement d'humour dans ses yeux sombres.

— OK, Eva. Tu permets qu'on se tutoie ? Prends n'importe laquelle des chambres à gauche en haut de l'escalier. Et si tu dois passer la nuit ici, tu ne peux pas continuer à m'appeler « monsieur Blade ». Il est temps que nous fassions officiellement connaissance. Moi c'est Lucas, cynique auteur de polars.

— Moi c'est Eva. Romantique incurable. Enchantée.

Les coins de la bouche de Lucas frémirent. Son sourire était tellement irrésistible qu'elle ne put s'empêcher de le lui rendre.

Au secours. Elle était dans de sales draps.

Chapitre 5

« Le rêve de l'un peut être le cauchemar de l'autre. Tout est question de point de vue. »

— *Lucas*

Il y avait longtemps qu'il ne s'était pas senti aussi fort. Des jours et des jours. Peut-être même des semaines. Les visions noires qui l'avaient paralysé s'étaient estompées, comme les nuages se dissipent après l'orage. Il avait été attiré hors de son bureau par des fumets qui lui avaient mis l'eau à la bouche, mais ce n'était pas seulement la nourriture qui l'avait rechargé en énergie. La conversation l'avait boosté aussi. Eva avait quelque chose d'indéfinissable qui nourrissait sa créativité. Chaque échange avec elle débloquait une nouvelle pièce du puzzle qu'était sa future intrigue.

Non seulement il tenait sa meurtrière, mais il avait également son mobile.

Elle avait démarré dans la vie avec d'immenses espoirs. L'amour, elle y avait cru dur comme fer. Et à un avenir flamboyant aussi.

Et cette croyance aveugle avait été fracassée le jour où elle avait rencontré...

Michael ?

Richard ?

Il fronça les sourcils alors qu'il réfléchissait au prénom qu'il donnerait à la première victime. Le Michael-Richard en question ne tiendrait pas une grande place dans le roman, mais n'en jouerait pas moins un rôle crucial dans la psychologie de son personnage principal. La vie, petit à petit, s'acharnerait à entamer l'optimisme inébranlable de sa tueuse, à altérer sa vision pimpante du monde.

Tous ceux qui la décevraient par la suite y laisseraient leur peau.

Ses pensées s'égarèrent et finirent par se reporter sur Eva.

« L'immense majorité des gens que l'on rencontre sont simplement ce qu'ils paraissent être. »

Le croyait-elle réellement ? D'après son expérience, c'était assez peu le cas, au contraire. Il suffisait de la prendre elle, par exemple. Qui était-elle réellement ? La fille franche et droite qu'elle se disait être ? Ou une opportuniste qui profitait de la gentillesse de sa grand-mère ? S'était-elle servie d'une personne âgée et vulnérable pour lui extorquer des informations sur lui ?

Et d'ailleurs, à quoi ressemblait le reste de la vie d'Eva ?

Quels secrets dissimulait-elle aux regards ? Car s'il y avait bien une chose qu'il savait avec certitude, c'était que tout individu *sans exception* avait sa part d'ombre.

Il s'installa devant son ordinateur, et les mots se mirent à couler d'eux-mêmes.

C'était rare qu'il se base sur des personnes réelles pour créer un de ses personnages. Il préférait s'inspirer de la réalité de loin, en empruntant des traits ici et là pour fabriquer des figures de roman à part entière. Mais, dans sa tête, sa tueuse prenait forme petit à petit. Et cette forme offrait une ressemblance déconcertante avec sa visiteuse. Il n'imaginait que trop bien comment la spontanéité et la confiance d'Eva auraient pu s'inverser en haine et en méfiance si les circonstances s'étaient acharnées sur elle sans merci, si elle avait rencontré les mauvaises personnes, si elle avait été acculée par des vents systématiquement contraires.

Elle avait huit ans lorsqu'elle avait appris que la vie n'offrait pas que des happy ends. Ce jour-là, elle était restée penchée au-dessus du cadavre de son beau-père. Jamais elle n'aurait imaginé qu'un être humain puisse contenir tant de sang.

L'inspiration grondait en lui comme un torrent, emportant dans ses eaux le blocage qui avait paralysé son écriture. Il y avait des mois qu'il attendait ce moment. Enfin, ses doigts recommençaient à courir sur le clavier et rien ne semblait plus devoir arrêter leur danse frénétique. Les mots appelaient les mots et c'était comme si l'histoire se déversait d'elle-même sur la page.

L'étau de la panique se desserrait, Lucas respirait de nouveau.

Même s'il restait conscient qu'une tâche herculéenne lui incombait s'il voulait rendre son manuscrit avant Noël.

Le sapin était arrivé juste après le dîner, plus immense encore que prévu. Albert et elle avaient eu bien du mal à le dresser près de la fenêtre dans le living. Mais dès l'instant où ils l'avaient installé, l'appartement avait pris une allure plus humaine.

Eva croisait les doigts pour que Lucas ne le balance pas d'office dans la cage de l'ascenseur en le trouvant le lendemain.

La fatigue commençait à se faire sentir. Elle avait une longue journée de travail dans les jambes. Comme elle avait prévu de se lever tôt pour décorer le sapin avant le petit déjeuner, elle décida d'arrêter là pour le moment. Il était temps de monter prendre une douche, d'alimenter son blog et de mettre à jour les différents comptes d'Urban Génie sur les réseaux sociaux.

Elle choisit la plus grande des deux chambres d'amis, s'avança vers la fenêtre et s'attarda un long moment face au spectacle de la ville silencieuse. Partout où on se trouvait dans cet appartement, la vue restait stupéfiante. Finalement, il aurait été presque vain de mettre des tableaux ou quelque autre décoration au mur, car la magie du paysage urbain se suffisait à elle-même et rendait tout ajout superflu.

Eva s'était préparée à trouver les chambres d'amis aussi impersonnelles que la pièce à vivre du bas, mais ce n'était pas le cas. Deux belles lampes apportaient une lumière dorée et, sur le grand lit, un immense jeté doux comme une peluche tombait jusque sur le parquet. Il ne lui restait plus qu'à se pelotonner là-dedans, bien au chaud, et à regarder la blancheur hivernale se refermer sur New York.

Eva se laissa tomber sur le bord du lit.

Elle avait choisi de rester parce que sa conscience lui interdisait de laisser Lucas face à lui-même. Mais sa décision avait-elle été aussi désintéressée qu'elle souhaitait le croire ? Si elle s'était incrustée chez lui ce soir, c'était aussi, quoi qu'elle en dise, parce qu'*elle-même* n'en pouvait plus d'être seule. Préférer passer la nuit dans l'appartement d'un inconnu plutôt que chez elle, cela signifiait quoi ? Qu'est-ce qu'un tel comportement disait d'elle ?

Il disait tout simplement qu'elle avait besoin que sa vie bouge. Il disait qu'elle devait sortir plus souvent, voir du monde, faire l'amour.

Elle soupira et s'étala de tout son long, appréciant la douceur du couvre-lit dont la couleur lui rappelait la mousse qui tapissait le sol fragile des forêts.

Lorsque sa grand-mère et elle étaient venues s'installer à New York, elles avaient dû s'habituer à vivre dans un appartement sans espace extérieur. Chaque week-end, elles s'étaient mises à l'ouvrage dans leur minuscule cuisine citadine pour préparer un pique-nique de choix qu'elles allaient ensuite déguster à Central Park. C'était chaque fois au même endroit qu'elles dirigeaient leur pas pour leur déjeuner sur l'herbe. Leur lieu à elles, ce n'était ni Sheep Meadow ni Great Lawn, mais la partie nord du parc, la plus pittoresque avec ses collines et ses rochers escarpés, où elles s'installaient à une table de pique-nique, entourées d'ormes majestueux. De leur poste, elles observaient les jeux de ballons et de raquettes, esquivaient des frisbees et écoutaient à l'occasion un concert de jazz lorsque le soleil déclinait à l'horizon.

Eva se pelotonna dans les plis profonds du jeté de lit.

Elle se sentait comme quelqu'un qui avait perdu son ancrage. Sa sécurité intérieure. Même ses amis qu'elle aimait ne pouvaient lutter contre l'impression de vide qui la rongeait — contre l'implacable sentiment de solitude.

S'arrachant au lit-cocon, elle déballa les quelques vêtements qu'elle avait apportés, prit une douche dans la salle de bains design attenante et enfila un pyjama. Pas n'importe lequel : son préféré, en soie et d'une craquante nuance pêche. C'était une extravagance qu'elle s'était offerte, quelques mois plus tôt, pour fêter les six mois d'existence d'Urban Aladine. Paige et elle s'étaient livrées sans retenue à une de leurs razzias shopping dans le grand magasin par excellence : Bloomingdale's. Paige s'était équipée de deux tenues adaptées à ses rendez-vous business. Et elle, pour presque la même somme, avait succombé au pyjama grand luxe.

Et tant pis si personne ne la voyait avec. Le simple fait de l'enfiler lui faisait un bien fou.

Elle mit son blog à jour, répondit aux messages sur Facebook et Twitter, puis se glissa dans son lit en espérant réussir à dormir.

Il restait moins d'un mois avant Noël. Et ce serait le second qu'elle passerait sans Grams.

Pendant les dernières années de sa vie, cette dernière avait vécu dans une résidence pour personnes âgées située à deux pas de la *brownstone* qu'Eva partageait à Brooklyn avec ses amis. Elle avait continué à aller voir sa grand-mère très régulièrement, et elles avaient même pu, de temps en temps, faire la cuisine ensemble comme avant.

Si Grams avait encore été en vie, elles auraient déjà préparé des fournées de sablés de Noël qu'elles auraient distribué aux autres résidents ainsi qu'à Alice Cooper, l'infirmière préférée de Grams.

Chaque année, Eva avait aidé sa grand-mère à décorer son minuscule appartement ainsi que les parties communes de la résidence, y compris la Garden Room, la jolie pièce lumineuse qui ouvrait sur le jardin, avec vue sur l'eau. Au cours de ces années, elle s'était familiarisée aussi bien avec le personnel qu'avec les autres résidents. Il y avait eu Betty, dont l'unique fille vivait loin, en Californie. Betty avait été ballerine dans sa jeunesse et, lorsque ses articulations le lui permettaient, il lui arrivait encore de monter sur les pointes et de leur faire une démonstration de danse classique. Et puis, il y avait Tom né lui aussi dans le Maine, pas très loin de l'île où sa grand-mère avait grandi. Tom, lui, passait ses journées à peindre des aquarelles, dont plusieurs avaient décoré le séjour de Grams.

Eva n'avait jamais manqué un seul repas de Noël organisé par la résidence. Noël était LA fête d'entre les fêtes que sa grand-mère avait continué à adorer jusqu'au bout.

Agitée et les yeux grands ouverts dans le noir, Eva tâtonna à la recherche de son téléphone. 3 heures du matin. C'était l'heure la plus solitaire de la nuit Celle qu'elle passait éveillée presque chaque jour depuis la mort de sa grand-mère. Elle les détestait, ces nuits où ses pensées s'engouffraient immanquablement dans des impasses dans lesquelles elles tournaient en rond.

Renonçant à dormir, elle sortit de sa chambre et se retrouva dans le noir complet. Elle retourna chercher son téléphone et se servit de la fonction lampe de poche pour suivre le couloir qui menait à l'escalier. Notant que la porte du bureau de Lucas était entrouverte, elle s'immobilisa.

Une voix profonde s'éleva dans le noir :

— Tu ne devrais pas rôder dans l'obscurité comme ça. Je pourrais te prendre pour un cambrioleur et en profiter pour pratiquer mon jujitsu à tes dépens.

Eva fit un bond.

— Oh mon Dieu. Tu voulais me causer un arrêt cardiaque ?

— Je te faisais juste savoir que j'étais là.

— Allumer une lumière aurait été plus simple, comme indication. Pourquoi restes-tu assis dans le noir ?

— Et toi, pourquoi tu ne dors pas ?

Il alluma une petite lampe de bureau, chassant les ombres de la pièce. Lucas était affalé sur un des canapés. Il avait une bouteille de whisky à côté de lui, et son ordinateur portable était ouvert sur la table basse. Elle sentit son regard glisser sur elle et regretta de ne pas avoir enfilé de peignoir. Sachant comment l'esprit de Lucas fonctionnait, il avait déjà dû parvenir à la conclusion que son pyjama en soie faisait partie d'une sombre machination qu'elle aurait ourdie avec Mitzy.

— Toi non plus tu ne dors pas, apparemment. Comment ça se passe, pour ton livre ?

— Mieux. Grâce à toi.

— Je n'ai rien fait de spécial à part te nourrir.

— Notre conversation m'a aidé. J'ai réussi à démarrer mon bouquin.

Elle se sentit ridiculement heureuse, pour le coup.

— Ça t'était déjà arrivé ?

— Qu'une femme inconnue s'introduise chez moi pour cuisiner et décorer mon appartement ? Non. C'est une expérience totalement inédite.

Il croisa son regard et soupira.

— Tu veux parler de mon syndrome de la page blanche ? C'est uniquement à cette période de l'année qu'il me tombe dessus.

— Mais tu as sorti un livre l'année dernière, non ? Et l'année d'avant aussi, donc tu as dû trouver un moyen pour le surmonter.

Il se pencha pour se resservir une rasade de whisky.

— J'ai une technique imparable normalement, qui consiste à terminer le manuscrit un peu avant la période des fêtes.

— Mais, cette année, tu n'as pas pu.

— J'ai un peu trop forcé sur les incontournables tournées d'auteur. Au programme, j'avais six pays d'Europe et douze États américains.

Il reposa la bouteille.

— Résultat : je n'étais pas dans les starting-blocks au moment où j'aurais dû y être.

— Et maintenant, la date butoir approche et tu sens la pression qui monte, ce qui aggrave encore le blocage. C'est comme essayer d'atteindre le sommet de l'Everest en un jour alors que tu es encore au camp de base.

— C'est tout à fait ça. Tu as mis le doigt exactement là où ça fait mal, dit-il en reposant la bouteille sur le sol. Il ne te reste plus qu'à aller vendre ce joli scoop aux médias. Considère qu'il s'agit d'un bonus de Noël.

— Hé, mais arrête ! J'ai une tête à vendre des infos à la presse, peut-être ?

Elle se tut en roulant les yeux dans les orbites.

— Ah oui, désolée, j'oubliais. Tu es convaincu que tout le monde a une face sombre cachée. Pourquoi écris-tu ?

— Pardon ?

— Quelles raisons te poussent à écrire ?

— J'ai signé un contrat, j'ai une date de remise à respecter, des lecteurs... Il faut que je continue ?

— Mais avant tout ça... Tu n'as pas toujours eu de contrat ni de lecteurs. Qu'est-ce qui a fait que tu as commencé ?

— Ça remonte tellement loin que mes souvenirs sont un peu flous.

Sans attendre d'y avoir été invitée, Eva se cala à côté de lui sur le canapé et replia les jambes sous elle.

— Ma grand-mère m'a appris à cuisiner et c'est un plaisir qu'elle et moi on partageait. C'était cool d'expérimenter des recettes avec elle. On se prenait des fous rires toutes les deux. C'était un pur plaisir. Jamais l'idée ne m'avait traversé l'esprit que je pourrais en faire mon gagne-pain.

Il baissa lentement son verre.

— Qu'est-ce que tu essaies de me dire ?

— Je sais que tes lecteurs aux quatre coins du monde retiennent leur souffle en attendant la parution de ton prochain thriller, mais on peut supposer qu'il n'en a pas toujours été ainsi. J'imagine qu'avant que tu sois publié il y a eu un temps où tu écrivais pour toi-même, parce que tu aimais inventer des histoires.

— Ça a été le cas, oui.

— Tu avais quel âge ?

— Quand j'ai écrit mon premier récit ? Huit ans. Et à l'époque, cela paraissait nettement plus simple que maintenant.

Il scruta le fond de son verre d'un air sombre et le posa sur la table basse.

— Ne fais pas attention à moi. Retourne te coucher, Eva.

— Pour te laisser en tête à tête avec ta grande amie la bouteille ? Non. Si tu veux de la compagnie, tu peux me parler à moi.

Il plongea son regard dans le sien. Ses yeux dans la pénombre avaient un éclat de velours soutenu. Ils étaient si diaboliquement sexy qu'ils semblaient avoir été conçus tout exprès pour la tenter, lui faire oublier tous ses principes de prudence et l'amener à s'abandonner à l'instant présent. L'espèce humaine était à l'abri du danger d'extinction tant que des hommes comme lui se baladeraient en liberté sur cette planète.

Des flammes crépitaient dans la cheminée allumée, mais elle savait que ce n'était pas ce feu-là qui faisait monter sa température interne. Les yeux de Lucas brûlaient eux aussi en retour, et elle sentit la délicate morsure du désir pulser au creux de son ventre.

Le regard de Lucas se porta sur ses lèvres et, pendant un instant de pure folie, elle crut qu'il allait l'embrasser.

Elle cessa de respirer, paralysée dans une attente

suspendue. Puis il détourna les yeux et se concentra de nouveau sur son amie la bouteille.

— Comme le disait Hemingway, un homme ne commence à exister que lorsqu'il est ivre.

Délivrée de l'emprise de son regard, Eva reprit sa respiration, comme si elle sortait d'un état d'hypnose. Que venait-il de se passer ? Un simple effet de son imagination ? Souffrait-elle d'un manque si désespéré qu'elle ne pouvait plus regarder un homme dans les yeux sans fantasmer une vertigineuse attirance sexuelle ?

Elle prit un verre propre sur une étagère et se servit une rasade de whisky à son tour. Le liquide lui brûla la gorge et lui éclaircit les idées.

— Souviens-toi quand même aussi de ce qu'a dit Scott Fitzgerald : « Tout d'abord, tu prends un verre, puis le verre prend un verre, puis le verre te prend. »

Elle but une dernière gorgée et répondit à la question muette qu'elle lut dans son regard.

— Ma grand-mère était maître de conf en littérature anglaise avant d'interrompre prématurément sa carrière. Plutôt que du whisky, je pourrais te préparer un de mes célèbres chocolats chauds. Je te promets que tu n'as encore jamais rien goûté d'aussi bon. Et ça t'aiderait à t'endormir.

— Je n'ai pas le temps de dormir. Il faut que j'écrive ce putain de bouquin.

— Je m'inquiète pour toi.

— Pourquoi ? Tu ne me connais même pas.

Il y avait une mise en garde dans sa voix, mais elle n'en tint pas compte.

— Je sais que tu es planqué ici à New York,

alors que tout le monde te croit ailleurs. Et je sais que je suis la seule à le savoir. Cela implique une responsabilité. Je veux t'aider.

— Tu n'es responsable ni de mon état mental et physique ni de mon inspiration.

— Si tu arrêtes d'écrire tes thrillers, mon amie Frankie va me faire une crise. D'où mon envie que tu termines ton livre. Tu as donc écrit ta première histoire à huit ans. Mais quand as-tu commencé à être publié ?

— J'avais vingt et un ans. Lorsque mon agent m'a appelé pour me dire qu'il acceptait mon manuscrit, j'ai cru que c'était gagné et que la vie ne cesserait plus jamais d'être belle.

— Mais ça n'a pas été le cas.

Elle choisit ses mots avec les plus grandes précautions :

— Je crois que, quand on perd un proche, il devient parfois difficile de mobiliser la concentration nécessaire pour accomplir des tâches qui nous paraissaient simples auparavant. Et avec l'approche des fêtes, la douleur devient plus aiguë.

— J'imagine que tu te prépares à enchaîner sur un discours du type : « Je comprends tout à fait ce que tu éprouves, mais le temps finit toujours par guérir tous nos maux » ?

— Ce n'est pas ce que j'allais dire, non.

Elle hésita.

— Peut-être que tu y vas un peu trop au forcing ? Tu es blessé, donc tu devrais procéder plutôt en douceur. Use de tolérance envers toi-même. Écrire, pour toi, c'est quelque chose de naturel. Tu devrais peut-être juste te fixer pour objectif de noter ce qui te vient, page après page, au lieu de te focaliser sur comment trouver une intrigue complète. C'est un peu comme décider de toaster un panini au fromage plutôt que de cuisiner un menu gastronomique.

Cherchant en vain sur le visage fermé de Lucas un signe qui l'encouragerait à poursuivre, Eva laissa sa phrase se perdre dans un murmure.

— Bon, OK. Je me tais. Plus un mot sur la question. Je me la ferme.

Il esquissa un faible sourire.

— Je ne te connais pas depuis longtemps, mais quelque chose me dit que le silence n'est pas forcément ton option fétiche dans la vie.

— C'est vrai. Des fois, j'ai l'impression que je vais exploser si je ne parle pas. C'est une nécessité physique.

Elle avait les yeux rivés sur les lèvres de Lucas et s'interrogeait sur les sensations qu'elles pourraient engendrer, une fois posées sur les siennes. Cet homme était un expert du baiser, son instinct le lui criait haut et fort. Et cette fois, ce fut elle qui se sentit osciller dans sa direction, comme si son corps n'en faisait plus qu'à sa tête.

L'atmosphère faussement intime créée par la pénombre se posait tel un voile sur la raison, la réalité — sur tout ce qui paraîtrait de nouveau clair et rationnel à la lumière du jour.

— Va te coucher, Eva. Il est tard.

La voix de Lucas était douce, mais elle suffit à l'arracher à sa transe sensuelle. Et à dissiper des fantasmes qu'elle aurait tout intérêt à oublier.

— Ça, c'est du langage de mec pour dire « Je n'ai pas envie d'en parler. »

Elle demeura assise un moment, avec le sentiment qu'il lui restait un autre sujet à aborder. Quelque chose avait failli se passer entre eux ce soir. Allaient-ils en parler ou faire comme si de rien n'était ?

— Bonne nuit, Eva.

Le côté irrévocable dans le ton de Lucas l'aida à trancher.

Ils allaient plutôt faire comme si de rien n'était, semblait-il.

Et c'était probablement l'option la plus raisonnable.

— Bonne nuit, Lucas. Essaie de dormir un peu.

Chapitre 6

« Sois le rayon de soleil, pas la pluie. »

— *Eva*

La tempête atteignit son pic peu après l'aube. Les chutes de neige redoublèrent d'intensité, des bourrasques opaques tourbillonnèrent devant les vitres, et les rues de New York disparurent sous une nouvelle couche de blancheur.

Lucas ne vit rien de ce déferlement météorologique. Il avait travaillé pendant une bonne partie de la nuit et s'était effondré sur son canapé pour dormir quelques heures lorsque son cerveau avait déclaré forfait.

Malgré la brièveté de sa sieste, il s'était réveillé revitalisé, débordant d'énergie et prêt à se remettre à son clavier. Il avait continué d'écrire jusqu'au moment où il avait entendu Eva chanter.

Pas très fort, mais suffisamment quand même pour perturber sa concentration.

Il sortit sur le palier et s'immobilisa en haut de l'escalier où il bénéficiait d'une vue parfaite sur tout le bas du duplex, y compris la cuisine.

Lorsqu'il avait déménagé pour venir s'installer dans ce logement, il n'avait apporté que ses livres. Pour le reste, il avait tout bazardé : meubles, tableaux, tapis. Tout ce qui pouvait lui rappeler son ancienne vie, il s'en était séparé. L'aspect neutre et impersonnel de l'appartement ne lui pesait pas. Il s'y retrouvait complètement, au contraire.

Jusqu'à maintenant.

Car, ce matin, c'était à peine s'il reconnaissait les lieux.

Un énorme sapin dominait tout l'espace devant la cloison vitrée. Plusieurs magazines ouverts gisaient un peu partout, abandonnés sur le canapé, à côté d'un gros pull vert vif en laine. Un reste de thé refroidissait dans un mug posé sur la table basse et des chaussures gisaient au sol en ordre dispersé, à l'endroit où elles avaient été retirées.

Le séjour avait l'air... *habité.*

Mais la plus grande contribution à cette impression de changement, c'était Eva elle-même. Sa voix, sa présence, les accents fleuris de son eau de toilette emplissaient tout l'espace. De là où il se tenait, il voyait la cascade de ses cheveux couleur de miel et les roulements et saccades de ses hanches alors qu'elle dansait au rythme de la musique qu'elle écoutait avec un casque. Sans l'ombre d'un doute, c'était une fille qui avait la danse dans le sang. Et comme elle bougeait ! Elle faisait un numéro de charme torride, comme pour séduire le four, le plan de travail et la plaque de cuisson tout en chantant au Père Noël d'une voix étonnamment bien timbrée qu'elle avait été une fille très sage.

Sans cesser d'éplucher, de couper en dés et de

broyer Dieu sait quoi, elle se livrait à un *one-woman-show* endiablé, digne d'un spectacle de Broadway.

Ainsi donc, cette fille chantait et dansait aussi bien qu'elle cuisinait.

Une montée de sueur lui picota la nuque.

S'il se lâchait, elle ne resterait pas une fille sage très longtemps. Il était prêt à la faire passer de sage à carrément coquine en moins de temps qu'il n'en faudrait à son ami le Père Noël pour jeter un paquet du haut de la cheminée. La veille, sur le canapé, il avait été à deux doigts de l'embrasser. Mais, heureusement pour elle comme pour lui, sa raison l'avait arrêté à temps.

Les yeux rivés sur la danse de ses hanches, il prit conscience qu'il se comportait en voyeur et tenta de s'arracher à sa contemplation fascinée.

Il suffirait qu'il fasse connaître sa présence pour que tout s'arrête. Elle cesserait de se mouvoir comme une danseuse de pole dance, sa voix rauque ferait silence.

Lucas ouvrit la bouche — mais aucun son n'en sortit.

Il fallait dire que le spectacle des hanches d'Eva avait de quoi laisser un homme sans voix, l'esprit trop occupé à imaginer ce que tous ces mouvements subtils pourraient induire en termes de plaisir entre les draps. Il la revit dans son pyjama en soie couleur pêche — courbes douces devinées et plage de peau claire. Elle avait troqué le pyjama en question contre une jupette vraiment très courte. Il devait reconnaître que ses collants noirs opaques la rendaient pourtant tout à fait décente, même si elle lui mettait le corps en ébullition. Un fin pull noir lui moulait la taille et les hanches, et soulignait les nuances d'or clair de ses cheveux.

Elle se tourna pour prendre un couteau et le vit.

Sa lame brandie, elle s'immobilisa net. L'espace d'un instant, il se demanda s'il s'était trompé dans le choix de son arme.

Peut-être qu'elle n'empoisonnait pas ses victimes, finalement. En tant que cuisinière émérite, elle les tranchait d'une main experte et les découpait en filets.

Eva l'Éventreuse ?

Il serait bien retourné se remettre à son roman, mais elle lui souriait et il décida qu'il pouvait bien s'accorder une ou deux minutes pour la saluer et échanger quelques mots. La pause serait d'autant plus salutaire que ses conversations avec elle alimentaient invariablement son inspiration.

— Bonjour !

Eva reposa le couteau et détacha les écouteurs de ses oreilles. Son sourire lui creusa une fossette au coin de la bouche.

— Ça te déconcentre que je chante ?

Pas sa chanson, non. *Elle* le déconcentrait. Il regrettait presque qu'elle se soit aperçue de sa présence. Sinon, elle aurait continué à rouler des hanches et il serait resté en suspens à la regarder, livré au pur plaisir de ses instincts.

D'un geste, il désigna la partie séjour de l'appartement.

— Nous avons été cambriolés cette nuit ?

— J'ai fait comme si j'étais chez moi. J'espère que ça ne te dérange pas. Je rangerai tout à l'heure.

— Je te dois des excuses.

— Des excuses pour quoi ?

— Hier soir. Pour mon accueil... fracassant.

— Tu n'as pas à t'excuser. Tu es ici chez toi et tu n'attendais aucune visite.

— Tu es toujours aussi compréhensive ?

— Tu aurais préféré que je hurle au scandale ?

Cela aurait été une réaction plus classique, en tout cas. Des années d'expérience et d'observation attentive lui avaient appris à prédire, avec une acuité rarement prise en défaut, comment une personne réagirait dans une situation donnée. Eva, jusqu'ici, déjouait tous ses pronostics.

— Il n'y a jamais rien qui te choque ou qui te met en colère ?

— Si. Plein de choses. La cruauté contre les animaux, les chauffeurs de taxi qui ne roulent qu'au klaxon, les hommes qui me parlent les yeux rivés sur mes seins en m'appelant « ma caille » alors qu'on ne se connaît ni d'Ève ni d'Adam...

Elle se tut un moment.

— Tu veux que je poursuive la liste ?

— Je suis rassuré que tu sois humaine. Et je te dois des remerciements, au fait. J'ai suivi ton conseil et je me suis fait un panini toasté. Grâce à toi, j'ai écrit vingt mille mots.

— *En une nuit ?* Ce n'est pas un sandwich, c'est un menu dégustation de neuf plats.

Elle avait l'air impressionnée.

— Comment tu as fait ?

— Un panini toasté en appelant un autre...

— En tant qu'amateur de la chose, je peux comprendre. Les sandwichs au gril ont toujours été ma perte.

Elle lui fit signe de s'approcher du bar à déjeuner.

— Assieds-toi. Juste au cas où ta subite flambée d'inspiration aurait été suscitée par mes petits plats d'hier soir, je vais te préparer un super petit déjeuner.

Il savait que la source de son inspiration n'avait rien à voir avec sa nourriture et tout à voir avec elle. Le personnage dont elle lui avait donné l'idée serait un des plus complexes et des plus intéressants qu'il ait jamais créés.

— Je ne prends jamais de petit déjeuner.

— Ni petit déjeuner, ni dîner, ni grand-chose d'autre, d'ailleurs. Mais je suis là pour changer tout ça.

Elle commença à fredonner de nouveau. À croire que le chant était un réflexe chez Eva.

— Tu n'as rien qui serait un peu moins centré autour des rennes à clochettes et du traîneau du gros bonhomme en rouge ?

— Pardon ?

— Je me demandais s'il y avait moyen de changer ta playlist. Je ne suis pas très amateur de chants de Noël.

Elle ouvrit le four pour y glisser une plaque où elle avait aligné des tomates coupées en deux.

— Aucun problème. Nous ne demandons qu'à satisfaire les demandes de nos auditeurs... Voyons. Je sais que tu aimes Mozart. Que dirais-tu de quelques airs tirés des *Noces de Figaro* ?

— Qu'est-ce qui te fait penser que j'aime Mozart ?

— Ha, ha ! Comment ai-je deviné, à ton avis ?

Elle brandit une spatule, triomphale.

— Tu n'es pas le seul à savoir repérer et analyser les indices. Tu pourras me caser en agent spécial Eva dans ton prochain bouquin. Je suis sûre qu'ils seraient heureux de m'avoir, au FBI. L'ennemi me sous-estimerait parce que je suis blonde et qu'ils ne verraient que mes seins, et là, *boum*, je déjouerais leurs plans.

Il décida que le moment était mal choisi pour lui révéler que ces aspects d'elle apparaîtraient bel et bien dans son livre... mais que son personnage ne se situerait pas du bon côté de la loi.

— C'est quelque chose qui t'arrive souvent ?

— Que les gens me sous-estiment ? Tout le temps.

— Ça doit être frustrant.

Elle lui adressa un sourire malicieux.

— La plupart du temps, je la retourne contre eux, la frustration, dit-elle. Il ne faut pas t'inquiéter pour moi. Je sais me défendre.

— Avec cette super prise fatale contre laquelle tu m'as déjà mis en garde ?

— Celle-là même. Au moment où tu t'y attends le moins, je te prends par surprise et *pan*. Tu es mort.

Il était sorti de son bureau avec l'intention de lui demander de chanter moins fort. L'idée avait été de se remettre à l'écriture aussi sec. Mais il ne se sentait plus du tout aussi pressé de s'atteler à son travail, à présent, et il la rejoignit dans la cuisine. L'énergie et l'enthousiasme d'Eva étaient communicatifs et emplissaient son appartement désincarné, envahissant même ses recoins les plus mornes. Et sa conversation qui passait du coq-à-l'âne faisait fleurir plein d'idées dans sa tête. Son personnage trouvait une cohérence interne, se construisait petit à petit dans sa complexité.

— Alors, de quels pouvoirs de déduction t'es-tu servie pour découvrir mes goûts musicaux ?

— Tu as des CD à côté de ta bibliothèque. J'ai vu tout un rayon consacré à Mozart.

Elle abaissa sa spatule.

— Tu n'écoutes pas ta musique en streaming, comme tout le monde ?

— Les CD appartenaient à mon père. Il était violoncelle solo dans l'orchestre du Metropolitan Opera.

— Quelle chance ! Tu n'as jamais eu à te battre pour avoir des places, comme nous autres simples mortels.

— Tu aimes l'opéra ?

— J'adore.

Elle chanta les premières notes d'un air en italien, d'une voix pure et claire, et sans l'ombre d'une fausse note.

— Bon, laisse-moi deviner... Ton grand-père était professeur de chant, c'est ça ?

— En fait, il gagnait sa vie en pêchant le homard, mais ça ne l'empêchait pas d'être aussi un grand mélomane. Et il aimait ma grand-mère avec la même passion que la musique classique, c'est dire. J'ai grandi entre Shakespeare et le répertoire lyrique. Si ça te dérange que je chante, je vais essayer de me refréner, mais tu risques d'avoir à me le rappeler de temps en temps.

— Cela ne me dérange pas, non.

Son chant était nettement moins perturbant que le staccato de ses hanches lorsqu'elle dansait.

— Paige, avec qui je partageais mon appart dans le temps, portait presque en permanence un casque à réduction de bruit. Elle a besoin de silence pour se concentrer.

— C'est parce que tu chantes qu'elle est partie vivre ailleurs ?

— Non. Elle est partie parce qu'elle est tombée amoureuse.

— Ah. Le Baiser du Grand Amour ?

— Je crois que c'était plutôt le *Sexe torride* du Grand Amour, mais le principe est le même.

— Et maintenant tu vis seule ?

— Oui.

Son expression changea mais elle se détourna pour ouvrir le réfrigérateur, et Lucas ne vit plus son visage.

— Enfin, je suis seule sans être seule, car j'ai mon amie Frankie qui vit à l'étage au-dessus avec Matt — qui est le frère de la Paige en question. Matt est le propriétaire de l'immeuble, en fait. Au rez-de-chaussée, nous avons Roxy avec sa fille Mia, qui est un bout de chou adorable. Roxy travaille pour Matt et s'est retrouvée à la rue, cet été, alors Matt n'a fait ni une ni deux et l'a hébergée chez lui. Paige, elle, passe à peu près autant de temps chez nous que chez Jake, donc je ne vis pas dans un isolement monacal, bien au contraire. Et en plus, on a Miss Tigresse ! Bon d'accord, elle est un peu sauvage, comme son nom l'indique...

Elle parlait sans prendre de pause pour respirer, brossant un tableau coloré de sa vie à Brooklyn. Il s'était attendu à une réponse plus ou moins monosyllabique mais, au moment où elle cessa de parler, il en savait plus à son sujet que sur certaines personnes qu'il connaissait depuis une décennie. En temps normal, il lui fallait des mois et des mois de questionnement incessant pour obtenir une telle quantité d'informations sur quelqu'un.

— Donc, si j'ai bien tout retenu, Miss Tigresse est la chatte psychotique de tes amis, Matt et Frankie ?

— C'est tout à fait ça. Tu pourrais l'adopter dans un de tes thrillers. Cette chatte ferait une arme du crime parfaite. Elle a un petit museau adorable et le coup de griffe le plus ravageur que je connaisse. Mais je ne lui en veux pas, parce qu'elle a eu une vie affreuse avant que Matt la récupère.

Elle sortit une variété d'ingrédients du réfrigérateur. Juste avant qu'elle ne le referme, il eut le temps d'entrevoir que tous les rayons étaient pleins.

— Tu as l'intention de recevoir du monde ? Parce que si tu as acheté tout ça pour me nourrir, je crains que tu n'aies surestimé mon appétit.

— Tout cela est destiné à être cuisiné puis placé au congélo. L'idée, c'est que tu puisses disposer de plusieurs menus complets. On en a longuement discuté avec ta grand-mère pour optimiser le choix des plats.

— Optimiser dans quelle optique ? Pour améliorer ma libido, je parie ?

Eva haussa un sourcil.

— Il a juste été question d'allergies alimentaires, répondit-elle lentement. Certaines personnes sont allergiques aux cacahuètes, aux céréales ou aux crustacés. Il fallait que je vérifie si tu étais intolérant ou non au gluten. D'autre part, tu aurais pu être végétarien, mais plus ou moins flexible sur le poisson et le poulet. Si tu es susceptible de faire un choc anaphylactique en ingérant des noix, c'est bon à savoir pour moi aussi. Injecter une dose d'adrénaline à un client à moitié mort n'est pas le genre de prestation que nous aimons fournir, chez Urban Génie. La prévention est la meilleure des médecines, comme chacun sait. Les cadavres ne favorisent pas le commerce.

Un demi-sourire apparut sur les lèvres d'Eva.

— Enfin, ça dépend pour qui, bien sûr. Ils sont ton fonds de commerce à toi. Plus il y en a, plus tes bouquins se vendent.

— Donc, tu n'as jamais discuté avec ma grand-mère de la façon dont il s'agirait de s'y prendre pour me séduire ?

— J'adore ta grand-mère mais, quand j'ai envie de plaire à un mec, je ne vais pas forcément demander conseil à une nonagénaire.

Elle étudia ses traits un instant.

— Ta libido a besoin d'être secourue, Lucas ?

Pas depuis qu'elle était entrée de force chez lui.

— Ma grand-mère est prête à faire à peu près n'importe quoi pour que je retrouve quelqu'un, dit-il, éludant sa question.

— C'est bien possible mais, pour moi, tu es un adulte, donc un individu présumé apte à faire ses propres choix. Si tu as choisi le sexil, ce n'est pas à moi de porter un jugement.

— Le sexil ?

— Sexe et exil, ça donne « sexil ». La vie en mode *no-sex*, si tu préfères. C'est mon cas aussi, mais ce n'est pas vraiment ma faute. À moins que le fait d'être difficile en soit une, de faute.

Elle fronça légèrement les sourcils.

— Mais dans ton cas, c'est un sexil intentionnel.

Il la regarda frotter ses poivrons sous l'eau du robinet.

— Qu'est-ce que ma grand-mère t'a raconté à mon sujet, au juste ?

— Je sais que tu détestes le concombre, que tu aimes la nourriture très épicée et ta viande saignante. C'est important que je connaisse tes préférences.

Là, directement, sa préférence aurait été de l'avoir nue et à cheval sur lui.

La peau d'Eva était lisse et claire. Avec une texture... fragile. Comme un voile de soie, songea-t-il. Puis il rejeta la comparaison, écœuré par la banalité du cliché. En tant qu'écrivain, il devrait être capable de trouver des images un peu plus originales que celle-là. Les joues d'Eva étaient légèrement rosées, mais leur couleur était due à la chaleur du four, lui semblait-il, plutôt qu'à un artifice de maquillage. Il aurait été prêt à jurer que le visage de celle-ci était vierge de tout artifice. Mais il se souvint d'une conversation avec Sallyanne où elle s'était moquée de lui lorsqu'il l'avait complimentée sur sa beauté sans fard. Elle lui avait répondu avec amusement qu'il lui avait fallu trois quarts d'heure pour obtenir l'effet naturel en question.

Combien de temps Eva avait-elle passé dans la salle de bains pour obtenir son look de fille « saine, spontanée et totalement nature » ?

— Montre-moi tes menus.

Il tendit la main et elle lui remit ses feuillets. Il les parcourut des yeux rapidement.

— Du *chicken pot pie* ? Je n'ai pas mangé de tourte au poulet depuis l'âge de douze ans.

— Quand tu auras goûté la mienne, tu te demanderas pourquoi tu t'en es privé si longtemps. C'est le plat réconfortant par excellence.

— Ça pourrait me rappeler la cantine scolaire...

— Ma tourte ne te rappellera rien de scolaire, crois-moi. Elle te procurera juste un méga-orgasme des papilles.

— Tu as l'air de faire une fixation sur l'orgasme, dis-moi.

— Les fixations, c'est ce qui finit par arriver dans les situations de privation.

Elle lui reprit les menus des mains.

— C'est la raison pour laquelle les régimes ne marchent jamais. Plus tu t'interdis des trucs, plus tu fais une fixette dessus. Bon, je sais ce que tu vas me répondre : je peux me procurer tous les orgasmes que je veux toute seule. Mais ce n'est quand même pas tout à fait la même chose.

— Donc tu t'es mise au régime sans sexe.

— Ça fait un peu cet effet, oui. Pas parce que je me suis moi-même prescrit cet état de restriction, hein ! C'est juste parce que je ne rencontre pas les mecs qu'il faut, en ce moment. Mais ça va changer.

— Tu as l'impression que ta situation va bouger ?

Elle posa son poivron et entreprit de le tailler en rondelles.

— Absolument. Noël approche. Je vais sortir et rencontrer du monde. Faire la fête.

— Faire la fête où ?

— Mes amis vont organiser une soirée. Dans l'idée de me présenter des hommes.

— Tu n'as pas l'air enthousiaste...

Eva reposa son couteau.

— Tu veux que je te dise franchement ? Je trouve

ça un peu gênant. Au final, ce n'est pas tellement mieux que les sites de rencontre en ligne. Je n'apprécie pas trop le côté artificiel de l'affaire. C'est comme sur les réseaux sociaux. Chacun s'applique studieusement à ne montrer que ses bons côtés.

— Donc, tu reconnais que les gens ne sont pas toujours ce qu'ils paraissent être.

— À t'entendre, cela aurait un côté sinistre, comme s'ils cachaient des trucs horribles. Pour moi, c'est juste que, sur les réseaux sociaux, les gens essaient de se montrer sous leur meilleur jour.

— Et forcément tu te demandes ce qu'ils donnent sous leur moins bon jour.

Eva haussa les épaules.

— Tout le monde a des défauts. Il ne serait pas réaliste de penser rencontrer quelqu'un qui en soit exempt, si ?

— Tes défauts à toi, ce serait quoi, par exemple ?

Lucas ne s'attendait pas à une vraie réponse. Comme dans ces entretiens d'embauche où le candidat, sommé de nommer un de ses points faibles, invoquait le classique « Je travaille trop » ou « Quand j'entreprends quelque chose, je ne peux pas m'empêcher de m'investir à cent pour cent ».

Il n'avait jamais vu personne dérouler spontanément une vraie liste de défauts devant des inconnus.

Eva, elle, plongea sans hésitation dans une énumération détaillée :

— Je suis bordélique, c'est pathologique chez moi — sauf en ce qui concerne la cuisine. Je sème mes affaires aux quatre coins de mon appartement. Du coup, je ne sais jamais où sont les choses et je mets un bazar pire encore quand je remue tout ce chaos pour essayer de retrouver un truc qui a disparu. Le matin, j'ai un mal fou à me lever. Et puis j'ai tendance à être un peu trouillarde, admit-elle avec une moue désolée. Je ne brille pas par mon courage face au sang, à la violence, aux insultes ou autres menaces, et pareil pour les bruits bizarres quand je suis seule la nuit.

Il écouta avec attention, mémorisant chaque détail.

— J'aurais dit que ton principal point faible, c'est d'être trop confiante.

Eva rinça son couteau.

— Je ne vois pas ma confiance en l'humanité comme un point faible. Au contraire. C'est difficile de se rapprocher des autres et de vivre des amitiés épanouissantes lorsqu'on soupçonne la personne en face de soi de nous dissimuler des trucs de façon systématique. C'est probablement ton principal point faible à toi, non ? Ton manque de confiance en l'autre ?

— À mes yeux, c'est plutôt une qualité. Mais revenons à tes expériences de rencontres en ligne. Comment as-tu formulé ta description sur ton profil ?

— Je n'ai pas écrit « Blonde crédule et en manque cherche partenaire pour chasse à l'orgasme », si c'est ce qui t'inquiète.

Elle ouvrit la porte du four, sortit la plaque avec les tomates et lui imprima une secousse pour les retourner.

— Je n'ai pas essayé longtemps car, les sites de rencontre, ce n'est pas ce que je préfère. Il faut que je voie d'abord une personne pour sentir si elle me correspond ou non. Je sais que je peux me fier à mon intuition quand je suis face à quelqu'un. Cela dit, les sites de rencontre sont une manière tout à fait valable d'entrer en contact avec des gens, dans notre monde éternellement pressé. Mais je préfère rencontrer quelqu'un de façon plus organique.

— Tu veux un orgasme organique ?

Elle se mit à rire.

— Plutôt que numérique ? C'est le but. Et tout le monde a besoin d'un but dans la vie, tu ne crois pas ? En tout cas, je suis bien décidée à me lancer. Je ne rencontrerai jamais personne si je reste bouclée chez moi. Donc, pour commencer, il faut que je sorte. C'est le premier pas. Je voudrais passer quelques soirées en tête à tête avec un homme, voir ce que ça donne.

— Donc, tu ne vas pas en droite ligne vers l'orgasme en shuntant les étapes intermédiaires ?

— Non.

Elle referma le four.

— Je ne peux pas coucher avec un inconnu. Les coups d'une nuit ? Connais pas. Pour que j'obtienne du plaisir dans un rapport sexuel, il faut que j'aie le cœur qui palpite.

— Tu n'hésites pas à appeler les choses par leur nom, en tout cas.

Elle haussa les épaules.

— C'est vrai. Je suis le contraire de la femme-mystère. Plutôt un livre ouvert — un livre audio, même, d'après Jake. Il dit que tout ce que je pense me ressort en direct par la bouche.

La description le fit sourire.

— Qui est Jake ?

— Le mec de Paige. Mais assez parlé de moi. C'est quoi ton plat préféré de toujours ?

— Je n'en ai pas.

— Tout le monde a forcément un plat préféré. Pense à quelque chose qui te ferait vibrer les papilles. Ou à un repas qui reste associé à un souvenir heureux. Qu'est-ce que tu aimais quand tu étais petit ? Il n'y avait pas un aliment que tu adorais et qui, aujourd'hui, pourrait te ramener d'une seule bouchée à telle ou telle période ensoleillée de ta vie, avec tous les sentiments chaleureux qui vont avec ?

Il songea à certaines réunions de famille, à ses voyages à travers l'Europe.

— J'apprécie les bons fromages. En accord avec des bons vins. Ça a été un des points forts de ma tournée en France.

— C'est là-bas que tu as acheté tout ce vin ?

— J'ai fait expédier quelques cartons de là-bas, oui. Mais j'ai commencé ma collection il y a déjà pas mal de temps.

— Il t'arrive quand même d'y goûter ?

— Bien sûr. Mais certaines de ces bouteilles ont de la valeur. Je les garde pour des occasions spéciales.

— Si j'avais du bon vin, je le boirais tout de suite. Mais je suis plutôt le genre de fille à vivre dans l'instant présent.

Elle repoussa les cheveux qui lui tombaient sur les yeux, et il essaya de ne pas penser au genre d'instant présent qu'il avait envie de vivre avec elle.

— Il était excellent, le soufflé que tu as fait hier soir.

Elle prit un stylo sur le plan de travail et griffonna une annotation sur une des feuilles posées devant elle.

— J'essaie de décider ce que je vais faire à manger ce soir. Tu as des envies particulières ?

— Je te laisse choisir. Tu utilises un livre de cuisine particulier ? Ou tu vas sur Internet ?

— Ni l'un ni l'autre. Je fais les vieilles recettes de ma grand-mère. Ou j'en invente à ma façon.

Elle dut voir son expression changer car elle sourit.

— Cool. Détends-toi. Je ne vais pas y aller à l'impro pour ton dîner de ce soir. Je resterai dans mon répertoire éprouvé. Tu n'es pas un cobaye et je n'ai pas l'intention de te tuer par une violente intoxication alimentaire. Tu as déjà utilisé cette forme de meurtre dans tes intrigues ? Un tueur qui empoisonnerait ses victimes ?

Tiens, pourquoi attribuait-elle d'office le rôle du meurtrier à un homme ?

— Pas encore, non. Mais j'y songe très sérieusement.

— Comment fais-tu pour choisir le mode opératoire de tes meurtriers ?

— Je me base sur la personnalité et les motivations de l'assassin. Jack l'Éventreur maniait les couteaux avec une remarquable dextérité. Ce qui a amené certains spécialistes à supposer qu'il aurait pu s'agir d'un chirurgien.

— Ce n'est pas étonnant que tu aies des problèmes de sommeil. Toute ta journée de travail, tu la passes à baigner dans une atmosphère d'horreur.

— Je trouve les meurtriers plus fascinants qu'horrifiants.

Il l'observa, subjugué, alors qu'elle hachait une gousse d'ail. Elle maniait le couteau avec une adresse confondante.

— Qui t'a appris à te servir d'un couteau comme ça ?

Elle lui jeta un regard amusé.

— Ce n'est pas ton pote l'Éventreur. Je dois tout à ma grand-mère. Après avoir terminé mes études, j'ai aussi travaillé dans un certain nombre de restaurants. Si tu n'as pas envie d'y laisser un doigt, tu te débrouilles pour maîtriser la technique.

Sur une seconde plaque, elle éparpilla les rondelles de poivron et l'ail haché, ajouta du sel, puis glissa le tout dans le four au-dessus de sa première fournée. Quelques mèches de cheveux lui glissèrent devant les yeux. Elle arrondit les lèvres pour former un O parfait et rejeta l'air doucement, comme si elle soufflait les bougies d'un gâteau d'anniversaire.

— Tu fais quoi, avec ces légumes ?

— Je mets des tomates et des poivrons à rôtir, et je les mixerai pour en faire une soupe tout à l'heure. Après mon départ, quand tu prendras une pause entre deux chapitres, tu n'auras qu'à sortir une portion du congélateur pour la passer au micro-ondes. Et *hop.* Avec quelques tranches de bon pain maison, tu auras un repas d'une excellente qualité nutritionnelle en moins de temps qu'il n'en faut pour ouvrir une bouteille de whisky.

Elle accompagna ce commentaire d'un regard appuyé qu'il choisit d'ignorer.

En la regardant faire, il songea que le processus créatif en cuisine n'était pas si différent de ce qu'il faisait en tant que romancier. Elle démarrait avec une idée, ajoutait un peu de ceci et de cela, fignolait le mélange au feeling, et le résultat final était destiné à transporter son public.

— Et maintenant, pour ton petit déjeuner : tu préfères des œufs Bénédicte ou des pancakes ?

Il était sur le point de lui rappeler qu'il avait banni depuis longtemps le petit déjeuner de ses pratiques quotidiennes lorsque le mot « pancake » ébranla toutes ses résolutions. Ces deux simples syllabes le ramenèrent dans son cher Vermont où il avait passé toutes ses vacances en famille, petit.

— Est-ce que le bacon grillé est inclus dans la proposition « pancake » ?

— Pourquoi pas, si ça te fait plaisir.

— Eh bien, c'est le cas.

C'était la première fois que quelqu'un utilisait sa cuisine. Et pour l'utiliser, Eva l'utilisait. Il ne restait plus le moindre espace disponible. Partout, elle avait disposé des fruits et des légumes variés dans des coupes et des saladiers. Toutes ces victuailles semblaient avoir été entreposées là au petit bonheur la chance, mais quelque chose lui disait que ce n'était qu'une apparence.

— Tu chantes toujours quand tu cuisines ?

— Chanter est la recette élémentaire du bonheur. Marcher est assez euphorisant aussi mais, pour le moment, la météo n'est pas très favorable.

Elle mit le bacon à frire dans une poêle et prépara la pâte des pancakes sans rien peser ni consulter de recette.

— S'il neige un peu moins fort tout à l'heure, j'irai peut-être faire un tour dehors.

L'atmosphère détendue se dissipa.

— Tu ne sors pas d'ici par cette tempête. Toute la ville est en sommeil. Il n'y a pas un seul autobus qui roule, les véhicules particuliers sont interdits de circulation et le métro est à l'arrêt. Tous les ponts et les tunnels sont fermés et il n'y a pas un seul vol prévu pendant les prochaines heures.

— Et alors ? Je ne vais prendre ni l'avion, ni l'autobus, ni le métro. Juste faire quelques pas à pied.

— Tu as regardé par la fenêtre au moins ?

Il se leva, trouva la commande à distance et alluma la télévision dissimulée dans le séjour. Toutes les chaînes d'actualités locales ne traitaient plus que d'un seul sujet : le blizzard. Le visage grave, le présentateur TV mettait le public en garde, déconseillant formellement aux habitants de New York de se risquer hors de leur logement.

— Plusieurs plages ont été submergées. Des arbres sont tombés sur des lignes à haute tension et des milliers de foyers sont privés d'électricité.

Eva porta la main à la bouche.

— Oh ! les pauvres ! C'est horrible par ce froid !

Il entendit la détresse dans sa voix et éteignit la télé.

— Alors, convaincue ?

— Oui.

Elle retourna à ses préparatifs, finit de battre la pâte au fouet, puis la versa dans la poêle brûlante et attendit que la surface se soulève et fasse des cloques.

Puis elle retourna le pancake d'un geste précis, juste au moment où il atteignait le point de cuisson idéal. Quelques instants plus tard, elle le fit glisser sur une grande assiette, lui adjoignit le bacon et Lucas se vit remettre le tout avec une bouteille de sirop d'érable. La couleur lui rappela celle du whisky.

Les pancakes étaient une splendeur. Il apprécia la

tiédeur suave du sirop chauffé, offrant un contraste parfait avec le bacon croustillant et salé.

Il en engloutit une moitié d'un coup.

— Tu m'as demandé mon plat préféré. Eh bien le voici.

— Tu m'as dit que tu n'avais pas de nourriture préférée.

— Eh bien maintenant, si.

Il vida son assiette avec un appétit de loup. Pourquoi se sentait-il soudain si affamé alors qu'il y avait maintenant trois ans qu'il avalait n'importe quoi, dans une indifférence totale à ce qu'il ingurgitait ?

— Tu as l'air de consacrer beaucoup de temps à ma grand-mère, observa-t-il en terminant sa dernière bouchée. Pourquoi ne pas passer ce temps-là avec la tienne, plutôt ?

Pour la première fois depuis qu'il l'avait relevée du sol de son appartement la veille, elle resta silencieuse.

— Eva ? Pourquoi tu ne vois pas ta propre grand-mère plus souvent ?

— Parce qu'elle est morte.

Eva ne put en dire plus. Les larmes montèrent d'un coup, lui inondant les yeux et roulant sur ses joues.

Chapitre 7

« En temps de crise, garde ton rouge à lèvres impeccable et ton mascara waterproof sous la main. »

— *Paige*

— Je suis désolée. Ce n'est rien.

Eva chercha une serviette en papier à tâtons et se tamponna les yeux. Mais c'était comme si une fuite inopinée venait de se déclarer dans ses conduits lacrymaux. Ses émotions avaient enflé d'un coup, comme une vague immense, faisant craquer ses défenses. Et son chagrin s'échappait à grandes eaux.

À travers l'opacité brûlante de ses larmes, elle avait vaguement conscience que le regard de Lucas était rivé sur elle.

Elle s'attendait à ce qu'il marmonne une vague excuse et disparaisse à la vitesse d'un zèbre pourchassé par un lion affamé. Mais il resta cloué sur place.

— Eva...

— Laisse... Ne fais pas attention à moi.

Elle se moucha énergiquement.

— Ça m'arrive de temps en temps de faire une petite crise de larmes. Je ne la vois pas toujours venir. Au contraire, je me dis que je commence à sortir la tête de l'eau et puis, d'un coup, *vlan*, c'est comme une énorme rafale de vent qui me jette par terre. Mais je vais me relever. Ne t'occupe pas de moi, surtout.

— Tu voudrais vraiment que je fasse comme si de rien n'était ? Tu es là, à pleurer comme une fontaine, et je suis censé aller vaquer à mes occupations ? Pour quel genre de mec tu me prends ?

— Tu es un spécialiste de l'épouvante. J'imagine qu'une femme en larmes, c'est ta définition personnelle de l'horreur.

Elle prit une longue inspiration tremblante et retrouva le contrôle d'elle-même.

— Voilà. Ça va aller, tu vois.

— Ça finira peut-être par aller, mais pour l'instant ça ne me paraît pas très brillant. Parle-moi.

— Non.

— Parce que tu ne me connais pas ? C'est parfois plus facile de se confier à des inconnus.

— Ce n'est pas ça. Je ne veux pas être le nuage noir dans la journée de qui que ce soit. On est censé être le rayon de soleil, pas la pluie.

Lucas fronça les sourcils.

— C'est quoi encore, cette histoire ? Qui t'a raconté ces conneries ?

— Ma grand-mère.

Et ses larmes se remirent à couler de plus belle. Lucas écarta les mains en signe d'excuse.

— Désolé. Je ne voulais pas porter de jugement, mais tout le monde passe par des moments de tristesse. Je ne vois pas au nom de quoi tu t'obligerais à les dissimuler.

— Tu les dissimules bien, toi. Ce n'est pas la raison pour laquelle tu te terres ici en mentant à tout le monde, peut-être ?

Elle se frotta le visage des deux mains, et il esquissa l'ombre d'un sourire.

— OK. Tu marques un point. Mais puisque tu te caches ici avec moi, on peut peut-être passer un accord de non-dissimulation réciproque ? En tout cas pour le moment.

— Super plan. Merci. Et maintenant, tu devrais remonter te mettre à ton bouquin. Pense à ta date limite de remise.

La gentillesse de Lucas achevait de la déstabiliser. Elle lui tourna le dos pour qu'il ne la voie pas pleurer et se prépara à entendre le son de ses pas dans l'escalier tandis qu'il battait en retraite dans un lieu sûr. Non seulement il n'en fit rien, mais il lui posa la main sur l'épaule.

— Quand est-elle morte, Eva ?

Elle était déchirée entre deux besoins radicalement opposés : celui d'être seule pour sangloter tranquille et celui de parler de sa grand-mère.

— L'année dernière, hoqueta-t-elle. À l'automne, juste au moment où les feuilles ont commencé à changer de couleur. Je n'arrêtais pas de me demander comment le monde autour de moi pouvait paraître si chatoyant alors qu'elle était partie pour toujours. Et je me sens coupable d'être aussi inconsolable, parce qu'elle avait déjà quatre-vingt-treize ans. Et qu'elle n'est pas passée par une fin de vie longue, douloureuse et difficile. Ce qui était super pour elle, mais dur pour moi parce que, sa mort, je ne l'ai vraiment pas vu venir.

Elle n'oublierait jamais le coup de téléphone annonciateur. La tasse qui lui était tombée des mains, le café brûlant qui s'était répandu sur ses jambes nues avant de couler au sol.

Elle se moucha de nouveau avec force.

— Grams serait furieuse si elle me voyait maintenant. Elle me rappellerait qu'elle a eu une belle vie, qu'elle a été aimée et entourée, qu'elle a gardé ses facultés mentales jusqu'au bout. Elle avait l'art de voir ce qui allait bien dans sa vie, plutôt que de se focaliser sur ce qui n'allait pas, et elle m'a toujours incitée à suivre son exemple. Et c'est vrai que, dans l'ensemble, je suis plutôt positive, mais ça n'empêche pas qu'elle me manque ! Et maintenant, tu dois te demander ce que tu as fait pour mériter de te retrouver avec une fille en pleurs sur les bras. Mais, sérieux, tu n'as pas à t'inquiéter pour moi. Va, fais ce que tu as à faire. Je vais juste être très charitable avec moi-même pendant un petit moment, jusqu'à ce que je me sente mieux.

Mais il ne partait toujours pas. Non seulement il resta sur place, mais il la fit pivoter vers lui et la prit dans ses bras.

Eva en fut si surprise qu'elle demeura un instant sans bouger. Puis cette marque de sympathie inattendue balaya ses dernières défenses, et les sanglots se déclenchèrent pour de bon. De la main de Lucas qui lui caressait doucement les cheveux, de son bras libre qui la soutenait, émanait une sensation enveloppante de réconfort.

Il la tint ainsi pendant qu'elle se vidait de son chagrin, lui murmurant des mots apaisants, doux et indistincts. Elle respirait sa chaleur d'homme, percevait le contact rassurant de son corps qui s'offrait en appui, et elle ferma les yeux en essayant de se souvenir de la dernière fois où quelqu'un l'avait serrée ainsi dans ses bras. C'était tellement bon d'être blottie contre lui que c'en était presque criminel. Lucas était juste un inconnu, mais quelque chose dans son étreinte spontanée comblait le vide en elle.

Quand sa crise de sanglots prit fin, il s'écarta d'elle et scruta ses traits.

— Ça implique quoi, être « très charitable avec toi-même » ?

La gentillesse dans sa voix la toucha droit au cœur. Elle se tamponna les joues avec son mouchoir.

— Oh ! des trucs tout bêtes. J'arrête de me dire que je suis grosse ou que je me déteste parce que je ne fais pas assez d'exercice. Je me pardonne généreusement d'avoir avalé un carré de chocolat de trop.

— Tu fais ça ?

— Comme tout le monde, non ?

Gênée, mais surtout reconnaissante, elle frotta la tache humide que ses larmes avaient laissée sur la chemise de Lucas.

— Je me sens mieux. Merci, Lucas. Je ne t'aurais jamais cru aussi doué pour le réconfort. Tu fais ça à merveille. Et maintenant, tu ferais mieux de filer, ou je vais pleurer toute la journée pour avoir droit à mon câlin. Allez, allez, fonce écrire ton thriller.

— Dis-moi que tu ne penses pas sérieusement que tu es grosse ?

— Seulement dans mes mauvais jours. Mais ça, c'est juste parce que j'adore la gastronomie, la cuisine. Et si je ne fais pas attention, je chope un petit supplément de courbes.

— Un supplément de courbes ?

L'écho d'un rire perçait dans le ton de sa voix.

— C'est un peu comme un supplément de chantilly sur une glace ? dit-il. En d'autres termes, un peu plus de ce qui est déjà bon ?

— Maintenant, je sais que tu es écrivain. Tu sais utiliser les mots qu'il faut.

Elle se força à faire un pas en arrière.

— Merci pour ton aide. Tu m'as sortie de mon coup de mou.

— Je sais ce que c'est de perdre un proche aimé.

Le rire s'évanouit dans la voix de Lucas.

— Tu as l'impression que tu t'en sors, que tu commences à émerger, et puis ça t'emplafonne sans prévenir et te laisse sonné et à terre, dit-il. C'est comme si tu naviguais sur une mer lisse et que tu voyais se lever une vague géante juste à l'instant où elle s'abat sur toi et qu'elle te fait chavirer corps et biens.

Personne encore n'avait décrit ce qu'elle ressentait avec des mots qui sonnaient aussi juste.

— C'est comme ça que tu te sens ?

— Oui.

Il lui caressa doucement la joue.

— C'est censé s'améliorer avec le temps, alors accroche-toi.

Le regard de Lucas retint le sien. La relation entre eux était en train d'évoluer, gagnait en richesse et en proximité... Il y avait une intimité nouvelle et autre chose encore, un flux de chaleur inattendu qui la traversait malgré elle.

Le désir.

Lucas la réconfortait, et elle réagissait par une

montée d'excitation. La gêne l'aurait envahie si elle n'avait pas vu flamber une réaction analogue dans les profondeurs de ses yeux bruns.

— Tu devrais te remettre à ton bouquin.

— Tu as raison.

Sa voix avait quelque chose de rauque. Il laissa retomber sa main et remit de la distance entre eux.

— Et toi à tes exploits culinaires.

Ils étaient soudain un peu trop guindés, un peu trop polis, l'un et l'autre. Ils faisaient délibérément abstraction des mutations chimiques complexes qui venaient de se produire entre eux.

Eva retourna à la cuisine, essayant d'effacer ce moment de trouble de ses pensées.

Elle cuisina toute la matinée. Sans relâche, elle éplucha, détailla, fit blondir, revenir, braiser et mijoter, pendant que la tempête de neige continuait de se déchaîner de l'autre côté de la vaste cloison en verre. New York avait été éclipsée par un tourbillon blanc qui rendait flou la découpe familière de ses buildings sur fond d'horizon fantomatique. Les bars et les restaurants étaient fermés. Même Broadway avait tiré le rideau.

Avec un petit pincement au cœur, elle songea aux services d'urgence et à tous ceux dont la profession les contraignait à s'exposer aux éléments. Elle croisait les doigts pour qu'il n'y ait ni accidents ni blessés.

De temps en temps, elle regardait vers le haut de l'escalier, mais la porte du bureau de Lucas resta fermée. Lui aussi avait été blessé et accidenté par la vie. Et il composait avec ses blessures à sa façon.

À l'heure du déjeuner, elle lui monta un plateau. Mais à travers la porte close, elle entendit le cliquetis pressé des touches et décida qu'il était plus important pour lui d'écrire que de s'alimenter. En tout cas pour le moment. Elle redescendit avec son plateau intact et recommença à cuisiner.

Paige appela à deux reprises. Une première fois pour le boulot, car elle avait des questions sur une réception de fiançailles qu'elles organisaient en grande pompe pour une riche cliente basée à Manhattan. La seconde pour lui demander si elle était libre pour le réveillon du 31.

Eva baissa le feu sous la casserole dans laquelle elle faisait réduire une sauce.

— Je suis libre, oui. Complètement et totalement libre.

— Tant mieux, car je veux te faire rencontrer quelqu'un.

— OK. Je suis mûre pour l'épreuve du rendez-vous arrangé.

Elle essaya de ne pas penser à l'étreinte de Lucas. Il avait juste voulu la réconforter.

— Ça se passe comment, alors, sur la Cinquième Avenue ? Tu rentres quand ?

Eva jeta un coup d'œil par la fenêtre.

— Je pensais faire au plus vite pour rentrer tôt, mais le blizzard a changé la donne. Je te rappellerai pour te le dire quand ça se calmera un peu, OK ? Je t'envoie quelques idées pour notre fiancé et sa fête de demande en mariage. Et je suis en train de travailler sur le dîner de fiançailles Addison-Pope.

Elle raccrocha, rangea la cuisine puis passa côté séjour pour décorer le sapin en essayant de ne pas penser que, deux ans plus tôt encore, elle avait accroché des guirlandes lumineuses dans la chambre de Grams.

En début de soirée, elle monta prendre une douche et se changer. La porte du bureau de Lucas s'ouvrit alors qu'elle atteignait le haut des marches.

Il cligna des yeux, posant sur elle un regard incertain, comme s'il venait de passer la journée dans une autre dimension. Elle aurait peut-être dû aller frapper à sa porte plus tôt ? Ce n'était pas sain de travailler tant d'heures d'affilée sans prendre la moindre pause, si ?

— Comment ça s'est passé ? Tu as fait quelques paninis ?

— Un banquet complet, répondit-il d'une voix absente, comme s'il était encore absorbé par son bouquin.

Puis un sourire s'élargit sur ses traits.

— Tu es un vrai génie, Eva.

— Moi ? Je suis juste une cuisinière qui parle trop.

Son cœur cognait dans sa poitrine. Comment avait-elle pu penser que Lucas n'était pas son type ? Il avait été plus facile de le chasser de ses pensées lorsqu'elle s'imaginait encore qu'il n'était qu'une belle gueule talentueuse, tout juste doué pour écrire ses bouquins d'horreur. Mais elle savait maintenant qu'il avait une vraie sensibilité. Et il ne faisait pas partie de ces hommes qui fuyaient au moindre signe d'émotion.

— C'est justement parce que tu parles que je recommence à écrire.

Eva tressaillit.

— Je suis heureuse de l'apprendre. Et merci de ne pas avoir hurlé au sujet du sapin. Il est un peu plus grand que prévu, il faut le reconnaître. J'ai pris des photos pour les envoyer à ta grand-mère. J'espère que ça ne te dérange pas. Je n'ai pas parlé de toi, mais je voulais qu'elle voie que je fais mon boulot.

— Dans l'état d'esprit où je suis, tu aurais pu installer une perdrix dans un poirier, cela ne m'aurait fait ni chaud ni froid.

Il se frotta le crâne. Par quelle magie réussissait-il à être encore plus beau avec les cheveux en bataille dressés sur la tête ? Quand elle se passait les doigts dans ses mèches, elle avait l'air d'une rescapée tout juste sortie d'une rencontre avec une barrière électrique.

— C'est quoi, cette obsession pour les volatiles, cette semaine ? Je ne suis pas persuadée que la perdrix soit l'animal domestique idéal.

Elle avait les nerfs en vrac, et la raison n'était pas compliquée à trouver : le souvenir de leur étreinte flottait entre eux, gros comme une maison. Il était temps de se reprendre en main.

— Laisse-moi juste une demi-heure pour passer sous la douche, puis je descendrai m'occuper du dîner. Sauf si tu préfères continuer à travailler encore ?

— Non, j'ai besoin d'une pause. Je continuerai à écrire ce soir. Je vais prendre une douche aussi, puis je choisirai une bouteille de vin. Il faut qu'on fête ça.

Fêter ça.

Un dîner en tête à tête et arrosé ? Mmm... Perspective plutôt intime.

Elle avait tout intérêt à garder à l'esprit qu'elle ne se préparait pas en vue d'un rencard, mais d'une soirée-boulot pure et dure.

*
* *

Sous le jet brûlant de la douche, Lucas se sentait vivant comme cela ne lui était plus arrivé depuis des mois. Question bouquin, il était toujours très loin du stade qu'il aurait dû atteindre à quelques semaines de sa date de remise, mais il avait au moins réussi à quitter les starting-blocks et à prendre le départ.

Et ce démarrage, il le devait à Eva.

Il enfila un jean noir et une chemise propre, et s'immobilisa en haut de l'escalier en entendant chanter dans la cuisine. La chanson s'interrompit, aussitôt relayée par le vrombissement d'un mixeur, batteur ou robot ménager quelconque. Puis la mélodie reprit.

Jetant un coup d'œil en bas, il constata qu'Eva avait remis ses écouteurs. Mais, cette fois, elle ne dansait pas.

Dès qu'elle le vit, elle se tut.

— Désolée. Je suis trop bruyante ?

Sa question éveilla des images d'orgasme. Mais qu'est-ce qui chez elle orientait systématiquement son esprit sur les voies du sexe ? Il n'aurait jamais dû la serrer dans ses bras. Parce que, maintenant, non seulement il savait qu'elle était belle, mais il connaissait aussi la sensation de son corps contre le sien.

— J'ai toujours eu plaisir à écouter Ella Fitzgerald. Tant que les chants de Noël ne figurent pas au répertoire, ta playlist ne me pose pas de problème.

Des problèmes, il en avait d'autres, en revanche. Comme la façon dont son corps avait réagi lorsqu'il avait serrée Eva contre lui. Ce simple geste semblait avoir réveillé un manque dont il ignorait l'existence.

— Qu'est-ce que tu leur reproches donc tant, à ces chansons de Noël ?

— Il me semble qu'on a déjà assez de manifestations festives comme ça, par ici.

Il tourna les yeux vers le sapin. Ses branches étaient à présent entrelacées de guirlandes et de délicates perles de lumière. Il se demanda si sa hauteur impressionnante était censée compenser l'austérité résolument anti-festive de son appartement...

— Il est du genre immodeste, ce sapin. Tu ne crois pas aux vertus du minimalisme, Eva ?

— Pas en matière de sapin, non.

Elle sourit et il nota que son rouge à lèvres était d'un joli rose bonbon. Sa bouche lui faisait penser aux sucres d'orge qu'il avait adorés enfant.

— Et dans d'autres domaines ?

L'irrésistible fossette resurgit.

— C'est une question très privée, monsieur Blade.

— Tu vis chez moi et je t'ai vue en pyjama. Je crois que nous sommes déjà entrés dans les territoires du « privé ».

Il ne précisa pas qu'il l'avait aussi tenue dans ses bras. Ce n'était pas nécessaire. Le glissement survenu dans leur relation, ils l'avaient perçu l'un et l'autre. Une simple attirance abstraite s'était muée en une hypersensibilité électrique qui faisait crépiter l'air entre eux à chaque échange de regards.

Et ce n'était pas que physique. Chaque conversation avec elle mettait en lumière une nouvelle pièce du puzzle Eva.

Elle était un vivier d'inspiration à elle seule.

Il s'immobilisa devant son mur de bouteilles.

— Qu'y a-t-il de prévu au menu, ce soir ?

— Poêlée de légumes de saison avec une tartelette au fromage de chèvre, puis des raviolis à la courge et à la sauge. C'est facile à manger sur un plateau à côté de ton ordinateur. Ça, c'était au cas où tu aurais voulu continuer à travailler en mangeant.

— Pas ce soir, non. Je dîne avec toi, et un repas aussi élaboré réclame un cru réputé.

Il se dirigea vers son armoire à vins réfrigérée et sortit une bouteille de blanc.

— La première fois que je l'ai goûté, j'étais en tournée en Nouvelle-Zélande. J'en ai aussitôt fait expédier une caisse ici. Il est sensationnel.

— Découvrons les saveurs de l'hémisphère Sud, alors... Pour moi, ce ne sera pas plus d'un demi-verre. Eh oui, je ne reviens pas cher, comme fille. On peut m'inviter à boire un coup sans se ruiner. Si j'avale la moindre gorgée avant d'avoir fini de cuisiner, je ne garantis plus rien au niveau du repas. En fait, je ne devrais peut-être pas boire du tout. Je ne voudrais pas perdre mes inhibitions.

Lucas sortit un tire-bouchon d'un tiroir.

— Parce que tu es censée avoir des inhibitions, toi ? Tu les caches où ?

— Très drôle. Il y a plein de gens qui apprécient mon côté transparent. Mais toi, tu t'interroges évidemment sur la criminelle que je cache en moi.

La criminelle en elle, non, certainement pas. Mais il la cherchait dans le personnage qu'il élaborait en s'inspirant d'Eva. Une fille qui se révélait complexe, retorse et d'une duplicité confondante. Mais pour le moment, il préférait s'intéresser à la femme de chair et de sang plutôt qu'à celle qu'il construisait en imagination.

Il versa le vin, le fit tourner dans son verre, observant son onctuosité.

— Goûte-le. C'est une merveille.

— Vas-tu m'éblouir avec un discours fleuri sur ses notes de fruits exotiques, sa tenue en bouche et autres considérations œnologiques savantes ? Ou réserves-tu ton vocabulaire poétique à tes livres ?

Il songea à l'univers tout sauf poétique qui naissait sous sa plume grinçante.

— C'est à peu près ça, oui. Bois.

Elle huma le vin à son tour puis prit une toute petite gorgée — lentement et avec précaution, comme si elle le soupçonnait de vouloir lui faire ingurgiter quelque vénéneux breuvage.

— Oooh...

Elle ferma les yeux un instant, puis retrempa les lèvres dans son verre.

— Comment se fait-il que le vin que je bois chez moi n'ait jamais ce goût-là ? Tu l'as payé cher ?

— Il vaut largement son prix.

— En d'autres termes, il coûte bel et bien une fortune. Je suppose que tu es fin connaisseur ?

— Disons que le vin fait partie de mes passions.

Elle reposa son verre et reprit ses préparatifs.

— En revanche, répondre à ton courrier n'a pas l'air d'en être une, de passion...

Elle posa une assiette devant lui. Les bords festonnés de la tarte étaient dorés à point, la pâte superbement levée. Et la surface formait une composition étudiée de formes et de couleurs. C'était beau comme un tableau éphémère.

— Tu n'as même pas l'intention de l'ouvrir, ton pauvre courrier en souffrance ?

Il prit ses couverts.

— Je suis absent, ne l'oublie pas. Je ne peux pas répondre si je ne suis pas là.

— Mais s'il y avait quelque chose d'urgent ?

— Ne t'inquiète pas pour ça.

Mais Eva n'était pas fille à lâcher une idée lorsqu'elle l'avait en tête.

— Et s'il y avait un message important ? Je peux l'ouvrir pour toi, si tu veux.

— Si vraiment ça t'amuse...

— Quelqu'un attend peut-être une réponse de ta part. Tu n'as pas d'assistante ?

— Mon éditeur a une équipe qui prend en charge la communication des auteurs.

Eva hocha la tête et l'observa d'un air d'attente inquiète lorsqu'il prit sa première bouchée.

— Alors ?

— Mmm... C'est à se damner.

Et il n'exagérait pas. La pâte était une merveille. Avec les lamelles de poivrons rouges marinés, le fromage de chèvre onctueux formait un duo de saveurs aussi réussi que détonnant.

— Tu as sorti mes papilles d'un coma prolongé.

Le compliment parut la ravir.

— Je ne suis pas mécontente d'être à l'origine de cette résurrection... Toi aussi, tu es talentueux dans ton domaine. Je ne peux pas en juger personnellement puisque je n'ai jamais rien lu de toi, mais mon amie Frankie est *addict*. Elle ne lit que des trucs atroces.

— Merci.

Les joues d'Eva rosirent.

— Pardon. Je me suis mal exprimée. Ce ne sont pas tes livres qui sont atroces, mais ce qui se passe dedans. Tes histoires sont bien trop terrifiantes pour moi, en tout cas. Je sais que je serais incapable de les apprécier à leur juste valeur.

— Si tu n'en as jamais lu aucune, comment peux-tu en être sûre ?

Elle découpa sa tartelette.

— Il suffit que je regarde la couverture pour le savoir. Sur le dernier, il y avait du sang qui gouttait de la lame d'un couteau. Et puis les titres en disent long aussi. *La mort fait son come-back.* Ambiance...

Eva frissonna.

— Quand je lis ça, j'ai plutôt tendance à contourner le rayon qu'à me jeter sur le livre, dit-elle. La seule fois où j'ai essayé de lire un thriller, j'ai dormi la lumière allumée et je me suis réveillée en hurlant.

— Mes lecteurs se disent pourtant pris aux tripes.

— Justement. Les entrailles, ce n'est pas trop mon truc. Parle-moi plutôt de l'histoire que tu as écrite à huit ans. Tu étais déjà dans le registre gore ?

— Alors voilà les circonstances qui ont marqué mes débuts littéraires : un matin, on retrouve le chat des voisins mort sur le bord de la route. Tout le monde en a conclu qu'il avait été heurté par une voiture, mais je n'arrêtais pas de m'interroger sur cette fin de vie féline. Et si c'était autre chose ? S'il lui était arrivé quelque chose de plus inquiétant, à cette bête ? J'ai épuisé ma famille avec toutes les autres explications possibles dont je leur rebattais les oreilles.

Il vit l'expression d'Eva s'assombrir.

— Tu aurais préféré l'option « écrasé par une voiture », c'est ça ?

— J'aurais préféré le scénario où le chat aurait

été juste blessé, puis soigné et remis sur pattes, mais j'imagine que, dans la mesure où c'est toi qui écrivais l'histoire, le dénouement n'a pas dû être très positif.

— Je crains fort que non, en effet.

La réaction d'Eva lui rappelait clairement les différences entre eux.

— C'était l'été. Je me suis enfermé dans ma chambre et je n'en suis ressorti qu'après avoir écrit mon histoire jusqu'au bout. J'avais imaginé neuf façons différentes dont ce chat avait pu perdre la vie.

— Je préfère ne pas connaître les détails.

Au souvenir du dénouement macabre qu'il avait choisi pour chaque scénario, il ne put s'empêcher de sourire.

— J'ai remis l'histoire à mon instit, qui m'a dit qu'elle n'avait jamais rien lu d'aussi effrayant de sa vie. Elle m'a juré qu'elle avait vérifié deux fois que ses portes et ses fenêtres étaient bien fermées et qu'elle a gardé son chat bouclé dans sa chambre. Puis elle m'a conseillé d'envisager une carrière dans le roman d'épouvante. Elle l'a dit en plaisantant.

— Mais tu l'as prise au sérieux.

— Elle se plaignait d'avoir été obligée d'allumer toutes les lumières de la maison pour lire mon récit. Je ne pense pas qu'elle disait ça comme un compliment. Mais, pour moi, c'en était un, et même le plus beau qu'elle pouvait me faire.

Eva n'avait pas l'air très convaincue.

— Donc, à huit ans, tu as écrit cette histoire lugubre de chat assassiné. Et ensuite ?

— J'ai continué à imaginer des scénarios macabres. Je les écrivais sous forme de feuilleton que je refilais à mes potes de classe — chapitre après chapitre. Je découvrais que j'adorais tenir les gens en haleine. Une fois le pli pris, j'ai continué, même en fac. Non seulement j'y prenais goût, mais j'affûtais ma plume.

— Tu as étudié quoi ? L'écriture créative ? La littérature anglaise ? L'histoire du roman américain ?

— J'étais en fac de droit à Columbia, mais j'étais fasciné par la psychologie des criminels plus que par les stratégies à mettre en œuvre pour les défendre. J'ai terminé mon premier roman et je l'ai passé à mon coloc. Il a commencé à lire et il ne s'est plus arrêté de la nuit. J'ai décidé que c'était ce que je voulais faire.

— Tenir les gens éveillés la nuit ?

— C'est plus ou moins l'idée, oui.

Son regard s'attarda un instant sur la courbe douce des lèvres d'Eva, et il songea qu'il n'aurait aucun problème à la garder éveillée la nuit entière, sans avoir à passer par un roman à suspense pour y parvenir.

Peut-être que sa grand-mère le connaissait mieux qu'il ne l'avait cru, tout compte fait ?

— Il arrive qu'il y ait des personnages qui tombent amoureux dans tes livres ?

— De temps en temps.

Elle parut agréablement surprise.

— C'est vrai ? Et leur histoire d'amour se termine bien ?

— Jamais.

— C'est pour ça que je ne veux pas lire tes romans. Je suis une trouillarde... Tiens, parlant de criminels et de police, enchaîna-t-elle, sourcils froncés, en se servant une cuillerée de légumes. Tu étais en termes très familiers avec les flics qui sont intervenus hier.

— Je les connais bien, oui.

Il se resservit à son tour. Manger devenait presque addictif tant les saveurs de la cuisine d'Eva étaient revigorantes, intenses et inventives.

— Mais tu n'as pas un vrai passé criminel. Tu te contentes d'écrire des histoires. Comment se fait-il que tu les fréquentes ?

— Ils me rencardent à l'occasion, quand je fais des recherches sur un thème particulier.

— Donc, tu prépares un meurtre dans ta tête puis tu les appelles et tu leur demandes : « Hé, les gars, qu'est-ce que vous en pensez ? » Et ils te disent si c'est jouable ou non ?

— Plus ou moins, oui.

— Et ça t'arrive de les accompagner ?

— En patrouille ? Dans le temps, oui, je l'ai fait. Maintenant, beaucoup moins. Soit j'écris, soit je suis en tournée d'auteur. Je n'ai plus beaucoup de temps pour le reste.

— Tu avais peur quand tu patrouillais avec eux la nuit ?

— C'était intéressant plus qu'angoissant. Mais l'essentiel de ce que j'écris ne relève pas des compétences des policiers que tu as croisés hier. Les cas sur lesquels je me penche... intéressent d'autres brigades, conclut-il pudiquement en tendant la main vers la salière.

— Tes personnages sont plutôt des tueurs en série, quoi.

Elle reposa ses couverts, l'appétit visiblement coupé.

— Pourquoi ce besoin de te pencher sur des gens horribles qui font des choses horribles ?

— La plupart des serial killers ne se considèrent pas comme des gens horribles. Et j'écris à leur sujet parce que les méandres de leur esprit me fascinent. J'ai toujours été attiré par ce qui fait peur. Ce qui ne veut pas dire pour autant que je suis un monstre de sadisme qui garde des petits enfants cachés dans mes armoires pour les torturer à loisir, comme une journaliste venue m'interviewer avait l'air de le croire.

— Ça t'arrive souvent ce genre de mésaventure ?

— Beaucoup de gens pensent que pour m'intéresser ainsi au psychisme criminel, je ne peux qu'avoir moi-même des prédispositions au meurtre. D'ailleurs, tu ne devrais pas être rassurée de passer la nuit ici avec moi dans cet appartement.

— Je n'ai pas peur.

Elle soutint son regard un instant puis rougit légèrement et se concentra sur son verre de vin.

— Il me manque sans doute une case, mais je suis incapable de comprendre que des gens puissent rechercher des sensations comme l'angoisse et la terreur et s'y vautrer avec délice.

La tension sexuelle entre eux devenait palpable, mais elle semblait déterminée à ne pas en faire cas.

Il s'aligna sur son attitude.

— La lecture, c'est une bonne façon de se faire peur sans prendre le moindre risque. Je remue dans mes bouquins les angoisses profondes que nous partageons tous et je tisse un suspense autour. La peur est une excitation comme une autre. Certains vont la rechercher en faisant du saut à l'élastique, d'autres choisiront d'en ressentir la morsure tout en se sachant à l'abri dans le confort rassurant de leur chambre à coucher, à tourner les pages d'un thriller.

— Et tu ne te fais pas peur toi-même en écrivant ?

— Quand je suis à fond dedans, oui.

La plupart du temps, c'était les documents dans lesquels il se plongeait pour ses recherches qui le glaçaient d'angoisse. Mais il ne jugea pas utile de le préciser à Eva.

— C'est pour ça que tu pratiques les arts martiaux ? Pour te protéger des démons que tu crées ?

— Désolé de casser tes illusions mais, la plupart du temps, les arts martiaux sont juste une forme intéressante de discipline mentale et physique.

Il termina son assiette et se renversa contre son dossier.

— Assez parlé de moi. C'est ton tour, maintenant. Si tu ne lis ni polars ni thrillers, quoi d'autre ? Les classiques ?

— Oui, bien sûr. Mais aussi la littérature contemporaine. Je ne crache pas non plus sur la *chick lit*. Mais j'ai un grand faible pour les livres de cuisine. J'adore ça.

— Je croyais que tu n'en utilisais pas ?

— Je ne m'en sers pas souvent mais j'aime m'immerger dedans. Ils nourrissent mon inspiration.

Il prit une gorgée de vin en la regardant servir les raviolis.

— Tu n'as jamais songé à en écrire un ?

— J'ai déjà mon blog. Et une chaîne YouTube. Avec le travail que je fais pour Urban Génie, je passe pas mal de temps à animer des contenus.

— Tu as carrément une chaîne YouTube ?

— La cuisine, c'est visuel. Pour réaliser mes

recettes, c'est mieux de voir étape par étape comment je procède. Et je m'aperçois que je ne me débrouille pas si mal, pour mes démonstrations en ligne. Les gens aiment bien me regarder cuisiner. Ça doit probablement te surprendre.

Non seulement ça ne le surprenait pas, mais le contraire l'aurait étonné !

Qui n'aurait pas plaisir à la regarder ?

Avec ces yeux et ce sourire, il était prêt à parier, même sans avoir vu son blog, qu'elle attirait un nombre important de visiteurs. Il se demandait quelle était la proportion d'hommes et combien, sur le tas, s'intéressait au côté purement culinaire de ses prestations...

Choisissant de ne pas trop y penser, il goûta un ravioli et cessa momentanément de maudire sa grand-mère pour ses tendances interventionnistes.

— Je n'étais pas convaincu d'avance, mais c'est excellent !

— Tu trouves ? Ouf !

— À la courge et à la sauge, tu dis ?

Il testa de nouveau.

— Tu ne fais jamais rien à base de viande ?

Un soupçon de couleur monta aux joues d'Eva.

— Je peux en cuisiner pour toi, si tu en veux.

— Mais, toi-même, tu n'en consommes pas ?

— Jamais. Je suis végétarienne. Je n'aime pas faire de mal aux animaux.

Lucas sentit son cœur battre plus vite. Il reposa sa fourchette, se désintéressant soudain de la nourriture.

— Et il y a longtemps que tu es végétarienne ?

— Depuis toujours. J'ai été élevée par ma grand-mère, qui considérait que le respect de la vie passait d'abord par l'assiette.

— Donc, depuis toute petite, tu as toujours été bonne avec les animaux ? demanda-t-il, avec son personnage en tête.

— Attends, je ne suis pas une sainte. Je n'ai encore jamais câliné d'araignée. Mais je ne les écrase pas, si c'est ce que tu veux dire. Lorsqu'elles sont vraiment énormes, j'appelle Matt et il s'en charge.

— Matt est le frère de ton amie ?

— Oui, voilà. Il vit dans l'appartement au-dessus du mien. Il est un peu comme ma famille... Parlant de famille, vas-tu dire à ta grand-mère que tu es rentré ? Elle va forcément vouloir tous les détails sur ce que j'ai accompli chez toi et je ne voudrais pas avoir à lui mentir.

Il comprit qu'il la mettait dans une position compliquée.

— OK. Je lui dirai, c'est promis.

Son attention fut soudain attirée par la surface lisse de la table du living. Il lui fallut un moment pour mettre le doigt sur ce qui manquait.

— Qu'est-il arrivé au couteau qui était sur cette table ?

Elle garda les yeux détournés.

— Quel couteau ?

— Celui qui était posé là.

— Il y avait un couteau ?

Son ton respirait l'innocence.

— J'ai dû le ranger machinalement. C'est dangereux de laisser traîner ce genre de choses. N'importe quelle personne qui travaille en cuisine sait cela.

Il la regarda un long moment.

— Pourquoi pensais-tu que ce couteau se trouvait là, Eva ?

Elle avala son vin trop vite et toussota.

— Je ne sais pas trop. Mais ça m'a paru plus sûr de l'enlever.

— Tu pensais que je pourrais t'attaquer à l'arme blanche ?

— *Quoi ?* Oh non, pas du tout !

Elle paraissait choquée qu'il ait pu penser cela.

— Pas un instant, non. Malgré le sang qui dégouline sur les couvertures de tes livres, je sais que tu n'es pas physiquement violent.

Lucas sentit une curieuse tension lui picoter la nuque.

— Alors pourquoi l'as-tu déplacé ?

Elle baissa les yeux sur son assiette.

— Parce que je redoutais que tu ne t'en serves contre toi.

Il fixa sur elle un regard muet.

— C'est pour ça que tu tenais à toute force à rester, alors ? Parce que tu t'inquiétais pour moi ?

— Oh non, non, pas du tout. Je suis restée parce que j'étais payée pour le faire et que je m'étais engagée envers ta grand-mère. Même si elle n'avait pas été une cliente, je respecte la volonté des grands-mères.

— Eva...

— Bon, OK, oui ! C'est en partie parce que je ne me sentais pas tranquille à ton sujet que j'ai préféré m'incruster chez toi.

— J'avais placé ce couteau là, dans l'espoir qu'il m'inspire une idée d'intrigue. Ça ne va pas chercher plus loin que ça.

— Tant mieux. Parce que, quand je l'ai vu, j'ai

eu un moment de doute. Tu avais de grands cernes noirs sous les yeux et tu avais l'air tellement, tellement... *seul.* Et personne ne savait que tu étais là et...

Elle vida le reste de son vin d'un trait.

— ... j'ai eu un mauvais pressentiment. Mais j'imagine que tu ne me crois pas. Tu pensais que je restais parce que j'avais des visées sur toi. Ce qui en soi n'est pas un raisonnement idiot parce que tu as effectivement un corps super excitant et... Oups ! Je t'avais dit de ne pas me servir plus d'un demi-verre de vin.

Un silence tomba. À la fois lourd et vibrant de tension sexuelle. Le souvenir du corps d'Eva contre le sien déclencha de nouveau une sérieuse attaque de désir. Il se passa la main dans les cheveux et tenta de contenir la flambée d'excitation.

— Je pense que je devrais me remettre au travail.

— Si tu paniques au sujet du commentaire que je viens de faire, je te rassure tout de suite. Comme je te l'ai déjà dit, tu n'es pas du tout mon type, physiquement.

Lui commençait à se dire qu'elle pourrait bien être le sien et la pensée le surprit. Depuis la mort de Sallyanne, il avait croisé un certain nombre de femmes, mais aucune ne lui avait rappelé ainsi avec insistance qu'il avait encore une libido en état de marche.

— Je croyais que tu n'avais pas de type bien défini ?

— Tu as sans doute raison. Au stade où j'en suis, je devrais probablement renoncer à être sélective. Il y a si longtemps que je n'ai pas fait l'amour que n'importe quel individu pourvu d'un pénis et d'un pouls en activité devrait faire l'affaire, c'est ça ?

Lucas s'étrangla sur une gorgée de vin.

— Tu viens vraiment de dire ce que je t'ai entendue dire ?

— De toute façon, n'avons-nous pas déjà établi qu'il peut être dangereux de juger les gens sur leur bonne mine ? Qui sait ce qui pourrait se cacher sous la surface d'un type qui serait mon type ? Enfin... je me comprends.

Il avait eu l'occasion de s'entretenir avec suffisamment de tueurs en série pour savoir qu'il valait mieux que le commun des mortels ignore ce qui se déroulait sous la surface lisse des apparences.

— Cela t'arrive de trier tes pensées avant d'ouvrir la bouche et de les dérouler en vrac ?

— C'est ta faute. Tu m'as fait boire du vin.

Elle joua avec sa nourriture du bout de sa fourchette.

— Mais je reconnais que, même sobre, j'ai tendance à extérioriser facilement.

— Comment as-tu réussi à survivre indemne jusqu'ici ?

— Je ne suis pas indemne : dans mon parcours amoureux, j'ai eu affaire à quelques gros, gros nuls.

— Ce qui n'a entamé en rien ta confiance en un avenir sentimental radieux ?

— Absolument pas, non. Ça veut juste dire qu'il y a des cons en ce bas monde, mais ça je le savais déjà. Il y a aussi des mecs bien. Et même des mecs super bien. Je n'ai juste pas su me débrouiller pour les trouver sur mon chemin. Et je sais que tu ne rencontreras jamais la personne qu'il te faut si tu restes cloîtré dans cet appartement.

— Stop. On parle de qui, là ? De toi ou de moi ?

— Des deux. Je me suis juré que cette année, à Noël, je ne me planquerais pas chez moi à regarder des rediffusions de vieux films à la TV en partageant mes faveurs entre Ben et Jerry.

Elle lui jeta un regard en coin.

— Je parle de la marque de glace, au cas où tu te poserais la question.

— Si je me « cache » chez moi, Eva, c'est parce que j'ai un tapuscrit à remettre en un temps absolument record.

— Nous savons l'un et l'autre que ce n'est pas la seule raison de ton enfermement. Et même si c'était le cas, personne ne bosse vingt-quatre heures sur vingt-quatre.

Il songea à sa date limite et au retard abyssal qu'il avait accumulé.

— Je ne devrais même pas être assis là à discuter avec toi.

Il prenait le temps de le faire, pourtant. Et ne se sentait pas pressé de lui fausser compagnie. Au contraire.

— Allez, file là-haut. Plus tôt tu auras terminé ce bouquin, plus tôt tu pourras recommencer à vivre pour de bon.

Elle se leva en prenant soin d'éviter son regard.

— Je vais débarrasser. Puis j'ouvrirai ton courrier.

— Fais-en ce que tu veux.

Son courrier était le dernier de ses soucis.

Eva allait et venait en pestant contre elle-même. Avait-elle réellement prononcé les mots « corps super excitant » à voix haute ?

Le plus simple serait peut-être qu'elle se colle une bande adhésive sur la bouche. Ou qu'elle se bloque les mâchoires avec des serre-joints. N'importe quelle méthode efficace pour l'empêcher de sortir des énormités ferait l'affaire.

Bon, en attendant, c'était aussi un peu sa faute à *lui*. Chaque fois qu'il la regardait, la charge sexuelle était si forte qu'elle prenait un coup de chaud. La tension lui grillait les neurones et faisait fondre ce qui lui restait de censure interne.

Et ce n'était même pas la peine qu'elle se répète que Lucas n'était pas intéressé ou qu'il traînait trop de casseroles. Son corps n'écoutait rien de ce qu'on lui disait.

Décidée à garder les lèvres scellées la prochaine fois qu'ils se croiseraient, Eva rangea la cuisine et frotta les surfaces jusqu'à ce qu'elles brillent. Puis elle tira un tabouret devant l'îlot de cuisine et s'installa avec son reste de vin et une énorme pile de courrier.

Elle commença par les pubs, déchirant l'adresse avec soin avant de mettre le tout au recyclage. Puis elle s'occupa du reste.

La plupart des enveloppes contenaient des invitations. Des soirées d'éditeur, une séance dédicace d'un autre auteur, des lettres de lecteurs, neufs bals de gala, une soirée à l'opéra et deux premières au théâtre. Plus douze lettres de sollicitation émanant de diverses associations caritatives.

À l'ère du mail, elle était surprise de découvrir encore tant de lettres papier. Et *neuf* bals de gala ?

Eva examina les invitations posées devant elle avec une pointe d'envie. Ici, sous ses yeux, étaient étalées les marques d'une vie fascinante.

Si sa propre vie sociale avait ressemblé à ce tourbillon de bals et de cocktails dans les milieux culturels de haut vol, ses chances de rencontrer quelqu'un se seraient vues considérablement augmentées.

— Ma foi, Lucas Blade... pour quelqu'un qui vit cloîtré, tu es invité à un nombre impressionnant de pince-fesses.

Des soirées auxquelles, sans l'ombre d'un doute, il refuserait d'assister.

Et elle savait à présent que ce n'était pas seulement à cause de la pression de sa date de remise qu'il préférait rester seul chez lui. Dans l'état d'esprit où il se trouvait en ce moment, il était aussi peu attiré qu'elle par la compagnie d'inconnus.

Elle sortit son ordinateur portable et commença par les lettres. *Chère Caroline*, tapa-t-elle, *merci pour vos commentaires élogieux sur mes dernières parutions. Je suis flatté d'apprendre que...* Elle fit la moue et poursuivit avec un léger haut-le-cœur... *que* La Mort comme seule certitude *a été votre grand coup de cœur de l'année.*

Elle rédigea encore quelques lignes chaleureuses puis termina sur un : *Bien à vous, Lucas Blade.*

Trop formel ?

Avec un léger sourire, elle effaça le nom de famille et le remplaça par deux émoticônes « baisers ». Elle était prête à parier que Lucas n'avait jamais fait ça de sa vie dans une lettre.

Après avoir répondu à ses lecteurs, elle passa aux invitations qu'elle déclina poliment l'une après l'autre, jusqu'au moment où elle atteignit la dernière de la pile.

L'obscurité était tombée de l'autre côté de la vitre. Central Park baignait dans une atmosphère presque irréelle alors que la lune se dégageait lentement des nuages et faisait luire doucement la ville immobile sous son manteau de neige.

La dernière invitation était pour le Snowflake Ball à l'hôtel Plaza. Les caractères en argent étaient imprimés en relief et la carte formait un flocon stylisé avec art. Le visage dans les mains, Eva la contempla amoureusement. Elle était si jolie, cette invitation, que si elle l'avait reçue, elle l'aurait encadrée pour la mettre au mur. Lucas avait de la chance qu'elle se soit occupée de son courrier.

Le bal avait lieu dans moins d'une semaine. Était-il trop tard pour accepter ? Non. Lucas était un invité VIP. Ils lui trouveraient une place, même si la date de réponse officielle était passée.

Elle vérifia les détails. Les sommes collectées iraient à une association dédiée au dressage de chiens de thérapie pour les personnes âgées dépendantes. Elle se sentit craquer. Penser à tous les seniors souffrant de solitude lui fendit le cœur.

Sur une impulsion, elle décrocha le téléphone.

— Bonjour, je vous appelle de la part de Lucas Blade... Oui, oui, il m'emploie pour gérer sa correspondance...

Ce n'était pas tout à fait un mensonge, si ?

— ... voilà. Tout à fait. M. Blade assistera au Snowflake Ball... S'il sera accompagné ? Oui, oui, bien sûr. Nous vous ferons connaître le nom de la personne plus tard. Merci beaucoup.

Elle raccrocha, imaginant ce qui se serait passé si elle n'avait pas ouvert le courrier de Lucas.

Il aurait manqué un des événements majeurs du calendrier mondain new-yorkais.

Nul doute qu'il s'en serait voulu d'avoir laissé passer une occasion pareille.

Et il lui serait tellement reconnaissant d'avoir récupéré la situation in extremis.

— Hein ? Tu as fait quoi ?

— J'ai appelé le Plaza et j'ai dit que tu serais présent au Snowflake Ball. J'imagine que cela te servira de leçon et que tu ne laisseras plus traîner ton courrier sans l'ouvrir. Un peu plus, et il était trop tard. Tu aurais loupé le bal de l'année. Il y aura plein d'écrivains, d'architectes, de...

— Eva !

Lucas perçut la colère qui grondait dans sa propre voix, même s'il savait qu'il était injuste de se défouler sur elle.

— J'ai plus urgent à faire que d'aller m'emmerder à ce pince-fesses cultureux.

La simple idée d'assister à ce genre de manifestation le rendait malade. Comme d'habitude, sa vision était aux antipodes de celle d'Eva qui associait, bien évidemment, le mot « bal » à des roucoulades romantiques sous les étoiles. Pour lui ce genre de soirées se traduisait par des œillades curieuses ou des regards compatissants, et il détestait les uns autant que les autres.

— Je sais que tu es à la bourre sur ton bouquin, mais ça va être sympa, comme fête. Et ça te prendra juste une soirée. J'ai décliné des tonnes d'invitations. C'est la seule que j'ai acceptée.

— Tu n'avais *pas* à le faire.

Elle se figea.

— Tu m'as dit que je pouvais m'occuper de ton courrier comme je l'entendais. Cela m'a paru judicieux que tu acceptes d'assister à cet événement particulier, sachant que tout l'argent collecté sera versé à une association qui défend un très beau projet.

— Si je contribuais chaque fois qu'on me demande de l'argent pour une bonne cause, je n'aurais même plus le temps d'écrire et je serais ruiné de surcroît.

— Mais tu n'es pas ruiné pour l'instant, et il n'a jamais été question que tu soutiennes *tous* les projets. Juste celui-ci. Une association qui fournit des chiens de thérapie à...

— Tes interventions ne se sont pas arrêtées là, je vois !

Pour éloigner ce foutu Snowflake Ball de ses pensées, il avait porté son attention sur les lettres qu'elle avait étalées devant lui.

— J'envoie des exemplaires dédicacés de mon dernier bouquin pour une vente aux enchères ? Qu'est-ce qui te fait penser que je dispose d'une telle quantité de livres à donner ?

— Tu les as écrits, tu dois bien avoir des exemplaires d'auteur. Et cela te paraît peut-être très généreux, mais cela te prendra beaucoup moins de temps que d'assister toi-même à cette vente aux enchères qui permettra de réunir des fonds à l'intention de personnes en difficulté qui sont loin d'avoir les mêmes moyens que toi. Je pensais que c'était le compromis parfait. Pourquoi ces gens t'écrivent-ils à ton adresse personnelle, d'ailleurs ? Ils devraient normalement s'adresser à la maison d'édition qui te publie, non ?

— C'est ce qu'ils font, répondit-il avec lassitude. Ce courrier aurait dû être traité sur place, chez l'éditeur, mais ils ont une nouvelle assistante qui s'est trompée et a tout envoyé directement chez moi. As-tu la moindre idée du nombre de sollicitations que nous recevons ? Il est impossible de répondre favorablement à toutes, Eva.

— Pas à *toutes*, non. Mais, pour celles-ci, tu peux contribuer sans crainte. Ce sont des projets caritatifs valables.

— Parce qu'il en existe des mauvais à tes yeux, peut-être ?

Eva se hérissa.

— Parfaitement ! J'ai bien plus la tête sur les épaules que tu ne le crois. J'ai fait des recherches sur chacune de ces associations, consulté les données financières et vérifié que le pourcentage d'argent allant directement au projet humanitaire était optimal. Je fais toujours très attention que tout ne passe pas en salaires et dépenses somptuaires. Pour toutes ces causes, les comptes étaient transparents. Tu n'as rien d'autre à faire que de signer la lettre et de dédicacer les livres. Je me chargerai du reste.

Il décida que, dans ce cas précis, céder serait la solution la plus économique en temps et en énergie. Il prit un stylo.

— Tu as une longue pratique de la levée de fonds pour l'humanitaire, on dirait ?

— Pas du tout, non. Je préfère ne pas me lancer là-dedans car je serais en larmes tout le temps.

Je n'ai pas le cuir très épais… Essaie de ne pas gribouiller, le mit-elle en garde en le regardant signer. Ils pourraient croire que c'est une imitation.

Il signa de façon délibérément illisible.

— Normalement, mon éditeur se contente de faire un envoi de livre en glissant une simple carte de visite.

— Je pensais que ce serait plus personnel comme ça. Ils chériront la lettre écrite de la main de Lucas Blade *himself*.

Il en prit une au hasard et lut à voix haute :

— « J'ai eu un immense plaisir à écrire ce livre qui est un de ceux que je préfère. » Quiconque me connaît un tant soit peu saura que la phrase n'est pas de moi. Je ne dis *jamais* que tel ou tel de mes romans est mon favori.

— Ah bon, pourquoi ?

— Parce que tes lecteurs en tirent la conclusion que les autres que tu as écrits sont moins bons.

— C'est absurde ! Si je te dis que je cuisine un de mes plats préférés, tu n'en concluras pas automatiquement que le reste de mes recettes sont du pur poison.

Il se contenta d'un haussement d'épaules et continua de lire :

« Je ne suis pas loin de partager votre avis. Il est en effet dommage que ce beau personnage de femme, chaleureuse et pleine de joie de vivre, ait été amené à mourir dès le second chapitre. »

Exaspéré, il releva les yeux.

— Tu ne peux pas écrire ça ! Je ne suis absolument pas d'accord. Il est tout à fait cohérent que ce personnage meure, au contraire.

— Mais pourquoi, sérieusement ? Même dans une histoire de meurtres en série, il pourrait y avoir de temps en temps quelqu'un qui serait juste blessé et qui finirait par s'en sortir, grâce à une équipe médicale performante. Pourquoi faut-il à tout prix que tout le monde *meure* ? C'est horriblement déprimant.

Il reposa la lettre.

— Est-ce que je te dis comment tu dois préparer tes plats ? Je me permets d'observer que ton soufflé devrait rester plus longtemps au four ou que tes biscuits seraient meilleurs avec des pépites de chocolat ?

— Non.

— Alors abstiens-toi d'intervenir dans la façon dont j'agence l'intrigue de mes romans.

Il s'intéressa à la lettre suivante.

— « Je suis impressionné par les objectifs généreux poursuivis par votre association et je souscris entièrement à la cause que vous défendez... » Je ne dirais jamais ça non plus. Je suis déjà inondé d'histoires à faire pleurer dans les chaumières.

— C'est pourquoi il m'a paru important que le ton de ta réponse soit personnel. Ils apprécieront ton côté très humain.

— Et ils reviendront me harceler encore et encore, en me bombardant de lettres et de sollicitations.

Il continua de lire.

— « ... Même s'il m'est impossible d'assister à l'événement que vous organisez, j'ai le plaisir de vous adresser ci-joint un exemplaire signé de mon livre que vous pourrez mettre aux enchères. Je vous souhaite le plus grand succès dans votre entreprise... » et blablabla et blablabla. Et tu as signé mon nom en ajoutant des baisers. En leur recommandant de me tenir au courant…

— Les bisous, c'était pour plaisanter. C'était censé te faire sourire.

Elle lui arracha la lettre des mains et il ressentit une pointe de culpabilité.

— Si je signe avec des baisers, tous mes comptes sur les réseaux sociaux vont être submergés par des lectrices déterminées à m'épouser sur l'heure.

— Ne te berce quand même pas trop d'illusions. Tu es terrifiant quand tu fais la tête.

— Le fait de refuser d'aller à une connerie de bal, ça s'appelle « faire la tête » ?

— Comment voulais-tu que je devine que ce serait une telle corvée pour toi ? Ce n'est pas n'importe quel bal. Celui-ci a pour thème l'hiver, avec des flocons et des sapins de Noël tout en argent.

Visiblement fascinée, elle s'abîma dans la contemplation de l'invitation. Lucas se demanda un instant si elle n'avait pas oublié jusqu'à sa présence dans la pièce.

Elle finit par soupirer.

— Je serais prête à commettre un meurtre pour pouvoir aller à ce genre de fêtes. Ah tiens… c'est un mobile intéressant, non ? Tu y avais déjà pensé à celui-ci ?

— Que tu aies envie d'y aller, c'est une chose. Mais tu as accepté pour moi. Et c'est sur moi que ça retombe.

— Tu ne peux pas passer toute la période des fêtes bouclé dans ton appartement.

— Tu commences à t'exprimer comme ma grand-mère.

— Il se trouve que je suis de son avis sur ce point précis. Ce qui ne veut pas dire que je suis d'accord avec elle sur tout, se hâta-t-elle de préciser. Qu'elle veuille à tout prix te présenter des femmes bien sous tous rapports, je suis contre. Tout le monde sait que les rencontres arrangées, ça ne donne jamais rien. Mais je la rejoins sur le fait que tu devrais recommencer à sortir de chez toi.

— Et tu vas bientôt me dire que la phase de deuil a assez duré et qu'il serait temps que j'oublie ma femme, c'est ça ?

Malgré la férocité de son ton, elle soutint son regard avec calme.

— Je ne te dirais jamais une chose pareille. Ressentir le besoin de pleurer ses morts, je connais. Tu n'as pas le monopole de la douleur, Lucas. Ce n'est pas parce que les gens qui t'aiment t'encouragent à mettre le nez dehors de temps en temps et à respirer un peu d'air frais qu'ils estiment que tu devrais avoir refermé ce chapitre de ta vie pour passer au suivant. Tu te sentirais peut-être juste un peu moins mal si tu te frottais à ton prochain de temps en temps.

— Ou peut-être que je me sentirais mille fois moins bien, au contraire. Et s'il y a une chose dont je suis sûr, c'est qu'il n'y aura rien de « curatif » pour moi dans le fait d'assister à ton bal à la con. Si ça t'amuse de vivre dans un monde imaginaire enchanté, c'est ton choix. Mais ne compte pas sur moi pour te suivre sur ton petit nuage rose façon Evaland.

— Je ne te demande pas de me suivre. Il n'y a

pas de place pour les cyniques dans mon « monde enchanté », comme tu dis.

Elle prit son sac et fourra quelques affaires dedans.

— Tu devrais faire l'effort d'aller à cette soirée, Lucas.

— Pourquoi ? Parce que je vais y rencontrer quelqu'un, tomber amoureux, vivre heureux pour toujours en ayant beaucoup d'enfants ? C'est ce que tu allais ajouter ?

— Tout ce que j'allais ajouter, c'est que la merde, ça arrive. Et que tout ce qu'on peut faire, c'est essayer de poursuivre sa route quand même.

Elle referma son sac avec un bruit sec.

— Mais se replier sur soi, ce n'est *pas* poursuivre sa route, Lucas. C'est se soustraire à la vie et trahir les autres autant qu'on se trahit soi-même. Ta grand-mère a raison sur ce point. Tu devrais *vraiment* aller à cette soirée.

— Rappelle-les et dis-leur que j'ai changé d'avis.

— Non.

— Attention, Eva. Tu dépasses les bornes.

Il reconnut à peine sa propre voix tant elle était glaciale. Mais il était emporté par un élan qu'il ne contrôlait plus.

— Je ne tolère déjà aucune interférence de la part de ma famille. Mais j'admettrai encore moins que des étrangers viennent se mêler de ce que j'ai ou non à faire.

Il vit la douleur dans les yeux bleus d'Eva au moment où son coup porta. Elle prit les invitations et les replaça avec soin sur la table.

— Je dépasse peut-être les bornes, mais je ne téléphonerai pas au Plaza, annonça-t-elle d'une voix tendue. Si tu ne veux pas y aller, il faudra que tu le leur fasses savoir toi-même.

Elle se détourna et se dirigea vers l'escalier.

Lucas jura tout bas et se passa la main dans la nuque. Il se sentait à peu près aussi fier de lui que s'il avait mis un coup de pied à un chiot.

Qu'est-ce qui lui avait pris de s'acharner contre elle comme ça ?

Il l'avait provoquée à dessein, pour voir jusqu'où il pouvait aller, et il était incapable de dire pourquoi il avait ressenti le besoin de la casser. Il ne savait qu'une chose : la présence d'Eva le déstabilisait. Et il n'était pas d'humeur à penser à des bals et à des flocons de neige.

Il entendit les pas légers d'Eva dans l'escalier. Levant les yeux, il la vit redescendre avec son sac à dos.

Une onde de choc le parcourut.

— Tu t'en vas ?

— J'ai laissé toutes les instructions pour les plats cuisinés sur un petit carnet aimanté sur la porte du frigo.

Son ton était poli et détaché. Elle évita son regard.

— Si tu as des questions, tu peux appeler à l'agence, aux heures d'ouverture d'Urban Génie. J'ai laissé le numéro de téléphone sur ce même carnet.

Mais comment une personne aussi petite et fragile avait-elle pu créer autant de perturbations dans sa vie en si peu de temps ?

— Je n'irai pas à ce bal, Eva. Ce n'est pas en partant que tu me feras changer d'avis.

— Je sais. Tu me l'as déjà clairement fait comprendre. Tout comme tu m'as fait comprendre que tu ne voulais pas de mon aide. Donc, oui, je m'en vais. C'est mauvais pour mon équilibre émotionnel de vivre dans l'entourage de personnes en colère, surtout lorsqu'elles sont en colère contre *moi.* Je ne veux pas d'ulcères à l'estomac ni me boucher les artères. Alors je plie bagage tant que je suis encore en bonne santé.

Ses paroles achevèrent de le culpabiliser. Il s'était comporté comme un imbécile.

— Repose ce sac. Tu ne peux pas partir. Il neige encore.

— J'aime mieux prendre de la neige qu'une pluie de reproches sur la tête. Et si je n'ai pas le droit de m'inquiéter pour toi, pourquoi accepterais-je que tu te soucies de mon sort ? Les transports en commun ont recommencé à circuler, et j'ai rempli mon contrat ici.

La vérité, c'est qu'elle avait fait bien plus que son contrat. C'était grâce à elle qu'il avait pu repasser en mode création. C'était à Eva qu'il devait son personnage, son début d'intrigue et un élan dans l'écriture qui devrait a priori le mener jusqu'au mot « fin ».

La lame aiguë de la culpabilité s'enfonça un peu plus avant dans sa chair.

Il avait une dette énorme envers Eva. Il aurait dû la remercier. Ou au moins lui présenter ses excuses. Mais les mots lui restaient coincés dans la gorge. Il se voyait perdre pied. C'était comme être prisonnier de sables mouvants émotionnels où ils pourraient facilement s'enfoncer ensemble.

— Eva...

— Bonne chance pour ton bouquin. Et essaie de

ne pas laisser l'univers noir de tes fictions déteindre sur ta vision du monde. Tu as l'air de penser que toutes les interactions humaines sont de l'ordre de la manipulation ou de l'ingérence, mais il arrive que, tout simplement, les gens s'inquiètent les uns pour les autres, ce n'est pas plus compliqué que ça. Joyeux Noël, Lucas.

Elle s'enfonça son bonnet sur la tête, hissa son sac à dos sur ses épaules fragiles et se dirigea vers la porte.

Il tendit un bras pour l'arrêter puis le ramena lentement contre son flanc. Qu'allait-il lui dire ?

Ne pars pas.

Ce serait plus sûr pour l'un comme pour l'autre qu'elle s'en aille, au contraire.

Cela lui permettrait de continuer à bosser sur son bouquin dans le calme et le silence. Il oublierait les tendres courbes du corps d'Eva, la douceur de son sourire, son optimisme exaspérant et la façon dont elle chantait et dansait en mitonnant ses petits plats irrésistibles.

Il serait libre de consacrer cent pour cent de son temps à l'écriture.

Et c'était tout ce à quoi il aspirait.

Chapitre 8

« Tout le monde traîne des casseroles émotionnelles, mais il y a toujours moyen d'en semer quelques-unes en route. »

— *Frankie*

Mary Eleanor Blade — Mitzy pour ses amis, et elle n'en manquait pas — occupait sa place habituelle dans l'élégante bergère Marie-Antoinette offerte par son fils. Son fauteuil favori se trouvait placé de façon qu'elle puisse profiter au mieux de la charmante vue urbaine qui se déployait sous ses fenêtres.

En cet instant précis, cependant, ce n'était pas la ville qui retenait son attention, mais son petit-fils qu'elle couvait d'un regard discrètement appréciateur.

Elle avait beau avoir quatre-vingt-dix ans passés, elle était encore capable de reconnaître un bel homme lorsqu'il s'en présentait un. Et Lucas se rangeait dans cette catégorie sans conteste.

Il avait eu la bonne fortune d'hériter *et* de la beauté de sa mère *et* de la force physique et mentale de son père. Ce garçon avait tout pour lui, finalement. Sa haute taille, un charme ténébreux combiné à une aura d'autorité impérieuse lui assuraient en permanence un fan-club féminin enthousiaste, même parmi celles qui n'avaient jamais ouvert un de ses livres.

Mitzy ressentit une pointe d'envie en contemplant la superbe tignasse de son petit-fils.

Dans un magazine féminin pas tout à fait sérieux, elle avait lu que Lucas Blade était « l'homme idéal sur tous les plans ». Une définition qui, même à ses yeux de grand-mère conquise, méritait d'être nuancée. Lucas était doué d'une intelligence brillante, avec un humour caustique souvent désopilant. Mais il avait aussi un caractère emporté et une façon très personnelle d'aborder la vie que d'aucuns décrivaient même comme « implacable ».

Mitzy ne voyait pas son petit-fils sous un jour aussi sévère. Elle savait qu'il n'était pas tant implacable que déterminé. Ce qu'elle considérait plutôt comme une qualité. Et qui voudrait d'un homme parfait, d'ailleurs ? Elle se méfiait de la perfection et de son aura soporifique. Robert et elle avaient été mariés pendant soixante ans et elle avait aimé les failles de son mari autant que ses points forts. Lucas était comme lui. C'était un garçon passionnant. Passionnant *mais* perturbé. Et elle avait la ferme intention de remettre ce jeune homme d'aplomb. La mère de Lucas, sa belle-fille, lui aurait conseillé de rester patiente et d'attendre qu'il trouve de lui-même le chemin de la guérison. Mais si à quatre-vingt-dix ans passés on n'avait pas le droit de manœuvrer un peu pour le bien de ses proches, à quoi bon être encore de ce monde ? Un des avantages du grand âge, c'était que les gens se montraient plus indulgents envers vos frasques. Ses ingérences dans la vie d'autrui étaient considérées comme « d'attendrissantes excentricités de vieille dame ». Mitzy les laissait dire, même si elle avait gardé le cerveau de ses vingt ans. Si c'était de l'ingérence d'essayer d'aider le petit-fils qu'elle aimait, eh bien soit. Et plutôt deux fois qu'une.

Ses petites intrigues donnaient un sens à son existence.

— Tu es content de ton séjour dans le Vermont, alors ?

Elle avait posé la question d'un ton aussi détaché que possible. Mais, au regard féroce de Lucas, elle comprit qu'il lui faudrait redoubler d'efforts si elle voulait jouer le jeu à sa façon.

— Tu sais aussi bien que moi que je n'ai jamais mis les pieds dans le Vermont.

— Ah vraiment ?

Il la dévisagea avec impatience.

— Gran... On arrête les conneries, OK ?

Elle cligna les yeux.

— Tu es écrivain, mon chéri. Je pensais que tu serais capable de trouver une expression un peu plus recherchée que celle-ci pour t'adresser à ta grand-mère.

— Je pourrais en trouver, oui, mais celle-ci exprime mon message à la perfection. Tu peux m'expliquer pourquoi tu m'as fait ce coup en traître ?

Il la dominait de toute sa hauteur courroucée, mais elle avait trop d'années de vol au compteur pour se laisser impressionner pour si peu. Et par son petit-fils moins encore que quiconque. Elle avait conduit des ambulances pendant la guerre. Il en faudrait plus qu'un regard assassin de Lucas pour lui faire perdre tous ses moyens.

— Quel coup en traître ? Je peux t'offrir une tasse de darjeeling, Lucas ? J'ai découvert une nouvelle marque récemment qui offre des grands crus de thé vraiment intéressants.

— Je ne veux pas de thé, non, répondit-il d'une voix tendue. Je ne veux qu'une chose et c'est comprendre pourquoi tu as embrigadé quelqu'un comme Eva dans tes machinations. À quoi pensais-tu, franchement ?

— Je pensais que tu avais besoin de t'alimenter décemment. Et Eva est une cuisinière de talent comme tu as pu, je l'espère, t'en apercevoir.

Elle garda la tête basse et servit le thé, résistant à la tentation de sourire.

Si elle souriait maintenant, elle était fichue.

— Tu me prends pour un idiot, Gran ?

— Non.

Elle le prenait pour quelqu'un de passionné et elle adorait les personnes dans son genre. Son Robert avait été exactement de la même trempe que lui.

— Je pense que tu es quelqu'un d'entêté et d'opiniâtre, et qu'il t'arrive d'être dans l'erreur et de *persister* dans l'erreur. Mais je ne t'ai jamais considéré comme un idiot.

— Tu sais comme moi que, si tu as envoyé Eva chez moi, ce n'était pas pour ses talents culinaires. Je suis parfaitement lucide sur les buts cachés de ta manœuvre. Et ça n'a pas marché, entre parenthèses. Je ne l'ai pas touchée.

Tu es bien bête si c'est effectivement le cas. Mais Mitzy garda cette pensée pour elle.

— Je suis ravie de l'apprendre. Je n'ai pas envoyé cette jeune femme chez toi pour que tu lèves la main sur elle, dit-elle, faisant mine de ne pas comprendre. J'aurais été bien ennuyée si tu t'en étais pris à elle physiquement.

Lucas secoua la tête d'un air exaspéré.

— On a été bloqués par la neige. J'ai dû la garder chez moi deux jours entiers.

— Oh mon Dieu, non !

Mitzy écarquilla les yeux d'horreur, tout en se félicitant que les prévisions météo, pour une fois, se soient montrées à la hauteur.

— La pauvre fille ! Comme ça a dû être affreux pour elle.

— Pour *elle* ?

— Se retrouver enfermée avec toi, à la merci de tes humeurs lugubres ! Tout le monde sait que, lorsque tu n'arrives pas à écrire, tu es maussade, irritable et, de façon générale, invivable. Oh mon Dieu...

Elle se frotta la poitrine dans un geste théâtral.

— J'espère que je n'ai pas commis une regrettable erreur en envoyant Eva chez toi. Je pensais qu'elle ne risquait rien. J'imaginais qu'elle ne te verrait probablement même pas.

— Pourquoi te tiens-tu la poitrine, Gran ? Tu as mal ? Tu veux que j'aille te chercher quelque chose ? Que j'appelle ton médecin ?

L'inquiétude dans sa voix lui réchauffa le cœur. *Sous ses airs de bel indifférent à l'humour grinçant, c'était un garçon adorable.*

— Je me sens juste un peu anxieuse, c'est tout. J'espère que tu n'as pas été horrible avec elle, Lucas.

Elle vit une expression fugitive passer sur son visage, et cela ressemblait fort à de la culpabilité.

— « Horrible » est un bien grand mot.

Mitzy cessa de se frotter la poitrine.

— Tu as été désagréable, alors ?

— Disons que nous ne nous sommes pas séparés en très bons termes.

Il était tendu, sur les nerfs. La nature irascible de son petit-fils avait-elle eu raison du fragile rayon de soleil qu'était Eva ?

— Si tu as blessé cette fille d'une manière ou d'une autre, Lucas, je te jure que tu vas t'apercevoir que ma patience a des limites. Eva est devenue pour moi une amie précieuse. Et je ne peux plus imaginer une vie dont elle serait absente.

C'était probablement la chose la plus vraie qu'elle lui ait dite depuis qu'il était entré chez elle.

— Justement, parlons-en. Elle y fait quoi, dans ta vie, au juste ? Tu ne t'es jamais étonnée qu'une fille de son âge...

Il se tut de façon abrupte et elle haussa un sourcil hautain.

— Quoi ? Étonnée qu'une fille de son âge puisse avoir spontanément envie de consacrer une partie de son temps libre à une vieille raseuse comme moi ? C'est ce que tu voulais dire ?

C'était effarant, vraiment, comme les hommes pouvaient manquer de tact, par moments ! Finalement, c'était un miracle que l'humanité ne soit pas encore en voie d'extinction.

— Ce n'est pas du tout ce que j'allais dire. Tu es une des femmes les plus intéressantes que je connaisse, mais tu admettras que ce n'est pas si courant pour une fille jeune, célibataire et attirante de rechercher des amitiés dans des tranches d'âges si différentes de la sienne.

Ainsi, il avait bel et bien trouvé Eva attirante. Là-dessus, au moins, elle ne s'était pas trompée.

— Il n'y a que toi pour trouver suspect que deux personnes, même avec un écart de deux générations, puissent trouver du plaisir à leur compagnie réciproque. Ton problème, c'est que, derrière chaque comportement, il faut que tu ailles chercher une arrière-pensée trouble, voire une intention délictueuse. Ton imagination d'auteur de polars a sans doute fait ta fortune, Lucas, mais, dans la vraie vie, elle ne te rend pas service. Lorsque Eva travaille, j'insiste pour la payer. Mais il arrive qu'elle vienne me voir de sa propre initiative. Elle me fait des gâteaux et promène Cacahuète les jours où je ne suis pas assez en forme pour sortir.

— Et tu ne te demandes pas pourquoi elle fait tout ça ?

Parce qu'elle se sent seule.

Mitzy lui jeta un regard suave.

— Tu trouves qu'on s'ennuie tant que ça avec moi ? Il t'est vraiment impossible de concevoir que quelqu'un puisse rechercher ma compagnie juste pour l'affection et le plaisir ? Une chance que mon ego soit aussi bien trempé que le tien.

Lucas eut la bonne grâce de rougir.

— Tu fais exprès d'interpréter ma question de travers.

— Si tu juges utile de la poser, cette question, c'est que tu n'as pas passé assez de temps à discuter avec Eva.

— Erreur. Nous avons beaucoup parlé, elle et moi.

— Si vous avez parlé et que tu n'as toujours pas

compris, c'est que tu aurais peut-être besoin d'affiner un peu ton art de l'écoute, mon garçon.

— Mon art de l'écoute est tout à fait...

Il soupira.

— Qu'est-ce que tu essaies de me faire comprendre ? À côté de quoi suis-je passé ?

— C'est toi, l'écrivain, qui vis l'œil rivé sur les profondeurs cachées de l'âme humaine. Je ne me permettrais pas de te conseiller sur la façon dont tu peux apprendre à connaître quelqu'un. C'est pour ça que vous vous êtes quittés en mauvais termes ? Parce que tu ne pensais qu'à toi ? Qu'est-ce que tu lui as fait, au juste ?

Lucas se hérissa.

— Je n'ai rien fait du tout. Et elle est plus solide qu'il n'y paraît, entre parenthèses. Nous avons juste eu un petit différend.

Connaissant la sensibilité à fleur de peau d'Eva, Mitzy songea que quelques réflexions cinglantes de la part de Lucas avaient probablement suffi à la mettre à mal.

— C'est elle qui a fait quelque chose, alors ?

— Elle a accepté en mon nom une invitation au Snowflake Ball. Sans prendre la peine de me consulter.

Mitzy scruta les traits de Lucas avec insistance.

— C'est un crime hideux, en effet.

— Je n'ai pas besoin de tes sarcasmes, Gran.

— Et elle n'avait probablement pas besoin non plus de ta colère.

Penser que son petit-fils avait pu blesser Eva la contrariait, et pas qu'un peu.

— Tu essaies de me culpabiliser ?

— Non. Si tu es bien l'homme que je te sais être, tu te sens *déjà* coupable.

Le voyant se passer nerveusement la main dans les cheveux, elle eut presque pitié de lui. Pendant un bref instant, elle retrouva trait pour trait le petit garçon qui avait un jour volé la dernière portion de gâteau au chocolat dans sa cuisine.

Elle savait que Lucas était un homme de cœur. Mais ce cœur avait été abîmé — sévèrement, même. Et depuis il ne laissait plus personne s'en approcher.

Il pensait qu'elle ne comprenait rien à ce qu'il ressentait, mais il se trompait.

Elle savait, et elle en avait mal pour lui. Longtemps, elle avait attendu qu'il vienne lui parler de la souffrance qui le rongeait, mais il ne s'en était jamais ouvert à elle. Peut-être n'avait-il parlé à personne de ce qu'il avait ressenti après le choc de la mort de Sallyanne ? Plus elle y pensait, plus il lui paraissait évident qu'il avait tout gardé pour lui.

— Donc, vous vous êtes disputés et elle est partie. J'imagine que tu n'avais qu'une envie, et c'était de retrouver ta précieuse solitude, alors où est le problème ?

Il se passa la main dans la nuque.

— J'aurais besoin qu'elle revienne.

Mitzy sentit son cœur faire un bond joyeux dans sa poitrine, mais elle garda une expression neutre.

— Si tu l'as renvoyée, pourquoi ce revirement, tout à coup ?

— C'est compliqué à expliquer mais j'ai besoin de la revoir, c'est tout. Et il faudrait que tu me donnes son adresse personnelle.

Mitzy n'en revenait pas. Il avait l'air tellement à

cran qu'elle eut presque pitié de lui. Puis elle pensa à sa chère et douce Eva.

— Je ne suis pas certaine d'avoir l'adresse de son domicile. Ou peut-être que je l'ai et que je l'ai oubliée. Tu sais que ma mémoire n'est plus ce qu'elle était.

— Ta mémoire fonctionne à la perfection, Gran.

Elle émit un son dubitatif.

— Si seulement... Tu pourrais me passer mes lunettes de lecture et mon téléphone portable, s'il te plaît ?

Lucas trouva les deux sur le piano et les lui tendit.

— Et ton carnet d'adresses ? Tu ne t'en sers plus ?

— Eva m'a appris à enregistrer mes contacts sur ce merveilleux engin moderne.

Devait-elle voler à son secours et lui donner ce qu'il lui demandait ? Sachant qu'Eva n'apprécierait pas forcément qu'elle prenne une telle liberté ? Si les choses entre eux ne marchaient pas comme elle l'avait espéré, deux personnes à qui elle tenait pourraient en faire les frais.

Avec un soupir d'impatience, Lucas voulut lui prendre son portable des mains.

— Je peux jeter un œil ?

— Non, surtout pas. Si tu commences à appuyer sur toutes sortes de touches, je ne retrouverai plus jamais mes contacts.

— Gran...

— Pourquoi as-tu besoin de son adresse, au juste ?

— Parce qu'il s'agit de...

Il s'interrompit et inspira bruyamment.

— C'est personnel, Gran. Il vaut mieux que je la voie en face en face.

— Personnel ?

Victoire ! Depuis le temps qu'elle disait que l'ingérence avait du bon !

— Comme tu le sais, je n'ai jamais eu de petite-fille et j'aurais adoré ça. Je n'ai que des hommes autour de moi.

Des hommes qui, invariablement, s'exprimaient trop peu ou de travers.

— Eva a pris une place à part dans ma vie et je ne veux pas la perdre, reprit-elle. Pourquoi est-ce personnel ? Tu as décidé de l'emmener à ce bal ?

Le visage de Lucas se ferma.

— Sûrement pas, non. Je vais appeler le Plaza pour annuler.

Tout en faisant défiler sa liste de contacts, Mitzy, sourcils froncés, réfléchissait à la conduite à suivre.

— Désolée. Je n'ai pas son adresse privée.

Lucas paraissait à bout de patience.

— Il n'a jamais été question que je l'emmène à ce bal. Même Eva n'attendait rien de tel de ma part.

— Peut-être pas. Mais il n'y a rien de plus agréable pour nous les femmes que lorsqu'un homme nous fait la surprise de dépasser nos attentes. Si tu veux que je te trouve son adresse, il faudra me promettre de la conduire à ce bal.

— Tu ne crois quand même pas *sérieusement* que je céderai à ce chantage ?

Mitzy reposa son téléphone.

— Alors il faudra que tu appelles son numéro professionnel.

— Je t'ai déjà dit que ce n'était pas un sujet que je souhaitais aborder au téléphone.

— Il ne te reste plus qu'une solution, alors. Va la voir dans les bureaux de son agence.

De mieux en mieux, jubila-t-elle. Les trois filles d'Urban Génie fonctionnaient en open space, et Lucas serait probablement amené à tenir son discours devant les deux collègues et amies d'Eva. Deux filles fortes et décidées, qui prenaient les intérêts de celle-ci très à cœur.

— Bonne chance, Lucas.

— Je n'irai pas à ce bal, Gran.

Oh ! il ne se laissait pas marcher sur les pieds, son garçon. Quoi qu'il en soit, il était beau, il avait de la force de caractère et très bon fond. Il portait une blessure profonde, mais la part abîmée en lui pouvait être réparée, elle en avait désormais la certitude.

Pas de doute : Eva, cette chanceuse, était tombée sur le gros lot.

Chez Urban Génie, c'était jour de réunion boulot officielle avec Paige et Frankie. Eva faisait des efforts méritoires pour centrer son attention sur leur nouveau plan de développement pour le trimestre à venir. Mais elle avait beau tendre sa volonté, son cerveau refusait de coopérer, et les perspectives de croissance ou d'accroissement de clientèle glissaient sur elle comme sur les plumes d'un canard. Ses pensées n'avaient plus qu'un seul thème, et ce thème était Lucas.

Déjà parce qu'elle était remontée contre lui. Mince, à la fin, tout ce qu'elle avait fait, c'était prendre ses problèmes à cœur et chercher des solutions concrètes pour l'aider ! Elle avait cru sincèrement qu'ils avaient commencé à se rapprocher. Jusqu'au moment où il l'avait rejetée en lui lançant à la figure qu'elle n'était qu'une étrangère et que la proximité entre eux n'avait existé que dans sa tête.

Ce qui ne l'empêchait pas de continuer à s'inquiéter pour lui. Elle n'avait pas pu résister à la tentation de faire quelques recherches sur Internet et ce qu'elle avait lu avait atténué sa colère sur-le-champ. Sans le savoir, elle avait débarqué dans l'appartement de Lucas le jour anniversaire du décès de sa femme. Alors qu'il se cachait chez lui comme un animal blessé, avec le besoin évident d'être seul, elle était arrivée avec ses gros sabots, ses sacs pleins de nourriture et ses joyeuses décos de Noël.

Que faisait-il en ce moment ? S'extirpait-il de temps en temps de son cabinet d'écriture, au moins ? Et s'il ne prenait même pas la peine de manger les petits plats qu'elle lui avait préparés ? Elle avait le cœur serré de le savoir si seul, dans cet appartement, là-bas.

— Ev ? Tu écoutes ce qu'on raconte, au moins ?

Elle tressaillit comme une coupable prise sur le fait.

— Bien sûr que j'écoute.

— Tu as l'air ailleurs.

Frankie malaxait une balle anti-stress en forme de bouteille de Coca. Eva fit appel à toutes ses capacités de concentration.

— J'établirai une liste des meilleurs *wedding planners* du moment et je me charge d'entrer en contact avec eux.

Paige hocha la tête et referma son fichier.

— OK. On arrête là pour le chapitre « développement du business ». Avons-nous besoin de revenir sur un de nos projets en cours ?

Qui pourrait convaincre Lucas de sortir enfin de

chez lui ? Aux dernières nouvelles, Mitzy ne savait toujours pas qu'il était resté à New York...

Un objet l'atteignit en plein front avec un bruit sourd. Elle leva les yeux et vit Frankie, le bras levé, un sourire jusqu'aux oreilles.

— Je rêve ou tu viens de me balancer ton jouet anti-stress à la figure ?

— Tu ne rêves pas. Le truc génial, lorsqu'on bosse à son compte, c'est qu'on peut se comporter comme une gamine en classe de maternelle sans être virée sur-le-champ pour autant. Que se passe-t-il derrière ce front pensif, Eva ?

— Rien. Et même carrément plus rien du tout, maintenant que tu viens de me fracasser les neurones.

Eva frotta le front pensif en question.

— En ce qui concerne la demande en mariage publique adressée à Laura, le projet est bouclé. Je vous l'ai transféré par mail.

Paige lui jeta un regard reconnaissant.

— J'ai vu, oui. C'est du grand art. Une magnifique déclaration d'amour de Noël. Je suis presque jalouse de Laura. Le souvenir de cette journée devrait rester gravé en elle pour la vie. Tu as fait un super boulot en un temps record, Ev. Tu as un tel talent pour régler les problèmes des autres.

Ceux des autres, oui. Les miens, plus difficilement.

Et elle n'avait rien réglé du tout dans la vie de Lucas. Son frigo était plein et elle avait décoré son appartement, mais il restait replié sur lui-même, fuyant le reste du monde.

— Je propose qu'on ajoute « agence matrimoniale » à la liste de nos prestations.

Frankie se pencha pour récupérer sa balle anti-stress.

— Vous vous souvenez quand on travaillait encore pour Cynthia ?

Paige fronça les sourcils.

— C'est une page de ma vie que j'essaie d'oublier.

— À ses yeux, si on avait un moment de plaisir au travail, c'était forcément signe qu'on était payées à ne rien faire et qu'on gaspillait notre temps.

Frankie se renversa contre son dossier et posa les pieds sur le bureau.

— Maintenant, on rit tout le temps et ça ne nous empêche pas de faire de l'excellent boulot. Mais à présent que la réunion est terminée, je veux la vérité et rien que la vérité, Eva Jordan : pourquoi es-tu si distraite ? Fais-nous un débrief sur Lucas Blade. As-tu réussi à lui piquer quelques exemplaires dédicacés ? Écrit-il jour et nuit ? Je n'en peux plus d'attendre son prochain bouquin !

Elle avait fourni à ses amies une version expurgée des moments qu'elle avait passés avec Lucas, sans mentionner le syndrome de la page blanche de ce dernier. C'était son secret et elle trouvait normal de le garder pour elle.

— J'ai passé tout mon temps là-bas à faire la cuisine, dit-elle sans mentir. Et lui restait bouclé dans son bureau à écrire.

— Vous mangiez chacun de votre côté, alors ?

— On a dîné ensemble.

— J'imagine que vos repas ne se sont pas déroulés en silence ?

— Pas vraiment.

Eva restait évasive à dessein. Frankie et Paige échangèrent un regard.

Puis Frankie reprit patiemment :

— Ev... C'est de toi qu'il est question, là. Tu es incapable de passer plus de cinq secondes d'affilée sans dire quelque chose. Tu te souviens, à l'école, quand on participait à l'opération « silence sponsorisé » pour je ne sais plus quelle bonne cause ? Tu n'as jamais réussi à lever le moindre dollar. Pas même une petite pièce.

Eva rougit.

— Oui, bon, on a causé. Mais je ne sais plus très bien de quoi.

Paige reposa son stylo. Son regard était chaleureux.

— J'ai l'impression que tu l'apprécies, ce Lucas ?

Frankie fronça les sourcils.

— Qu'est-ce que tu racontes ? Il lui a hurlé dessus.

Eva secoua la tête.

— Il m'a incendiée, mais je l'avais cherché. Je n'aurais pas dû accepter cette invitation sans le consulter d'abord.

— Tu es née avec l'indulgence chevillée au corps, Eva.

Frankie reposa les pieds au sol.

— Il s'est montré puant avec toi. Tu aurais dû le frapper et partir.

— Elle ne l'a peut-être pas frappé, mais elle est quand même partie en lui claquant la porte au nez, intervint Paige.

Eva éprouva un pincement de regret.

— J'avais terminé tout ce que j'avais à faire chez lui.

Mais elle aurait pu trouver une excuse pour rester.

Et elle regrettait en partie de ne pas l'avoir fait. C'était absurde parce qu'elle le connaissait à peine, mais il lui manquait affreusement.

— Il souffre. Il a perdu l'amour de sa vie. Sa femme et lui se sont rencontrés alors qu'ils étaient encore tout gamins.

— Comment tu sais ça ?

Eva se sentit rougir.

— Je le sais, c'est tout.

Elle ne précisa pas qu'elle avait écumé la Toile pour lire tout ce qu'elle avait pu trouver à son sujet. Sa femme avait glissé sur une plaque de verglas alors qu'elle s'apprêtait à monter dans un taxi. La chute avait provoqué des lésions cérébrales sévères et elle était tombée dans un coma dont elle n'était plus jamais sortie. Quelques semaines à peine avant Noël.

Elle comprenait à présent pourquoi il avait brusquement renoncé à l'expulser de chez lui le premier soir. Cela expliquait aussi que la vue de la neige au-dehors ait paru lui faire horreur. Et elle qui, sans se douter de rien, l'avait inondé de commentaires extasiés sur la magie des flocons et la beauté du paysage hivernal...

— Il avait été très clair sur le fait qu'il n'avait aucune envie de sortir. Pour le bal, j'ai pris la décision à sa place et j'ai eu tort. Je déteste qu'on fasse ce genre de truc pour moi.

Frankie lui jeta un regard scrutateur.

— Qu'est-ce qui se passe, là ? C'est juste ton âme sensible qui parle ? Ou il y a autre chose qui couve ?

— *Quoi ?* Non, pas du tout.

Eva sentit une vague de chaleur lui monter le long du cou et se diffuser lentement jusqu'à ses joues.

— Il vit quelque chose de très difficile, c'est tout.

— Ce serait pure compassion de ta part, alors ?

— Allez, Ev. Crache le morceau. Paige a raison, non ? Il te plaît !

Elle renonça à faire semblant.

— Oui, d'accord, j'avoue. Il est brillant, caustique et de bonne compagnie — de bonne et *intéressante* compagnie.

— Je croyais que vous aviez à peine échangé deux mots ?

Paige réprima un sourire et regagna son bureau.

— Fiche-lui la paix, Frankie. Elle a droit à ses secrets.

— Non, je ne la laisserai pas tranquille. Eva est en quête d'amour, ce qui la rend vulnérable. C'est mon job de filtrer les hommes dont elle tombe amoureuse.

— Je ne suis absolument pas amoureuse !

Frankie ne se laissa pas arrêter pour si peu.

— Même si c'est juste de l'appétit sexuel brut, je filtre quand même, parce qu'il y a un risque non négligeable que tu tombes amoureuse du premier individu avec qui tu t'enverras en l'air.

— Ce n'est pas vrai !

Frankie haussa les sourcils.

— Autrement dit, il y a bel et bien de l'appétit sexuel brut ? Parce que, s'il ressemble à la photo sur ses livres, j'avoue que je pourrais être tentée de me jeter sur lui et de lui faire des choses inavouables.

Eva revécut le moment à couper le souffle où elle avait cru que Lucas allait l'embrasser dans la pénombre de son bureau.

Probablement juste un effet de son imagination fertile. De son côté, en tout cas, l'alchimie avait été instantanée et brûlante. Embrasée de désir comme elle ne l'avait encore jamais été, elle avait dû battre en retraite. Elle préférait ne pas imaginer la réaction de Lucas, si elle avait essayé de l'embrasser de force.

— Dans la vraie vie, il n'est pas si irrésistible que ça, prétendit-elle effrontément. Il faut se méfier de Photoshop. Et sur les photos, il est rasé. Ce qui n'était pas le cas quand je l'ai vu.

— Il y a plein d'hommes qui sont encore plus beaux avec un début de barbe.

— Pas lui.

Elle s'interrompit lorsque leur réceptionniste, Lara, entra.

— Nous avons eu des tonnes de demandes qui sont arrivées via l'appli, annonça-t-elle. J'ai traité toutes celles dont je pouvais me charger et je t'ai transféré le reste, Paige. Tu trouveras un rapport complet dans ta boîte mail. Il y a un gros boom sur les toutous à promener. Essentiellement des clients âgés qui n'osent pas s'aventurer dehors à cause de la neige.

Paige était de nouveau en mode boulot à cent pour cent.

— Les Woof Rangers vont pouvoir absorber la demande ? Ou faut-il que je trouve de nouveaux prestataires ?

— Pour l'instant, les jumelles assurent. Elles envisagent de recruter une troisième personne. J'ai parlé à Fliss, hier.

Lara plaça une cannette de soda sur le bureau de Frankie et servit un café à Paige.

— Je n'ai rien pris pour toi, Eva, comme tu viens de te faire ton thé vert et tu as dit que tu étais... Oh ! la vache !

— Je ne suis pas une vache, non, protesta vigoureusement Eva.

Elle se tut en constatant que Lara ne l'écoutait pas.

— Quoi ? Qu'est-ce qu'il y a ? Sur qui fixes-tu cet œil hagard ?

— Lui, là..., chuchota Lara d'une voix faible, le regard rivé sur la cloison en verre. Je suis mariée et j'ai deux enfants. Je ne suis pas censée regarder un homme et avoir envie de lui arracher ses vêtements pour le violer sur place.

— Toutes les envies sont permises, rectifia Paige en souriant. Tant qu'on ne passe pas à l'acte, aucun problème.

Puis elle leva les yeux.

— Hé ! Ce ne serait pas par hasard...

— Lucas Blade !

Abasourdie, Eva en renversa son thé. Le liquide brûlant se répandit sur le bureau, trempant documents et dossiers.

— Voilà qui répond à notre question « Est-il aussi beau en vrai que sur papier ? », commenta Paige, pince-sans-rire. J'allais te dire de la jouer cool, mais le conseil arrive un peu tard.

La voyant pétrifiée, Paige se leva pour sauver son ordinateur portable de l'inondation. Puis elle rassembla quelques serviettes en papier récupérées à l'occasion d'un de leurs événements et tenta de limiter les dégâts.

— Pas si irrésistible que ça dans la vraie vie, tu disais ?

À son tour, Frankie observait à travers la cloison en verre leur visiteur surprise qui se tenait à l'accueil.

— Mmm... Il est juste quelconque, en effet. Et le début de barbe... strictement aucun charme... Bossu et laid comme un crapaud.

— Arrête, Frankie.

Eva se pencha, le visage écarlate, tout en tapotant les documents mouillés sur son bureau.

— Qu'est-ce qu'il fait là ?

— Aucune idée, mais je pense qu'on ne va pas tarder à le savoir, car ils l'envoient par ici, chuchota Paige en jetant les serviettes en papier trempées dans la corbeille.

Frankie, que rien n'impressionnait d'ordinaire, donna des signes de panique tout à coup.

— Au secours. J'ai des palpitations. Je vous préviens : je vais me comporter comme une groupie stupide.

— Toi ? Tu es d'une coolitude incarnée, protesta Eva. Et moi, j'ai une grande tache toute mouillée sur ma chemise. On dirait que je me suis bavé dessus.

Elle tenta d'absorber l'humidité avec une des serviettes mais ne fit qu'aggraver la situation.

— Si je me cache sous le bureau, vous lui direz que je ne suis pas là ?

— Reste assise, surtout, ordonna Frankie. Je ne suis pas trop star-system dans l'ensemble, mais vous croyez que ça la foutrait mal si je lui demandais de faire un selfie avec moi ? Sérieux, je n'arrive pas à y croire. Rencontrer son écrivain préféré... ça n'arrive jamais dans la vraie vie !

— Méfie-toi, son esprit fonctionne bizarrement, marmonna Eva. Qu'est-ce qu'il fait ici, à votre avis ?

Son cœur battait à toute vitesse et ses mains tremblaient.

— Il a l'air furieux ? C'est sûrement à cause de ce bal au Plaza. Il a peut-être appelé pour annuler et ils lui auront dit qu'ils le factureront quand même. Je suis contente qu'il ait fini par sortir de chez lui, mais j'aurais autant aimé que ce ne soit pas pour venir me massacrer.

— Qui te dit qu'il est venu te massacrer ? Il peut avoir des milliers de raisons de se balader à Manhattan. Calme-toi, Eva.

Paige se leva pour accueillir leur visiteur. Son sourire était chaleureux et impeccablement professionnel.

— Monsieur Blade, bonjour... Je n'ai pas souvenir que vous ayez pris rendez-vous ?

— J'adore vos livres ! s'écria Frankie.

Elle en balbutiait presque. Lucas lui adressa un sourire.

— Merci.

Plongeant la main dans son sac, elle en sortit un de ses thrillers.

— Je suppose que vous avez mieux à faire que de...

Paige ouvrit de grands yeux.

— Tu promènes ce pavé dans ton sac ? Tu n'as pas mal au dos ?

— Je ne pouvais plus le lâcher. Par moments, quand tu ne me regardes pas, je le lis sous mon bureau.

— Sérieux ?

Paige leva les yeux au ciel.

— Accorde-toi une journée-lecture ou quelque chose comme ça, puis reviens quand tu seras concentrée.

— Vous voulez que je le dédicace ?

Lucas tendit la main et Frankie lui remit le livre comme si elle vivait son plus beau rêve.

— « Pour Frankie », ça ira ?

— Oui, oui... T-tout ce que vous voudrez. Merci.

Eva et Paige échangèrent un regard.

Frankie qui bégayait ?

Lucas griffonna deux lignes et signa.

— Voilà. Ma récompense, ce sera cinq minutes en tête à tête avec Eva.

Eva en eut des palpitations. Puis elle se souvint en quels termes Lucas et elle s'étaient quittés.

— Si c'est au sujet du Snowflake Ball au Plaza...

— Non, rien à voir. Je vais les appeler et leur expliquer que c'était une erreur.

Il prit une inspiration.

— Y a-t-il un endroit ici où nous pourrions parler tranquillement ?

Eva ressentit une pointe de déception. Elle avait espéré qu'il trouverait plus simple de faire une apparition au bal que de prendre la peine d'annuler.

Avant qu'elle puisse répondre, Paige la devança d'une voix ferme :

— Ce que vous avez à dire, vous pouvez le dire ici. Ne faites pas attention à Frankie et moi.

Il soutint le regard de Paige un instant, haussa les épaules, puis se tourna vers elle.

— J'aurais besoin que tu reviennes.

— Pardon ?

— Que tu reviennes chez moi.

Eva s'enfonça les ongles dans les paumes.

— Pourquoi ? Le sapin de Noël a déjà perdu ses aiguilles ? Il y a un problème sanitaire au niveau des plats que j'ai cuisinés ?

— Ils sont délicieux et le sapin était encore intact aux dernières nouvelles. Il est très beau… pour qui aime les sapins de Noël.

— Ce qui n'est pas ton cas.

L'ombre d'un sourire effleura les lèvres de Lucas.

— Je m'y habitue presque.

— Si ce n'est ni un problème de sapin ni un problème de nourriture, qu'est-ce qu'il te faut ?

— Toi, répondit-il à voix basse. J'ai besoin que tu reviennes.

Qu'elle revienne ? Elle s'était attendue à tout sauf à ça.

— Et à quel titre ?

Il y eut un silence tendu. Un muscle tressaillit à l'angle de la mâchoire de Lucas.

— À titre… d'inspiratrice.

— Je te demande pardon ?

Il soupira.

— Comme tu le sais déjà, j'ai eu quelques problèmes pour démarrer le bouquin que je dois remettre le jour de Noël.

— Je croyais que tu les avais réglés.

— Je le croyais aussi. Mais étrangement, dès l'instant où tu as quitté l'appart, j'ai renoué avec le blocage.

— Je ne comprends pas.

— Moi pas plus.

Elle surprit une lueur de frustration dans son regard.

— Honnêtement, je ne sais pas… Est-ce le fait d'avoir quelqu'un qui s'active à la maison ? Est-ce à cause de nos discussions ? Quelque chose chez toi, en tout cas, déclenche le processus créatif chez moi. C'est une période de l'année que je vis toujours assez mal. Tu me... changeais les idées.

— Tu voudrais que je te change les idées ? Mais ça va te déconcentrer plus qu'autre chose ! Je ne connais rien à l'écriture et je n'ai jamais lu un polar de ma vie ! Je ne vois vraiment pas comment je pourrais t'être utile. Tu ne penses pas que tu devrais plutôt t'adresser à ton éditeur ? Ou faire appel à ton agent ? Le mieux serait peut-être qu'un autre écrivain vienne te sortir de là. Mon amie Matilda saurait se mettre à ta place et comprendre ce que tu traverses.

Frankie l'arrêta d'un geste.

— Oublie Matilda. Chase et elle sont dans les Caraïbes, très occupés à faire des bébés.

Lucas secoua la tête.

— Je n'ai pas besoin d'empathie, j'ai besoin d'inspiration. Tu m'as donné des idées pour un personnage de mon livre. Tant que tu étais là, je la voyais clairement, je l'imaginais, la voyais agir. Dès que tu es partie, elle a disparu.

— Je suis un personnage de ton intrigue ?

Une sensation de chaleur l'envahit. Elle pouvait à peine respirer.

— Tu m'as mise dans ton livre ? Moi ?

— Pas toi spécifiquement, mais certains aspects de mon personnage s'inspirent de ta personne. Je pensais avoir suffisamment d'éléments pour continuer à écrire jusqu'au dénouement, mais j'ai eu la mauvaise surprise de voir le syndrome de la page blanche revenir. Dès le moment où tu es partie, ça a été la panne d'inspiration totale.

Il avait pensé à elle ! *Et lui avait donné un rôle*

dans son livre. Naturellement, elle n'en tirerait aucune conclusion. Il était hors de question qu'elle se lance dans la moindre interprétation hâtive.

— Ainsi tu as forgé un de tes personnages à mon image.

Il hésita.

— D'une certaine manière, oui. Disons que tu l'inspires de loin.

— De près ou de loin, c'est la première fois de ma vie que je figure dans un bouquin qui va être lu par des millions de personnes.

Elle se sentait immensément flattée. Et si son cœur chantait, c'était juste de se voir intronisée dans ce rôle de muse inespéré, bien sûr.

— C'est un honneur pour moi, mais je ne peux pas retourner chez toi. Urban Génie a besoin de moi. Je suis le cerveau créatif de l'agence et nous sommes surchargées de boulot.

— Je te rémunérerai.

Il nomma un montant tel que Frankie s'en étouffa avec son soda. Paige, elle, garda un calme olympien.

— Ce n'est pas qu'une question d'argent. Eva a raison d'affirmer qu'elle joue un rôle clé dans l'agence. En plus, les clients l'adorent. Ils demandent toujours à la voir en personne. Même si nous parvenions à repousser quelques rendez-vous, nous aurions quand même besoin d'elle pour les consultations téléphoniques. Cela vous poserait un problème, si elle travaillait à partir de chez vous ?

— La troisième chambre peut facilement être reconvertie en bureau pour Eva.

— Dans ce cas, je vais vous indiquer notre tarif.

Paige pianota sur son clavier.

— Vous la voulez jusqu'à Noël, je crois ? Cela nous ferait une durée de trois semaines... De jour mais aussi de nuit, donc...

Eva se sentit devenir écarlate.

— Hé ! On n'est quand même pas dans *Pretty Woman*, là !

Sans même relever, Paige poursuivit ses calculs et parvint à un montant qui la laissa muette.

— Bon, OK, je prends, répondit Lucas sans une hésitation. Vous êtes une rude négociatrice. Je comprends pourquoi votre petite entreprise prospère.

Paige le gratifia d'un sourire détaché.

— Nous appliquons un tarif qui nous paraît équitable pour un service de haute qualité. Et si notre agence prospère, c'est parce que nous excellons dans notre domaine. Vous voulez Eva en personne et à temps plein. Des prestations de ce niveau-là, ça a son prix.

Eva cligna les yeux.

— Je...

— Marché conclu.

Les bras croisés sur la poitrine, les pieds légèrement écartés, Lucas personnifiait le magnétisme viril et l'assurance arrogante.

— Hé ! Attendez un peu, tous les deux.

Elle se leva, les jambes tremblantes. Se plier sans un mot à ce marché qui venait de se conclure entre Paige et lui, ce serait accepter que Lucas soit seul à fixer ses conditions. C'était quelqu'un qui était habitué à obtenir ce qu'il voulait, comme il le voulait et quand il le voulait. Son besoin à elle, dans l'immédiat, consistait à le faire lâcher du lest. Pour le principe.

— Si j'accepte de tout envoyer promener pour m'installer chez toi trois semaines, je veux que tu fasses aussi quelque chose pour moi.

Il leva un sourcil.

— Le montant que je m'apprête à verser suffirait à financer l'achat d'une petite voiture de sport italienne.

— Je n'ai pas l'usage d'une voiture de sport — italienne ou pas italienne.

Leurs regards s'affrontèrent et une tension vibra entre eux.

— Qu'aimerais-tu que je fasse pour toi, alors ? demanda-t-il à voix basse.

Il y avait une telle nuance d'intimité dans sa question qu'Eva sentit son cœur cogner à grands coups sauvages dans sa poitrine.

— Je veux que tu assistes au Snowflake Ball.

Un long silence chargé tomba. L'expression de Lucas demeurait indéchiffrable.

— Qu'est-ce que ça peut te faire que j'aille ou non à cette connerie de bal ?

— Ça peut me faire que *moi* je veux y aller. Et je n'ai pas l'intention de débarquer au Plaza toute seule. Je veux que tu m'y emmènes.

Comme ça, au moins, elle progresserait d'un pas dans son projet de le tirer hors de cet appartement.

— Et si je refuse ?

— Je ne viendrai pas nourrir ton inspiration chez toi.

Le regard de Lucas se durcit.

— Je doute que tes associées apprécient que tu déclines une offre aussi juteuse.

— Nous sommes associées à parts égales,

répondit-elle sans se démonter. Je suis entièrement libre de prendre *ma* décision comme *je* l'entends. Alors ? Ton choix ?

— Tu es sérieuse ?

— Si je dois rester bouclée chez toi pendant trois semaines d'affilée, cela me fera au moins une occasion de sortir et de voir du monde.

— Autrement dit, tu n'irais pas à ce bal pour le plaisir de ma compagnie. Ton projet est de te servir de moi sans vergogne et de m'abandonner dès que tu seras sur place ?

— Absolument. Mais cela ne devrait pas te poser problème, car je suis sûre que tu seras assailli par une horde de femmes superbes dès que tu mettras le pied au Plaza. Avec un peu de chance, je rencontrerai quelqu'un aussi.

— Aussi ?

— Oui. Parce que la chance sera de mon côté, ce soir-là, je le sens. Ce bal sera déterminant pour moi.

Dans l'idéal, elle aurait aimé que la chance en question prenne les traits de Lucas. Mais elle savait que cela ne se produirait pas. Il n'était absolument pas prêt à s'engager dans une nouvelle relation. Pas plus qu'elle n'était prête de son côté à tomber dans les bras d'un mec encore totalement obnubilé par une autre. Elle avait besoin de vivre une histoire sincère et sans complications qui la rendrait heureuse. Depuis la mort de Grams, elle n'avait plus le ressort émotionnel nécessaire pour affronter de nouveaux déchirements, même si l'alchimie entre Lucas et elle était torride.

— Tu as parlé avec ma grand-mère ?

— Non. Je pensais m'arrêter chez elle demain en

rentrant du travail... Alors, votre réponse, monsieur Blade ? Me conduirez-vous au Snowflake Ball à bord de votre carrosse ?

— Si c'est le prix à payer, soit.

Il esquissa un sourire sardonique.

— C'est toi qui m'embarques dans cette galère, donc ce n'est que justice que tu endures cette corvée avec moi, dit-il.

— Qu'elle l'*endure* ?

Frankie pouffa.

— C'est sûr : un bal au Plaza sera une véritable souffrance pour elle. Ça va être le tango de la torture et la valse du martyre.

Eva jeta un bref regard noir à son amie avant de reporter son attention sur Lucas.

— Je peux compter sur toi, alors ?

— Moi, je respecterai mon engagement. Mais que se passera-t-il si ce bal, lui, ne tient pas ses promesses ? Je sais que ton vœu *number one* sur ta liste de cadeaux de Noël, c'est de rencontrer un mec, mais tes exigences sont assez pointues si mes souvenirs sont bons.

Paige fronça les sourcils.

— Il connaît la liste de tes critères ?

— Absolument, répondit Lucas. C'était quoi, déjà ?

Il commença à énumérer :

— Un : les abdos bien dessinés. Deux : la large carrure. Trois : le sens de l'humour. Quatre : la tolérance envers ton vieil ours en peluche. Cinq : un tempérament sexuel assez impétueux pour fatiguer le préservatif que tu as dans ton sac avant qu'il ne se périme comme le précédent.

Les joues en feu, Eva reçut de plein fouet le regard incrédule de Paige posé sur elle.

— Ev ?

Pourquoi, mais pourquoi fallait-il qu'elle souffre d'incontinence verbale aggravée ?

— Je ne vois pas ce qu'il y a de mal à dire tout haut ce que l'on pense tout bas. Même si, pour être franche, je n'avais pas l'intention de faire la pub de ma liste de critères. Les mots ont tendance à sortir tout seuls, chez moi. Et ce n'est pas un ours en peluche, mais un kangourou.

Frankie se colla la tête sur son bureau.

— C'est un vrai problème de sécurité publique de te lâcher comme ça en ville, sans surveillance. Si tu vas à ce bal, qu'est-ce qui t'empêchera de rentrer à la maison avec un cinglé, un pervers, un maniaque, un obsédé ?

— Aucun risque. Je suis une excellente juge de la nature humaine en général et masculine en particulier.

Frankie se redressa de sa position affalée pour jeter un regard appuyé à Lucas. Il répondit par un hochement de tête à peine perceptible, comme s'ils venaient de passer un accord tacite.

— Elle sera en sécurité avec moi. Je promets de ne pas la laisser repartir au bras d'un fêlé psychopathe.

— Parce que vous vous estimez capable de les reconnaître rien qu'à leur physique ?

Lucas répondit sans hésiter :

— C'est pour ça qu'elle sera en sécurité avec moi : je suis sans illusion sur la nature humaine.

— C'est vrai, confirma Eva. Et je trouve ça très perturbant. Maintenant, j'aimerais que vous arrêtiez de parler de moi comme si j'étais un toutou abandonné qui aurait besoin d'être recueilli chez un bon maître. Je suis tout à fait capable de mordre quand c'est nécessaire, merci.

Lucas se tourna de nouveau vers elle.

— Tout est réglé, alors ? Tu reviens travailler pour moi ?

— Juste le temps de préparer quelques affaires. J'arriverai demain.

— *Cet après-midi.* Le temps presse.

Il regarda sa montre.

— Donne-moi l'adresse de ton domicile et j'enverrai une voiture. Je ne veux pas que tu prennes le métro.

— Nous vous enverrons le contrat par mail, annonça Paige de son ton le plus professionnel.

Lucas acquiesça d'un rapide hochement de tête et quitta leurs bureaux.

Eva relâcha son souffle et se tourna vers ses deux amies.

— Je rêve ou vous venez de me vendre au plus offrant ?

— Il n'y avait qu'un seul offrant, rétorqua Frankie gaiement.

Et Paige, avec un sourire jusqu'aux oreilles, faisait déjà apparaître à l'écran leur modèle de contrat préenregistré.

— Je ne t'ai pas vendue. J'ai juste passé un marché particulièrement profitable pour Urban Génie, nuance.

— Tu m'as bradée pour le prix de la petite île dans les Caraïbes où séjournent Matilda et Chase en ce moment.

— Et en plus, tu pourras continuer à travailler pour l'agence sur place. C'est le contrat du siècle.

J'adore mon boulot ! Quant à toi, miss Jordan, tu es très douée pour le tien... Je suis en train de regarder ton planning, là. On va reprogrammer tes rendez-vous extérieurs et, le reste, tu le feras tranquillement de chez Lucas Blade. Pense quand même à faire le point avec nous de temps en temps.

— C'est la première fois de ma vie que j'entre dans un livre, murmura-t-elle avec un soupçon de tremblement dans la voix.

— C'est super excitant, non ?

Frankie balaya sa propre question du revers de la main.

— Quoi qu'il en soit, moi ce que je veux, c'est son bouquin ! Je suis mortellement accro, les filles. C'est le seul auteur pour lequel je place la lecture en priorité sur le sommeil. Et toi, tu es sa source d'inspiration. Sa muse. Je vois ton personnage d'ici, dans le bouquin : une tendre victime vulnérable et douce. Ça va être trop mignon. J'ai hâte de voir comment il compte t'assassiner.

— *M'assassiner ?*

La pensée ne la mettait pas vraiment à l'aise.

— J'espérais plutôt être une brillante agente du FBI avec un flair imparable et un humour féroce. Si je suis la victime, je peux t'assurer que je me défendrai jusqu'à mon dernier soupir. Je me servirai de la prise mortelle que tu m'as enseignée.

Frankie se renversa contre son dossier.

— Tu n'en connais qu'une seule ? Ce serait peut-être bien que je t'en inculque au moins deux de plus.

Eva frémit. Une vision de Lucas, son corps dur

plaqué sur le sien pour la maintenir au sol, fleurit d'elle-même dans son esprit.

— Tu crois vraiment qu'il va me faire assassiner, alors ?

— Juste dans son livre, Eva. C'est de la fiction. Je n'ai aucune idée de la façon dont un cerveau d'écrivain de thriller fonctionne. Tout ce que je sais, c'est que je veux lire le résultat final. Donc s'il a besoin de toi comme muse, ne te pose aucune question et file l'inspirer chez lui.

— Tu en as de bonnes, toi. Je n'ai pas envie de mourir dans des circonstances atroces. Franchement, je me demande si c'est une bonne idée d'aller m'enfermer trois semaines chez lui.

— C'est une *excellente* idée, au contraire. Et pas seulement parce qu'il est prêt à payer une telle fortune pour t'avoir comme muse à domicile que nous pourrons vivre toutes les trois sans travailler pendant les six prochains mois. N'oublie pas qu'il va te conduire au bal, Cendrillon ! Tu vas adorer. Pense à tous les Princes Charmants qui te feront danser !

Chapitre 9

« Dans le grand voyage de la vie, sois le conducteur, jamais le passager. »

— *Frankie*

Il s'était fait manipuler bien comme il faut.

Lucas hésitait entre l'envie de rire, celle de frapper un grand coup dans le mur... ou la franche admiration.

Elle était tellement plus forte qu'elle n'en avait l'air.

Résultat des courses : il était condamné à l'accompagner à ce foutu bal, alors qu'il était pris à la gorge niveau temps. Mais il n'avait pas eu d'autre solution que d'accepter.

Son écriture, si fluide tant qu'Eva avait été présente dans l'appartement, s'était tarie dès l'instant où elle lui avait tourné le dos. Comme si son inspiration avait pilé à mort en enfonçant la pédale de frein.

Lui qui avait toujours écrit comme il respirait s'était retrouvé une fois de plus privé de l'usage de ses mots. Après avoir lutté une journée entière en séchant sur sa page blanche, il s'était incliné devant l'urgence. Nécessité faisant loi, il s'était mis en quête d'Eva.

Et maintenant, il arpentait son appartement de long en large, en évitant de regarder les étendues enneigées de Central Park.

Leur arrangement stipulait qu'il la conduirait à ce bal, mais ne précisait pas combien de temps il était censé y passer. Il resterait donc un quart d'heure, puis il rentrerait chez lui pour écrire. Et il enverrait une voiture pour Eva plus tard, lorsqu'elle aurait eu sa dose de mondanités.

Eurêka ! Satisfait d'avoir réussi à déjouer son chantage, il monta à l'étage pour se remettre à son bouquin.

Quelques heures s'écoulèrent avant qu'il entende un coup hésitant frappé à sa porte.

— Lucas ?

Il se leva en hâte, se sentant coupable de ne pas avoir au moins fait l'effort d'être présent pour l'accueillir à son arrivée.

Hanté par la fiction qu'il était en train de créer, il sortit sur le palier.

Elle se tenait devant lui en souriant, avec un plateau dans les mains. Son regard s'arrêta sur la courbe douce de ses lèvres.

Il était violemment tenté de l'attirer dans son bureau et de l'embrasser à corps perdu, comme il avait été à deux doigts de le faire lorsqu'elle était venue le rejoindre en pleine nuit, vêtue de son pyjama de soie claire. Mais cela aurait conduit à des complications qu'il n'était pas en état de gérer. Il la connaissait déjà suffisamment pour savoir qu'elle et lui ne vivaient pas dans le même conte de fées.

— S'il te plaît, dis-moi que ce n'est pas de la tisane.

— Tu as dit que ma présence favorisait ton processus créatif. Et comme nous ne savons pas au juste ce qui chez moi a déclenché ton inspiration, j'ai pensé que le mieux serait de tout recommencer à l'identique. La dernière fois, tu as bu mon infusion.

— La dernière fois, je l'ai jetée dans les WC.

— Nooon... ! Tu n'es pas très attentif à respecter la sensibilité de ton prochain, Lucas Blade.

Il y avait une nuance de reproche dans sa voix.

— Si, justement. Puisque tu ignorais jusqu'à présent que j'avais balancé ta boisson miracle dans la cuvette.

— Mais maintenant je le sais.

Il sourit à demi.

— La franchise brutale m'a paru être la seule méthode susceptible d'endiguer le flot continu de tisanes qui, sinon, aurait coulé dans ma direction.

— Il y aurait aussi une autre attitude possible et ce serait de la boire, tout simplement.

Il s'adossa contre la porte.

— Dois-je comprendre que cette scène donne le ton de notre future cohabitation ? Si tu restes ici tu vas essayer de me faire vivre comme un saint ?

— Comme un *saint*, non, mais de façon *saine*, oui.

Elle lui fourra le plateau entre les mains.

— Tu ingères trop d'alcool et de caféine.

— Y a-t-il d'autres péchés dont tu comptes me guérir durant ton séjour ? Que penses-tu de mon rapport au travail ?

— Travailler dur n'a jamais été un travers à mes yeux. J'admire ta persévérance.

Sa réponse le surprit. Il était habitué à ce qu'on

le sermonne sur le fait qu'il passait trop d'heures à écrire.

— Et la viande ? Tu comptes me faire la leçon sur ma consommation de viande rouge ?

— Je n'ai pas l'intention de t'en servir. Ce soir, tu auras mon super risotto végétarien aux cèpes.

— Je commence à regretter la folle impulsion qui m'a poussé à t'inviter ici.

— Tu vas adorer, tu verras. Et entre parenthèses, tu ne m'as pas invitée, tu as requis d'autorité ma présence. Et en versant le prix d'avance, donc il est trop tard pour reculer.

— Dois-je comprendre que j'ai perdu toute influence ?

— C'est exact. Je suis aux commandes.

Elle sourit.

— Savoure ton infusion, Lucas.

Luttant pour repousser les images du regard incandescent de Lucas et de son corps sexy en diable, Eva se mit au travail à l'endroit qui lui était familier entre tous : la cuisine.

Elle avait déjà prévu d'ajouter deux recettes festives à son blog. Et Lucas en serait le bénéficiaire, car il lui reviendrait de déguster le résultat.

Elle cuisina tout l'après-midi, enregistra une vidéo pour YouTube, puis la mit en ligne après avoir procédé à un montage soigné. Pas une seule fois, durant toutes ces longues heures d'activité, elle ne vit Lucas mettre le nez hors de son antre.

À l'occasion, elle levait les yeux vers le haut de l'escalier mais la porte de son bureau demeurait obstinément close. Plus le temps passait, plus sa perplexité montait. Le fait qu'elle nourrissait l'inspiration de Lucas n'impliquait pas qu'il ait besoin de poser les yeux sur elle, apparemment…

À la nuit tombée, le parc emmitouflé dans son cocon de neige s'habilla d'une lumière argentée striée d'ombres mystérieuses. Et toujours aucun signe de Lucas. Ce silence qui n'en finissait pas jouait sur ses nerfs.

N'y tenant plus, elle monta à l'étage, frappa à la porte de son cabinet et attendit, l'oreille aux aguets.

Pas un son.

Elle était sur le point de redescendre lorsque la porte s'ouvrit. La silhouette de Lucas se dessina dans l'encadrement.

— Oui ?

Il faisait partie de ces hommes qui pouvaient porter avec une égale assurance le jean ou le smoking. Aujourd'hui, c'était le jean et il le remplissait bien : le denim usé flattait la musculature puissante de ses cuisses. Le haut de sa chemise était déboutonné, laissant entrevoir la toison sombre de son torse.

Une vague de sensations courut sur sa peau.

— Coucou, c'est moi.

Il paraissait distrait.

— Tu as besoin de quelque chose, Eva ?

Un vide se fit dans sa tête.

Les ondes de sexualité brute qui émanaient de lui étaient si puissantes qu'elle ne savait même plus pourquoi elle avait frappé à sa porte. Son regard se perdit dans le sien, ses genoux se dérobèrent, son ventre frémit.

— Je… je venais voir si tu avais faim.

Elle jeta un rapide coup d'œil par-dessus l'épaule

de Lucas et fut ridiculement fière de voir son écran noirci par des lignes et des lignes.

— Ton inspiration est revenue ? Ça fonctionne, alors, ma présence ici ?

Il cligna les yeux et finit par concentrer son attention sur elle.

— Oui. Ça fonctionne.

— Concrètement, donc, il suffit que je sois dans le coin à faire tinter mes casseroles pour que ça marche ? Je veux dire, tu n'es pas comme un peintre ou un sculpteur qui, pour créer, doit avoir son sujet sous les yeux ? Je suis ta source d'inspiration, mais je n'ai rien de spécial à faire pour assurer mes fonctions de muse avec efficacité et rendement ?

Elle crut voir une lueur d'amusement pétiller dans ses yeux bruns.

— La conversation que nous avons eue quand tu es venue apporter la tisane m'a suffi.

— Tu as refusé de la boire et je t'ai menacé. En quoi est-ce inspirant, comme scène ?

— J'ai décidé que mon personnage féminin boirait des infusions et serait végétarienne.

— Comme moi ? Et je parie qu'elle est gentille avec les animaux, elle aussi ?

Eva était ravie. Lucas laissa glisser sur elle un regard scrutateur.

— Avec les animaux, elle est très douce, oui.

— Top ! Frankie prétend que les personnages de tes livres ne sont jamais attachants, mais celui-ci va faire exception. Peut-être que je devrais quand même essayer de lire un de tes bouquins, finalement. Il y en a un, en particulier, que tu me recommanderais ?

Elle passa à côté de lui pour entrer dans son

bureau et parcourut des yeux les titres alignés sur les rayonnages. Frankie en baverait d'envie si elle voyait cette bibliothèque. Ce n'était jamais difficile de choisir un cadeau pour Frankie. Pour elle, c'était des livres, encore des livres, toujours des livres. Et Lucas, à l'évidence, était fabriqué sur le même modèle.

De plus près, elle vit qu'un pan de mur entier était consacré aux propres titres de Lucas, en versions originales et traduites.

— Si tu cherches une histoire qui se termine bien, tu ne la trouveras pas de ce côté-là.

Elle s'interrompit, le temps d'admirer une photo en noir et blanc accrochée au mur. Un chalet rustique, des arbres enneigés, la splendeur presque irréelle d'un lac pris dans les glaces de l'hiver.

— Quel paysage somptueux. C'est où ?

— À Snow Crystal, dans le Vermont.

— Là où tu étais censé te retirer pour écrire ? Ça a l'air idyllique. Un lieu de profonde beauté.

Elle se rapprocha pour examiner les sommets enneigés qui dominaient les étendues de forêts. C'était un lieu à part, propre à inspirer un écrivain.

— Ça donne envie d'y poser ses valises..., reprit-elle. Je vais peut-être ajouter Snow Crystal à la longue liste des destinations que je veux découvrir avant de mourir.

Elle se tourna et vit une lueur brûler dans les yeux de Lucas. Sous l'impact de son regard, elle se troubla. Des sensations de nature résolument sexuelles se déployèrent en elle, comme si son corps entier montait en température.

Lucas avait-il conscience de l'effet qu'il produisait sur ses sens ? Elle croisa les doigts pour qu'il ne remarque rien. Sachant qu'elle n'avait pas la réputation d'être très douée pour dissimuler ce qui se passait en elle.

Eva Jordan, tu es venue l'inspirer pour son roman et le nourrir de façon décente. Tu as le droit de saliver sur tes petits plats, mais pas sur le client.

— C'est une station de ski familiale où je passe mes vacances depuis toujours. Tu skies ?

— Je n'ai jamais essayé, mais j'ai une passion pour la neige...

Elle s'interrompit net, consciente d'avoir manqué de tact.

— Désolée.

— Désolée pour quoi ?

— Parce que...

Elle s'humecta les lèvres.

— ... je sais que tu détestes la neige.

Le visage de Lucas demeura sans expression.

— Tu as lu les articles sur l'accident qui a coûté la vie à ma femme.

Oh merde.

— Oui, c'est vrai. Mais pas par curiosité malsaine, Lucas ! Uniquement parce que j'avais peur de dire quelque chose qui pourrait te rendre triste. Je voulais en savoir plus pour ne pas faire de gaffes. Je sais à quel point tu l'aimais.

Elle avait été surprise que si peu de photos de Lucas avec sa femme apparaissent en ligne. Sur les quelques rares qu'elle avait pu trouver, on les voyait toujours collés l'un contre l'autre, comme s'ils ne pouvaient supporter l'idée d'être séparés. Ils paraissaient si amoureux, si fascinés l'un par l'autre qu'il lui avait été presque douloureux de les regarder.

Face à ces photos, elle avait compris pourquoi il haïssait cette période de l'année. L'hiver lui avait volé son grand amour. Car il ne faisait aucun doute dans son esprit que Lucas avait passionnément aimé la femme qui partageait sa vie. Et que cet amour avait été si fort qu'aller de l'avant sans elle était pour lui presque insoutenable.

Même si elle avait sous les yeux la preuve que l'amour rendait vulnérable, Eva espérait un jour aimer et être aimée avec cette insondable intensité.

D'un ton formel et froid, Lucas changea abruptement de sujet.

— Nous n'avons pas encore eu l'occasion de discuter des modalités pratiques de notre arrangement. Je vais passer l'essentiel de mon temps à écrire, mais j'espère que tu feras ici comme chez toi.

— Si je faisais ça, tu me jetterais dehors dans les quarante-huit heures. Je suis une incurable bordélique, tu l'avais oublié ?

Elle sourit, espérant le voir se détendre. Mais il s'était fermé depuis qu'elle avait fait allusion à la disparition de sa femme. Elle le sentait distant, en retrait derrière le mur qu'il avait érigé autour de lui pour se protéger.

— Je vais essayer de me souvenir que je ne suis pas chez moi, au contraire, reprit-elle, et éviter de me répandre un peu partout.

— Je t'ai vue procéder lorsque tu cuisines. Tu es méticuleuse et organisée.

— C'est dans une cuisine que j'apparais sous mon meilleur jour. Partout ailleurs, c'est un peu le souk, je dois dire. C'est un de mes gros défauts. Tout comme le fait de trop parler et de ne pas être un cadeau au saut du lit.

— Tu n'es pas du matin ?

Eva secoua la tête.

— J'ai tout essayé. Les douches froides. Le coup de poser le réveil à l'autre bout de la chambre — j'ai écumé toutes les solutions ou presque. Rien ne marche. Mon cerveau ne commence à fonctionner décemment qu'à partir de 10 heures. J'essaie de ne pas utiliser de couteau de cuisine avant ce seuil fatidique.

Elle fit la moue.

— Je ne sais pas pourquoi je ne te parle que de mes aspects les plus négatifs. C'est journée-confession, on dirait.

Enfin, elle vit une amorce de sourire se dessiner sur les traits de Lucas.

— Ce sont tes pires défauts ? Semer tes affaires sur place et ne pas être au top le matin ?

— C'est gentil de minimiser l'affaire mais je peux te dire que mes amies, ça les rend folles. Avant d'être virées, on était employées toutes les trois dans la même entreprise. Et je serais arrivée en retard au boulot tous les matins si Paige et Frankie ne m'avaient pas hissée hors du lit et tirée dans le métro dans un état semi-somnambulique. Il y a eu des jours où je ne me souvenais même plus d'avoir fait le trajet.

— Je ne savais pas que vous aviez été virées ?

— Licenciement collectif. On bossait pour Star Events, une boîte d'événementiel qui avait pignon sur rue. Mais ils ont perdu un gros client et, nous, on a été les dommages collatéraux.

Eva les revit toutes les trois sur le trottoir devant Star Events, ce jour-là, aspirées dans un même tourbillon de panique, comme si la terre s'était soudain ouverte sous leurs pieds.

— Ce licenciement, il nous a fait l'effet d'un coup de gourdin sur le crâne. Mais finalement, c'était la meilleure chose qui pouvait nous arriver. On s'est dit qu'il y avait moyen de faire pour nous-mêmes ce que nous faisions pour Star Events. Tu as remarqué que ça se passe souvent comme ça, dans la vie ? On se prend un truc dans les dents avec l'impression qu'il ne peut rien survenir de pire. Et puis, avec le recul, cet événement si noir se trouve être le début de quelque chose de positif.

Comprenant un peu trop tard comment ces paroles pouvaient être interprétées, elle ferma les yeux, prête à se gifler.

— Je ne voulais pas dire que...

— Je sais. Et tu n'as pas besoin de prendre des gants avec moi, Eva.

— C'est un de mes défauts que tu connais déjà, murmura-t-elle d'un air sombre. Mon cerveau et ma langue sont en connexion directe. Entre les deux, il n'y a ni filtre ni censure. J'ai aussi quelques qualités, mais tu as déjà dû t'en rendre compte, sinon tu ne m'aurais pas mise dans ton livre. Et toi, c'est quoi, tes pires défauts ? À part le fait que tu bois trop et que tu te cloîtres seul chez toi ?

— Je considère ces deux particularités comme des éléments de mon style de vie. Pas comme des défauts.

Lucas avait de nouveau l'air plus détendu.

— Je dirais qu'un des éléments négatifs chez moi, c'est que je ne sais pas lâcher quand j'ai un objectif en tête. Il y en a qui disent que je suis monomaniaque. Quand je veux quelque chose, je ne laisse aucun obstacle se mettre en travers de mon chemin.

— Je ne considère pas ça comme un défaut.

Elle se laissa tomber sur son canapé sans attendre qu'il l'y invite.

— J'aimerais bien, moi, être persévérante comme ça. Quand je travaille ou que je cuisine, je tiens mon cap mais, pour le reste, c'est navigation à vue. J'ai toujours un tas d'intentions louables mais la plupart n'aboutissent pas.

— Comme quoi, par exemple ?

— Le sport. Paige et Frankie courent régulièrement, mais elles y vont tôt le matin, quand je suis encore dans le coma. À cette heure-là, je peux à peine marcher, donc question course à pied, ce n'est même pas la peine. Je me promets toujours d'y aller plus tard, à une heure où je serai en forme, mais c'est le moment où tout le monde bosse, bien sûr. Toute la journée, c'est la course, et le soir en arrivant chez moi je suis kaput. Alors, la plupart du temps, je m'écroule sur mon lit et je re-comate devant Netflix.

— La pièce qui est tout en haut a été aménagée en salle de sport. Tu es libre de t'en servir quand tu veux pendant ton séjour ici. Moi j'y suis en général vers cinq heures et demie du matin, mais il y a largement de la place pour deux. J'ai plusieurs appareils de cardio-training et tout un choix de poids libres.

— Cinq heures et demie du matin ? Cette

remarque me dit que tu as encore beaucoup de choses à apprendre à mon sujet. À cette heure-là, j'ai à peine la force de soulever un cil. Donc on ne sera pas en concurrence sur les haltères.

Mais elle savait à présent ce qui se cachait en haut de l'escalier en colimaçon. Une salle d'entraînement privée. Pour Lucas Blade, pas de transpiration partagée dans des clubs de sport surchauffés ni de footing dans le froid glacial des rues de la ville.

— Inutile de te demander si tu es du matin, conclut-elle.

— Je dors assez peu, en fait. Je sais qu'il y a des écrivains qui respectent une discipline de fer et des heures de travail immuables. Mais la routine et les horaires de bureau, ça ne marche pas pour ma prose. Tant que ça vient, je continue d'écrire. Vite, de préférence.

— Tu as d'autant plus intérêt à écrire vite que tu n'as que trois petites semaines devant toi. Tu crois que tu peux y arriver ?

L'objectif lui paraissait inatteignable, avec un délai aussi court. Un sourire d'autodérision passa sur les lèvres de Lucas.

— Nous aurons la réponse à cette question le jour J.

— Qu'est-ce que je peux faire pour t'aider, Lucas ? Je ne veux pas frapper à ta porte à des moments où tu es à fond. Mais je n'ai pas envie non plus de découvrir que tes muscles se sont atrophiés parce que tu n'auras pas bougé de ta chaise trois jours de suite.

— Tu peux m'aider en oubliant cette histoire de bal.

— Je suis prête à tout faire pour toi — sauf ça.

Elle se dirigea vers la porte.

— Retourne à ton clavier. Je vais aller tester ta salle de gym.

L'espace qu'elle découvrit était vaste et lumineux, avec des verrières sur trois côtés ouvrant sur une terrasse de toit.

Elle s'imagina aux beaux jours en chaise longue sur ce *roof top*, face à la vue sur Central Park bordé par les silhouettes familières des beaux buildings de Midtown.

Il lui semblait que si elle avait eu accès à une salle de sport comme celle-ci, elle n'aurait plus eu aucune difficulté à s'astreindre à faire de l'exercice — même si la probabilité restait faible pour que la tentation se fasse sentir à 5 heures du matin.

Frissonnant à cette idée barbare, elle noua ses cheveux avec un élastique, prit place sur le vélo elliptique après avoir choisi sa playlist préférée et se soumit à un vigoureux entraînement. Puis, *hop*, une petite douche, et elle descendit préparer le dîner.

Ce soir, elle avait prévu un risotto, et un risotto digne de ce nom exigeait une attention soutenue.

Tout en ajoutant le bouillon, cuillerée par cuillerée, et en tournant le mélange avec sa spatule, elle réfléchissait au livre de Lucas. Elle brûlait de curiosité d'en lire quelques lignes pour voir ce que donnait le personnage inspiré d'elle.

Lucas descendit alors qu'elle cuisinait encore et se percha sur un tabouret de bar pour l'observer.

— Ça a l'air d'être un travail de longue haleine, ton truc.

— En fait, ça me calme de faire ce plat. Certains utilisent des applications de détente avec des bols tibétains, moi je me lance dans un risotto.

Elle régla la température de la plaque et recommença à touiller de plus belle.

— Et toi ? C'est quoi ton truc pour te vider la tête ?

— Avant d'être publié, je me détendais en écrivant.

— Maintenant que c'est ton gagne-pain, ça ne marche plus, je suppose ?

— Le risotto, c'est ton boulot aussi. Et pourtant, il te fait le même effet qu'une demi-heure de méditation.

Elle rajouta un peu de bouillon.

— C'est vrai. À part que personne ne me force à en préparer un... Et toi ? L'écriture te tend ou te détend, du coup ?

— L'un et l'autre. Pour lâcher la pression, je m'entraîne là-haut. Et puis il y a les arts martiaux. Je pratique près d'ici.

— Ça a un effet calmant de se battre ?

Lucas se leva pour choisir une bouteille de vin.

— Avant d'être du combat, c'est surtout une formidable discipline mentale.

— Je n'ai jamais été copine avec la violence. D'où le fait que je déteste les thrillers, films d'horreur et autres.

Elle testa la cuisson du riz pendant que Lucas versait le vin.

— Quand as-tu vu un film d'horreur pour la dernière fois ? demanda-t-il en lui tendant un verre.

— Il y a très, très longtemps. Avec un garçon qui pensait que ce serait une excellente méthode pour que je me réfugie dans ses bras. Il n'avait pas anticipé que je hurlerais.

Elle retira la casserole du feu et prit une gorgée de vin.

— Mmm... Fabuleux. J'adore ta collection de bouteilles rares. À part le cardio-training et le jujitsu, tu as d'autres plaisirs hors de la sphère de l'écriture ?

— Je vais marcher dans les rues de New York et j'observe les gens... Tu as vraiment hurlé au cinéma ?

— Plus fort que l'héroïne qui était sur le point de se faire trancher la gorge. Et la fille qui était assise derrière moi a crié encore plus fort tellement je lui ai fait peur.

Lucas paraissait amusé au plus haut point.

— J'aurais aimé assister à la scène.

— Crois-moi, ça aurait pu être dangereux pour tes tympans. Si un jour je me retrouve encore sans emploi, j'essaierai de me présenter comme artiste crieuse, si ça existe. J'ai un cri qui aurait donné des sueurs froides à Hitchcock.

— J'aimerais beaucoup l'entendre.

— Je ne le fais jamais sur commande. Je garde mes meilleurs hurlements pour des moments d'authentique terreur. Si on ne crie pas à bon escient, les gens finissent par ne plus faire attention. Ils se disent « Tiens, c'est encore Eva qui hurle » au lieu de « Vite, il faut aller secourir Eva ».

— Quand as-tu hurlé pour la dernière fois ?

— La semaine dernière, en découvrant une énorme araignée dans la baignoire. Voilà, c'est prêt.

Elle servit le risotto aux cèpes dans deux assiettes

creuses, saupoudra d'une pointe de parmesan fraîchement râpé et plaça une portion devant lui.

— Et voilà. Bon appétit. Si tu retournes travailler après le dîner, je sortirai peut-être marcher un peu. Comme tu n'as pas mis le nez hors de ton bureau de tout l'après-midi, j'imagine que mon absence n'aura pas d'impact significatif sur ton flux créatif.

Lucas en oublia un instant de manger.

— Tu ne peux pas aller marcher seule à une heure pareille !

— Seule ? À New York ? Il y a toujours du monde partout, à toute heure du jour et de la nuit. Et puis il n'est pas si tard que ça. Je n'irai pas dans les allées désertes de Central Park. Juste flâner un peu sur la Cinquième Avenue.

— Les magasins seront tous fermés.

Elle prit une cuillerée de risotto, ferma les yeux et sourit, ravie par le résultat.

— Justement. C'est plus sûr. Quand ils sont ouverts, ça peut être fatal.

— Dépendance pathologique au shopping ?

— Pas à ce point. Disons que mes goûts et mon compte en banque ne sont pas toujours en phase.

— En parlant de goût, ce risotto est remarquable.

Il mangea en silence et accepta de se resservir sans se faire prier.

— Tu as un magasin préféré sur la Cinquième Avenue ?

Elle n'eut pas besoin de réfléchir pour répondre.

— Tiffany's. J'aime bien regarder les gens qui se pressent devant leurs vitrines. Il arrive même qu'on assiste à une demande en mariage dans les formes, où l'homme a la main sur le cœur et où on voit le visage de la femme s'illuminer. Je trouve ça très chouette. Comme une comédie romantique en *live*.

Lucas ne fit pas de commentaire mais termina son assiette et se leva.

— Allez, on y va.

Elle écarquilla les yeux.

— Ensemble ? Tout de suite ? Mais il faut que je débarrasse.

— Ça attendra.

— Tu es sûr ? Tu n'as pas vraiment la tête d'un pratiquant assidu de la thérapie par le shopping. Et tu as un livre à écrire.

— J'ai besoin d'une pause. Et j'aime bien t'entendre causer.

— Ça me change. Normalement, les gens me demandent plutôt de la fermer.

— Tu as parfois un regard sur la vie qui m'intéresse.

Elle essaya de ne pas se sentir trop flattée. S'il voulait la faire parler, c'était probablement juste pour étoffer son personnage.

— Donc, ton héroïne va aller se balader devant chez Tiffany's ? Elle est amoureuse et son mec compte lui faire une proposition romantique ?

Il ouvrit la bouche, puis la referma et sourit.

— Je n'ai pas encore défini précisément toutes les étapes de son parcours, dit-il alors.

— Si tu veux mon avis, un parcours qui se terminerait par une virée chez Tiffany's, ce serait exactement le dénouement qu'il lui faudrait, à ton héroïne.

Ils s'emmitouflèrent et s'engagèrent sur la Cinquième Avenue, leur haleine formant de petits nuages de vapeur dans l'air glacé de la nuit new-yorkaise. La neige avait cessé de tomber et les engins chargés de nettoyer les rues reprenaient petit à petit le dessus sur les éléments. Mais les trottoirs étaient encore blancs et glissants par endroits et la neige repoussée sur le côté formait d'impressionnants monticules. Un calme presque irréel enveloppait New York.

Les vitrines de chez Tiffany's avaient été dûment décorées pour les fêtes. Lucas n'y voyait qu'un scintillement généralisé, une toile d'araignée de lumières minuscules et de décorations dont l'éclat rivalisait avec celui des joyaux.

Blottie dans son manteau, Eva admirait des bijoux disposés sur un plateau. Son regard tomba sur une femme perdue dans une même contemplation devant la vitrine suivante.

Lorsqu'elle s'éloigna, Eva la suivit des yeux.

— Elle est triste, murmura-t-elle d'un air pensif.

— Pourquoi tu dis ça ? Elle faisait juste du lèche-vitrines, comme toi.

— Tu n'as pas vu son regard ? C'est un abîme de douleur, cette femme. À mon avis, l'homme avec qui elle projetait de partager sa vie vient de lui annoncer que c'est fini, qu'il ne l'aime plus.

— C'est peut-être elle qui a rompu avec lui.

Eva secoua la tête.

— Si c'était le cas, elle ne serait pas venue traîner devant la vitrine de la joaillerie la plus romantique du monde. Je suis sûre qu'elle avait imaginé venir ici avec lui pour qu'ils choisissent une bague ensemble.

Arrachant son regard de la bouche d'Eva, Lucas tourna la tête et vit la silhouette féminine solitaire se fondre dans la nuit glacée.

— Et malgré ça, tu continues de rêver du grand amour ?

— Pourquoi pas ? Ce n'est pas parce que je crois à l'amour que j'imagine que toutes les relations amoureuses se terminent bien.

Il cala une épaule contre le mur, la protégeant de la morsure du vent d'hiver glacial.

— Tu as grandi où ? Pas à New York, j'imagine ?

— Non. À Puffin Island, dans le Maine. C'est une petite île, grande comme un timbre-poste...

— ... au large de la côte de Penobscot Bay. Je la connais. Donc tu es une fille de la mer et du vent, en exil dans la métropole.

— J'imagine que c'est un peu ça, oui. Même s'il y a un paquet d'années que je l'ai laissée derrière moi, mon île sauvage.

Elle ne s'en était pas éloignée tant que cela, songea Lucas. Eva posait sur le monde ce regard confiant en l'humanité que l'on acquiert dans les petites communautés où les gens se montrent plus solidaires qu'ailleurs.

Son héroïne partagerait cette caractéristique. Elle arriverait dans la grande ville avec des espoirs et des illusions que la vie se chargerait de détruire.

— Tu as encore de la famille à Puffin Island ?

Parce qu'il l'observait avec une attention soutenue, guettant la moindre de ses réactions, il vit la respiration d'Eva se modifier.

— Je n'ai plus de famille du tout. Depuis que Grams est morte, il n'y a plus que moi.

Elle tourna vers lui un sourire radieux.

— On y va, Lucas ?

— Ta grand-mère était ta seule famille ? Ce n'est pas étonnant qu'elle te manque autant.

— C'est elle qui m'a élevée. En fait, elle m'a tenu lieu de mère et de grand-mère à la fois. Mais parlons plutôt d'autre chose, sinon je vais encore me mettre à pleurer et ça a déjà été suffisamment embarrassant la première fois.

Quelques instants plus tôt, il n'avait qu'une envie et c'était d'abréger cette sortie lèche-vitrines pour retourner écrire. Mais en cet instant, il était possédé par le besoin d'en savoir plus au sujet d'Eva. Du plus loin qu'il s'en souvienne, il avait toujours eu cette curiosité exacerbée, ce besoin permanent de découvrir, de creuser, de comprendre ce qui se passait dans la tête des gens. Mais il était conscient que, dans le cas d'Eva, son avidité de savoir était de nature moins scientifique que personnelle.

— Qu'est-il arrivé à tes parents ?

— Mon père, je ne l'ai jamais connu. Ma mère avait dix-huit ans et allait quitter l'île pour ses études lorsqu'elle a découvert qu'elle était enceinte. Je pense que mon père n'était pas mûr pour la paternité et qu'il a eu peur pour ses perspectives d'avenir. Il voulait que ma mère avorte. Quand elle a refusé, il a plié bagage et maman est restée sur l'île avec Grams et Gramps. Ma mère est morte à ma naissance — à cause d'une forme très rare de complication obstétricale. Pour pouvoir s'occuper de moi, ma grand-mère a pris une retraite anticipée.

Lucas pensait rarement à sa propre enfance. Il avait grandi au sein d'une structure familiale solide comprenant parents, grands-parents, oncles, tantes et cousins. Ses souvenirs étaient peuplés de grandes tablées familiales toujours bruyantes — car les Blade avaient tous des idées fermement arrêtées —, de jeux endiablés avec son frère, de genoux éraflés, de cabanes secrètes et de disputes sans lendemain. Rien dans cette enfance heureuse ne rappelait l'ambiance sombre et torturée qui caractérisait ses livres.

Rien dans cette enfance heureuse n'évoquait non plus la solitude que lui décrivait Eva.

— Je suis désolé.

Elle secoua la tête.

— Il ne faut pas. Je n'ai jamais connu ma mère, donc on ne peut pas dire qu'elle m'ait manqué. Je n'aurais pas pu rêver plus belle enfance que la mienne. Ma grand-mère disait toujours que c'était moi qui leur avais sauvé la vie, à mon grand-père et elle. Ils avaient perdu leur unique enfant mais ils n'ont pas eu le temps de s'effondrer car j'étais là, en néonatalogie, et qu'ils ne pouvaient pas me laisser tomber. Pendant six semaines, ils ont quasiment campé à l'hôpital pour être le plus possible auprès de moi. Une fois que j'ai été tirée d'affaire, ils ont pu me ramener sur l'île. Grams disait que j'étais un don du ciel — un cadeau qui les reliait à la vie.

Eva se tut pour s'immobiliser devant une vitrine. Elle affichait une sérénité étonnante, alors qu'elle venait de lui révéler sa tragédie personnelle.

L'ampleur de sa révélation le laissait sous le choc. Comme elle était toujours très directe, spontanée et qu'elle s'exprimait sans aucune réserve, il avait imaginé qu'il savait déjà d'elle tout ce qu'il y avait à savoir. Elle faisait partie de ces gens qui disaient tout ce qui leur passait par la tête sans rien garder pour eux-mêmes.

Cela, pourtant, elle l'avait gardé.

— Tu as perdu ta mère si jeune...

— Ça a été horriblement dur pour Grams.

— Et cruel pour toi.

Cette nouvelle information modifiait la vision qu'il avait d'elle. Comme s'il s'était tenu dans une pièce plongée dans la pénombre et que quelqu'un avait soudain ouvert les volets en grand pour laisser entrer la lumière. Il comprenait à présent pourquoi la grand-mère d'Eva avait tenu une telle place dans la vie de celle-ci et en quoi sa disparition avait ouvert un abîme sous ses pieds. Cela expliquait le fond de vulnérabilité qu'il percevait chez elle. Surtout à l'approche de Noël où il n'était question que de famille, de famille et encore de famille.

Elle lui sourit.

— Pour moi, cela n'a pas été si dur que cela, je t'assure. Dans mon petit monde à moi — sur la « planète Eva », comme mes amis l'appellent — la famille, ce n'est pas forcément la triade classique père-mère-enfant. Ce qui soude les gens entre eux, c'est surtout l'amour, non ? L'amour et la sécurité affective. Et il n'y a pas que les mères qui peuvent la donner. Parfois c'est un père, une tante ou, dans mon cas, une grand-mère. Pour qu'un enfant puisse se construire, il a juste besoin de sentir qu'il est aimé et accepté tel qu'il est. Il doit avoir la certitude que la personne qui l'élève sera à l'écoute, quoi qu'il arrive, qu'il peut compter sur elle, même s'il se trompe ou qu'il fait des conneries. Ma grand-mère a été cette personne-là pour moi. Elle a été ma mère dans tous les domaines qui comptaient. Elle m'aimait de façon inconditionnelle.

Et Eva venait de perdre la femme qui non seulement l'avait élevée, mais avait été son unique famille.

Lucas se souvint des paroles de sa propre grand-mère.

« Tu aurais peut-être besoin d'affiner un peu ton art de l'écoute. »

Une pointe de culpabilité lui labourait la conscience. Sa grand-mère avait vu juste : il n'avait pas été à l'écoute d'Eva. Il avait vu son sourire, l'optimisme à toute épreuve qu'elle affichait. Et lui qui se vantait de ne jamais s'arrêter aux apparences n'avait pas gratté au-delà de la surface. Il n'avait pas su voir à quel point elle était seule.

Il aurait voulu pouvoir la rassurer. Mais que lui dire ? Que l'amour dont elle rêvait avait un prix ?

— Oh ! regarde ! On dirait une robe de sirène !

Surpris d'entendre une note d'émerveillement dans sa voix, il suivit le regard d'Eva et vit dans une vitrine une robe du soir dans un camaïeu de bleus et de turquoise où couraient de minces fils d'argent.

— Parce que tu crois aussi aux sirènes ?

Elle leva la main pour l'arrêter.

— Ce n'est pas parce que je prononce le mot « sirène » que tu es obligé de dégainer ton arsenal de remarques cyniques. C'est juste que je suis sûre que la fille qui aura l'occasion de porter cette robe croira aux créatures magiques de la mer.

Elle sortit son téléphone, prit la robe de sirène en photo et la transmit par WhatsApp.

— Tu l'envoies à ta marraine la bonne fée ?

— On va faire comme si tu n'avais rien dit, OK ? Je la partage avec Paige parce que je sais qu'elle l'appréciera.

— Si elle te plaît tant, tu peux toujours revenir l'acheter aux heures d'ouverture de la boutique.

— Tu plaisantes ? Jamais de la vie je ne pourrais m'offrir une robe de couturier. D'ailleurs, même si j'avais les moyens, ce serait un achat injustifié car je n'ai pas l'occasion de la porter. Ce serait un peu décalé de l'enfiler pour me vautrer devant Netflix en mangeant des chips. Mais même si cette robe n'est pas pour moi, j'ai le droit de rêver, non ?

Il reporta son attention sur le modèle en vitrine. La ligne droite paraissait d'une simplicité trompeuse, mais la coupe était impeccable et l'étoffe très belle.

— Tu pourrais la porter au bal où tu t'es juré de me traîner.

— J'ai déjà prévu une robe, rétorqua-t-elle sans grand enthousiasme.

Il scruta son visage pour essayer de détecter des signes.

— Mais ?

— Il n'y a pas de mais. C'est une super robe. Je l'ai trouvée en solde chez Bloomingdale's il y a deux ans, parce que je devais assister à un événement en tenue de soirée.

Eva se détourna de la vitrine.

— Allez. J'ai eu ma dose de rêverie-shopping pour un soir. Et tu devrais rentrer. Tu as un livre à écrire.

— Je rentrerai quand tu rentreras.

— Cela ne me dérange pas de continuer seule. Je me balade tout le temps le soir à New York.

— C'est possible mais, en ce moment, tu es chez moi et je ne te laisserai pas seule dans la rue à cette heure-ci.

— Donc, sous tes dehors cyniques, tu caches une grande âme, généreuse et protectrice.

— C'est justement ma nature cynique qui fait que je ne veux pas te laisser seule. J'imagine que maintenant tu vas me taxer de sexisme.

— Je ne crois pas que ce soit du sexisme. Chez toi, j'y vois plutôt une forme classique de galanterie. Tu aurais plu à ma grand-mère.

Les longues boucles d'Eva s'échappaient de sous son bonnet. Sa chevelure était riche de toutes sortes de nuances — couleurs de miel et de blé entrelacées de fils de cuivre et d'or qui luisaient lorsqu'ils captaient la lumière. L'envie de prendre ses cheveux dans les mains et de les laisser glisser entre ses doigts était presque irrépressible.

— Tu es prête à rentrer avec moi ?

— S'il n'y a que ce moyen pour que l'écrivain se remette à l'ouvrage, alors go !

Elle fit demi-tour — et perdit l'équilibre sur une plaque de verglas.

Il la rattrapa sans peine et la remit sur ses pieds avant qu'elle ne touche le sol.

— Fais attention où tu marches.

Eva s'était raccrochée à lui dans sa chute et gardait la main crispée sur son manteau. L'odeur de ses cheveux flotta jusqu'à ses narines. Il y avait très longtemps qu'il n'avait plus eu envie d'embrasser une femme, mais il ne faisait aucun doute qu'il avait envie d'embrasser Eva jusqu'à ce qu'ils en oublient de respirer l'un et l'autre. Jusqu'à ce qu'il en oublie l'heure, le jour et l'année ainsi que la raison pour laquelle il restait à distance des femmes depuis trois ans.

Elle fut la première à se ressaisir.

— Tu n'as même pas une *toute petite* envie d'aller à ce bal ?

— Je me prépare à cette échéance avec autant de ferveur que si je m'acheminais vers une déclaration d'impôts à remplir.

— C'est triste d'être aussi négatif. Il y aura forcément un tas de gens passionnants à cette soirée.

— Ce qui est vraiment triste, c'est croire que tu vas trouver l'amour dans un endroit comme celui-là.

— Tout le monde n'a pas la chance de tomber sur LA bonne personne dès l'école maternelle.

Elle faisait allusion à Sallyanne.

Il revit ce premier jour de classe où Sallyanne lui avait volé la pomme de son goûter. Elle avait exigé une rançon en échange de son butin.

Ils avaient six ans l'un et l'autre.

— Toi, tu es vraiment, *vraiment* sûre de vouloir y aller ?

Eva hocha la tête avec véhémence.

— À cent pour cent. Je me suis juré qu'à Noël je ferais la fête. Quoi qu'il arrive. Je veux danser jusqu'à en avoir les pieds en sang. Et voir un tas de gens, un tas de visages différents. Tu crois que Cendrillon aurait rencontré son prince si elle était restée enfermée dans sa cuisine ?

Il contourna une plaque de verglas en gardant fermement le bras d'Eva sous le sien.

— Son prince ? Ce n'est pas un cadeau ! Il l'a traquée sans merci d'un bout à l'autre du pays pour remettre la main sur elle. Ce qui fait de lui un harceleur pervers érotomane. Doublé d'un fétichiste du pied.

Elle éclata d'un rire joyeux.

— Il n'y a que toi pour imaginer une relecture aussi sinistre de ce conte. Tu peux rire de moi tant que tu veux, mais j'ai vraiment envie de faire une belle rencontre. Et ça n'arrivera pas tant que je resterai bouclée à la maison. Il y aura plein de gens dans la même situation que moi à cette soirée, prêts à rire, à discuter et à danser — avec l'espoir au cœur que l'ami Cupidon sera au rendez-vous et ajustera sa flèche.

— Concrètement, tu te trouveras entourée d'une marée d'inconnus. Tu ne connaîtras personne là-bas, Eva.

— Je te connaîtrai, toi.

Elle leva les yeux vers lui et leurs regards s'effleurèrent. Très vite, elle détourna la tête, comme si elle venait de tremper la main dans un liquide en ébullition.

— Un inconnu n'est un inconnu que jusqu'au moment où on fait sa connaissance, dit-elle.

Il soupira.

— Accepte le conseil de quelqu'un qui en connaît un rayon sur la nature humaine, et essaie au moins de mettre l'option « censure » en marche quand tu parles.

— Tu n'as aucune raison de t'inquiéter pour moi. Je ne suis pas tout à fait idiote et je vis à New York depuis dix ans.

— Ton art consommé de trop en dire m'effraie sérieusement. Tu pourrais tomber sur un mec qui réagirait au quart de tour.

Elle lui adressa un sourire mutin.

— Je ne demande que ça. J'ai écrit une lettre

au Père Noël où je confesse mon intention de me comporter comme une fille absolument *pas* sage à Noël.

Il secoua la tête.

— On ne peut décemment pas te lâcher toute seule à ce bal. Tu es un défi aux règles élémentaires de sécurité à toi toute seule. Annulons la soirée tout de suite.

La conversation fusait entre eux, enjouée, provocatrice, pendant qu'ils s'appliquaient l'un et l'autre à faire abstraction des courants d'attraction sexuelle qui les ramenaient l'un vers l'autre.

— On n'annule rien du tout. D'ailleurs en matière de drague et de relations amoureuses, tu es aussi rouillé que moi, donc ce ne serait pas très avisé de ma part d'écouter tes recommandations.

Elle lui tapota le bras.

— Allez, allez... Détends-toi, Lucas.

Un conseil impossible à suivre alors qu'ils étaient physiquement si proches.

— C'était une plaisanterie, je suppose, cette promesse de dévergondage ?

— Non, non, c'est très sérieux. Mais je te promets de faire très attention.

— Parce que tu filtreras tes paroles ?

— Non, parce que j'utiliserai mon préservatif.

Chapitre 10

« Le plus bel accessoire d'une femme, c'est la confiance qu'elle a en elle. »

— *Paige*

— Vise directement le plus beau mec que tu repéreras dans la salle de bal, OK ?

La voix de Paige montait du haut-parleur de son téléphone. Eva sourit.

— Bon d'accord. Et ensuite ?

— Ensuite tu m'envoies son nom et prénom par texto. Jake fera une recherche ou deux à sa façon pour être sûr que ce type n'a pas quelques vices cachés dont il vaudrait mieux que tu sois informée.

— Et il s'y prendrait comment, Jake, pour obtenir ces infos hautement privées ? Non, ne réponds pas, je ne veux pas le savoir, en fait.

Enveloppée dans un drap de bain noué au-dessus de sa poitrine, Eva se pencha vers le miroir de la salle de bains et finit d'appliquer son mascara.

— Pourquoi êtes-vous si méfiants, tous ? Frankie et toi, vous êtes encore pires que Lucas. Et ne le prends surtout pas comme un compliment.

Elle glissa le tube de mascara dans sa trousse de maquillage et examina son reflet.

Elle savait déjà qui serait le plus beau mec dans la salle de bal. Mais celui-là était frappé d'interdit. L'attirance était là, pourtant. Mais lui ne semblait avoir aucune difficulté à la maîtriser.

Lucas n'avait pas les mêmes attentes qu'elle dans la vie. C'était pourquoi elle luttait contre son désir autant que lui.

— On n'est jamais trop prudent, Eva.

— Ma grande prudence est probablement la raison pour laquelle je n'ai plus de vie sexuelle depuis des siècles. Et même si je me trompe, qu'est-ce que ça fait ? Je peux accepter de commettre une erreur ou deux de temps en temps.

Il y en avait juste *une* qu'elle ne commettrait pas, et cette erreur se nommait Lucas Blade. Sa main resta en suspens au-dessus de sa collection de rouges à lèvres.

— Je n'enverrai pas de texto et Jake n'ira pas hacker des ordinateurs privés ou je ne sais quoi. Ce soir, j'aurai recours à la méthode classique et éprouvée pour sonder les consciences : je vais écouter mon intuition.

— Je ne suis pas persuadée que ce soit une méthode à toute épreuve dans une ville comme New York.

— Cool, Paige, cool.

Elle opta pour une couleur prune.

— Bon, je te laisse, OK ? Il faut encore que je m'habille.

— Qu'est-ce que tu vas mettre ?

— Je ne sais pas pourquoi tu me poses la question.

Tu sais comme moi que je n'ai qu'une robe possible à enfiler en cas de tenue de soirée exigée.

— La noire ? Tu es magnifique avec.

— Oui, enfin... On ne peut pas dire que ce soit LA robe de soirée qui claque, mais je n'ai pas voulu me lâcher et vider mon compte en banque juste pour danser quelques heures. Allez, bisous. Je te rappelle demain, Paige.

Elle se retourna et poussa un cri étouffé.

Lucas se tenait dans l'encadrement de la porte et l'observait. L'expression dans son regard sombre la priva du peu d'air qu'il lui restait dans les poumons.

— Oh ! mince, tu m'as fait peur.

Elle pressa la main sur sa poitrine.

— C'est encore un de tes petits gags de prédilection dans la série « Épouvante » ? Se tapir quelque part en silence et procurer un infarctus foudroyant à tes victimes ?

Il était déjà fin prêt pour le bal et sa veste de smoking tombait à la perfection sur la musculature marquée de ses épaules.

— J'ai frappé. Mais tu ne m'as pas entendu, apparemment.

Le fait qu'il soit habillé de pied en cap la rendait d'autant plus sensible à sa propre semi-nudité. Troublée, elle crispa les doigts sur le drap de bain.

— Tu as donc eu l'heureuse idée d'entrer ici sans prévenir. Histoire de tester s'il y a moyen de déclencher mon fameux hurlement d'horreur qui fait voler les vitres en éclats ?

Le sourire de Lucas suscita une flambée immédiate de sensations torrides.

Elle tenta de hisser le drap de bain plus haut mais

s'aperçut que la manœuvre avait surtout pour résultat de dévoiler une plus grande longueur de cuisses. La salle de bains lui parut soudain ridiculement étroite. En quelques secondes, l'air se chargea d'une tension nouvelle. Une sensation épaisse et chaude coulait en elle avec la lenteur léthargique de la lave. Des picotements de plaisir lui électrisaient la peau et son ventre se contracta, formant un nœud serré de tension. C'était les mêmes déflagrations sensuelles que Lucas déclenchait chaque fois en elle.

Mais elle était déterminée à n'en tenir aucun compte.

— Qu'est-ce que tu veux, Lucas ?

La frustration suscitait chez elle une irritation qui ne lui était pas habituelle.

— Je t'ai apporté quelque chose. C'est sur le lit.

Elle passa devant lui pour regagner la chambre — et s'immobilisa.

Drapée sur le couvre-lit, la robe bleue qu'elle avait admirée dans la vitrine chatoyait sous la lumière.

— La robe de sirène…

La gorge nouée, elle se tourna vers lui.

— Je t'avais dit qu'elle était au-dessus de mes moyens.

— Mais pas des miens. Et c'est un cadeau. Je ne suis pas vraiment expert en contes de fées mais j'imagine que, pour flotter en direction de ton futur prince charmant, il est préférable que tu aies autre chose qu'une serviette mouillée sur le dos.

Il était allé lui acheter une robe ?

— J'avais déjà prévu autre chose.

— Je sais. Mais tu n'avais pas l'air très enthousiasmée par la tenue en question. Tant qu'à être condamnés à participer à ce bal, autant que tu y ailles en étant contente de ce que tu portes. Je te laisse t'habiller.

Sa voix rauque laissait plutôt entendre que, s'il ne quittait pas la chambre sur-le-champ, il pourrait bien être tenté de l'aider à se dénuder un peu plus.

Elle le suivit des yeux un instant, puis secoua la tête pour dissiper les vapeurs de désir qui lui embrumaient le cerveau.

Il lui avait offert une robe. Et pas n'importe laquelle : *la* robe.

La raison aurait probablement voulu qu'elle refuse, mais cette absolue merveille en taffetas de soie représentait un rêve. Elle n'avait encore jamais rien possédé d'aussi beau. Et puis ça n'aurait pas été cool de dire non et de le laisser avec son cadeau sur les bras. D'ailleurs, le simple fait qu'il ait remarqué que la robe l'avait subjuguée et qu'il soit retourné à la boutique pour la lui acheter...

Son imagination s'emballa, entraînant son pouls dans la foulée.

Pourquoi avait-il fait cela ? Comment expliquer ce geste ? *Qu'est-ce que cela signifiait ?*

Elle s'aperçut que ses yeux étaient pleins de larmes au moment où elle dut cligner les paupières pour les chasser.

Bon, ça suffit, Eva.

Ce geste ne voulait dire qu'une seule chose : que Lucas avait la générosité chevillée au corps. Elle ne pouvait absolument pas s'autoriser à se fantasmer en héroïne de mélo avec Lucas Blade dans le rôle-titre masculin. Elle s'était battue bec et ongles pour obtenir d'aller à ce bal dans l'idée de rencontrer quelqu'un. Et sûrement pas pour tomber amoureuse d'un homme fermé à toute perspective relationnelle stable.

Lucas se servit un whisky. Il savait que ce premier verre serait suivi par d'autres. Une cuite en bonne et due forme s'imposait pour survivre à la soirée qui l'attendait.

Il se sentait engoncé dans sa veste de smoking, comme si elle appartenait à quelqu'un d'autre. Cela dit, il était parfaitement conscient que son malaise ne venait pas du vêtement mais de la présence féminine dans la pièce voisine.

La voix lumineuse d'Eva s'éleva dans son dos.

— Alors ? Je suis comment ?

Il prit le temps de descendre son whisky avant de se retourner.

Et se félicita d'avoir eu la prudence de déglutir avant de poser les yeux sur elle.

— Tu es...

La bouche soudain très sèche, il s'humecta les lèvres. Qu'avait-il fait ? Il avait déjà assez de mal à ne pas lui sauter dessus comme ça. Et il venait de corser encore un peu plus la tâche.

— Tu allais dire quelque chose ?

Elle se passa les mains sur les hanches et lui adressa un sourire timide.

— Elle est pile poil à ma taille.

— On dirait, oui.

Sa voix s'enraya et il se racla la gorge.

— Eh bien, c'est parfait.

— Comment ?

Il essaya de saisir le sens de sa question, mais son cerveau avait cessé d'opérer.

— Comment quoi ?

— Comment as-tu fait pour tomber sur la bonne taille ? Tu m'as droguée avant de prendre mes mensurations dans mon sommeil ? Tu as volé une de mes robes et tu l'as envoyée à la boutique ?

Les yeux ronds, elle se plaqua la main sur la bouche.

— C'est *moi* qui parle comme ça ? Je commence à raisonner comme toi. Tu as fait de moi une cynique suspicieuse en moins de temps qu'il n'en faut pour retourner une crêpe. Tu te sens fier de toi ?

Il n'était pas sûr de pouvoir définir comment il se sentait mais, s'il y avait bien une chose dont il était certain, c'était que la sensation n'avait rien de confortable.

La main d'Eva retomba.

— Dis quelque chose. Ce n'est pas facile de trouver des vêtements qui me vont. Je n'ai pas des mensurations standard. Comment as-tu réussi cet exploit ?

De son point de vue à lui, les mensurations en question étaient en tout point idéales.

— J'ai appelé ton amie Paige. Comme je suis officiellement client d'Urban Aladine, j'ai désormais droit à un service de conciergerie complet. Je peux demander qu'on envoie des fleurs à ma grand-mère, qu'on me livre un gâteau à domicile ou qu'on promène mon chien à toute heure.

— Tu n'as pas de chien et je viens de parler à Paige il y a quelques minutes à peine. Elle m'a demandé ce que je comptais mettre ce soir.

— J'imagine qu'elle sondait le terrain pour savoir si je t'avais offert la robe ou non.

Elle pivota sur elle-même et lui lança par-dessus l'épaule un regard piquant.

— Alors, qu'est-ce que tu en dis ? Tu crois que j'ai mes chances, ce soir ?

Lucas enveloppa d'un regard rapide le taffetas de soie d'un bleu lumineux, le sourire étourdissant. Il ne croyait pas, il était *sûr*. Quel homme hétérosexuel dans son état normal ne tirerait pas la langue, fou de désir à l'idée de quitter le bal au bras d'une telle femme ?

— Si tu as tes chances ? Possible, oui.

Il ressentit une pointe de malaise de la voir aussi prête à sauter le pas, aussi désireuse de s'ouvrir à l'amour. Elle faisait partie de ces rares personnes qui vivaient sans barrière, sans filtres et sans peurs.

Avait-il un jour été comme elle ? Avant, peut-être. Au temps où la vie n'avait pas encore broyé tous ses espoirs pour en éparpiller les restes ravagés autour de lui comme autant de mornes confettis.

— Je compte sur toi pour me présenter tous les gens que tu connais. Et si tu veux conclure, toi aussi, il faut que tu te présentes sous ton meilleur jour.

Elle se dressa sur la pointe des pieds et ajusta son nœud papillon. Prisonnier de l'odeur d'Eva, il se retint de fermer les yeux. Elle sentait comme les fleurs fraîches en été, comme le soleil sur la peau, lorsque les jours sont longs, brûlants, nourris d'indolence. Il voulait enfouir les mains dans ses cheveux et se repaître longuement de la saveur de ses lèvres.

Et il savait que ça ne s'arrêterait pas là.

Qu'est-ce qui l'empêchait de céder à la tentation,

d'ailleurs ? Il pouvait mener cette attirance jusqu'à sa conclusion naturelle. Il était à peu près certain qu'Eva suivrait le mouvement.

Mais ensuite ? Comment négocieraient-ils l'étape suivante ?

Pour contenir une montée insistante de désir, il essaya de retenir sa respiration, en espérant qu'elle n'en avait pas pour trop longtemps à traficoter son col de chemise.

— J'ai laissé tomber des notions comme « draguer » et « conclure » depuis la fin de l'adolescence.

Le dos des doigts d'Eva lui effleura la gorge.

— J'imagine, oui. Mais, ce soir, cela pourrait être un premier pas pour toi.

— Et peut-être est-ce un pas que je n'ai pas envie de faire.

Il ne pouvait détacher les yeux du rouge à lèvres d'Eva. Sa mystérieuse couleur prune, sa texture fondante...

— Qui te dit que je ne suis pas satisfait de rester comme je suis ?

— Ce n'est pas une solution, ça, Blade. Et maintenant, souris.

— Tu me traînes à un bal et tu voudrais que je sourie ?

— Tu es beaucoup plus craquant quand tu souris que quand tu tires la tête. Et ce soir, ton seul but sera d'attirer de la nana.

— C'est quoi, cette nouvelle obsession encore ?

— Je serai ton rabatteur. Ton pote de drague. Je me charge de faire tomber une fille dans tes filets.

La voix rauque d'Eva s'enroulait autour de lui en volutes délicates.

— Je ne veux pas de fille, donc je n'ai pas besoin d'un rabatteur.

— Je sais que tu as peur. C'est justement pour ça que je suis là pour te soutenir et t'encourager.

— Pourquoi voudrais-tu que j'aie peur ? Je me sens juste un peu encombré de moi-même, car je déteste me harnacher dans un smoking pour taper la conversation à des gens qui n'en ont pas plus à faire de moi que je n'en ai à faire d'eux.

Et comme elle se tenait trop près de lui, il ne pouvait pas se concentrer non plus.

— Ça va être OK pour toi, Lucas, tu verras.

L'authentique gentillesse dans son regard lui coupa le souffle. Et il sentit son cœur, qui était resté pétrifié pendant ce qui lui semblait être une éternité, recommencer à battre.

— C'est quoi, cette façon de s'exprimer ? N'oublie pas que tu parles à un écrivain. J'ai horreur de cette expression, « être O.K ».

— C'est facile de critiquer mon choix de vocabulaire, monsieur l'Écrivain, mais puis-je te faire remarquer que tu souffrais du syndrome de la page blanche avant mon arrivée ?

Elle lui donna un petit coup de coude.

— Je vais te trouver une blonde canon qui te fera oublier tes peurs.

— Je t'ai déjà dit que ce n'était pas une question de peur.

Quel bazar... Il ne voulait surtout pas de ça. Pas de résurrection intempestive de ses émotions, sentiments ou autres.

— Des peurs, tout le monde en a, mais certaines personnes ont peur de les montrer. Ce qui donne une peur redoublée. Toi, par exemple, tu as à la fois peur et peur d'avoir peur. Ça fait un paquet de trouilles l'une sur l'autre.

— Ça y est ? C'est fini ? La séance de psychanalyse est terminée ?

— Je commence juste. Pourquoi les hommes redoutent-ils à ce point d'avouer qu'ils sont terrifiés ?

— Aucune idée. Je le sais d'autant moins que je ne suis *pas* dans la peur, comme je viens d'essayer de te l'expliquer. Avec ça, les beautés blondes me laissent généralement plutôt insensible, lui assura-t-il en détournant les yeux de sa tentante chevelure. Les brunes sont plus mon type.

— Je te trouverai une brune mystérieuse, alors.

— Ne perds pas ton temps. Je ne lui adresserai pas la parole.

— Parce que tu as peur.

— Bon, OK, si tu veux, j'ai peur. C'est ce que tu souhaitais entendre ? Je suis même tellement tétanisé que je crois que je vais rester ici.

— Je te signale que tu as dit « OK », tu ne peux pas rester. Nous avons conclu un marché, Blade.

— C'est du pur sadisme.

Elle le fit taire en posant le bout des doigts sur ses lèvres.

— Chut.

Il n'aurait qu'à les entrouvrir pour aspirer les doigts d'Eva dans sa bouche. Attrapant sa main dans la sienne, il l'écarta du lieu de la tentation.

— Pourquoi parle-t-on de moi alors que c'est de *ta* soirée qu'il s'agit ?

Elle semblait avoir la plus grande peine à respirer,

et il sentait le léger tremblement de ses doigts entre les siens.

Jamais il n'aurait imaginé qu'une tension sexuelle aussi forte puisse monter entre un homme et une femme qui ne se regardaient même pas.

Elle dégagea doucement sa main de la sienne.

— Tu as raison. C'est ma soirée. Et il est temps de partir.

Son ton était un peu trop énergique, son sourire trop enjoué. Et elle continuait d'éviter son regard.

— Un bal comme celui-ci, ça n'arrive qu'une fois dans une vie. Et je ne veux pas en perdre une seule miette. Nous allons vivre un grand moment, Lucas.

Un grand moment où il aurait le privilège de la voir danser dans les bras de tout un tas de mecs pas forcément formidables.

Soudain énervé, Lucas décrocha son manteau dans l'entrée. Combien de temps encore serait-il censé endurer cette amère mascarade ?

L'hôtel Plaza avait été métamorphosé pour l'occasion en Grand Palais d'hiver. Rien n'y manquait, pas même d'immenses sculptures de glace éclairées par des guirlandes de lumières.

Le décor évoquait une vaste caverne de cinéma pour un *Ali Baba* des neiges. Sentant Lucas sur le point de faire demi-tour pour s'enfuir, Eva se hâta de confier son manteau au vestiaire.

— On se croirait dans *Le Monde de Narnia*, commenta-t-elle à mi-voix. Dire qu'ils ont utilisé toute cette fausse neige alors qu'ils en ont des tonnes de vraie à disposition partout autour.

— Ils préfèrent l'artifice ouaté à la gadoue grisâtre,

au mouillé et au froid. Eh bien, la soirée promet d'être authentique...

Eva sourit. Pour une oreille peu attentive, leur conversation donnait probablement l'impression de couler d'elle-même, comme s'ils avaient déjà eu des milliers d'échanges semblables à celui-là. Percevoir le courant de tension sous-jacent aurait exigé une attention plus soutenue, même si l'attirance grondait entre eux depuis l'instant où Lucas était entré dans la salle de bains. Ils se tournaient autour en une sorte de ballet étrange, même si ce n'était pas du tout le genre de danse auquel elle avait prévu de se livrer ce soir.

Au bout d'un moment, elle avait choisi de faire comme si rien ne s'était passé. Comme si rien n'avait changé.

Et qu'est-ce qui aurait changé, d'ailleurs ? Pas grand-chose. Ils étaient juste passés par un moment de trouble. Et ce n'était même pas le premier.

Elle franchit la porte menant à la salle de bal et vit toutes les têtes se tourner vers Lucas. Il avait peut-être fallu le traîner là sous la contrainte, mais il avait l'air tout à fait à sa place dans cet univers.

Eva ressentit un cruel pincement au cœur. S'intéresser à Lucas de trop près était un luxe qu'elle ne pouvait pas se permettre.

Elle injecta donc la dose d'enthousiasme voulue dans sa voix.

— Bon, allez. On va se séparer, maintenant.

Lucas tourna vers elle un regard intense où ne perçait pas l'ombre d'un sourire.

— Se séparer ?

— Si les gens pensent que je suis avec toi, personne ne m'invitera à danser. Et pour le reste, il faudra encore moins y compter.

La bouche de Lucas se crispa.

— Il est hors de question que je te laisse seule là, au beau milieu de ce panier de crabes.

— Lucas, si, il le faut. C'était l'idée de départ, non ?

— Regarde autour de toi. Ce n'est pas un bal, c'est la chasse ouverte à la viande fraîche.

— Sois gentil et formule-moi ça autrement. Je suis végétarienne, souviens-toi.

Elle tourna un rapide regard dans sa direction. Aucun homme, jamais, n'avait porté le smoking avec autant de classe. Il était la tentation incarnée.

— Tu ne peux pas sourire un peu ? On dirait que tu te prépares à entrer dans le cabinet du dentiste.

— Je me suis engagé à t'accompagner. Faire semblant de m'éclater n'est pas prévu dans les termes du contrat.

— Même sans lancer des « youpi ! », rien ne t'empêche de te décrisper un minimum. Ça fait une éternité que tu ne sors plus de chez toi. Tu pourrais avoir l'heureuse surprise de découvrir que c'est parfois très divertissant de discuter avec des gens plus ou moins normaux. La compagnie exclusive des tueurs en série, c'est un peu aride à la longue, non ?

Elle fit un geste de la tête.

— Tu le connais, cet homme près du bar ? Celui qui est en train de me sourire ?

— C'est un faux sourire. Ça se voit à la façon dont il montre les dents. Il est en chasse.

— En chasse ?

— À la recherche de sa prochaine victime. Note son regard fixe. Concentré sur sa proie.

En parlant de concentration, Eva avait les plus grandes difficultés à fixer la sienne sur autre chose que Lucas.

— Tu crois que c'est un serial killer ?

— Sa spécialité en série à lui, c'est plutôt la sexualité extra-conjugale. Il a déjà quatre mariages à son actif. La dernière nana qu'il a épousée était enceinte de huit mois lorsqu'il est parti en claquant la porte.

— Tu déduis tout ça rien qu'à la façon dont il sourit ? Tu m'impressionnes.

— Ce n'est pas de la divination. J'ai juste le douteux privilège de connaître ce type. Tu as devant toi Doug Peterson, associé chez Crouch, Fox & Peterson. Un cabinet d'avocats d'affaires. La dernière chose à faire est de lui rendre son sourire. Sous aucun prétexte, Eva.

— Le but de cette soirée, c'est de me permettre de rencontrer du monde, de voir d'autres têtes.

— Il vaut mieux éviter les têtes comme la sienne. Il arrive droit sur nous. Je me charge de lui.

Elle ouvrit la bouche pour répondre qu'elle était tout à fait capable de l'envoyer balader toute seule. Mais Doug Peterson les avait déjà rejoints.

— Tiens donc, Lucas. Ça fait plaisir de te revoir de nouveau en selle.

Il serra la main de Lucas, garda un bref contact oculaire avec lui, puis tourna vers elle un regard gourmand.

— Tu me présentes ta nouvelle compagne ?

Sa nouvelle compagne ? *Si seulement.*

— Je ne suis pas sa…

— Voici Eva.

Lucas lui attrapa la main d'un geste possessif.

— On ne va pas te retenir, Doug. Je suis sûr que tu as une soirée très occupée en perspective.

Congédié sans merci, Doug s'accorda juste le temps de poser un regard appuyé sur son décolleté. Puis il sourit, exhibant une dentition d'un blanc étincelant.

Comme un requin sur le point d'avaler sa proie, songea Eva, résistant à la tentation de porter la main à sa poitrine. Doug reporta son attention sur Lucas.

— Il y a longtemps qu'on ne te voit plus nulle part, Blade. Mais je dois reconnaître que pour un come-back, c'est un come-back. La grande classe.

Sidérée, Eva suivit Doug des yeux tandis qu'il s'éloignait.

— Tu lui as laissé croire que toi et moi, on…

Les doigts de Lucas restaient crispés sur son poignet.

— Oui.

— Tu n'avais pas besoin de faire ça. J'aurais pu l'envoyer bouler toute seule.

— J'ai fait le boulot pour toi.

— Eh bien, ne recommence pas. Si tu continues à « faire le boulot », je ne rencontrerai personne. Tout le monde croira qu'on couche ensemble.

Alors qu'elle faisait tout, justement, pour éviter que sa riche imagination érotique ne s'empare de cette idée et ne commence à jongler avec. Chaque fois qu'il la touchait, chaque fois qu'il la regardait, la tâche devenait plus difficile.

— S'il faut en passer par là pour assurer ta sécurité…

— Je ne veux *pas* être en sécurité ! Je veux *vivre* !

— Dès que nous trouverons un individu qui me paraîtra raisonnablement fiable, je lui ferai comprendre qu'on n'est pas ensemble.

— S'il faut attendre de tomber sur quelqu'un qui t'inspire confiance à *toi*, on va y passer la nuit. À tes yeux, le monde n'est qu'un vaste repaire de pervers et de criminels en puissance.

Elle baissa les yeux sur son poignet que les doigts forts de Lucas encerclaient toujours.

— Tu as l'intention de me lâcher ?

Il ne desserra pas sa prise.

— Je fais ce que je peux pour te tenir hors de la zone de danger.

— C'est justement pour ça que je voudrais que tu me laisses libre. Je suis bien décidée à me mettre en danger, justement, et toi tu freines des quatre fers.

Elle scruta la salle du regard et repéra une jolie brune à l'autre extrémité de la piste de danse.

— Regarde cette fille. Elle a un très beau sourire, non ? Ça pourrait coller ?

— Tu es bisexuelle ?

— Je pensais à toi. C'est ton type.

— Qu'est-ce qui te fait dire que c'est mon type ?

La voix de Lucas se fit plus dure :

— Tu as vu des photos de Sallyanne et tu t'es dit que tu allais me trouver un équivalent, c'est ça ? La réplique parfaite ?

— Je ne pensais pas à ça. Tu m'as juste dit que les blondes te laissaient froid et que tu préférais les brunes.

Elle vit un muscle tressaillir à l'angle de sa mâchoire.

— C'est vrai. Désolé.

— Tu n'as pas à t'excuser d'être triste et de trouver difficile de te divertir dans un lieu comme celui-ci.

Autour d'eux, la foule en mouvement tournait, brassait, s'agitait. Mais ni l'un ni l'autre n'y prêtait attention.

— Je n'aurais pas dû venir. C'était une erreur.

— Je pense que le fait que tu trouves difficile d'être ici était une bonne raison de venir, au contraire. La prochaine fois, ce sera déjà moins dur.

Elle glissa sa main dans la sienne.

— OK. J'arrête de te chercher des filles. Ne te fâche pas, Lucas. Mes intentions n'étaient pas mauvaises. Pas plus que les tiennes lorsque tu as repoussé ce Doug tout à l'heure.

— Ce n'est pas la même chose.

— Si. Nous interférons chacun dans la vie de l'autre. Donc voici ce qu'on va faire : je te fiche la paix et tu me fiches la paix. Donnant-donnant.

Lucas fixa la piste de danse d'un œil sombre.

— Et s'il te prenait l'idée de partir d'ici au bras d'un mec pas très recommandable ?

— J'ai un doctorat en détection de mecs pas très recommandables. Et si tu l'invitais à danser, cette fille ? Elle a un sourire irrésistible, vraiment.

— Je te rappelle que tu viens de t'engager à ne pas te mêler de ma vie.

— J'ai menti.

Elle lui donna un petit coup de coude.

— Elle a l'air sympa.

— *Sympa ?* C'est quoi ce qualificatif débile ?

— Ne te moque pas de moi. Si tu me faisais des œufs brouillés et qu'ils avaient un sale aspect, je te dirais juste « merci ». Je n'ironiserais pas sur ton manque de capacités.

— Tu as raison. Désolé, une fois de plus.

— Ne t'inquiète pas. Je sais que c'est le fait d'être ici qui joue sur ton humeur. Et je suis responsable, puisque je t'ai forcé à venir. Mais maintenant qu'on est là, j'ai l'intention d'en profiter, alors souris.

Lorsqu'il tourna la tête pour la regarder, ses yeux luisaient d'un éclat sombre sous les lumières.

— Peut-être que, dans mon cas, ce n'est pas une question de peur. C'est juste que je n'ai pas les mêmes besoins, les mêmes envies que toi. Tu as déjà pensé à ça ?

— Tu ne veux ni amour ni amitié dans ta vie ? Non, bien sûr, car il n'y a rien de plus affreux ! Avoir quelqu'un qui se soucie de toi, qui te pousse à donner le meilleur de toi-même ? *Beurk.* C'est tellement mieux d'être seul et sans amour. Comme ça au moins, tu es sûr de ne jamais t'en prendre plein la figure.

— Le sarcasme ne te va pas au teint.

— Ah non ? Je pensais pourtant qu'il s'accordait à la perfection avec ta tête de renfrogneux.

— « Renfrogneux » n'existe pas dans le dictionnaire.

— Dommage. C'est un mot qui aurait son utilité, pourtant. Et ne prends pas ton air supérieur, s'il te plaît.

Même si elle répondait du tac au tac, son esprit était ailleurs. Elle s'interrogeait sur ce qu'il venait de dire.

— Tu le penses sérieusement, alors ?

— Quoi ? Que « renfrogneux » n'existe pas ? Non seulement je le pense, mais je sais que c'est vrai.

— Je veux dire : tu penses sérieusement que tu ne cherches pas l'amour ?

Il marqua un temps de silence. Mais son hésitation était déjà une réponse en soi.

Elle en eut le cœur serré pour lui.

— Ça fait mal à ce point ?

Le regard de Lucas restait fixé au loin, quelque part de l'autre côté de la piste de danse.

— Oui.

Elle regrettait qu'ils aient entamé cette conversation dans un endroit qui se prêtait si peu aux questions intimes.

— Lorsque quelque chose nous paraît insurmontable, le mieux, c'est encore de prendre une grande inspiration et de plonger dans la mare aux canards.

Il tourna lentement les yeux vers elle.

— Tu as déjà été amoureuse ? Pour de vrai, je veux dire ?

— Pas encore, non. Mais c'est prévu au programme.

— Si tu n'as jamais été accro à quelqu'un, tu n'es pas en position de juger si c'est ou non une douleur par laquelle tu as envie de passer plus d'une fois dans une même vie.

— Je ne dis pas qu'il faut que tu retombes amoureux direct. Commence petit. Essaie juste une danse. Et si tu n'y vas pas, moi, en tout cas, je me lance. J'ai envie de déployer mes plumes.

— Tes *ailes*. On déploie ses ailes. Les plumes, on vole dedans, plutôt.

Ils continuaient à s'envoyer des vacheries mais, sous la légèreté des piques échangées, une nouvelle couche d'intimité s'était formée. Leurs remarques étaient superficielles parce qu'ils choisissaient de communiquer de cette manière. Mais la profondeur était là. Ils se comprenaient.

— Ce n'est pas étonnant que tu restes seul. Si tu passes ton temps à les reprendre, les femmes doivent avoir envie de te frapper plutôt que de te tomber dans les bras. Si tu ne danses pas, va au moins taper la causette avec quelques personnes. Il n'y a pas une seule femme dans cette salle qui ne rêve de passer un moment avec toi.

— Parce qu'elles savent que j'ai du fric.

— Si tu veux mon avis, ça tient plus au fait que tu es méchamment canon quand tu ne tires pas une tête de six pieds de long. C'est du boulot d'être ton rabatteur. Je risque d'avoir à te facturer des heures supplémentaires.

Elle lui décocha une bourrade.

— Allez, juste un sourire. Essaie et on verra si tu te fais assaillir ou non. Je me tiendrai de l'autre côté de la salle et je t'observerai de loin.

Il fronça les sourcils.

— Non, Eva. Tu ne peux pas...

Elle se fit violence pour s'arracher à sa présence. Pour Lucas, ce serait une grande avancée s'il rencontrait une femme qui éveillait son intérêt. Ce qui n'avait aucune chance de se produire si elle restait à ses côtés. Quant à elle, même combat : tant qu'elle gardait Lucas dans son champ de vision, elle ne voyait personne d'autre.

Mais avec un petit effort, elle oublierait qu'il était de loin l'homme le plus fascinant de la soirée. Elle oublierait que Lucas Blade savait écouter comme personne. Elle oublierait jusqu'aux tempêtes qu'il déchaînait en elle.

L'heure était venue de rencontrer un homme prêt à s'engager dans une grande histoire d'amour. Pour de vrai.

Pourquoi avait-il accepté de se laisser traîner dans ce sous-sol de l'enfer ?

À l'autre bout de la salle, le visage rieur d'Eva était levé vers un homme que Lucas ne voyait que de dos. Quel type avait-elle encore dégotté, cette fois ? Quelqu'un qu'il connaissait ? La jalousie brutale qui lui vrillait les tripes était pour lui entièrement nouvelle. Et il ne s'était certainement pas attendu à la ressentir ce soir.

— Lucas ! J'ai eu un moment de doute, mais c'est bien toi !

Interrompu dans ses pensées, il se tourna vers la voix féminine qui venait de s'élever à sa gauche.

— Ah tiens, Caroline.

Il se pencha pour embrasser sur les joues la beauté rousse criblée de taches de rousseur qui lui adressait un sourire vaguement éméché.

Caroline avait fait partie du réseau d'amis de Sallyanne, sans appartenir au cercle des intimes.

— Lucas Blade... Tu es la dernière personne que je m'attendais à voir à ce genre de raout. Tu es seul ?

Elle glissa son bras sous le sien.

— Allez viens, on devrait danser. Être jeunes et en vie, ça se fête.

Son expression se figea lorsqu'elle prit conscience de l'impair qu'elle venait de commettre.

Ce qu'il vit dans le regard de Caroline le ramena

aux heures noires qui avaient suivi la mort de sa femme, lorsque tout le monde autour de lui marchait sur des œufs, au point qu'il lui était arrivé d'avoir à réconforter les « amis » consternés qui ne savaient pas quoi lui dire. Son rôle avait consisté alors à les convaincre qu'il s'en sortait à peu près pour qu'ils cessent de se sentir mal à l'aise.

Les soirées comme celles-ci lui avaient toujours paru être d'une désolante superficialité. Mais depuis le décès de Sallyanne, cette impression s'était encore amplifiée. Tout était devenu encore plus faux : les sourires artificiels, la gaieté un peu trop affichée.

Et Caroline, qui venait de mettre les pieds dans le plat semblait déterminée à se racheter en redoublant de sollicitude.

— Ça n'a pas été trop dur pour toi, ces trois dernières années, Lucas ?

Elle lui caressa la manche et sa main s'attarda — avec un peu trop d'insistance pour être interprété comme un simple geste d'amitié.

De l'autre côté de la salle, il vit qu'Eva riait toujours. Le mec qui avait entrepris de l'emballer changea de position pour se rapprocher d'elle.

Lucas plissa les yeux. Cette fois, il distinguait son profil et...

Merde. C'était Michael Gough. Le pseudo-célibataire qui faisait des ravages. Face à quelqu'un comme lui, Eva n'avait aucune chance. Même si elle avait de bonnes antennes, elle ne verrait probablement pas à travers le jeu retors de ce type. En surface, il correspondait à tous ses critères. Mais le connaissant, il se servirait du préservatif d'Eva en faisant miroiter des promesses qu'il se dépêcherait de ne pas tenir.

— Lucas ?

Il avait radicalement oublié Caroline, qui vacillait sur ses talons et le collait d'un peu trop près.

— Bonne fin de soirée, Caro. À un de ces quatre.

— Hé, attends ! Tu ne vas pas…

Il n'entendit pas le reste de sa phrase, parce qu'il traversait déjà la salle de bal, zigzaguant entre les couples tournoyants, à moitié aveuglé par la lumière stroboscopique et le clinquant des paillettes. Même si la musique était forte, le rugissement du sang dans sa tête la couvrait presque.

Il atteignit Eva juste au moment où Michael se penchait sur elle.

— Tu me fascines complètement, Eva, lui assurait-il à voix basse. Tes seins sont incroyables. Et tes cheveux me rendent dingue. Je veux voir à quoi ils ressembleront sur mon oreiller.

Une bouffée de rage obscurcit sa vision. Il ouvrit la bouche pour intervenir mais, avant qu'il puisse prononcer un mot, Eva porta les mains à sa tête — et s'arracha un cheveu.

Elle le tendit à Gough avec un sourire désarmant.

— Tiens, c'est pour toi, Michael. Tu pourras te faire une idée par toi-même. Mes seins ne sont malheureusement pas détachables, donc je ne peux pas t'en confier un pour que tu le ramènes chez toi.

Lucas reprit son souffle. Il savait que Michael était unanimement considéré comme une belle prise et il aurait été prêt à jurer qu'Eva, dans sa grande innocence, se ferait avoir comme une bleue, charmée par sa voix profonde et ses techniques de séduction à toute épreuve.

Au lieu de quoi, elle avait gardé la tête froide. Et n'entrait visiblement pas dans son jeu.

Lucas vit Michael serrer les lèvres, désarçonné par la réaction de sa proie. Mais il n'était pas encore prêt à la lâcher, de toute évidence.

— Tu viens, Eva ? On danse ?

Elle secoua la tête.

— Merci pour l'invitation, mais non.

— Tu es si belle. Je crève d'envie de te connaître. De tout connaître de toi.

— Tu crois ?

Eva l'examina d'un air pensif.

— Tu aimerais connaître mon cerveau, par exemple ? Mes pensées t'intéressent ? Et mes émotions ? Tu veux savoir ce qui me fait rire et ce qui me fait pleurer ?

Michael parut vaguement déconcerté.

— Évidemment, quelle question. Mais...

— Il me semblait bien, oui. Quand tu prétends t'intéresser à moi, ce que tu veux dire *vraiment*, c'est que tu as juste envie de sexe. Je n'ai rien contre sur le principe, mais je ne suis pas partante.

Elle lui adressa un de ses sourires irrésistibles.

— Merci pour l'intérêt que tu m'as porté. Passe une bonne soirée.

Lucas l'intercepta au moment où elle pivotait sur elle-même pour s'éloigner. Elle ouvrit de grands yeux, visiblement surprise de le trouver là. Sans lui laisser le temps de se ressaisir, il l'attira fermement contre lui.

— C'est mon tour de danser avec toi, je crois.

Michael haussa les sourcils.

— Lucas ? Je n'avais pas réalisé que vous vous connaissiez, tous les deux.

— On vit ensemble, Ev et moi.

Eva lui jeta un regard d'avertissement dont il prit acte sans réagir. Michael, lui, retrouva le sourire.

— Je comprends mieux, maintenant. Tu as toujours été un homme de goût, Lucas. Bonne soirée à vous deux.

Michael s'éloigna, visiblement rasséréné. Eva le suivit des yeux avant de reporter son attention sur lui.

— Pourquoi as-tu fait ça ? *dit* ça, plutôt ?

— Il voulait t'empapaouter.

— C'était l'idée, oui. Et je lui ai poliment dit non. Mais, maintenant, il pense que je l'ai jeté parce que la place était déjà prise. Et pas parce qu'il se comportait comme une raclure de bidet.

— Il valait mieux que ça se passe comme ça. C'est un garçon qui ne plaisante pas avec son ego. Je le connais, Eva.

— Tu connais tout le monde, toi ! Je n'ai pas cette chance, par contre. Et ça ne va pas s'arranger, sauf si tu restes cantonné de l'autre côté de la salle.

— Je veille sur toi, figure-toi. Je suis ici pour te sauver de toi-même.

Il imposa silence à la petite voix qui lui murmurait que son intervention n'était probablement pas aussi désintéressée qu'il le laissait entendre.

— Est-ce que j'avais l'air d'avoir besoin d'être secourue ?

— Eva, c'est un briseur de cœurs en série. Et il est tout sauf célibataire, contrairement à ce qu'il prétend.

— Je sais.

— Il te l'a dit ? Ça m'étonne de lui.

— Il ne m'a rien dit du tout, mais j'ai vu la marque de son alliance. Ce qui prouve qu'il ne la met que lorsque ça l'arrange d'être marié.

Elle soupira et glissa son bras sous le sien.

— Je suis touchée que tu prennes mon salut à cœur et que tu te sois rué ici pour m'arracher des griffes du vilain monsieur. Mais des Doug et des Michael, je m'en coltine depuis l'âge de seize ans. Des mecs qui voient mes seins et mes cheveux et en déduisent aussitôt que je suis incapable d'aligner deux phrases qui se tiennent.

— Une première rencontre dans un lieu comme celui-ci relèvera presque toujours du registre du sexuel.

— C'est vrai. Mais je suis capable de faire la différence entre un type qui a juste envie de me baiser et un autre avec qui il y aura suffisamment d'affinités pour qu'il ait envie de voir autre chose en moi qu'une paire de seins et une paire de fesses.

Le sourire d'Eva vacilla.

— C'est peut-être pour ça que je suis célibataire depuis si longtemps, au fond. La triste réalité, c'est que je tombe systématiquement sur des mecs qui n'ont aucune envie d'en savoir plus sur moi à part la manière dont je me comporte dans un lit. Je suppose que je peux en conclure que je cours après un idéal inatteignable.

Lui en concluait plutôt que tous ces types étaient des crétins finis, mais il ne lui fit pas part de cette opinion.

Il préférait ne pas penser à ces mecs du tout.

Lâchant la main d'Eva, il lui attrapa la taille.

— On danse ?

— Tu détestes danser. Tu m'as juste proposé ça pour m'extraire des pattes libidineuses de ton pote Michael si soucieux de son ego.

— Mais, toi, tu adores danser.

— C'est vrai. C'est la raison principale pour laquelle j'étais déterminée à venir ici ce soir. J'ai envie de danser jusqu'à en avoir mal aux pieds et la tête qui tourne.

Il fourmillait d'idées qui pourraient lui faire tourner la tête sans passer par la case « danse de salon ». Mais il réprima les images qui affleuraient à son écran mental.

— Alors dansons.

Toute une collection de regards masculins restaient rivés sur elle. Lucas l'embarqua d'autorité sur la piste de danse avant qu'un nouveau prétendant ne se lance dans la bataille. Il se soupçonnait d'être capable de leur allonger un mauvais coup et de les laisser en état de mort cérébrale.

Eva posa la main sur son épaule et se plaça en gardant entre eux une distance très sage.

— Danser, c'est presque une obsession, chez moi. J'ai fait de la danse classique jusqu'à quatorze ans.

— Je parie que tu dansais la fée Dragée ?

— C'est vrai ! Comment as-tu...

— Peu importe.

— Chaque année, à Noël, Grams m'emmenait voir le New York City Ballet. C'était notre tradition à toutes les deux, et j'adorais ça. La valse des flocons de neige, Clara et le Prince arrivant au royaume des Délices, la musique de Tchaïkovski. Chaque fois, je flottais dans une ambiance magique. C'était ça

Noël pour moi. Je rentrais à la maison et je faisais des sauts et des pirouettes en me prenant pour une danseuse étoile.

Il baissa les yeux pour la regarder et l'imagina en collant rose, tutu et pointes, dansant son rêve. Qu'elle ait pu atteindre l'âge adulte sans rien perdre de ces gracieuses illusions resterait toujours un mystère à ses yeux.

Elle dansait comme il l'avait surprise à le faire dans sa cuisine, avec des mouvements fluides, une sensualité naturelle et sans ostentation. Ses cheveux volaient autour de ses épaules dénudées et son visage était illuminé par son sourire mégawatt.

— C'est génial, non ?

Il ne la contredit pas.

— C'est toujours mieux que de parler pour ne rien dire avec des emmerdeurs soporifiques.

— Tu es horriblement médisant, Lucas.

— C'est vrai. Je ne saurais trop te conseiller de te préserver de ma compagnie subversive.

— C'est ce que j'ai essayé de faire toute la soirée. Mais tu ne peux pas t'empêcher de mettre ton grain de sel dans ma vie amoureuse. Et il faut que je te surveille de près, si je veux éviter que tu te fasses arrêter pour violences et trouble à l'ordre public.

Leurs efforts pour se faire entendre malgré la musique les amenèrent à se rapprocher.

— Est-ce que tu me laisses vraiment le choix ? Tu es d'une imprudence folle et j'ai fait une promesse à ton amie Frankie.

— Je suis bon juge des caractères.

— Si tu te penchais d'un peu plus près sur les statistiques des homicides, tu découvrirais que la plupart des victimes de meurtre sont tuées par des personnes de leur entourage.

Elle rejeta la tête en arrière pour darder son regard exaspéré dans le sien.

— Nous sommes au *bal*, Lucas. Un bal d'hiver romantique. Et toi, tu m'annonces que je suis sur le point de me faire assassiner par quelqu'un que je connais bien ?

— Je te dis que *si* tu devais être victime d'un meurtre, l'auteur serait probablement un proche. J'essaie juste de faire ton éducation. De t'inculquer un minimum de prudence et de réflexion.

— Tu as une vision tordue de l'existence. Et on ne dansera pas plus d'une seule fois ensemble. Si je parle avec toi trop longtemps, je vais faire des cauchemars et dormir avec la lumière allumée. Et puis je ne rencontrerai jamais personne. Pareil pour toi, d'ailleurs.

La musique s'alanguit et Lucas crut qu'Eva allait se dégager pour repartir dans sa quête amoureuse. Mais il se produisit tout l'inverse. Avec un léger soupir, elle posa la joue contre son torse et glissa les bras autour de sa taille. La sensation de sa présence physique contre lui envahit tout son espace sensoriel. Sa tête se vida. Avec ses fonctions cérébrales au ralenti, il chercha en vain des mots appropriés à la situation.

Eva, par chance, avait quant à elle des quantités de choses à dire.

— Tu as déjà réfléchi à tes résolutions pour le nouvel an ? Sinon, j'en ai une qui devrait t'aller comme un gant.

Il la sentait douce et souple contre lui, son corps confiant comme amalgamé au sien.

— Je devine ce que tu vas me dire.

Le fait qu'il ait réussi à lui répondre était un exploit en soi, compte tenu de ses difficultés respiratoires du moment.

— Je ne suis pas sûre, non.

Elle posa la paume d'une main sur sa poitrine, au niveau du cœur, et leva les yeux vers lui. Il esquissa une ébauche de sourire.

— Je parie que tu veux que je m'engage à sortir et à rencontrer des femmes.

— Faux. Je propose que tu arrêtes de toujours chercher la face sombre cachée chez ton prochain.

— Je suis fait comme ça ! Ce n'est pas un aspect de moi que je peux mettre en mode on ou off.

— Je ne suis pas d'accord. Ce n'est pas ta véritable nature. C'est la fréquentation assidue des monstres qui peuplent tes romans qui t'a rendu ainsi. Mais, dans la vraie vie, tu pourrais regarder les gens autrement.

Ils dansèrent quelques instants en silence, les yeux clos, à des années-lumière de la foule compacte qui les entourait. Lucas fit un effort pour revenir à leur conversation.

— Si je te recommandais d'être plus réservée, plus suspicieuse, plus méfiante, tu crois que tu pourrais changer d'attitude sur commande ?

— Peut-être que je pourrais y arriver. Mais je pense que je prendrais nettement moins de plaisir à la vie.

Elle se blottit contre lui telle une chatte. Il se tendit dans un premier temps, puis laissa glisser une main dans le dos d'Eva. La chaleur de sa peau à travers le tissu de sa robe l'émut violemment.

La robe qu'il lui avait achetée. *Peau et taffetas.*

Renonçant à lutter, il l'amena encore plus près, jusqu'à ce que les doux arrondis de son corps épousent étroitement les surfaces planes du sien. Elle noua les bras autour de son cou et posa la tête sur son épaule.

Le geste avait quelque chose de simple. D'évident.

Une poussée de désir flamba en lui — sauvage, violente. Il était sidéré de vouloir avec tant de force quelque chose qu'il savait être une erreur.

Il était encore temps de la laisser partir. De lâcher une remarque désinvolte sur le fait qu'ils étaient là pour faire de nouvelles rencontres, pour voir d'autres têtes. Mais il ne dit rien. Se contenta de la tenir ainsi contre lui, de se draper dans sa chaleur, de s'envelopper de son odeur comme d'un manteau de plaisir. Ancré dans l'instant, il prenait tout ce qu'il y avait à prendre, sourd à la musique, aveugle aux autres danseurs sur la piste, insensible aux regards. Il ne voulait pas penser aux autres.

Pas penser à Sallyanne.

Juste danser avec Eva.

Il lui vint à l'esprit l'image d'une bougie que l'on allume dans le noir. Il ignorait la durée de vie de la flamme mais, tant qu'elle brûlerait, il resterait hors de ses ténèbres intérieures.

Des rayons de lumière glissaient sur le plafond, versant une pluie d'or sur les cheveux d'Eva. Elle avait la tête inclinée et il ne voyait d'elle que le dessin délicat de son nez retroussé et la courbe de ses lèvres.

La musique changea de nouveau, mais Eva ne fit pas mine de vouloir se détacher de ses bras. Comme il n'était pas prêt à la laisser partir non plus, ils continuèrent de tourner lentement, étroitement enlacés, obéissant sans même l'entendre au rythme de la musique. Pourquoi n'avait-il jamais remarqué auparavant que danser pouvait être presque aussi intime et vertigineux que faire l'amour ?

Les doigts d'Eva étaient noués dans sa nuque et il se sentait en lien étroit avec son corps, sa chaleur, ses mouvements. Ce qu'il n'avait pas voulu voir jusque-là s'imposa alors avec la clarté d'une évidence : il ne la laisserait pas repartir avec un autre homme.

Il ne voulait qu'une chose : la ramener à la maison avec lui. Et pas parce qu'il cherchait à la tenir à l'abri du danger. La protéger aurait été une motivation désintéressée. Ses raisons à lui étaient purement possessives et égocentriques.

Et comme ils étaient comme imbriqués l'un dans l'autre, il perçut presque simultanément le changement qui se produisit chez Eva, la résolution qui se fit jour en elle. Il la sentit à la façon dont elle se redressa, à la tension presque imperceptible dans son corps.

— On y va ?

Il avait murmuré les mots contre ses cheveux, espérant à moitié qu'elle lui résisterait.

— Sauf si tu veux rester encore un peu, bien sûr, ajouta-t-il. C'était ton rêve d'aller à ce bal.

Eva s'immobilisa dans ses bras.

— Tu veux qu'on rentre ? chuchota-t-elle tout contre son oreille. J'espérais tellement que tu rencontrerais quelqu'un d'intéressant.

Il y eut un long silence durant lequel, sans rien

dire, ils admirent l'un et l'autre ce qu'au fond d'eux-mêmes ils savaient déjà.

Enfin, suffoquant presque sous la tension sexuelle qui les rivait l'un à l'autre, il l'écarta de lui et plongea le regard dans le sien.

— Je suis avec la seule personne ici qui m'intéresse.

Elle déglutit avec peine.

— Moi aussi.

L'humour, les résistances, la comédie de l'indifférence... Tout cela avait disparu, balayé au loin, ne laissant place qu'à la nudité du désir assumé.

Ils ne bougeaient plus, ne faisaient plus semblant de danser et d'être partie prenante de la soirée, en lien avec les autres couples qui tournoyaient autour d'eux. Ils étaient dans leur monde fermé. À part. Séparés de tout.

Les joues d'Eva avaient la couleur des roses et ses yeux bleus semblèrent étinceler sous les lumières.

— Rentrons.

Elle lui prit la main, mais Lucas ne suivit pas immédiatement le mouvement, paralysé par la certitude qu'il n'y aurait pas de retour en arrière possible.

— Tu es sûre ?

— Si je suis sûre ? Oh, Lucas...

Elle lui effleura la joue de la paume.

— Je ne l'ai jamais autant été de ma vie.

Chapitre 11

« Sois toujours une fille sage, sauf quand c'est plus fun d'être une bad girl. »

— *Eva*

Dans le taxi du retour, ils gardèrent une certaine distance. Ni Lucas ni elle ne se sentait capable de maîtriser l'élan sexuel ravageur qui les habitait.

Visiblement tendu, Lucas desserra son nœud papillon et déboutonna le haut de sa chemise.

Eva garda les yeux fixés sur la base de son cou. Elle osait à peine les lever plus haut tant le désir la consumait.

— Tu as chaud ?

Lucas tourna vers elle un regard chargé d'une intimité si forte qu'elle crut que son corps entier se liquéfiait.

— Quelque chose de cet ordre-là, oui.

N'y aurait-il pas eu moyen de demander au chauffeur d'accélérer un peu ? L'appartement de Lucas n'était qu'à quelques pas. S'ils avaient couru, ils seraient probablement arrivés chez lui plus vite que ça.

Elle laissa sa main s'égarer vers lui et Lucas la prit, pressant sa paume contre sa cuisse dure et tendue.

Chaque contact entre eux exacerbait l'attente. Le désir la faisait trembler et l'amollissait tour à tour.

Lorsqu'ils atteignirent enfin la résidence, le besoin d'embrasser Lucas était devenu si impérieux qu'elle faillit l'entraîner dans le parc au risque d'attraper des engelures plutôt que de perdre de précieuses secondes supplémentaires à traverser le hall de l'immeuble.

À la fraction de seconde où les portes de l'ascenseur se refermèrent, ils se collèrent l'un à l'autre comme deux aimants.

D'une main, Lucas lui saisit la nuque, et sa bouche vint fouiller la sienne. Eva avait une seule pensée qui retentissait dans sa tête et c'était *enfin, enfin, enfin.* Après cela, les contours de sa conscience s'estompèrent et elle se laissa porter par le flux. Avides, érotiques, leurs langues luttaient, s'enveloppaient, se caressaient tour à tour. De ses mains impatientes Lucas la poussait vers la paroi du fond, son corps plaqué contre le sien. Leur étreinte était intense, palpitante et si excitante qu'elle parvint tout juste à inspirer une bouffée d'air avant de braver une nouvelle tempête de baisers.

Leur corps-à-corps était empreint de sauvagerie plus que de tendresse, mais c'était très bien ainsi. Les mains enfouies dans la soie sombre des cheveux de Lucas, elle les ébouriffait avec impatience en amenant son visage encore plus près, avide de boire à la source de ses lèvres. Quelque part dans la distance ouatée, elle entendit un *dring* étouffé et Lucas la poussa hors de la cabine d'ascenseur sans la lâcher d'un millimètre.

Il continua de l'embrasser tout en bataillant avec la serrure et ils entrèrent en chancelant dans l'appartement. Dès l'instant où la porte se referma derrière eux, ils perdirent toute retenue.

Le souffle lourd, il fit descendre ses lèvres sur sa joue et le long de son cou tandis qu'il baissait la fermeture Éclair de sa robe. Il fit glisser les brides le long de ses épaules, et le vêtement tomba au sol avec un bruit léger de soie.

Sur sa peau brûlante, la fraîcheur de la nuit était pure caresse. Avec un soupir ébloui, il cueillit un de ses seins dans sa paume, faisant aller et venir son pouce sur la pointe érigée. Elle se pressa plus fort contre lui et sentit son érection battre contre son ventre. Les sensations s'ajoutaient aux sensations, se démultipliaient en une vertigineuse escalade. Elle vacilla, comme sous le jet puissant d'une cascade, sans aucune possibilité de reprendre son souffle.

Les lèvres de Lucas prirent la place de ses mains et il aspira le téton dans sa bouche, le mordilla, le lécha avidement.

— Lucas, attends... Mon sac.

Elle tenta de se concentrer et de se remémorer l'endroit où elle avait lâché sa pochette en entrant, mais la tête lui tournait et elle avait perdu tout sens de l'orientation.

— Tu n'as pas besoin de ton sac.

— Mon préservatif...

Jurant entre ses dents, il s'arracha à son étreinte le temps de récupérer l'objet perdu. Puis il le lui fourra entre les mains et la souleva dans ses bras, sac compris.

— On va où ?

— Au lit.

— Debout contre le mur, ça m'allait bien aussi, murmura-t-elle dans un souffle.

Son envie de lui éclipsait tout le reste.

Elle aurait été incapable de dire de quelle manière ils atteignirent la chambre à coucher. Elle était trop occupée à l'embrasser et à le caresser pour se préoccuper des péripéties du trajet.

Il la laissa glisser contre lui jusqu'à ce qu'elle ait les deux pieds sur le sol et la soutint lorsque ses jambes se dérobèrent. Eva, l'attention rivée sur le sexe dur de Lucas, s'attaqua d'abord à sa chemise.

— Maintenant, chuchotait-elle — encore et encore, comme un mantra.

Il la fit taire en l'embrassant de plus belle, et son « pas tout de suite » murmuré fut étouffé par la pression de ses lèvres sur les siennes.

Fébrile, Eva laissait ses mains courir sur les muscles du dos de Lucas.

— Je ne peux plus attendre, Lucas. Il y a tellement longtemps que je n'ai pas...

— Raison de plus pour ne pas bâcler les choses.

Il avait les mains dans ses cheveux, la bouche sur la sienne et ils s'embrassèrent, encore et encore, insatiables l'un et l'autre, comme si le ballet érotique de leurs langues et le mélange torride de leurs souffles étaient devenus une nécessité vitale.

C'était la première fois qu'elle entrait dans la chambre de Lucas, mais elle n'eut même pas la curiosité de regarder autour d'elle. Son environnement ne l'intéressait pas. En cet instant, le monde entier se résumait à Lucas. Elle ne pouvait plus détacher les yeux du désir incandescent qui irradiait les siens.

Elle laissa ses mains vagabonder sur lui et couvrit son érection de sa paume. L'intimité du geste parut l'arracher en sursaut à la frénésie de baisers qui les consumait l'un et l'autre.

— On est un peu dingues, non ? s'inquiéta-t-il à voix basse contre ses lèvres. Tu rêves d'amour *made in* contes de fée et je suis aussi peu prince que charmant.

— Le prince charmant était un « harceleur pervers érotomane. Doublé d'un fétichiste du pied ».

Le souffle court, elle se cramponna des deux mains au cou de Lucas pour l'empêcher de se dégager de son étreinte.

— C'est toi qui m'as appris ça, souviens-toi.

— Peut-être. Mais il s'est quand même racheté en épousant la fille à la fin.

— Je ne cherche pas un mari. Je veux juste que tu me procures un orgasme.

— Un seul ? Tes attentes sont bien modestes.

Sa bouche était de retour sur la sienne et son baiser s'enhardit encore, se fit délicieusement explicite.

Avait-elle jamais été embrassée ainsi ? Non. Très clairement non.

Elle entreprit de dégager la chemise de Lucas de la ceinture de son pantalon. Mais il lui immobilisa la main, le souffle pantelant.

— Eva…

— J'ai envie de faire l'amour avec toi, c'est tout.

Une idée alarmante se forma quelque part aux marges de sa conscience, se frayant un chemin à travers le brouillard épais de la volupté : il cherchait peut-être juste un prétexte pour faire machine arrière toute ?

— Est-ce une envie partagée, Lucas ?

Sa réponse tomba sans une hésitation :

— À ton avis ?

— Dans ce cas...

Elle noua une jambe derrière la sienne, et il se retrouva à plat dos sur le lit, son regard surpris rivé au sien.

— Oups ! C'était quoi, cette manœuvre ?

Elle l'enfourcha fièrement.

— Ça, mon cher, c'était ma prise fatale.

En le maintenant prisonnier entre ses cuisses, elle se pencha pour déboutonner sa chemise.

— Je te veux entièrement nu et soumis sous moi, Lucas Blade.

Comme ses doigts impatients bataillaient en vain avec les boutons, elle émit un grognement de frustration et se rabattit sur son pantalon.

— Bon, je laisse tomber. La nudité, c'est très surfait.

Lucas jura tout bas puis il lui immobilisa la main et l'aida à faire le nécessaire. Ses vêtements atterrirent sur le sol un à un, et elle ressentit une nouvelle flambée de désir en passant les mains sur sa peau nue avec une lenteur presque recueillie.

Il y avait si longtemps que ses aventures masculines ne l'avaient plus menée au-delà d'une simple conversation et d'un baiser. Si longtemps qu'elle n'avait pas été nue dans les bras d'un homme. *Si longtemps qu'elle n'avait pas caressé et été caressée.*

Suite à cette longue phase d'abstinence, elle avait craint de se sentir inhibée, mais ni la nervosité ni la timidité n'étaient au rendez-vous. Il n'y avait place en elle que pour le désir. Puissant. Impérieux.

Mais lorsqu'elle voulut refermer la main sur son sexe, Lucas la fit soudain basculer sur le dos et se plaça sur elle, la clouant sous son poids.

Le souffle coupé, elle se raccrocha à ses épaules.

— Qu'est-ce qui te prend ? Ce n'est pas supportable pour toi qu'une femme prenne le dessus ?

— C'est le seul moyen à ma disposition pour ralentir le processus. Tu veux un orgasme. Je suis là pour veiller à ce qu'il soit de qualité supérieure.

— Même un orgasme de qualité ordinaire ferait mon affaire.

Elle se tortillait sous lui mais il la maintint sur le dos, l'immobilisant d'autorité sous son poids.

— Tu manques un peu d'ambition, ma chérie. Vise le sommet, plutôt.

— D'accord. Mais si tu pouvais juste...

— Non.

Il lui imposa silence d'un baiser étourdissant.

— À partir d'ici, je prends la direction des opérations et, toi, tu délègues.

Pour achever de faire passer le message, il lui emprisonna les deux mains et, avec ses mots, sa langue et ses lèvres, il entreprit de rendre au corps d'Eva un hommage vibrant de conviction.

Décidément, il en connaissait un rayon sur la torture — mais cette forme particulière de supplice avait du bon.

— Lucas... S'il te plaît... Maintenant...

Sa réponse consista à la débarrasser de ses sous-vêtements et à lui écarter les jambes.

Il ne tint pas plus compte de sa protestation étouffée qu'il n'avait cédé à ses supplications pour qu'il la prenne là, très vite, sur-le-champ, debout en appui contre la première cloison venue.

Exposant les replis secrets de sa chair, il explora, caressa, dévora, et elle se livra, s'ouvrant en confiance à son intrusion intime, atteignant une intensité de plaisir comme elle n'en avait encore jamais connue. Ses hanches tressautaient, mais il les immobilisait, la tenant entièrement à sa merci.

Il glissa ses doigts en elle, et Eva entendit ses propres gémissements étouffés emplir la chambre alors qu'il faisait monter son plaisir, avec une patience implacable.

La jouissance l'emporta avec la puissance d'une lame de fond.

Puis elle retomba sans force, comme une poupée de chiffon. Une vague d'émotion la submergea. Ses yeux se remplirent de larmes et elle s'appliqua à les garder fermés, n'osant pas le regarder de crainte qu'elles ne se mettent à couler.

Lucas remonta le long de son corps, et elle sentit les poils durs de son torse effleurer les pointes hypersensibles de ses seins.

— Regarde-moi.

Il avait murmuré l'ordre à voix basse. Elle souleva lentement les paupières. En espérant qu'il ne remarquerait rien.

— Merci.

— Ne me remercie pas. Je commence tout juste.

Il l'embrassa et elle goûta la saveur de son propre plaisir sur ses lèvres. Puis il se pencha pour ouvrir son tiroir de table de chevet.

Elle lui tira sur l'épaule.

— C'est mon préservatif, au moins ?

— Non. Mais ne t'inquiète pas pour lui. On s'occupera de son cas plus tard. Nous avons toute la nuit devant nous.

Sa voix râpeuse et rauque exprimait un tel désir qu'Eva en tressaillit.

Toute la nuit.

— Lucas...

Elle murmura son nom dans un souffle, et les battements de son cœur se précipitèrent lorsqu'elle sentit la ferme pression de son sexe à l'orée du sien.

— Je sais que c'est ta vocation de faire durer le suspense, mais...

— Mais le suspense est très surfait.

Il glissa une main sous ses fesses et vint en elle avec juste ce qu'il fallait de lenteur délicieuse. Son regard ne quittait pas le sien alors qu'il l'emplissait, repoussait doucement ses limites pour qu'elle le prenne tout entier en elle.

Puis il s'immobilisa, lui chuchota des mots tendres dans les cheveux, tout en lui laissant le temps de s'habituer à lui. Elle fit descendre ses mains jusqu'au bas du dos de Lucas, émue par la sensation de ses muscles ondulant sous ses doigts. Elle avait toujours aimé faire l'amour mais, si on lui avait dit que l'acte sexuel pouvait atteindre ce paroxysme d'intensité, elle ne l'aurait pas cru. Ce en quoi elle se serait trompée, comme elle s'était trompée sur tant de choses.

Elle souleva le bassin pour mieux l'accueillir et noua les jambes autour de lui. Il s'enfonça plus profondément en elle, suscitant des sensations qui lui enflammèrent le cœur. Elle aimait tout dans ce corps-à-corps avec Lucas : la sensation de sa jambe contre la chair tendre à l'intérieur de ses cuisses, la chaleur de sa bouche, la force de ses mains agiles, inventives et sensuelles.

Et, avant tout, la sensation de lui en elle.

Cette puissance. Ce va-et-vient. D'elle à lui, de lui à elle, juste rythmé à sa convenance, qui l'irradiait de plaisir, la chavirait d'un bonheur fou. Chaque poussée faisait danser ses hanches, l'amenait plus loin, sur un nouveau palier, une nouvelle plage, puis l'ascension reprenait, lui arrachant une mélopée continue jusqu'à ce que les spasmes de l'orgasme l'ébranlent, la ravagent, la métamorphosent tout entière, entraînant Lucas avec elle dans un feulement partagé.

Eva se réveilla dans le noir et constata que le lit était vide.

Elle avait les membres las, le corps perclus de petites douleurs délicieuses, comme elle n'en avait plus ressenties depuis des siècles. Peut-être même d'ailleurs n'en avait-elle jamais expérimenté de pareilles.

Elle tourna la tête pour voir si Lucas était dans la salle de bains mais elle ne voyait filtrer aucun rai de lumière sous la porte.

S'arrachant au confort ouaté de sa somnolence, elle s'assit et regarda autour d'elle.

Une partie d'elle-même était tentée de se blottir de nouveau sous les draps et de se laisser aspirer avec volupté dans les profondeurs bienheureuses du sommeil. Mais l'autre partie avait besoin de retrouver Lucas.

Elle revécut en pensée les moments d'intimité

partagés, les vertiges de ce temps de découverte mutuelle — pas seulement la première fois, ni la seconde, mais surtout la troisième — ou était-ce la quatrième ? — lorsqu'ils avaient recommencé à faire l'amour lentement, rêveusement, dans l'abandon d'un demi-sommeil. Un glissement irréversible s'était produit dans leur relation. En mêlant leurs chairs, ils s'étaient livrés sans retenue.

Se pouvait-il qu'elle soit la première femme avec qui il avait couché depuis la mort de Sallyanne ?

Peut-être était-il à présent assailli par les remords ?

Cette pensée gâcha ce qui pour elle avait été une nuit parfaite.

Eva glissa les jambes hors du lit, attrapa la chemise de Lucas et l'enfila pour se protéger de la fraîcheur de la nuit. Les bras étaient si longs qu'ils lui couvraient les mains jusqu'au bout des doigts et l'ourlet lui arrivait à mi-cuisses. Roulant les manches, elle sortit de la chambre pieds nus et se mit à sa recherche.

La porte de son cabinet d'écriture était ouverte mais au premier regard la pièce paraissait vide. Aucune lumière n'y brillait et l'ordinateur portable était resté fermé sur la table de travail. Eva était sur le point de faire demi-tour pour poursuivre ses investigations en bas lorsqu'elle le vit affalé sur le canapé.

Un verre de whisky à la main.

Il y avait dans sa posture quelque chose de désolé, comme écrasé par une défaite intérieure.

L'impression de totale et irrémédiable solitude qui se dégageait de Lucas en cet instant lui déchira le cœur.

Son langage corporel était aussi clair que s'il avait accroché un panneau « Ne pas déranger » à sa porte. Mais impossible de se détourner et de le laisser à sa solitude. Elle le pouvait d'autant moins qu'elle se sentait responsable de sa souffrance. Et elle savait avec certitude qu'il vivait un moment de pure torture.

— Lucas ?

Il ne leva pas la tête. Ne tourna pas les yeux dans sa direction.

— Retourne te coucher, Eva.

— Tu viendras me rejoindre ?

— Non.

Il se refermait. Aussi irrémédiablement que s'il lui avait claqué la porte au nez.

Les regards, les mots passionnés qu'ils s'étaient chuchotés, leur intense proximité physique, tout cela s'était dissipé comme une brume matinale sous les premiers rayons de soleil. Si son corps rompu d'amour n'avait pas gardé les marques sensibles de leurs étreintes, elle aurait pu penser qu'elle avait rêvé les événements de la nuit.

Un élan de nostalgie la saisit pour ces heures incroyables où le monde s'était réduit à eux deux — à la chorégraphie de leurs deux corps moites et enlacés, à l'élan muet qui les avait jetés l'un vers l'autre. Mais cette fièvre-là était définitivement retombée.

Sa décision prise, elle s'avança vers lui.

— Parle-moi, Lucas.

— Je ne pense pas, non.

Comment pouvait-il dire cela ?

— Si tu regrettes ce qui s'est passé entre nous cette nuit, ces regrets me concernent autant que toi.

— Qu'est-ce qui te fait penser que je regrette ?

Elle déglutit avec peine, consciente qu'elle s'avançait sur un terrain plus que miné.

— Tu l'aimais. On peut supposer que tu éprouves un sentiment de trahison. Mais...

— Eva, ce n'est pas une conversation dans laquelle je te conseille de te lancer.

Son cœur battait à se rompre dans sa poitrine.

— Tu veux dire que tu n'as pas envie de me parler ?

Il balança les jambes hors du canapé. Ses yeux luisaient d'un éclat sombre.

— Je te dis juste ce que je dis : que la conversation ne serait pas à ton goût.

Pourquoi pensait-il une chose pareille ?

Croyait-il qu'elle attendait de lui plus qu'une magnifique nuit de sexe ? Qu'elle avait donné aux heures qui avaient précédé plus de signification qu'elle ne l'aurait dû ?

— Tu as peur de me blesser en me parlant de Sallyanne ? Je ne suis pas naïve, Lucas. Je sais que ce qui s'est passé entre nous n'a rien à voir avec de l'amour.

Elle fit taire la toute petite voix dans sa tête qui murmurait qu'elle était prête pour sa part à ouvrir en grand la porte des sentiments. Ce n'était pas une direction qu'elle avait l'intention de prendre. Parce qu'elle n'*oserait* pas.

— Mais j'aimerais pouvoir penser que notre amitié ne s'arrêtera pas là. Je voudrais que tu me parles. Que tu me dises la vérité.

— Tu n'es pas prête à l'entendre.

Il garda un long moment les yeux fixés sur le verre qu'il tenait à la main avant de reporter son attention sur elle.

— Tu as des attentes tellement démesurées par rapport à l'amour, Eva. Mais qu'est-ce qui te prouve qu'il t'apportera ce que tu en espères ? L'idée ne t'a jamais traversé l'esprit qu'il pourrait être beaucoup plus profitable pour toi de t'en passer ?

Eva sentit soudain son cœur peser plus lourd dans sa poitrine.

— Tu dis ça parce que tu as perdu la femme que tu aimes, mais je persiste à penser qu'il vaut mieux aimer, même au risque de souffrir, que de garder son cœur au sec. Un jour, toi aussi tu recommenceras à aimer, Lucas. Je le sais. Pour le moment tu es convaincu que cela ne peut plus t'arriver et il est vrai que tu n'oublieras jamais Sallyanne, mais un jour tu rencontreras quelqu'un qui te rendra ton bonheur perdu.

Gênée, elle pressa les lèvres l'une contre l'autre. C'était probablement une erreur de lui avoir dit cela. Il n'était pas prêt à entendre ce pronostic optimiste alors qu'il était encore sous l'emprise du deuil.

Il laissa passer un long silence avant de répondre d'une voix âpre :

— Tu es une idéaliste, Eva. Une rêveuse. Tu n'as pas la moindre idée de ce dont tu parles. L'amour ne ressemble en rien au rêve édulcoré dont tu te berces. Ce n'est pas une jolie scène à paillettes toute rose où on danse sur fond d'arc-en-ciel. L'amour, c'est chaotique, c'est compliqué, c'est usant et ça fait mal. Très mal, même.

— C'est ton sentiment actuel parce que tu as perdu la femme que tu aimes, mais...

— Ce n'est pas mon sentiment actuel, c'est mon sentiment depuis *bien avant* le décès de Sallyanne. Tu crois que je suis d'humeur sombre parce que je vis le deuil du parfait amour ? Désolé de piétiner tes belles illusions une fois pour toutes, mais notre amour n'avait rien d'idéal, Eva. Ce qui ne m'empêchait pas d'aimer ma femme quand même. Et c'est ce qui fait que c'est tellement difficile maintenant.

— Je sais, mais...

— Non, tu *ne sais pas*, merde ! Tu n'as pas idée, même.

La férocité dans sa voix la choqua.

— Lucas...

— Le jour où elle est morte... lorsqu'elle est sortie d'ici, en grande tenue, elle ne s'absentait pas pour la soirée.

Ses doigts crispés sur le verre étaient livides. Il le serrait si fort qu'elle crut un instant qu'il allait le briser.

— C'était son nouveau mec qu'elle s'apprêtait à rejoindre. Sallyanne me quittait. Alors, ils ressemblent à quoi, maintenant, tes clichés rose bonbon sur l'amour ?

Chapitre 12

« Sois plutôt leader que follower mais, s'il te faut à tout prix suivre quelque chose, que ce soit ton intuition. »

— *Paige*

Lucas s'attendait à ce qu'elle lui tourne le dos, et il ne lui en aurait pas voulu si elle l'avait planté là. Peut-être même était-ce ce qu'il espérait, au fond.

Pourquoi, sinon, lui aurait-il assené la vérité ?

Comme elle gardait les yeux rivés sur lui sans rien dire, il observa en silence le défilé d'émotions qui venaient s'inscrire en rapide succession sur les traits d'Eva. Quelques heures plus tôt à peine, c'était le plaisir et l'extase qui s'étaient reflétés dans le bleu lumineux de ses yeux. À présent, son regard exprimait le choc et la confusion. Puis la surprise et l'effarement s'effacèrent, et il n'y eut plus que la compassion.

Quoi d'étonnant, d'ailleurs ? C'était dans sa nature. Il aurait dû anticiper sa réaction — et la compassion était la dernière chose qu'il avait envie de recevoir de sa part.

Baissant la tête, il regarda fixement ses mains,

écœuré de lui-même, furieux d'avoir gâché la nuit de plaisir d'Eva. Au lieu de l'abandonner à son sort, elle vint s'asseoir à côté de lui.

— Je ne comprends pas, Lucas. Elle était pourtant...

Elle en perdait ses mots. Elle secoua la tête.

— C'était ton grand amour depuis l'enfance ! Je croyais que vous vous étiez connus dès l'école maternelle !

— C'est exact.

Sur son joli visage si expressif, il suivait à livre ouvert l'impact de la nouvelle qu'il venait de lui assener : comment sa représentation idéalisée du-parfait-amour-suivi-d'un-parfait-mariage se délitait pour former un tableau inquiétant, meublé de zones d'ombre.

— Mais je vous ai vus en photo, tous les deux ! À des premières, au théâtre. Ou marchant bras dessus, bras dessous dans les allées de Central Park. J'ai vu la façon dont vous vous regardiez !

— Cela confirme encore une fois ce que je te répète depuis le premier instant où tu t'es introduite chez moi par effraction : on ne peut savoir que très peu de choses d'une personne quand on ne considère que la façade.

Elle ignora son commentaire.

— Tu m'as dit que tu l'aimais. Et elle, j'ai vu son expression sur les photos. Elle t'aimait aussi.

— Oui elle m'aimait, sans doute. Du mieux qu'elle le pouvait. Mais l'amour est une affaire compliquée, Eva. C'est ce que j'essaie de t'expliquer depuis le début. Ce n'est pas juste un océan de sérénité, de petits cœurs et de tendresse. Aimer, ça peut être particulièrement douloureux, pour certaines personnes.

Sallyanne était incapable de vivre un engagement amoureux à long terme. Elle attendait de notre histoire qu'elle s'autodétruise. Comme ça ne s'est pas produit, elle a choisi de la saboter délibérément.

— Je ne comprends pas.

— Moi non plus, à l'époque.

Et il s'en voulait de cela. Se reprochait de ne pas avoir analysé leur relation de façon plus subtile, plus attentive. Lui qui se vantait de toujours aller chercher du côté de la profondeur n'avait même pas su égratigner la surface lorsqu'il avait été question de la femme qu'il aimait.

— D'autres personnes sont au courant ?

— De quoi ? Qu'elle me quittait ? Non. Mais si elle n'avait pas glissé sur cette plaque de verglas en montant dans le taxi, la nouvelle serait rapidement devenue publique. Et notre entourage serait probablement tombé des nues autant que moi.

« Tu vois, Lucas, ce que j'ai fait de nous deux. J'ai cassé ce qu'il y avait entre nous. Depuis le début, je t'avais prévenu que je n'y arriverais pas, que je finirais par tout foutre en l'air. »

Il saisit la bouteille de whisky, mais sa main tremblait tellement qu'il manqua le verre. Eva tamponna les flaques couleur ambre avec une des serviettes en papier qu'elle lui apportait parfois avec ses plateaux-repas.

Puis elle lui prit la bouteille des mains et le servit.

— Tu ne me fais pas la leçon sur ma consommation excessive d'alcool ?

— Non, je ne te fais pas la leçon.

Il n'y avait aucun jugement dans la voix d'Eva. Que de la gentillesse et de l'amitié.

— Que s'est-il passé entre vous ce soir-là ?

Il n'en avait jamais parlé avec personne. S'y était toujours refusé avec un sentiment d'horreur.

Jusqu'à ce soir.

Pourquoi ce besoin de se confier à Eva ? Pourquoi maintenant ?

Parce que Eva et lui avaient eu une facilité à communiquer depuis le début ? Ou parce qu'il la sentait plus proche de lui depuis qu'ils avaient fait l'amour ? Il avait sous les yeux les marques visibles de leur intimité physique : les cheveux sauvagement emmêlés, les discrètes rougeurs sur sa peau fragile. Mais il y avait d'autres traces, moins directement perceptibles : une ouverture, une proximité qui avaient été absentes jusque-là. Partager son lit avec Eva avait ouvert une brèche dans ses défenses qui étaient restées hermétiquement scellées pendant trois ans.

— Sallyanne m'a annoncé qu'elle me quittait. On s'est envoyé des trucs à la figure. Je lui ai dit que je l'aimais et elle a réagi en m'annonçant qu'elle avait quelqu'un d'autre. Au début, je ne la croyais pas...

Il s'interrompit en se demandant comment lui décrire l'ampleur du désarroi qui s'était saisi de lui.

— Je croyais la connaître par cœur. Elle était dans ma vie depuis toujours. On s'était juste perdus de vue le temps de nos études. Je suis resté sur la côte Est, elle est partie à l'ouest. Je voulais expérimenter la vie estudiantine dans une grande ville. Je pense que tu aurais appelé ça ma « phase bad boy ». Puis on s'est retrouvés un peu par hasard, elle et moi, à une réunion d'anciens élèves du lycée. Et cette fois, elle a flashé sur moi. Mon côté mauvais garçon lui avait plu, a-t-elle admis par la suite. Le jour où j'ai appris que mon premier bouquin allait été publié, elle était à mes côtés. On a fêté la nouvelle par une cuite mémorable et en faisant l'amour comme des fous sur...

Il lui jeta un regard en coin.

— Peu importe.

Elle lui prit la main.

— Tu n'es pas obligé de surveiller tes paroles avec moi, Lucas.

— Nous avons renoué notre ancienne amitié et c'était comme si on n'avait jamais été séparés. Pour moi, le mariage s'imposait comme un aboutissement logique. Mais Sallyanne était réticente. Elle estimait que nous avions trouvé un équilibre et que notre relation fonctionnait telle qu'elle était. À force d'insister, j'ai quand même fini par la convaincre. L'idée que cela pourrait ne pas être la meilleure solution pour elle ne m'avait même pas traversé l'esprit.

— Tu la connaissais bien, pourtant.

— Je *croyais* la connaître. Ses parents sont passés par un divorce pénible quand elle était petite. La procédure avait été longue, compliquée, haineuse. Elle en est ressortie avec la conviction profonde, viscérale, que le mariage était voué à la destruction. Mais je n'avais aucune idée de la gravité de ses angoisses, à l'époque. Le jour où je lui ai glissé une alliance au doigt, j'ai signé l'arrêt de mort de notre relation. Tout était terminé avant même d'avoir commencé, en fait.

— Et tu te doutais qu'elle avait quelqu'un d'autre ?

— Absolument pas, non. Elle m'a d'ailleurs assuré, ce soir-là, qu'elle ne ressentait rien pour lui.

Il leva son verre et but en s'efforçant de tenir à distance le cauchemar de sa dernière conversation avec Sallyanne.

— Elle couchait avec ce mec parce qu'elle pensait que cela me détacherait d'elle. Elle voulait me « libérer », comme elle le disait. Pour elle, c'était un service qu'elle me rendait. Il lui revenait de faire en sorte que je la haïsse pour que je puisse me tourner vers quelqu'un d'autre. À ses yeux, c'était un « cadeau » qu'elle me faisait.

— Oh ! Lucas...

— Je ne sais toujours pas ce qui se serait passé si elle n'avait pas fait cette chute fatale. Peut-être espérait-elle un grand geste de ma part qui lui aurait prouvé que notre amour tenait quand même la route. Ou peut-être qu'elle voulait vraiment que tout s'arrête entre nous. La brèche qui s'est créée ce soir-là dans notre relation n'aurait pas été simple à combler. Elle a prononcé des mots terribles. Et je n'ai pas fait mieux de mon côté. J'étais ravagé par la colère — une colère qui confinait à la rage.

Et la culpabilité le rongeait de l'intérieur à la manière d'un acide.

— Évidemment que tu étais en colère !

— Elle a été terrible et destructrice, parce qu'elle voulait tuer l'amour que j'éprouvais pour elle. Mais cela n'a rien tué du tout. Et après sa mort brutale, ça a été la plongée en enfer. À la douleur de l'avoir perdue s'ajoutait la torture du doute — un doute cauchemardesque. Je devenais dingue à force de m'interroger sur la nature réelle de ses sentiments pour moi. Et il n'y aura jamais de réponse. Je crois maintenant qu'elle ne mentait pas, qu'elle m'aimait effectivement mais que ses peurs étaient bien trop noires, trop paralysantes, trop toxiques. C'était comme si elle avait eu de telles craintes de ne pas pouvoir surmonter une rupture hypothétique qu'elle a préféré précipiter le dénouement négatif. En devenant elle-même l'instrument du processus, elle gardait au moins la maîtrise. Et malgré ce qu'elle nous a fait, j'ai continué de l'aimer. Je ne sais pas si c'est de la folie ou de l'illusion... Peut-être les deux, murmura-t-il en reposant son verre.

— De la constance... J'y vois surtout de la constance, observa Eva d'une voix calme. L'amour n'est pas quelque chose que l'on branche ou débranche à volonté.

— J'aurais aimé pouvoir « débrancher », pourtant.

C'était la première fois qu'il l'admettait à voix haute.

— Quand tu t'aperçois que tu t'es mépris sur la personne qui est le cœur même de ta vie, cela devient très vite une obsession. Tu repenses à tout ce que vous avez fait et vécu ensemble, tu examines sous toutes les coutures ses mots, ses réactions, ses gestes, depuis le tout début. Et tu essaies de déterminer a posteriori s'ils étaient authentiques ou non. C'est comme si tu prenais un pull en laine que tu détricotais, maille après maille, jusqu'au moment où tu n'as plus qu'un tas de laine entre les mains. Et tu te demandes comment tu vas retisser tout ça pour en faire quelque chose qui tienne. Peux-tu imaginer ce que ça fait, lorsque tu penses connaître ta femme vraiment, *vraiment* bien, et que tu t'aperçois après coup que tu n'as rien compris à la personne qu'elle était réellement ? Tous les moments dont tu pensais qu'ils constituaient le tissu profond de votre relation deviennent insondables avec le recul, et tu te demandes s'il y a eu une vraie proximité ou si tu as tout fabriqué dans ta tête. Si tu ne peux plus croire la personne censée être la plus proche de toi, à qui ou à quoi se fier encore ? C'est comme tomber dans un puits sans fond.

— Je comprends, chuchota Eva. On a besoin de savoir où on en est avec la personne qui partage votre vie. C'est une exigence normale.

Elle se rapprocha, lui offrant d'instinct la consolation de sa présence. Sa cuisse effleura la sienne, et elle lui reprit la main entre les deux siennes.

— Je croyais que c'était ton métier qui te rendait si méfiant envers les autres — que la fréquentation assidue des zones d'ombre de l'âme humaine avait déformé ta perception des choses. Pas un instant, l'idée ne m'avait effleurée que cela venait de ton expérience personnelle. J'étais à des années-lumière de l'imaginer. Et je trouve horrible que tu aies été seul à porter un secret aussi lourd, aussi corrosif pendant trois ans.

— Je n'avais pas envie de voir son souvenir entaché par les potins de la presse people. Et puis je n'étais pas seul en cause. Les parents et la sœur de Sallyanne étaient effondrés. Leur dire la vérité n'aurait servi qu'à les accabler davantage et ne m'aurait rien apporté de plus.

— Mais comment as-tu réussi à étouffer l'affaire ? Et cet homme qu'elle partait rejoindre...

— Il était marié. Et n'aurait jamais quitté sa femme pour elle. C'est probablement la raison pour laquelle elle l'avait choisi, d'ailleurs. Elle ne voulait pas d'engagement, juste une aventure. Ou peut-être qu'elle s'est juste servie de lui comme d'un outil de destruction massive pour anéantir les sentiments entre nous. Je ne le saurai jamais. Lui ne demandait qu'à faire profil bas. La vérité aurait mis son couple en danger.

Eva poussa une exclamation peinée, et il ressentit un brusque sursaut de culpabilité.

— Pauvre Eva. Je viens de détruire tes dernières illusions sur l'amour.

— Pas du tout. Je sais qu'amour et béatitude, ça fait deux. Et qu'entre deux personnes qui s'aiment ça peut être carrément compliqué, par moments. Il y a longtemps que j'ai conscience de ça.

— Mais tu persistes à vouloir tomber amoureuse quand même ?

— Bien sûr. Parce qu'au final seul l'amour compte.

Tout paraissait toujours si simple, dans le monde d'Eva. Alors que lui ne voyait que souffrance et destruction.

— Je ne suis pas d'accord, Eva. Depuis qu'elle est morte, je suis passé par des phases très noires où j'aurais tout donné pour qu'elle et moi on ne se soit jamais rencontrés.

Il souleva la tête pour plonger le regard dans le sien.

— Je ne peux pas me résigner à accepter qu'elle m'ait tant caché d'elle-même. Je me berçais d'illusions, autant que toi lorsque tu t'extasiais devant ces photos où on nous voyait si amoureux. Une photo, encore, ça se trafique. Mais je *vivais* avec elle au quotidien et j'étais persuadé que notre relation était authentique. Si on ne comprend rien à quelqu'un que l'on connaît depuis vingt-cinq ans, qu'est-ce qui reste ?

— Ce n'est pas étonnant que tu te sois replié sur toi-même suite à ça.

— Par chance, mon statut d'endeuillé me permet de bénéficier d'une marge de tolérance. Je me suis focalisé sur l'écriture. Ma production annuelle a triplé et mes polars sont devenus plus tourmentés et plus profonds. Les ventes de mes livres ont grimpé en flèche et les critiques soulignent la « dimension nouvelle » et « le noir fatalisme » qu'ils perçoivent dans mon écriture. Sallyanne aurait probablement dit que c'était le dernier cadeau qu'elle m'a fait en partant. Il y a une ironie grinçante dans cette histoire, non ? J'écris des best-sellers qui se vendent partout dans le monde parce que ma femme m'a complètement cassé en tant qu'être humain.

Il reprit son verre et le vida d'un trait. Le whisky lui brûla la gorge.

— Et voilà, Eva. « Histoire d'un grand amour : naissance, suite et fin. » Édifiant, non ? Maintenant, tu devrais retourner te coucher et je vais me remettre à mon bouquin.

— À ton bouquin ? À 4 heures du matin ?

— Je ne dormirai pas, de toute façon. Mais, toi, tu as besoin de sommeil. Tu as déjà assez de mal comme ça le matin, même après une nuit normale.

Il se pencha pour repousser une mèche des cheveux d'Eva et la placer derrière une oreille. Que se serait-il passé s'il l'avait rencontrée dans d'autres circonstances ? Mais la question n'avait aucun sens. Même dans une phase plus positive de son existence, il n'aurait pas été l'homme indiqué pour une fille comme elle.

— Tu viens te coucher avec moi, Lucas ?

Une part de lui ne demandait que ça. Mais il n'y avait rien encore entre eux, à part les quelques heures qu'ils venaient de passer au lit ensemble. Faire l'amour une nuit puis repartir chacun de son côté restait une pratique courante. C'était à lui de veiller à ce qu'une nuit ne se mue pas en deux, puis trois.

— Non.

Il replia les doigts dans les paumes pour ne pas être tenté de la toucher de nouveau.

Le regard d'Eva fouilla le sien. Puis elle redressa les épaules et se leva.

— Ne fais pas ça, Lucas.

— Ne fais pas quoi ?

— Regretter ce qu'il y a eu entre nous. Ne commence pas à observer, à décortiquer, analyser et autopsier. Et ne m'attribue pas des attentes que je n'ai pas. Je sais qu'hier soir n'était qu'une parenthèse. Donc ne te sens pas obligé de me fournir des explications ou, pire encore, des excuses. Je vais me coucher, maintenant. Sans regrets. Et j'aimerais autant que tu n'en aies pas non plus de ton côté.

Elle s'éloigna, le laissant à la solitude qu'il s'imposait à lui-même. Il la suivit des yeux, hypnotisé par les courbes fines qu'il entrevoyait en transparence à travers le tissu de sa chemise. Et se demanda comment on pouvait se sentir triste et frustré de voir quelqu'un répondre au souhait que l'on venait soi-même d'émettre.

Il l'avait envoyée se coucher seule mais, à présent, il n'avait qu'une envie et c'était de lui emboîter le pas. Il voulait se réchauffer à sa flamme, sentir son propre cœur en exil revenir à la vie entre les bras généreux d'Eva. Mais il résista à la tentation, car il serait injuste de se servir d'elle comme d'un refuge, alors qu'il se savait à jamais incapable de se hisser à la hauteur de ses rêves dorés.

Si elle n'avait rien signifié à ses yeux, la situation aurait été plus simple. Mais elle comptait pour lui. Un peu trop, même. Alors il se força à rester où il était, avec pour seuls compagnons les remords, la culpabilité et tout un tas d'autres émotions encore qu'il ne se sentait pas en état de démêler.

Eva se roula en boule dans son lit solitaire et resta immobile, les yeux grands ouverts dans le noir.

Elle avait été tentée de se recoucher dans la chambre de Lucas mais elle s'était ravisée. Prendre ses quartiers chez lui serait intrusif de sa part. Car où dormirait-il *lui* si elle monopolisait son lit ?

« Quelqu'un a couché dans mon lit et y dort encore ! »

Comme elle ne voulait pas être Boucle d'Or, elle avait regagné sa chambre d'amis. Mais le lit paraissait immense, froid et vide. Et pour le remplir, il n'y avait plus qu'elle et ses pensées.

La nuit avait été sublime jusqu'au moment où elle avait trouvé Lucas embastionné dans son bureau avec sa bouteille et qu'il avait fini par lui révéler son secret. Un secret lourd comme une pierre et qui pesait désormais sur son cœur à elle. Pas un instant elle n'avait imaginé que le couple de rêve qu'il formait avec Sallyanne n'avait été qu'une façade.

Elle roula sur le dos et fixa aveuglément le plafond.

Il avait eu raison d'affirmer qu'il avait cassé son image idéalisée de l'amour. D'une certaine façon, c'était le cas. Elle avait regardé leurs photos de couple, constaté le désespoir de Lucas depuis la mort de Sallyanne, et lui avait envié l'amour fou qu'il avait connu avec sa femme.

Elle n'avait pas cherché à gratter sous la jolie surface. Parce qu'elle avait cru naïvement qu'une fois qu'on avait trouvé la bonne personne l'amour devenait la chose la plus simple au monde.

Lucas devait voir en elle le summum de la gourde sentimentale. En tout cas, c'était comme cela qu'elle-même se voyait.

Ce n'était pas étonnant qu'il vive cloîtré depuis trois ans chez lui au milieu de ses bouquins. Pas étonnant qu'il envoie bouler tous ceux qui pensaient qu'il était temps pour lui de boucler le chapitre Sallyanne et de passer à autre chose. Il n'avait pas seulement à affronter la perte de l'être aimé, il devait aussi composer avec les doutes, le sentiment de trahison et l'impression qu'il n'avait rien saisi de ce qui se passait dans la tête de sa femme. Elle commençait à comprendre pourquoi Lucas refusait mordicus de se fier aux apparences.

Avec Sallyanne, il avait personnellement fait l'expérience que ce qu'il voyait en surface ne reflétait pas la réalité sous-jacente. La méfiance de Lucas n'avait rien à voir avec les fictions qu'il écrivait. C'était *sa* réalité qui faisait qu'il ne jugerait plus jamais les gens sur leur bonne mine.

Et rien ne servait de regretter qu'il soit devenu ainsi. Et encore moins de se raconter qu'à elle seule elle allait le tirer des affres du passé pour le ramener au présent. Elle était peut-être un peu trop rêveuse. Un peu trop optimiste. Mais elle n'était pas irréaliste : Lucas avait un énorme travail à faire sur lui-même pour surmonter les séquelles de son drame personnel. Et tant qu'il ne l'aurait pas fait, il resterait incapable de s'engager dans une nouvelle relation.

La dernière chose dont elle avait besoin, c'était de risquer son cœur dans une histoire avec un homme replié sur lui-même et obsédé par ses démons intérieurs.

Comme en réponse à cette pensée, Eva sentit une douleur sourde dans sa poitrine et elle comprit qu'il était trop tard. Son cœur n'était déjà plus tout à fait indemne. Même si, avec Lucas, elle n'avait aucune chance.

Elle pouvait lui cuisiner les plats les plus raffinés et mettre une touche festive dans son appartement, mais il lui était impossible de changer ce qu'il ressentait. Lucas était le seul à pouvoir se venir lui-même en aide.

Ce qui ne l'empêchait pas de mourir d'envie d'essayer de le secourir quand même.

Chapitre 13

« Tant que tu gardes un pied coincé dans le passé, tu ne peux pas faire un pas vers l'avenir. »

— *Paige*

Lucas se réveilla avec un début de torticolis après avoir comaté quelques heures sur le canapé dans une position improbable.

À travers la cloison vitrée, il vit les longs doigts dorés de l'aube se déployer dans un ciel serein. La neige avait cessé de tomber, mais Central Park restait hivernal et enchanteur sous ses étendues blanches. Mêmes les allées étaient encore tapissées de neige et les grands arbres centenaires se drapaient orgueilleusement dans leur manteau d'hiémale splendeur.

La bouteille de whisky était restée ouverte devant lui, avec le verre vide posé à côté, comme un rappel de la nuit écoulée.

Il repensa à la façon dont Eva et lui avaient dansé, soudés l'un à l'autre, au retour fébrile dans le taxi puis à la nuit d'amour somptueuse qui avait suivi. Au cours de ces ébats, Eva s'était donnée sans réserve. Elle avait été pure, sincère et incroyablement généreuse d'elle-même. Pas seulement pendant qu'ils faisaient l'amour mais aussi après, pendant leur conversation dans son bureau. Elle aurait pourtant eu toutes les raisons de se mettre en colère ou de l'envoyer promener avec fracas. Il avait été particulièrement indélicat de sa part de lui parler de sa relation avec Sallyanne alors qu'une heure plus tôt encore ils avaient roulé ensemble dans son lit, enlacés et pantelants.

Ce qui n'avait pas empêché Eva de l'écouter avec empathie et attention.

Jurant tout bas, il se redressa et se passa la main dans les cheveux.

Elle était entrée dans son lit avec ses illusions intactes et elle en était ressortie avec sa vision de l'amour en miettes. Voilà le super effet qu'il produisait sur les femmes.

Et maintenant, bordel ? Comment gérer la suite ?

Son premier réflexe aurait consisté à s'éclipser, mais il était chez lui. Il ne pouvait pas non plus la renvoyer chez elle puisqu'il avait besoin de sa présence pour écrire.

Prisonnier d'un dilemme dont il était lui-même l'auteur, il regagna sa chambre, en se préparant à soutenir une conversation qui promettait d'être houleuse. Mais il eut la surprise de trouver son lit vide. Les chaussures qu'Eva portait la veille gisaient au sol, lui rappelant l'excitation du bal.

Tout aurait pu s'arrêter là.

Au lieu de danser avec elle, il aurait dû la laisser repartir avec un autre homme. Rester en retrait et lui permettre de vivre la rencontre de ses rêves.

Ce qui aurait été préférable pour elle comme

pour lui. Au lieu de quoi il avait gâché le joli conte de fées d'Eva.

Son regard tomba sur les draps entortillés. Avait-elle dormi dans sa propre chambre ? A moins qu'elle ait fait ses valises et qu'elle soit partie en claquant la porte ? Il pourrait difficilement lui en vouloir si elle avait décidé qu'elle ne voulait plus entendre parler de lui.

La douloureuse angoisse qui lui tomba dessus à la pensée qu'elle l'avait peut-être quitté n'avait rien de rationnel. Pas plus que son soulagement lorsque des effluves de bacon frit vinrent lui chatouiller les narines.

Elle n'était donc pas rentrée chez elle.

Tout en essayant de comprendre ce qui l'avait poussée à rester, il entra dans la cabine de douche, ouvrit le robinet à fond et ferma les yeux pour laisser les puissants jets d'eau chaude chasser de son corps les dernières traces de sommeil et d'alcool. S'essuyant l'eau sur le visage, il tenta de clarifier ses pensées.

Il la connaissait depuis moins d'une semaine et, pourtant, il lui avait parlé comme il n'avait encore jamais parlé à personne. Pour Eva, et pour personne d'autre, il avait pu mettre des mots sur l'encombrant secret qu'il avait cru devoir garder pour toujours par-devers lui.

À quoi cela tenait-il ? À ce quelque chose d'indéfinissable dans le regard d'Eva ? À la gentillesse rare et profonde qui émanait d'elle ? A son toucher délicat qui avait déverrouillé ce qui, pendant trois ans, était resté comme muré au fond de lui ?

Mais avec un tel degré d'intimité entre eux, n'allait-elle pas se méprendre sur ses intentions envers elle ? Il jura tout bas et attrapa un drap de bain pour se sécher.

L'explication qui s'imposait entre eux promettait d'être passablement inconfortable. Mais la différer ne le mènerait nulle part. Autant aller la voir sans attendre pour clarifier au plus vite la situation.

Il enfila le premier jean qui lui tomba sous la main et descendit à la cuisine.

Elle avait toujours sur le dos la chemise qu'elle avait enfilée durant la nuit. Et le désordre de ses cheveux relevés à la va-vite était furieusement sexy. Du seuil de la cuisine, il entendit crépiter le bacon et une délicieuse odeur l'enveloppa, réveillant ses papilles. Il nota qu'elle ne chantait pas, en revanche. Un constat qui donna lieu à une nouvelle bouffée de remords.

Il ne faisait aucun doute qu'il était responsable du silence d'Eva.

— Mmm... C'est quoi, ces divins fumets carnés ?

Il estimait que c'était à lui de faire le premier pas dans cette phase délicate du « premier matin ». Même s'il aurait été incapable de dire quelle partie de la nuit le culpabilisait le plus : celle où ils avaient fait l'amour ou celle où il s'était lancé dans des confidences malvenues.

— Je croyais que tu étais végétarienne ?

Sans tourner la tête vers lui, elle attrapa une assiette.

— Le bacon, c'est pour toi. J'ai entendu dire que c'était un excellent remède contre la gueule de bois.

— Je n'ai absolument pas la gueule de bois.

C'était un mensonge et elle le savait. Mais Eva n'insista pas et se concentra sur ses œufs pochés en lui laissant tout loisir de se demander pourquoi elle se donnait tant de mal pour lui.

— Eva...

— Non, stop. Pas un mot. Je ne veux pas que tu me parles.

— Tu es en colère ?

— Non. Mais je dors encore à moitié. Il est tôt, Lucas. Comme tu le sais déjà, je suis comateuse à cette heure-ci. Surtout après une nuit aussi courte.

Bâillant à se décrocher la mâchoire, elle fit glisser le bacon sur une assiette, ajouta un œuf poché, puis la plaça devant lui avec une tranche de pain grillé.

— Tout va bien pour moi, OK ? Je ne suis juste pas en état de soutenir une discussion.

Traduction : elle le dispensait d'explications et le tenait quitte d'une conversation qu'il redoutait. Il aurait dû se frotter les mains de pouvoir y échapper.

— Je n'ai pas besoin de prendre de petit déjeuner.

— Je me suis levée tôt pour te le préparer, donc si tu ne manges pas, là ça va me mettre en rogne, pour le coup. Tu as besoin de récupérer les calories que tu as dépensées cette nuit.

— Justement, parlant de la dépense calorique en question...

— Mange.

Elle lui tendit ses couverts et se détourna pour sortir du four une plaque de muffins. L'odeur lui mit l'eau à la bouche.

Et pas seulement l'odeur des muffins, d'ailleurs. Les yeux rivés sur les longues jambes nues d'Eva, il oublia ce qu'il avait eu l'intention de lui dire.

— Tu m'as piqué ma chemise.

— Je voulais m'occuper du petit déjeuner avant de prendre ma douche. Ça t'ennuie ?

D'un haussement d'épaules, il lui indiqua que non. Au point où ils en étaient, un signe d'intimité de plus ou de moins ne ferait pas grande différence.

Il avala une première bouchée, puis une seconde. Et se sentit étonnamment requinqué. Le bacon était croustillant, l'œuf cuit à la perfection et le muffin qu'elle lui tendit, une pure merveille. Elle avait le nez pour toujours lui préparer les plats qui lui faisaient du bien. Pour choisir la nourriture adaptée à son humeur.

— Quand je ne t'ai pas trouvée dans la chambre, j'ai pensé que tu avais quitté le navire.

— J'ai dormi dans mon lit.

Elle se servit un café et s'adossa au comptoir du petit déjeuner.

— Et tu aurais dû dormir dans le tien. Tu dois avoir les cervicales en miettes après une nuit sur le canapé.

— Eva, ce qui s'est passé entre nous cette nuit...

— On n'aborde pas le sujet maintenant, Lucas.

— On en parle, si.

Elle soupira.

— Bon, si on en parle, il me faudra plus de café. Et je refuse d'être tenue pour responsable de ce que je peux raconter dans un état semi-somnambulique.

Elle refit le plein de café et lui tendit un mug.

— Tout était parfait hier, Lucas. La robe, le bal, danser avec toi — faire l'amour avec toi. Soirée réussie sur tous les plans.

Il faisait des efforts méritoires pour tenir le sexe loin de ses pensées, mais maintenant qu'elle avait prononcé le mot, il était bombardé d'images toutes plus torrides les unes que les autres. Eva, nue, avec ses seins incroyables pressés contre son torse. Eva, les yeux clos, ses lèvres roses entrouvertes alors qu'ils s'embrassaient à bouche que veux-tu. Eva, assise tout près de lui sur le canapé, qui l'écoutait sans juger.

Merde.

— Tu fais l'impasse sur le piteux épisode où je piétine tes rêves et bousille tes illusions.

— Tu veux parler du moment où tu m'as dit ce qu'il en était réellement de ton mariage ? Je ne l'oublie pas, non.

Elle prit une grande gorgée de café puis reposa sa tasse avec précaution.

— Je suis contente que tu aies enfin pu mettre ce secret en mots, parce que ça a dû être très lourd de porter pareil poids dans la solitude la plus totale. Je suis désolée pour tout ce qui t'est arrivé et je comprends maintenant pourquoi il t'est si difficile de croire que les gens sont parfois juste tels qu'ils semblent être.

— Eva...

— Tu cherches toujours le sens caché derrière chaque parole, alors je vais t'épargner cette peine et te dire franco ce que j'ai dans la tête. La nuit passée a-t-elle été bouleversante pour moi ? Oui, elle l'a été. Est-ce que je veux que ça recommence ? Oui. Une part de moi serait très tentée de poursuivre.

Pareil pour lui. Et le fait qu'elle soit descendue vêtue de cette fichue chemise n'arrangeait rien. Si elle avait eu quelque chose d'un peu plus couvrant sur le dos, il aurait eu moins de mal à se concentrer.

— Une part de toi ?

— Celle qui voudrait faire abstraction de la réalité — autrement dit que tu as un mégapassif affectif à régler avant de pouvoir t'engager dans une nouvelle relation. Me lancer dans une histoire avec toi équivaudrait à conduire une voiture sur une chaussée hérissée de clous et de morceaux de verre brisés. Le genre d'équipée qui ne peut que se terminer à la casse. Et je préfère ne pas m'embarquer dans un projet lorsque je vois déjà de grosses complications se profiler avant même de franchir la case départ. Donc, tu n'as aucun souci à te faire. On va dire que c'était juste un coup d'une nuit.

Il aurait dû pousser un grand *ouf* qu'elle se montre aussi raisonnable. Il était bel et bien soulagé, d'ailleurs, donc il n'avait aucune raison de se sentir dépité.

— Tu es contre les aventures d'une nuit.

— Ce n'est pas ce que je préfère, mais ça ne veut pas dire que je suis incapable d'apprécier une histoire de ce genre lorsqu'elle se présente.

Son ton était léger, mais il savait que ce côté enjoué était de surface et que d'autres émotions se cachaient derrière.

— Si tu prenais la décision de partir, je le comprendrais, Eva.

Elle reprit son café et but une gorgée en l'examinant par-dessus le rebord de sa tasse.

— Ça dépend. Est-ce que tu veux vraiment que je m'en aille ? Tu m'as demandé de venir chez toi pour que tu puisses terminer ton roman. À moins qu'il ne soit bouclé ou que ma présence ne te soit plus indispensable, je suis prête à rester jusqu'à la fin du contrat. Tu as besoin de moi ou non ?

La bouche soudain très sèche, Lucas dut se remettre en tête que la question était purement professionnelle et non d'ordre privé.

— J'ai besoin de toi, oui.

— Alors tu peux compter sur moi.

Les lèvres d'Eva dessinèrent un sourire.

— Et je te promets de ne pas te sauter dessus pendant ton sommeil, donc tu n'es pas obligé de te planquer sur ton canapé, OK ? Bon. Tout est réglé ? Maintenant qu'on est au clair tous les deux, il ne nous reste plus qu'à continuer comme avant.

Si seulement c'était aussi simple...

Il aurait aimé pouvoir prétendre que tout était « comme avant », mais il savait que les événements de la nuit ne se laisseraient pas effacer. C'était comme essayer de refermer la porte d'une armoire trop pleine. Toutes les affaires trop longtemps restées remisées dedans faisaient contrepoids et cherchaient à s'échapper après des années passées à être reléguées en vrac.

Eva pensait peut-être que c'était unilatéral. Elle n'avait aucune idée du combat qu'il devait mener pour ne pas envoyer valser tous ses beaux principes et chercher de nouveau le refuge de son sexe, de ses baisers et de ses bras.

Il ne prononça pas un mot pendant qu'elle remplissait pour la seconde fois son assiette. Et la regarda faire sans rien dire pendant qu'elle lui servait un café exactement comme il l'aimait.

Tout ce qu'elle faisait était exactement comme il l'aimait, d'ailleurs.

Après avoir avalé jusqu'à la dernière miette, il se leva et chargea bruyamment le lave-vaisselle.

— Merci pour le petit déjeuner.

Il n'avait pas eu l'intention de le dire sur un ton aussi abrupt, mais elle ne parut pas s'en offusquer. Eva faisait partie de ces rares personnes qui captaient de façon intuitive les émotions d'autrui et les prenaient comme elles venaient, sans porter de jugement.

— De rien. Merci à toi pour l'orgasme.

Ses joues pâles virèrent aussitôt au rose soutenu.

— Oublie que je t'ai dit ça. Je t'avais prévenu que je n'étais pas en état de soutenir une discussion de bon matin.

Quelle que soit la tension ambiante, elle trouvait toujours le moyen de le faire sourire.

— Tu ne me remercies que pour un seul ? Les autres, non ?

— J'ai perdu le compte en route.

Leurs regards se trouvèrent et l'air dans l'appartement s'éleva de quelques degrés, chargé des souvenirs d'une intimité brûlante.

Il songea que, s'il cédait à son désir maintenant, cela se traduirait tôt ou tard par un désastre et elle n'aurait plus jamais envie de lui dire « merci », pour quelque raison que ce soit.

La tempête était tout à fait terminée, à présent. Rues et trottoirs redevenaient praticables et les New-Yorkais affluaient hors de chez eux, bien emmitouflés contre le froid, prêts à reprendre leurs préparatifs de Noël avec une énergie redoublée. Bourdonnante d'activité, New York redevenait New York : il y avait des cadeaux à acheter et à emballer, des sapins à décorer, des vitrines et des décorations à admirer. Et dans l'euphorie de Noël retrouvée, les festivités succédaient aux festivités, comme si le mois de décembre tout entier n'était plus qu'un long réveillon.

Eva se concentrait sur son travail pour Urban Génie et s'efforçait de ne pas trop penser à la nuit qu'elle avait passée avec Lucas.

Une nuit si belle qu'elle aurait mérité d'être remémorée, pourtant. Mais chaque fois qu'elle se laissait aller à rêvasser à ce propos, elle se surprenait à désirer ardemment quelque chose qui ne faisait pas partie des offres proposées en rayon.

Ni Lucas ni elle n'abordait le sujet, mais leur silence sur la question n'excluait pas la tension. Celle-ci bouillonnait en permanence sous la surface, créant d'invisibles turbulences dans une atmosphère par ailleurs plutôt lisse. Jamais elle n'aurait imaginé que tant d'émotions pouvaient passer dans un simple regard, dans un effleurement à peine esquissé.

Et elle enviait à Lucas le contrôle constant qu'il exerçait sur lui-même.

— S'il n'en tenait qu'à moi, tu vois, je serais incapable de résister. Je lui sauterais dessus sans hésiter.

Elle papotait au téléphone avec Paige tout en battant, fouettant puis incorporant ses blancs d'œufs. Au sujet de la nuit passée avec Lucas, elle avait dit la vérité à ses amies. Mais elle avait gardé pour elle les confidences qu'il lui avait faites sur Sallyanne. C'était un secret qu'il ne lui appartenait pas de divulguer.

— C'est le genre de mec qui est capable d'avoir du chocolat chez lui et de ne pas y toucher. Si seulement j'avais reçu à la naissance cette capacité d'exercer une telle volonté d'acier sur moi-même ! Je serais mince, brillante et formidable.

— Tu as reçu à la naissance de nombreuses autres qualités. Et je ne connais aucun mec qui échangerait tes courbes contre une version « mince » de ta personne.

— Tu veux dire que je suis grosse ?

Elle regarda par-dessus son épaule, se dévissant le cou pour essayer d'apercevoir ses fesses.

— Je me suis entraînée tous les jours sur le vélo d'appartement de Lucas. Et j'ai même soulevé des haltères. Mon corps s'est raffermi — mais je ne suis pas mince, non. Probablement à cause de mon absence de self-control.

— L'excès de contrôle donne des personnalités rigides... Donc, il n'a plus jamais fait allusion à votre folle nuit de sexe ?

— Pas une seule fois, non. Pas après notre laborieuse conversation le lendemain matin, durant laquelle on a brillé aussi peu l'un que l'autre.

Elle tamisa encore un peu de farine dans sa jatte.

— On fait comme si de rien n'était. En apparence, en tout cas, tout est paisible.

Et sous l'écorce ? La tension ne cessait de monter. Les moments qu'ils passaient ensemble étaient si intenses qu'il devenait de plus en plus difficile d'agir de façon normale. Eva avait presque atteint le stade où elle ne se souvenait même plus à quoi ressemblait la « normalité ».

Paige émit un grommellement sceptique.

— Tu es sûre que c'est bon pour toi de t'éterniser là-bas dans ces conditions ? Je ne voudrais pas que tu t'attaches à ce type pour de bon.

Eva sortit une boîte d'œufs du réfrigérateur.

— Aucun risque. Je suis plus détachée que détachée.

— Mmm... Je te connais. Toi, quand tu couches, il y a toujours des sentiments qui s'en mêlent. Je n'ai pas envie que tu te prennes une veste.

— J'ai passé tellement de temps à vivre comme une nonne que ça a eu un effet détonant de renouer avec le sexe, c'est sûr. Mais c'était juste physique. On va dire qu'on a été des *sex-friends* pour juste une nuit.

Si elle se le répétait assez souvent, elle finirait peut-être par se mettre à y croire.

— Mais tu aurais aimé que ça continue entre vous ?

— J'évite de me poser la question, Paige.

Eva referma la porte du réfrigérateur en se disant que son self-control n'était finalement pas aussi mauvais qu'elle le pensait. Résister aux aliments sucrés et aux bâtons de rouge à lèvres n'était pas son fort. Mais elle ne se débrouillait pas si mal, dans le fond, pour maîtriser ses sentiments envers Lucas.

Les jours suivants, Lucas passa presque tout son temps bouclé dans son bureau, n'émergeant que pour prendre les repas qu'elle lui concoctait. S'isolait-il pour les besoins de son roman ou parce que la tension entre eux commençait à l'user aussi ? Leurs silences étaient chaque fois aussi lourds de signification que les paroles qu'ils auraient pu échanger — sans jamais s'y risquer au bout du compte. Il y avait des moments où elle avait l'impression de défaillir tellement elle avait envie de lui.

Parfois la tension sexuelle retombait, et elle

s'inquiétait pour lui, craignant qu'à force de solitude dans son bureau il ne replonge dans son enfer intérieur. Elle ne pouvait s'empêcher de se demander s'il lui arrivait de penser à elle pendant qu'il ruminait dans son coin.

Comme promis, il avait mis sa seconde chambre d'amis à sa disposition et l'avait aidée à la convertir en espace de travail. Il avait même déplacé le bureau vers la fenêtre pour qu'elle puisse bénéficier à plein de la vue sur les arbres enneigés ainsi que sur les silhouettes légendaires des immeubles frangeant Central Park.

À ses yeux, c'était un des plus beaux paysages urbains au monde et elle devait se faire violence pour s'arracher à ce spectacle et se concentrer sur ses menus.

Elle s'était créé un poste de travail fonctionnel, avec portable, écran et organiseur, et faisait régulièrement le point avec Paige et Frankie. Un soir, elle était sortie les retrouver pour assurer un événement important qu'elles avaient organisé dans le quartier d'affaires de Midtown. Mais, pour le reste, elle se débrouillait en travaillant à partir de son *home office* improvisé. Elle discutait longuement au téléphone avec les clients pour bien cerner leurs goûts et leurs attentes. Puis elle assurait la liaison entre le traiteur et le lieu qui accueillait l'événement.

Le reste du temps, elle le passait dans la cuisine à fignoler des petits plats.

Avec l'approche des fêtes, les souvenirs de sa grand-mère se faisaient plus présents. Tout la ramenait à leurs Noëls d'antan : les odeurs et les saveurs, les textures et les fragrances. Depuis la disparition de

Grams, elle avait cessé de cuisiner certains plats qui faisaient trop intimement partie de leurs rituels. Mais, cette année, elle s'y attela pour Lucas et eut la surprise de trouver une forme de consolation dans la préparation des mets familiers, même si la tristesse et la nostalgie étaient aussi au rendez-vous.

Malgré le livre qui monopolisait son temps et son attention — ou peut-être grâce à lui, justement —, Lucas se montrait bon public. Il la complimentait sur tous ses essais culinaires et suivait ses créations avec un intérêt sincère.

Très vite, le dîner prit pour elle le statut de repas le plus important de la journée, car c'était le seul que Lucas et elle partageaient. Le petit déjeuner était souvent avalé debout, le repas de midi pareillement expédié. Parfois Lucas se contentait d'un plateau et remontait travailler en grignotant à son bureau.

Pour le dîner, il s'accordait une vraie pause, en revanche. Il la questionnait toujours longuement sur le menu, puis choisissait le vin en fonction de complexes accords de complémentarité entre mets et boissons. Elle était de plus en plus impressionnée par la finesse et plus encore par l'étendue de ses connaissances œnologiques.

— Donc tu as ici des crus très anciens et très chers ?

— Eh oui.

— Et tu achètes certains grands millésimes dans des ventes aux enchères ?

— Cela m'arrive, oui.

Il versa un vin de Bourgogne qu'il avait carafé et lui tendit son verre.

— Goûte-moi ça. Ferme les yeux... Dis-moi ce que tu en penses.

La première fois qu'il lui avait demandé de donner son avis, elle ne s'était pas sentie très à l'aise. Elle ne connaissait rien à l'œnologie et n'avait pas l'intention d'ânonner des commentaires approximatifs sur les tanins, les arômes et la longueur en bouche, alors qu'elle avait affaire à un vrai connaisseur.

— Je le trouve excellent. C'est tout ce que je peux t'en dire.

— Et en quoi te paraît-il excellent ?

— Parce qu'il se boit comme du velours et qu'il me donne envie de descendre le reste de la bouteille.

Elle lui sourit par-dessus le rebord de son verre.

— Je suis désolée de te décevoir, mais je ne peux pas être plus technique que ça. Comment as-tu appris l'art subtil de la dégustation ?

— Par mon père.

Lucas se servit à son tour.

— C'est sa passion. Quand j'étais gamin, une partie des vacances était consacrée à la tournée des domaines viticoles. Que ce soit en Californie, au Chili ou, bien sûr, en France.

Entre cette enfance vagabonde et ses tournées de promotion internationales, il avait parcouru la planète de long en large, comme d'autres partaient visiter Long Island en métro.

— De l'Europe, je ne connais que Paris. J'ai passé un mois à faire la marmitonne dans un grand restaurant.

Elle prit une nouvelle gorgée de vin.

— Toi, tu connais le monde entier, par contre.

— Pas le monde entier, non. Il s'en faut de beaucoup. Et même quand je voyage, mes horizons restent limités. En tournée de promo, je ne vois invariablement que des aéroports, une chambre d'hôtel standard et l'intérieur d'une librairie. Puis on rembarque pour la destination suivante. Parle-moi de ton séjour à Paris, plutôt. Qu'est-ce qui t'a fascinée là-bas ?

— Tout ! Le pain, le rapport passionné à la gastronomie, la qualité des ingrédients ! Et les ponts sur la Seine, bien sûr.

Elle était touchée par l'intérêt qu'il lui témoignait. Tant de fois, elle s'était retrouvée en tête à tête avec des hommes qui passaient leur temps à déverser sur elle d'interminables monologues dont ils formaient invariablement la figure centrale. Lucas posait des questions et se montrait attentif à ses réponses.

Il avait une très bonne écoute, patiente et généreuse, et elle en vint tout naturellement à lui parler de son enfance, à évoquer des détails au sujet de sa grand-mère qu'elle avait toujours gardés pour elle.

— Puffin Island est une petite île solidaire alors, chez nous, c'était toujours plein de monde. Après la mort de mon grand-père, nous n'avons plus fait la cuisine pendant au moins six mois. Tous les jours, les gens nous apportaient des petits plats qu'ils posaient devant notre porte. Et Grams adorait ça. Comme elle ne voulait pas que je sois tout le temps seule avec elle, elle a décidé de faire en sorte que je voie plein de monde. Dans cette optique, elle s'est mise à improviser des recettes et comme c'était un peu open bar chez nous, ça défilait pour venir goûter ses nouveautés culinaires.

La conversation glissa vers d'autres sujets mais, quelques jours plus tard, Lucas revint sur son enfance :

— Pourquoi avez-vous quitté Puffin Island, ta grand-mère et toi ?

— J'avais terminé le lycée et je voulais faire des études.

Elle ajouta un soupçon d'huile de truffe à ses tagliatelles.

— Alors Grams a décidé qu'elle était mûre pour un changement de cadre.

— Sacré changement, en effet. Et courageux de sa part.

— C'était une femme incroyable. La vie, comme elle le disait toujours, c'est devant, pas derrière. Et elle ne doutait jamais de ses capacités à réussir ce qu'elle entreprenait. Une fois sa décision prise, elle a pris congé de sa petite île rurale du Maine et *hop* ! nous sommes allées poser nos valises à New York.

— Elle qui avait enseigné la littérature a dû apprécier l'accès à la culture.

— Oh oui. Elle était émerveillée par toutes les possibilités qui s'offraient. Au début, elle avait pris un petit appartement dans l'Upper West Side. La proximité de Central Park lui permettait de rester en lien avec la verdure. Nos virées au parc faisaient notre bonheur. J'adorais nourrir les canards.

— Son île ne lui a pas manqué, alors ?

— Honnêtement, je ne crois pas.

Eva servit les tagliatelles aux morilles et posa les assiettes sur la table.

— Elle trouvait magique qu'on puisse assister à des concerts en plein air, passer des journées entières dans les musées et se procurer les ingrédients les plus sophistiqués plutôt que d'avoir à se débrouiller avec le maigre choix en stock dans l'unique magasin de l'île.

— Et toi ? Tu as regretté Puffin Island ?

Elle secoua la tête en s'asseyant en face de lui.

— J'adorais vivre là-bas, mais New York a été pour moi comme une révélation. Le jour où je suis entrée chez Bloomingdale's, j'ai compris que j'avais trouvé ma vraie patrie. Sans parler du rayon chaussures de Saks sur la Cinquième Avenue. Il est tellement immense que c'est un continent à lui tout seul. Il y a même un ascenseur express qui t'y conduit tout droit.

— Une montée directe au paradis ?

— C'est un peu ça, oui.

— Ta grand-mère avait une personnalité très affirmée. Ce n'est pas étonnant que ton lien à elle soit aussi fort.

— Elle était tout pour moi, admit Eva. Je la voyais comme le cœur de mon univers. Son grand talent, c'était sa capacité à se focaliser sur ce qui se passait bien dans sa vie — pas sur ce qui allait de travers. Quand je me précipitais pour ouvrir les volets le matin et que j'annonçais qu'il pleuvait à seaux, elle me répondait que c'était bon pour les plantes. Puis elle me promettait qu'on s'amuserait dans les flaques une fois que la pluie aurait cessé de tomber. Une année, l'île est restée coincée sous la neige pendant la moitié de l'hiver, mais elle n'a jamais émis une seule plainte. Elle se félicitait des conditions idéales qui permettaient de se pelotonner au coin du poêle et de faire plein de nouveaux gâteaux. Elle était tellement... solaire.

— C'est une qualité qu'elle t'a transmise.

— C'est ce que j'ai toujours cru, oui. Maintenant, je n'en suis plus si sûre.

Elle joua avec les morilles dans son assiette.

— Depuis qu'elle est morte je me sens plus nuage de pluie que rayon de soleil. Elle comptait énormément dans ma vie et je ne crois pas que je m'adapte si bien que cela à une existence où elle n'a plus sa place.

Clignant les yeux, elle ravala ses larmes par automatisme.

— Désolée. Parlons d'autre chose.

— Tu as *envie* de parler d'autre chose ?

Non. Elle avait envie de parler de sa grand-mère. De mettre des mots sur le chagrin tenace qui l'empêchait de reprendre pied dans la vie.

— Je ne veux pas me lamenter au sujet de mes problèmes.

— Parce que ta grand-mère t'a appris à ne pas le faire ?

Lucas scruta ses traits d'un air pensif.

— Tu as le droit de te sentir triste, Eva. Ce n'est pas un crime d'avoir un coup de mou de temps en temps.

— Je crois qu'une part de moi a peur que, si je commence, je ne pourrai plus m'arrêter. Paige et Frankie ont été super avec moi. Elles m'ont écoutée et réconfortée dans les moments difficiles. Mais je ne peux pas continuer comme ça. Il faut que je me ressaisisse.

— C'est toi qui m'as dit qu'il n'y avait pas de durée standard pour un travail de deuil. Que chacun doit faire le sien à son rythme.

— J'ai l'impression de trahir Grams. Je voudrais

tant rester fidèle à ses valeurs, à sa philosophie. Mais tout est si difficile, par moments.

— Comment voudrais-tu que ce ne soit pas difficile ? Après le départ de Sallyanne, j'ai beaucoup lu sur la théorie du deuil, mais c'est un processus très individuel que chacun vit comme il peut. Concrètement, tu ne peux pas faire grand-chose, à part tenir bon dans le moment présent et aller de l'avant, jour après jour, avec l'espoir que ça finira par aller mieux.

— Qu'est-ce qui te manque le plus chez elle ?

— Chez Sallyanne ?

Lucas reposa ses couverts pour réfléchir.

— Je ne sais pas. Son sens de l'humour irrévérencieux, je pense. Et toi ? Pour ta grand-mère ?

— Le sentiment d'être comme emmitouflée d'amour. L'impression de sécurité que donnait la certitude qu'elle m'aimait quoi qu'il arrive. Depuis que je l'ai perdue, c'est comme si j'étais allongée dans un grand lit froid et que quelqu'un m'avait arraché les couvertures. Et puis il y a les petites choses du quotidien. Le plaisir de l'appeler et de lui annoncer mes nouvelles du moment. Puis de l'entendre raconter ses anecdotes au sujet de sa résidence... la dernière blague racontée par Tom. Ou comment Doris avait oublié son dentier dans une tasse et terrifié le facteur. J'assistais toujours à leur fête de Noël. Ça aussi, ça me manque.

Levant son verre de vin, elle adressa un sourire d'excuse à Lucas.

— Désolée. J'arrête. Fin du lamento autocomplaisant.

Lucas se resservit des tagliatelles.

— Arrête de t'excuser. Et pour info, je ne te trouve pas autocomplaisante. Au contraire. Je te vois toujours garder ton chagrin pour toi. Tu devrais partager plus. C'est important.

— Tu n'en parles pas, toi non plus.

— J'écris. C'est un moyen d'évacuer la tension.

— Tu tues un personnage ou deux et ça te remet le moral d'aplomb direct ?

Il rit tout bas.

— Oui, voilà.

Elle joignit son rire au sien. Et découvrit qu'il y avait des mois et des mois qu'elle ne s'était pas sentie aussi bien.

— Merci de m'avoir écoutée. Avec toi, c'est facile de parler. Peut-être parce que tu as perdu quelqu'un que tu aimes, toi aussi. Tu sais ce que ça fait. Tu comprends.

C'était encore un lien de plus entre eux — un élément de proximité supplémentaire.

Elle avait renoncé à essayer de se convaincre qu'elle ne voulait surtout pas de lui. Elle le désirait follement. Il n'aurait qu'un geste à faire pour qu'elle lui tombe dans les bras sans se poser de questions. Mais ils avaient beau parler jusque tard dans la nuit, aborder des sujets de plus en plus personnels, Lucas continuait invariablement à s'abstenir de tout contact physique entre eux. Et elle faisait des efforts méritoires pour aligner son comportement sur le sien.

Une fois, leurs mains s'étaient effleurées par mégarde alors qu'elle lui tendait une assiette. Elle s'était rétractée d'un mouvement si brusque que l'assiette en question avait failli finir sa trajectoire au sol. Il l'avait rattrapée au vol et elle avait lu dans son regard brûlant qu'il savait quelle lutte elle menait contre elle-même, et qu'il livrait le même combat de son côté. Mais malgré la tension sexuelle entre eux qui bouillonnait à des températures plus élevées que tout ce qu'elle lui mitonnait en cuisine, il gardait scrupuleusement ses distances.

Stoïque, elle serrait les dents de son côté.

Elle se disait qu'il se montrait raisonnable pour deux et que c'était mieux ainsi. Mais elle avait beau faire, la déception l'envahissait, comme une douleur sourde, insistante. Elle aurait tant voulu qu'il puisse en aller autrement entre eux. Et par moments la nostalgie de leur nuit d'amour lui déchirait le cœur. Son sommeil était irrégulier, troublé par des rêves érotiques dont elle se réveillait la peau moite et le cœur battant. Avec des images fiévreuses dans la tête que la lumière du jour peinait à effacer.

Elle tenta une manœuvre de diversion pour détourner ses pensées du sexe.

— Et ton livre ? Il avance ?

Il les resservit en vin.

— Mieux que prévu, oui. J'ai encore écrit dix mille mots aujourd'hui. Je commence à penser que j'ai mes chances de pouvoir rendre le manuscrit à temps.

— Tu me le feras lire, puisque je figure dedans ?

Il porta son verre à ses lèvres.

— Je croyais que tu ne lisais pas de polars ?

— Jusqu'ici je n'avais encore jamais été un personnage littéraire. Ça change la donne.

— Personne n'a encore lu un de mes livres avant qu'il ne soit terminé.

Elle ressentit une pointe de déception.

— Bon, OK. Mais je veux un exemplaire dédicacé.

— Même s'il y a du sang sur la couverture ?

— Je me hâterai de couvrir le bouquin avec du papier rose à fleurs.

Elle se leva pour aller chercher la tarte au citron meringuée inspirée par son séjour à Paris. Puis Lucas monta de nouveau se cloîtrer dans son cabinet d'écriture.

Eva consulta ses mails, répondit aux plus urgents, remit à jour ses comptes médias et appela deux clients.

Avant d'aller se coucher, elle prépara deux tisanes et en porta une à Lucas.

La porte de son bureau était ouverte mais il ne se trouvait pas dans la pièce. Elle entra pour poser l'infusion et vit l'ordinateur allumé. Il s'était interrompu au beau milieu d'un chapitre, apparemment.

La curiosité fut soudain plus forte qu'elle : elle se pencha sur l'écran.

Dans sa tête, une petite voix coupable lui signala qu'elle enfreignait un interdit. Mais elle repoussa ses scrupules d'un haussement d'épaules. Elle était la source d'inspiration de Lucas. Cela ne lui conférait-il pas le droit de se faire une idée du personnage dont elle était le modèle ?

Elle se plongea dans la lecture, avec l'intention de ne pas aller au-delà de quelques lignes.

Mais une fois lancée, elle continua de lire. Encore et encore. Même si elle avait la bouche toute sèche et que ses mains tremblaient de façon convulsive.

Elle n'entendit même pas Lucas revenir dans la pièce.

— Eva ?

Le son de sa voix la tira de son état de choc. Elle recula, trébuchant sur une pile de livres entreposée par terre.

— C'est moi, cette femme ?

Les mots s'étranglaient dans sa gorge.

— Tu as dit que je t'inspirais un personnage.

— Eva...

— Et je suis quoi ? La meurtrière ! Je croyais que dans ton bouquin j'étais quelqu'un de bon, d'honnête et de sympa, mais je suis une criminelle ? Tu as fait de moi une *tueuse* ?

— Ce n'est pas *toi*, Eva. Mes personnages ne sont pas réels. Ce n'est que de la fiction, tout ça.

Il hésita.

— C'est vrai que j'ai emprunté certains de tes traits de caractère, mais...

— Elle a des cheveux comme les miens, des bonnets D. Et c'est une super cuisinière ! Tu aurais pu aussi bien la prénommer Eva ! Tout le monde saura que tu t'es basé sur moi pour créer cette femme monstrueuse, et c'est ... c'est horrible !

Impossible de prononcer les mots à travers la boule de colère qui lui obstruait la gorge.

— Et il y a d'autres détails qui...

— Eva, s'il te plaît.

— Toutes ces questions que tu m'as posées depuis que je vis chez toi ! Je croyais que ton intérêt pour moi était sincère. Que tu avais envie de mieux me connaître. Mais tu voulais juste du matériel à utiliser pour ta connerie de bouquin !

— Ce n'est pas vrai.

Il fit un pas dans sa direction mais elle leva la main.

— Ah non ! Ne t'approche pas. Et *surtout*, ne me touche pas, Lucas, car telle que tu me vois, je suis dans une colère meurtrière, justement.

— Tu ne crois pas que tu dramatises un peu, là ? Ce personnage s'inspire vaguement de toi, c'est tout.

— C'est *tout* ?

L'index brandi, elle lui fondit dessus.

— J'ai une grande nouvelle pour toi, Lucas : je suis une personne réelle. Un être humain en chair et en os, avec des émotions et des sentiments. Je ne suis *pas* un de tes personnages et nous ne sommes pas dans un de tes romans. Ceci est la vraie vie. *Ma* vie, en l'occurrence, et je t'interdis de...

Elle lui planta le doigt dans le sternum. Sa respiration était si brève et heurtée qu'elle en sifflait presque.

— Je refuse que tu fasses de moi une criminelle !

— Si tu voulais bien m'écouter cinq minutes...

— Non, je ne t'écouterai pas ! Je ne veux pas que tu m'amadoues avec de belles paroles. Tu crois que je cache une âme de meurtrière au fond de moi, c'est ça ? Eh bien, je vais te dire une chose...

Elle était tellement furieuse qu'elle crachait ses mots comme autant de projectiles vengeurs.

— Figure-toi que je commence à envisager de tuer une certaine personne pour de bon. Merci qui ? Là, tout de suite, j'aurais au moins une douzaine de plans différents pour t'assassiner et je te parie qu'il y en a certains qui ne te sont même jamais venus à l'esprit.

Sans lui laisser le temps de répliquer, elle pivota sur ses talons et quitta le bureau en claquant la porte derrière elle.

Elle poursuivit tout droit jusqu'à sa chambre dont elle claqua la porte encore plus fort, trop remontée pour réussir à respirer convenablement.

Il avait fait d'elle un personnage de serial killer.

Et elle qui aurait été prête à jurer qu'une belle et discrète intimité se tissait entre eux, jour après jour ! Là où elle avait cru voir un lien fort se nouer, lui se contentait de collecter des infos qu'il recyclait illico dans son roman. Il ne s'intéressait pas à elle parce qu'il tenait à elle, mais parce qu'il tenait à *son bouquin* !

Naïvement, elle s'était raconté qu'elle l'aidait par sa présence, qu'elle était la muse généreuse qui nourrissait heure après heure son corps et son inspiration. Or la seule chose qu'elle lui avait inspirée, c'était l'idée de faire d'elle quelqu'un d'épouvantable !

Ulcérée, elle arpentait la chambre dans un état de stress tellement monumental qu'elle se sentait au bord de l'implosion. Que faire ? *Boire un verre.* Il lui fallait de l'alcool, un point c'est tout. La méthode fonctionnait pour Lucas lorsqu'il traversait ses phases noires. Alors pourquoi pas pour elle ?

D'un pas furieux, elle dévala l'escalier et traversa la cuisine. Sans même accorder un regard à la provision de whiskys, elle se dirigea droit vers les casiers à vin et en sortit une bouteille.

Des pas résonnèrent dans son dos, mais elle ne tourna même pas la tête.

Elle ne voulait pas le voir. Et encore moins lui parler.

Quelle part d'authenticité y avait-il eue dans leurs échanges ? Leurs regards prolongés, la force de volonté presque surhumaine qu'ils avaient exercée sur eux-mêmes chaque fois qu'ils se trouvaient ensemble dans une même pièce — avait-elle fantasmé tout cela ?

Elle lui avait confié des choses qu'elle n'avait jamais dites à personne, même pas à ses deux meilleures amies. Et au lieu de garder ces confidences comme un trésor, il s'en était emparé froidement en vue d'en tirer du profit.

Abattant la bouteille sur le plan de travail, elle attrapa un ouvre-bouteille d'une main tremblante.

— Je ne sais pas ce que tu as l'intention d'en faire, mais ne la renverse pas, surtout, murmura Lucas dans un souffle. C'est un romanée-conti de... Peu importe.

— Un grand cru qui vaut une fortune, c'est ce que tu allais dire ?

— Dans le monde entier, il n'en reste que onze comme celle-ci.

Elle soutint son regard un instant puis tira sur l'ouvre-bouteille. Le bouchon céda avec un bruit sec.

— Eh bien maintenant, il n'en reste plus que dix.

Versant une dose de l'illustre cru dans un verre, elle le leva en le défiant du regard.

— Au meurtre !

Elle but une gorgée et ferma un instant les yeux.

— Mmm... Tu as raison, c'est *bon.* On dit que le crime ne paie pas mais, dans ton cas, il rapporte à l'évidence des sommes intéressantes. Tu aurais dû acheter les dix autres bouteilles restantes.

Il contempla celle qu'elle venait de déflorer.

— C'est fait.

Eva se resservit. Son humeur restait fracassante.

— Et où sont-elles ?

— Stockées.

— Alors que fait celle-ci ici ?

Elle avala de nouveau une grande gorgée. Lucas la regardait faire, l'observant avec précaution, comme s'il avait une bombe non désamorcée juste devant lui.

— Je la gardais pour une grande occasion.

— Alors ça tombe bien, car c'en est une. Ce n'est pas tous les jours que l'on se découvre meurtrière. Ça ne correspond pas tout à fait au plan de carrière que je m'étais fixé et je ne suis pas sûre que ma grand-mère aurait été fière de moi, mais je suis d'avis que toute découverte mérite d'être célébrée, même si elle est peu glorieuse. J'espère que je suis une criminelle douée, au moins ?

Elle vida son verre d'un trait et le reposa bruyamment sur le comptoir.

Lucas la regardait faire avec inquiétude.

— Tu ne devrais pas boire aussi vite. Tu vas avoir mal à la tête.

— Je la boirai comme je veux, et tu as le droit d'assister à la descente de ta précieuse bouteille si ça t'amuse.

— Cela ne te ressemble pas, Eva.

— Peut-être que si, justement. Ça pourrait être le côté de moi dont tu ignorais l'existence. C'est ton grand credo, non, que les êtres humains ont plusieurs visages ? Tu crois que le fait d'être optimiste et de chercher à voir les autres sous leur meilleur jour fait de moi quelqu'un de faible ? Tu pensais que je n'oserais pas l'ouvrir, ton pinard de luxe ? C'est le moment de reconsidérer tes opinions, Lucas.

Elle se resservit une rasade.

— Il vaut combien, au juste, ton litron ?

Il nomma un montant qui manqua lui faire lâcher le goulot.

— Bien. J'ai intérêt à savourer chaque gorgée, alors.

— Tu n'as pas l'intention de la partager ?

— Non. Tu vas me regarder la boire. Je ne serai jamais une vraie tueuse, mais je me sens capable d'exercer cette torture délibérée sur toi. C'est au moins une satisfaction que je peux m'octroyer.

Il la considéra d'un œil précautionneux.

— Qu'est-ce tu entends par là ?

Eva vit sa main trembler sur la bouteille.

— Je t'aimais bien, Lucas. Beaucoup, même. Et je croyais que... Peu importe ce que je croyais. J'étais stupide. Tu peux l'écrire dans ton bouquin si ça t'amuse. Autant respecter à la lettre les sources documentaires qui te viennent de ton modèle.

— Si tu crois que le fait qu'on a couché ensemble a quoi que ce soit à voir avec mon intrigue, tu es loin, très loin de la vérité.

— Ah non ? L'expérience ne s'est jamais renouvelée, pourtant. Donc soit ça ne t'a pas plu, soit tu as eu ce que tu voulais et...

— Eva...

— Je n'ai pas envie d'entendre la réponse. Sérieux.

— Le fait que « l'expérience », comme tu dis, n'a pas été réitérée est sans rapport aucun avec des considérations liées à l'écriture de mon livre.

— Inutile de gaspiller ta salive. À partir de maintenant, je ne prononcerai plus un mot. Ça évitera que tu utilises mes propos comme preuve, indice, description ou tout autre bénéfice licencieux.

Elle agita sa bouteille.

— Tu as entendu ? J'ai dit « bénéfice licencieux ». Cela prouve que je peux utiliser d'autres mots que « chouette », « top » ou « sympa ». Tu es impressionné, j'espère ?

— Je pense surtout qu'il vaudrait mieux que tu arrêtes de boire.

— Ne me dis pas ce qui est mieux pour moi. Tu cherches à insinuer que je ne tiens pas l'alcool ? Je suis sûre que tu roulerais sous la table avant moi.

Elle vacilla et réussit tant bien que mal à retrouver son équilibre.

— Va te faire foutre, Lucas… Ah non, que dis-je, ça c'est plutôt mon truc à moi.

Consciente qu'il était temps d'opérer une sortie de scène dans la dignité tant qu'elle tenait encore sur ses jambes, elle récupéra sa bouteille, gravit bruyamment l'escalier et claqua la porte de sa chambre derrière elle.

Chapitre 14

« Un ami qui sait écouter coûte moins cher qu'une thérapie. »

— *Frankie*

Le lendemain matin, lorsque Lucas descendit, il trouva la cuisine vide.

Eva finit par émerger sur le palier et négocia l'escalier cramponnée à la rampe, comme si le moindre choc occasionnait une intense douleur. Au vu du regard courroucé qu'elle posa sur lui, il en conclut que ses dispositions à son égard ne s'étaient pas améliorées durant la nuit.

Notant son extrême pâleur, il ouvrit le tiroir qui lui servait d'armoire à pharmacie.

— Ibuprofène ?

Il lui tendit un blister mais elle l'ignora.

— Je n'en ai pas besoin. Souviens-toi que je tiens l'alcool comme un soudard.

Il était clair qu'elle mentait plutôt comme une arracheuse de dents, mais Eva ne lui laissa pas le temps de contester. Elle disparut un instant puis revint avec un manteau et un bonnet.

— Où tu vas ?

— Quelque part où je ne pourrai pas être tentée d'attenter à ton intégrité physique. Je n'ai pas envie de passer Noël dans une cellule.

Elle s'enfonça le bonnet sur la tête et boutonna son manteau.

— Va écrire ton livre. C'est ça qui t'intéresse, non ?

— Il fait un froid de loup dehors. Tu ne peux pas sortir.

— Je peux si je veux.

Elle enfila ses gants.

— Et tu n'as pas intérêt à me suivre.

Elle sortit en claquant la porte d'entrée derrière elle.

Lucas se passa la main sur le visage et lâcha quelques jurons bien sentis.

Et maintenant ?

Il remonta dans son bureau, ranima son écran et parcourut des yeux le passage dans lequel il l'avait trouvée plongée la veille. Dans un premier temps, il avait eu du mal à comprendre la violence de sa réaction. Mais il se rendait compte à présent qu'il avait été trop pris dans l'intrigue, trop proche de ses personnages pour lire la scène comme Eva l'avait lue.

Il s'agissait d'un premier jet qu'il reprendrait plus tard, en opérant des coupures, en remaniant des tournures. Mais il était clair que, dans sa formulation actuelle, l'extrait avait pu choquer Eva.

Malheureusement pour lui, elle avait lu le passage où son héroïne cuisinait un repas qu'elle s'apprêtait à servir à sa prochaine victime.

S'il se plaçait du point de vue d'Eva, les mots à l'écran pouvaient effectivement lui renvoyer une caricature offensante d'elle-même.

Pestant entre ses dents, Lucas attrapa son manteau au vol et prit l'ascenseur pour descendre au rez-de-chaussée, où il trouva Albert à son poste. Jusqu'à l'arrivée d'Eva, il ne s'était jamais penché sur le fait que le portier qu'il croisait tous les jours avait une identité et un prénom.

— Si c'est Eva que vous cherchez, elle a quitté l'immeuble.

Un seul coup d'œil sur le visage sévère d'Albert lui apprit qu'Eva n'avait rien perdu de son incapacité fondamentale à masquer ses émotions.

— Avez-vous vu dans quelle direction elle est partie ?

L'expression d'Albert demeura glaciale.

— Je n'ai pas fait attention.

Autrement dit, il savait mais il gardait l'info pour lui.

— Elle ne va pas bien, Albert. Il faut que je lui parle.

— Et vous savez qui ou quoi l'a perturbée comme ça ?

— C'est moi.

Lucas devait bien admettre qu'il méritait le regard réprobateur dont il fut gratifié.

— C'est pour ça qu'il faut que je la retrouve.

— Pour aller la perturber encore plus ?

— Pour essayer d'arranger les choses.

Au moment où il prononça ces mots, il comprit à quel point il désirait cette réconciliation. Oui, il était inquiet à l'idée de la savoir seule dans les rues verglacées, mais ce n'était pas pour ça qu'il était sorti en courant de l'appartement.

— Eva est quelqu'un de très sensible. Ce n'est pas une fille comme les autres.

— Je sais.

Albert le dévisageait, comme s'il cherchait à lire quelque chose sur ses traits.

— Elle est au parc.

— Au parc ? Vous êtes sûr ? Elle n'est pas allée faire du shopping plutôt ? Il fait un froid de canard et ils annoncent de nouvelles chutes de neige. Pourquoi irait-elle se frigorifier là-bas ?

— Elle m'a dit qu'elle comptait prendre du bon temps avec le seul genre de bonhomme qu'elle aimait encore.

Lucas secoua la tête en se demandant à quoi il faisait allusion.

— Un bonhomme ? *Quel* bonhomme ?

Albert lui jeta un regard appuyé.

— De neige.

Elle aurait dû être morte de froid, mais l'humiliation fonctionnait comme une protection thermique très efficace. La colère la chauffait de l'intérieur et la vexation lui brûlait la peau. *Elle avait été vraiment trop conne !* Une conne crédule et confiante. Et comme si cela ne suffisait pas, il avait fallu en plus qu'elle lui parle de ses sentiments pour lui. Alors qu'elle aurait pu la jouer cool et juste prétendre être horrifiée qu'il ait fait d'elle une meurtrière dans son intrigue. Mais au cours des derniers jours, elle avait laissé tomber presque toutes ses défenses avec Lucas. Non seulement elle avait commencé à croire qu'il pourrait s'intéresser à elle, mais elle était allée jusqu'à le lui dire.

Donc, il savait maintenant qu'elle s'était fait des illusions au sujet de leur relation. Cerise sur le cadeau, un groupe de percussionnistes fous se déchaînait sous son crâne en compote. Elle aurait dû accepter l'analgésique.

— Eva ?

Un poids lui tomba sur l'estomac lorsque la voix de Lucas s'éleva dans son dos.

Il l'avait suivie !

Il ne lui restait qu'une façon de dissimuler sa honte et c'était de rester le visage collé sur son bonhomme de neige.

— Qu'est-ce que tu viens faire ici ?

Elle rassembla de la neige avec ses gants en prenant bien soin de ne pas se retourner vers lui. Comment pouvait-on avoir les joues en feu alors que les températures plongeaient en dessous de zéro ?

— Tu refais un syndrome de la page blanche dès que tu ne m'as plus sous la main ? Il te faut un nouveau détail intime à mon sujet que tu puisses intégrer dans ta prose ? Si c'est ça, tu perds ton temps. Tu sais déjà tout ce qu'il y a à savoir sur ma personne. Je n'ai plus aucun secret croustillant que tu pourrais te mettre sous la plume.

Si seulement elle avait tenu sa langue ! Pourquoi n'avait-elle pas été fichue de filtrer au moins *a minima* les paroles qui se déversaient de sa bouche ?

La neige craqua sous les pas de Lucas et la pointe de ses bottes apparut dans son champ de vision.

— Je vois que tu es encore très remontée contre moi.

— Exact. Je suis dans une colère noire. Et il en faut *beaucoup* pour me mettre dans cet état. Tu as dû retenir ça de nos discussions où tu faisais mine de t'intéresser à moi. Quand tu me disais que je devrais être plus méfiante et regarder au-delà des apparences, je n'avais pas compris que c'était contre toi que tu me mettais en garde.

— Viens, Eva. On retourne à l'appartement. On pourra parler de tout ça au chaud.

— Je suis bien ici, Lucas. Je compte sur les températures extérieures pour calmer mon état d'ébullition.

Elle planta avec hargne une carotte dans la boule qui formait la tête de son bonhomme de neige. Lucas l'effleura de son bras lorsqu'il s'accroupit à côté d'elle.

— Je m'intéresse à toi, Eva. Vraiment. Et je t'aime beaucoup, moi aussi. Tu ne t'es pas trompée là-dessus.

— J'imagine que le personnage de ton livre passe son temps à menacer les hommes de les découper en petits morceaux s'ils ne l'aident pas à utiliser son préservatif avant la date de péremption ?

— Rien de ce qui concerne la nuit que nous avons passée ensemble n'entre ni n'entrera dans mon livre.

La voix de Lucas était calme, ce qui, pour une raison mal définie, ne servit qu'à exacerber sa colère.

— Quel dommage que tu n'aies rien pu en tirer d'utile pour les scènes de sexe de ton roman.

— Cette nuit a été unique, très privée, et n'avait rien à voir avec la collecte de matériel.

La carotte chuta du nez du bonhomme. Lucas la ramassa et la remit en place.

— Il te faut des yeux.

— J'en ai, des yeux. Je ne les utilise pas toujours à bon escient, c'est tout.

— Je te parlais de ton bonhomme de neige.

— Ah...

Si seulement il ne se tenait pas aussi près. Son genou plié lui effleurait la jambe, et la largeur de ses épaules la protégeait en partie du vent mordant.

— Tu peux t'écarter ? Tu me bloques l'accès à mon tas de neige.

Il se déplaça juste des quelques centimètres nécessaires, et elle forma une nouvelle boule de neige dont elle se servit pour arrondir le ventre de son bonhomme.

— Je t'avais annoncé la couleur dès le départ, Eva. Tu savais que je m'étais inspiré de toi pour un de mes personnages.

— Sans me préciser quel *genre* de personnage.

— Je n'arrive pas à savoir ce qui t'a choquée le plus : découvrir que j'avais utilisé certains aspects de toi pour créer mon héroïne criminelle — laquelle héroïne, entre parenthèses, a une personnalité très éloignée de la tienne — ou l'idée que je te faisais parler uniquement pour emprunter des aspects de ta biographie et les attribuer à mon personnage ?

— L'un et l'autre m'horrifient. À parts égales.

La respiration de Lucas formait de petits nuages de vapeur dans l'air glacé.

— Qu'est-ce que je peux faire pour remédier à ça ?

— Rien. C'est juste à moi d'apprendre à ne rien dire que tu puisses utiliser contre moi.

— Tu n'as eu qu'une seule page sous les yeux, Ev. Si tu avais lu l'ensemble du manuscrit, tu ne te serais pas reconnue du tout.

— Seuls mes vrais amis m'appellent Ev.

— Je pensais que les moments intimes partagés m'auraient valu de partager ce privilège.

Le rappel de leurs étreintes la hérissa de plus belle.

— Pas du tout. Parce que ce n'était pas réel.

Il jura tout bas.

— Pas *réel* ? Qu'aurais-tu voulu de plus en matière de réalité ? Tu le sais, qu'il n'y a pas eu de faux-semblants.

— Et je suis censée le savoir comment ?

— Que te dit ton intuition ?

— Grâce à toi, j'ai cessé de croire à ce qu'elle me raconte, justement. Je ne suis pas le bon juge des caractères que je pensais être.

Il prit une grande inspiration.

— Depuis le départ de Sallyanne, il n'y a plus eu d'autre femme dans ma vie. Toutes celles que j'ai croisées de près ou de loin jusqu'ici m'ont laissé de marbre. Et le moins que l'on puisse dire, c'est qu'avec *toi* je ne suis pas de glace. Ce qui s'est passé entre nous n'a strictement rien à voir avec mon bouquin. Lis-le et tu verras.

— Tu as pour principe immuable de ne jamais laisser personne lire ta prose avant que ton manuscrit soit terminé.

— C'est exact. Mais s'il faut en passer par là pour te convaincre que ce personnage n'est pas toi, je suis prêt à faire une exception. On va rentrer tout de suite, et tu commenceras à la première page. Comme ça, tu te feras ton opinion par toi-même.

Elle songea à tous ses lecteurs assidus — Frankie comprise — qui auraient été prêts à tuer père et mère pour le privilège de se plonger dans le dernier Lucas Blade en avant-première.

— Non, merci. Mais que tu me proposes de le faire signifie beaucoup pour moi.

— Pourquoi refuses-tu de le lire ?

— Parce que le maigre extrait que j'ai eu sous les yeux pourrait déjà me procurer quelques cauchemars. Je préfère ne pas imaginer l'effet que provoquerait le reste.

Il rit tout bas.

— Reviens à l'appartement, Eva.

— Je n'ai pas terminé mon bonhomme. Et je ne tourne jamais le dos à un homme avant d'en avoir fini avec lui.

Sans compter qu'elle ne se faisait pas encore confiance pour rentrer avec Lucas maintenant. Elle n'était pas complètement prête à lui pardonner.

— Bon. Eh bien on va le fabriquer ensemble, ton bonhomme.

Lucas avait abandonné la construction des bonhommes de neige depuis sa lointaine enfance dans le nord de l'État de New York.

— Je ne suis pas sûr de maîtriser la technique.

Mais il était prêt à tout ou presque pour trouver une solution au problème qu'il avait lui-même créé.

Eva se redressa en appui sur ses talons.

— Ne me dis pas que tu n'as jamais fait de bonhomme de neige ?

— Une fois ou deux, si. Mais mon frère et moi, on était plus orientés destruction que construction, à l'époque. On se battait comme des malades avec la neige. La seule chose qu'on créait, c'était du bazar.

— C'est la première fois que je t'entends parler de ton frère.

Elle reprit de la neige et s'en servit pour étoffer son bonhomme.

— Vous n'êtes pas très proches, lui et toi ?

C'était un vrai soulagement qu'elle soit disposée à parler d'autre chose que de l'héroïne de son bouquin.

— On ne s'entend pas trop mal dans l'ensemble, lui et moi. Mais on ne se voit pas souvent car on bosse comme des dingues l'un et l'autre. Il est banquier.

— Je sais. Mitzy me l'a dit. Je l'ai croisé chez elle une fois et je lui ai donné ma carte. Enfin... la carte d'Urban Génie.

Il n'avait jamais été informé de cette nouvelle.

— Mon frère a eu recours aux services de ton agence ?

— Non. J'avais prévu de le solliciter, mais après on a été submergées de demandes et je n'ai pas eu besoin de le faire. En tout cas, c'était gentil de la part de ta grand-mère de nous avoir mis en relation.

— Je suis allé lui rendre visite, au fait.

— Ah bon ? Quand ?

— Avant de passer te voir dans les bureaux d'Urban Génie. Je voulais qu'elle me donne l'adresse de ton domicile. Elle a refusé.

— Donc elle sait maintenant que tu étais chez toi et pas dans le Vermont.

Lucas hésita. Jusqu'où pouvait-il être sincère ? Il pesa ses options et décida qu'il ne voulait pas prendre le risque de voir surgir de nouveaux malentendus.

— Elle n'a jamais cru un instant que j'étais parti dans le Vermont, Eva.

— Mais...

Elle cessa de tapoter la neige et leva les yeux vers lui.

— Tu veux dire qu'elle m'aurait menti *délibérément* ?

— J'adore ma grand-mère, mais elle n'hésite pas à manœuvrer et tirer les ficelles lorsqu'elle pense pouvoir se rendre utile à l'un de ses proches.

— Sérieux ?

De stupéfaction, Eva bascula en arrière et se retrouva le postérieur dans la neige.

— Oh ! la roublarde !

— Je reconnais qu'elle peut l'être, oui.

— Et maintenant, j'imagine que tu es convaincu que Mitzy et moi, on était de mèche depuis le début.

— Non. Je sais que ce n'était pas le cas. Ce que je crois, c'est que ma grand-mère a une réelle affection pour toi.

Et il n'avait aucun mal désormais à comprendre pourquoi.

— L'affection est réciproque.

— Ma grand-mère a deux fils et deux petits-fils. Il lui manque une présence féminine.

— Et ta mère ? — Mes parents vivent à la campagne, dans la maison où j'ai grandi. Et ils passent une grande partie de leur temps à voyager. Ce serait à mon frère et à moi, qui habitons New York, de passer plus de temps avec elle. Mais on n'assure pas vraiment, sur ce plan-là, je suis le premier à le reconnaître. Ma grand-mère pense que toi et moi, on pourrait s'épauler mutuellement — se faire du bien, en somme.

Eva plaça un caillou chargé de représenter un bouton de son bonhomme.

— Elle se fait de fausses idées.

— Peut-être, dit-elle.

— Peut-être ?

C'était son métier d'utiliser les mots pour manipuler les émotions des autres. Il savait comment créer l'attente, l'excitation, la terreur noire. Et pourtant, il se sentait privé de tout recours face à Eva — incapable d'exprimer en termes clairs ce qu'il ressentait. Tout ce qu'il savait, c'était que lorsqu'elle était sortie de chez lui, son appartement était redevenu un puits sombre et sans âme. Elle avait emporté l'éclat du soleil avec elle et il s'était retrouvé démuni.

— Tu n'as pas été la seule à lâcher tes secrets, Eva. J'ai fait la même chose avec toi. Nous nous sommes confié mutuellement des choses importantes. Et cela n'avait rien à voir avec mon livre. Et tout à voir avec ce qu'il y a d'intime entre nous.

Ce n'était pas facile à admettre pour lui, mais il savait qu'il disait la vérité. Quelque chose dans la nature généreuse d'Eva encourageait les confidences.

— Le sexe, tu veux dire ?

— On était habillés l'un et l'autre lorsque ces conversations ont eu lieu. Et de nous deux, je suis probablement celui qui a pris le plus de risques. J'ai mis entre tes mains des informations que tu es seule à connaître et dont tu pourrais, si tu le souhaitais, faire tout un tas d'usages.

Les yeux d'Eva étincelèrent.

— Jamais je ne me servirais de cela contre toi !

— Je sais. Et c'est précisément où je cherche à en venir. Je te fais confiance et je te demande de me faire confiance en retour. J'ai inventé un personnage féminin pour mon livre. Est-il exact que je lui ai attribué quelques-uns de tes aspects irrésistibles ?

Oui, je l'admets. Parce que ce sont ces traits qui séduiront le lecteur.

Elle garda le silence un moment.

— Tu trouves que j'ai des aspects irrésistibles ? Tu ne dis pas ça seulement pour éviter que je t'assomme à coups de carotte ?

— Pas que pour ça, non.

— Cette femme est une meurtrière.

— Elle est aussi humaine. Les personnages de fiction sont plus crédibles s'ils ne sont pas ou tout noirs ou tout blancs. Rien de plus soporifique que la vertu. Et le vice pur lasse tout aussi vite. Parce que, la vérité, c'est qu'il y a du bon et du mauvais en chacun de nous. Et ce qui fait l'intérêt d'une lecture, c'est lorsque l'un et l'autre sont présents.

— Tu veux dire que le personnage inspiré de moi était quelqu'un de bien au départ ?

— Cette fille est une psychopathe, mais elle a aussi une grande fragilité narcissique. On pourrait sans doute parler d'un trouble de la personnalité, à la limite. Si elle avait grandi dans un environnement moins cruel, si les premières années de sa vie s'étaient passées différemment, elle serait peut-être devenue une tout autre personne. Mais son début de vie compliqué a nourri cette part malade en elle.

— La pauvre.

La remarque était si typique d'Eva qu'il ne put que sourire.

— Elle est *fictive*. C'est ce qui est si extraordinaire dans le roman. On peut créer les héros qui nous intéressent. Un livre laisse sa marque sur le lecteur lorsque ses personnages sont complexes. Il y aura des aspects d'elle avec lesquels le lecteur se sentira en empathie. La vie a très mal démarré pour elle. Les lecteurs seront choqués par ses actes, mais il y aura aussi une minuscule part d'eux-mêmes qui se demandera si les hommes qu'elle tue n'ont pas mérité ce qui leur arrive.

Eva hocha la tête.

— Tu crois que tu vas terminer ton manuscrit dans les temps ?

— Je ne sais pas. Tu reviens avec moi à l'appartement ?

— Si ton roman avance bien, tu n'as plus besoin de moi.

— J'ai besoin de toi, si.

Il s'était réveillé ce matin, conscient que le brouillard givrant qui lui paralysait le cerveau à cette époque de l'année s'était dissipé, chassé par l'éclat du sourire d'Eva et par le rayonnement de sa présence. Il ne savait pas ce qui se passerait si elle partait, mais il n'avait pas envie de sombrer de nouveau dans la noirceur de la dépression. Quelque chose en elle nourrissait son âme privée de force. Quelque chose qui n'avait rien à voir avec ses talents en cuisine.

— Besoin de moi pour quoi ? Pour ton livre ?

— J'ai besoin de toi tout court.

Cette fois il prononça les mots lentement et de façon délibérée. Elle cessa de façonner son bonhomme de neige et lui jeta un regard prolongé. Clairement, elle était en train de décider si elle pouvait oui ou non lui faire confiance. Et il était incapable de déterminer si la balance pesait ou non en sa faveur.

Il avait envie de l'attirer contre lui, de prendre ses joues rosies par le froid entre ses mains et de l'embrasser jusqu'à ce qu'elle en oublie son nom.

— Il faut juste que je coupe encore deux branches pour les bras et j'aurai terminé.

Elle se redressa et épousseta la neige sur son manteau.

— Tu gardes notre bonhomme ? Je reviens tout de suite.

Il la vit progresser dans la neige en direction des arbres. Un calme étonnant régnait dans le parc. Même si la tempête était finie depuis quelques jours, seuls quelques courageux amis des chiens et deux ou trois photographes amateurs s'étaient aventurés dans les allées.

Il débattait avec lui-même pour savoir s'il avait le temps de s'accorder une pause et d'emmener Eva dîner au restaurant lorsque, soudain, il l'entendit crier.

— Lucas !

La panique dans sa voix le fit bondir.

— Eva ?

Au début, il ne vit rien d'autre que la masse sombre des arbres. Puis il découvrit la tache que formait son manteau. Eva était à terre et ses mains étaient rouges de sang. Son ventre se noua et, l'espace d'un instant, il crut qu'elle s'était blessée grièvement en tombant. Puis il vit quelque chose bouger entre ses bras.

Il la rejoignit au pas de course.

— Qu'est-ce que c'est ?

— Un chiot. Fourré dans un sac plastique et abandonné par terre entre les arbres. Je l'ai vu bouger.

Sa voix était étranglée par les larmes et la colère.

— Quelqu'un a dû le balancer là comme un vulgaire paquet. Il est blessé, Lucas. Ses pattes sont coincées et il est glacé. Je n'arrive pas à croire qu'il y ait des gens capables de faire une chose pareille. Et je n'arrive pas à le sortir de ce fichu sac.

Lucas s'accroupit à côté d'elle, ivre de soulagement de constater que le sang n'était pas le sien. Ses mains tremblaient et il lui fallut un moment pour rassembler ses pensées.

Le chiot avait ses grands yeux fixés sur Eva, comme s'il avait déjà compris qu'elle représentait son dernier espoir de survie.

— Tiens-le pour l'empêcher de bouger. Je vais essayer de le dégager.

Il tenta de glisser les doigts entre le plastique entortillé et les membres inférieurs de l'animal apeuré.

— Je n'y arrive pas, Ev. Il a dû se débattre comme un fou. Sa patte est complètement emberlificotée.

— Évidemment qu'il s'est débattu comme un fou ! Si quelqu'un t'avait abandonné au fond d'un sac, tu aurais lutté pour ta vie, toi aussi.

Elle caressa la tête du chiot en chantonnant d'une voix apaisante :

— Calme-toi, petit chien, tout va bien... Tonton Lucas va te sortir de là.

« Tonton Lucas » ne voyait pas trop comment il allait s'y prendre, en l'occurrence. Mais notant l'expression d'Eva, il comprit qu'il avait intérêt à faire quelque chose et vite.

— Il faudrait le montrer à un véto.

Il avait déjà son téléphone dans la main, mais Eva secoua la tête.

— Attends, je connais quelqu'un. Tu peux le tenir pendant que je passe l'appel ? Il est très sale, par contre. Il va probablement pourrir ton manteau.

Lucas considéra tour à tour les grands yeux inquiets d'Eva et le chiot tremblant de froid.

— Un manteau, ça se nettoie.

— Bonne réponse, l'ami des bêtes.

Avec précaution, elle lui déposa l'animal secoué de frissons dans les bras et sortit son portable de sa poche.

— Fliss ? C'est Eva. J'ai une situation d'urgence.

Elle raconta en quelques mots ce qui s'était passé, écouta quelques instants, puis remercia et raccrocha.

— Fliss dit qu'il y a un très bon véto juste en face du parc. On peut se relayer pour porter le chien jusque-là.

— Il ne pèse pas bien lourd. Qui est Fliss ?

— Sa sœur et elle tiennent une petite société de services : les Woof Rangers. Leur boulot consiste à promener les toutous sur tout l'est de Manhattan. Nous faisons très souvent appel à elles. Et Harriet est bénévole à la Société protectrice des animaux. Il lui arrive de faire famille d'accueil pour les chiens en attendant qu'ils trouvent un maître.

Le nom de la boîte lui parut vaguement familier sans qu'il parvienne à le replacer pour autant.

— Tu crois qu'elle accepterait de recueillir celui-ci ?

— Je ne sais pas. Fliss dit qu'elle a une portée complète de chiots chez elle en ce moment, donc ce n'est pas forcément gagné. Si elle ne peut pas le prendre, je le garderai jusqu'à ce qu'il soit adopté dans de bonnes conditions.

L'expression d'Eva disait clairement qu'elle tiendrait sa résolution et qu'aucune complication ne pourrait l'arrêter.

— Et tu vas le garder où ?

— Tu t'inquiètes pour ton appartement impeccable ? Ce n'est pas nécessaire. Je le ramènerai chez moi.

— Mon appartement a cessé d'être impeccable dès le premier jour où tu t'y es installée.

— Oups. À cause du sapin de Noël qui perd ses aiguilles ?

— Entre autres. Et tes affaires ont spontanément tendance à s'éparpiller jusque dans les recoins les plus inattendus. Tiens, à propos, si tu cherches ton foulard, je l'ai trouvé hier dans mon bureau.

— Le vert ? J'ai retourné tout l'appart pour essayer de mettre la main dessus !

Voyant qu'elle commençait à retirer son manteau, il tendit la main pour arrêter son geste.

— Qu'est-ce que tu fais ?

— Je vais l'enrouler dedans pour le réchauffer.

— Tu ne seras d'aucun secours à ce chien si tu meurs d'hypothermie.

Lucas déboutonna son pardessus et glissa le chiot à l'intérieur. Aussitôt, il sentit le froid humide émanant de l'animal s'infiltrer à travers son pull.

— Allez. On y va ?

— Du coup, tu as bousillé *et* ton manteau *et* ton pull — en cachemire, l'un et l'autre.

Elle s'assura d'un œil inquiet que le chiot avait assez d'air pour respirer.

— C'est ta façon de te faire pardonner, Lucas ?

— Non. J'ai d'autres idées pour cela. Mais on en parlera plus tard.

Le vétérinaire avait déjà été prévenu au téléphone par Fliss et il les prit en urgence.

— Les chiens sont comme les humains. Ils risquent les engelures par temps très froid.

Il procéda à une auscultation approfondie du chiot, qui commença à émettre de petits sons plaintifs.

— S'il est encore en vie, c'est grâce au fait qu'il a été déposé entre les arbres et qu'il a bénéficié de leur abri.

— Et le sang ?

— Ce n'est rien. Juste une coupure. Il y avait probablement quelque chose sous la neige qui l'a blessé. Peut-être une pierre ou un rameau.

Le vétérinaire lui fit une piqûre d'antibiotiques et leva les yeux lorsqu'une jeune femme fit irruption dans la salle d'examen. Les pans de son manteau ouvert flottaient dans son dos et elle portait une écharpe d'un rouge éclatant enroulée autour du cou. Ses cheveux d'un blond très clair, presque argenté, étaient relevés en queue-de-cheval. Le médecin l'accueillit avec un sourire détendu. Ils se connaissaient bien, à l'évidence.

— Salut, Harriet. Comment va Fliss ? Elle est remise de sa grippe ? Elle avait une meilleure voix, au téléphone.

— Elle a bien récupéré, oui. Elle t'envoie le bonjour et m'a demandé de te dire que Midas va vraiment mieux depuis son opération. Elle te le ramène la semaine prochaine pour une visite de contrôle... Et ce chiot, alors, il en est où ? Pas trop de bobos ?

Elle sourit à Eva.

— Fliss m'a dit que tu étais en pleine opération sauvetage. Alors je suis venue faire un saut pour voir si je pouvais me rendre utile.

Harriet reporta son attention sur le chiot.

— Oh ! mais c'est que tu es vraiment très mignon, toi...

Elle caressa doucement les oreilles du jeune animal, qui cessa aussitôt de geindre et poussa son museau au creux de sa paume.

— Pauvre bébé. Tu es en sécurité, maintenant. Tu as de la chance qu'Eva t'ait trouvé à temps. Qu'est-ce que tu faisais au parc par ce temps, Ev ?

— Un bonhomme de neige.

Harriet garda une main rassurante sur la tête du chiot pendant que le vétérinaire soignait sa coupure.

— Je pensais que tu serais plutôt chez toi à Brooklyn, à travailler comme une dingue pour assurer tous les événements liés à la période des fêtes.

— Je suis basée ici à Manhattan en ce moment. Je cuisine, j'aide aux préparatifs de Noël, ce genre de choses. Je te présente Lucas, au fait... Lucas, voici Harriet Knight. C'est une moitié des Woof Rangers.

— Les Woof Rangers ?

Il se souvint alors où il avait déjà entendu ce nom.

— Il vous est déjà arrivé de promener le chien de ma grand-mère, je crois.

De sa main libre, Harriet déroula la grande écharpe qu'elle s'était nouée autour du cou.

— Votre grand-mère ?

— Mary Blade.

Harriet écarquilla les yeux.

— Vous êtes ce Lucas-là ? Lucas Blade, l'auteur de romans policiers ? Quand je vais dire ça à Fliss, elle va être folle. Elle achète tous vos romans. C'est une passion, chez elle. Frankie et elle sont des fans enragées.

Elle sourit.

— Enfin... Ce n'est peut-être pas vraiment le lieu pour parler d'« enragées » ?

Le vétérinaire ne releva pas. Lucas sentait ses yeux rivés sur lui.

— Lucas Blade, dans mon cabinet ? C'est un honneur. Je fais partie de vos lecteurs assidus. Mais je sais que nous sommes nombreux dans ce cas.

Harriet caressait toujours les oreilles soyeuses du chiot.

— Si j'avais su, j'aurais acheté un de vos livres et je vous aurais demandé de me le dédicacer. Je n'ai pas l'ombre d'une idée de cadeau pour Fliss, à Noël. C'est toujours très compliqué de trouver quelque chose pour elle. Alors qu'avec ça j'aurais touché en plein dans le mille.

Lucas sentait le regard interrogateur d'Eva posé sur lui. Il tourna les yeux vers Fliss.

— Je vous ferai parvenir un exemplaire dédicacé. Je suppose qu'Eva a votre adresse ?

— Elle l'a. Vous feriez ça ? Sérieux ? Je ne sais pas comment vous remercier. C'est super généreux de votre part !

Elle leva les yeux vers le vétérinaire qui terminait son check-up.

— Alors ?

Il examina les oreilles de l'animal.

— Je crois qu'il ne devait pas être abandonné dans le parc depuis très longtemps. Quelques heures au plus, je pense.

Harriet lissa la tête du chiot.

— Toi, je vais te ramener à la maison et te donner un bon lit bien chaud. Et demain, j'appellerai le centre des adoptions.

— Tu vas le prendre chez toi ?

Eva paraissait sceptique.

— Fliss a dit que vous aviez déjà une portée complète de chiots en garde.

— Oui, c'est vrai, mais comme Fliss est convalescente et reste à la maison, elle peut m'aider à gérer cette joyeuse petite bande. Et quiconque a passé une nuit dans la neige par ces températures mérite de bénéficier de la douceur réconfortante d'un foyer. De toute façon, je peux vous promettre que ce bout de chien trouvera un maître rapidement. Qui lui résisterait, sérieux ?

Lucas observa Eva pendant qu'elle caressait la tête du chiot. Il y avait dans ses yeux comme une ardente nostalgie qui toucha quelque chose de très profond en lui.

Au fil de leurs discussions, il avait compris que la mort de sa grand-mère avait creusé un vide profond en elle. Un vide qu'elle cherchait à remplir à tout prix. Et pour cela, elle revendiquait l'amour, car elle avait la conviction profondément ancrée que l'amour était quelque chose de beau et de simple.

Lui savait d'expérience qu'il n'en était rien. L'amour était une affaire compliquée, douloureuse, et on ne s'en sortait pas toujours indemne. L'amour avait une face obscure. Il pouvait être hérissé d'épines, et Lucas s'était juré pour sa part de ne plus jamais s'y frotter. C'était l'unique raison pour laquelle il s'était abstenu de toucher Eva depuis la nuit qu'ils avaient passée ensemble. Il la connaissait suffisamment bien maintenant pour savoir qu'elle était fragile, vulnérable, et qu'elle se sentait seule à crever. Dans ces conditions, elle ne pourrait que trop facilement tomber amoureuse de lui. Et c'était une souffrance qu'il refusait de lui infliger.

Lucas guetta la réaction d'Eva, curieux de savoir si elle allait proposer de garder le chiot elle-même. Mais elle se contenta de sourire à Harriet.

— Merci, Harriet. C'est vraiment sympa de le prendre en charge.

— Merci à Urban Génie pour tout le boulot que vous nous procurez. Cette année, notre chiffre d'affaires a fait un bond. Nous avons recruté de nouveaux promeneurs de chiens et nous couvrons maintenant tout l'East Side.

— Paige m'a dit ça, oui.

Lucas remarqua qu'Eva frissonnait.

— Tu as pris froid dans le parc, Eva. Il te faut une douche bien chaude.

Harriet parut inquiète.

— C'est vrai que tu as l'air gelée. Rentre vite. Je m'occupe de ce bout de chien.

Lucas régla la consultation et poussa Eva dans un taxi. Elle ne lui opposa qu'une faible résistance.

— Je pourrais être encore fâchée contre toi, protesta-t-elle sans grande conviction.

Il se retint de sourire au « pourrais ».

— Tu n'as pas encore tranché dans un sens ou dans un autre ?

Par chance pour lui, elle n'était pas de celles qui restaient en colère longtemps. Eva énuméra sur ses doigts :

— Bon. Tu m'as suivie au parc au lieu de retourner t'enfermer bosser dans ton bureau, comme tu aurais pu le faire. Entre le cachemire de luxe et le chiot sale et mouillé, tu as choisi le chiot. Cela te vaut un certain nombre de points. Et tu t'es investi aussi dans la fabrication du bonhomme de neige.

— Pendant que tu délibères pour savoir si tu es encore en pétard contre moi ou non, je vais te réchauffer.

Il l'attira dans ses bras.

— Tu trembles autant que le chiot tout à l'heure.

Elle frissonna tout contre lui.

— On aurait pu rentrer à pied. Ton appartement est à quelques pas.

— Quelques pas, peut-être, mais assez pour que tu aies le temps de tomber en hypothermie.

— Je peux te demander quelque chose ? Si tu n'as pas couché avec moi pour les besoins du livre, c'était quoi, la raison ?

Il s'était lui-même posé la question à plusieurs reprises.

— La raison, c'est que ma volonté que je croyais d'airain n'est pas tout à fait aussi « Eva-proof » que prévu.

— Mais, depuis, tu as retrouvé ton contrôle d'acier sur toi-même ?

— J'y travaille, oui. Pour mon bien comme pour le tien... Voilà que tu claques des dents, maintenant.

Il lui frotta les bras.

— Raconte-moi comment tu as rencontré Harriet.

— Tu dévies de notre sujet de conversation.

— Exact. On peut parler de tout ce que tu veux à condition que ce ne soit pas de sexe.

— Autrement dit, tu en as encore envie.

Elle leva un bref regard vers lui.

— C'est intéressant, dit-elle.

— Eva...

— Harriet et Fliss sont jumelles et leur frère est un ami de Matt. Lorsque Daniel a appris qu'on avait perdu notre boulot et qu'on montait notre propre agence, il a pensé que ce serait une bonne idée de proposer l'option « Faites promener votre chien » dans notre service de conciergerie. Au début, ça n'a pas démarré très fort, mais une fois qu'Urban Génie a pris son essor les filles ont décollé en même temps que nous. Des deux, c'est Fliss la femme d'affaires, mais Harriet a un véritable don avec les animaux. Merci d'avoir proposé de dédicacer un livre pour sa sœur, au fait. C'est sympa de faire ça pour elle.

— Je ne le fais pas pour elle. Je le fais pour toi. J'essaie de revenir dans tes bonnes grâces, l'aurais-tu oublié ? Jusqu'ici, cela m'a coûté des engelures et un manteau en cachemire.

— Et pourquoi as-tu tant envie d'être dans mes petits papiers ?

— Parce que, si tu t'en vas, je ne pourrai plus écrire. Et je serai privé de ces petits repas addictifs que tu me mitonnes admirablement à toute heure du jour.

Il n'était pas prêt à concevoir qu'il pourrait y avoir autre chose de plus. Contre sa joue, la douceur des cheveux d'Eva était grisante. Même au cœur de l'hiver, elle portait en elle l'odeur du soleil et des fruits de l'été.

— J'étais persuadé que tu allais te porter volontaire pour adopter le chiot, avoua-t-il.

— J'ai été à deux doigts de le faire, c'est vrai. Mais mon côté pratique a pris le dessus. Il y a des jours où je hais cette facette de ma personnalité.

Le son de sa voix était triste, et il l'écarta légèrement de lui pour voir son expression.

— Tu en avais envie à ce point, de ce petit chien ?

— Une bestiole comme ça, c'est de l'amour inconditionnel sur pattes. Mais bien sûr, tu vas t'empresser de me répondre que c'est juste ma vision idéalisée des choses et que cette « adorable petite bête » m'aurait probablement tuée et avalée toute crue une fois atteint l'âge adulte.

Lucas se pencha pour payer le chauffeur.

— Je pense que ce serait une chance pour n'importe quel chien de vivre avec quelqu'un comme toi.

Et pour n'importe quel homme aussi.

Dans la cabine d'ascenseur, il passa de nouveau les bras autour d'elle — toujours sous prétexte d'éviter qu'elle ne se refroidisse. Mais il savait qu'il se racontait des histoires. Il la tenait serrée contre lui parce que c'était un pur plaisir de l'avoir dans ses bras et qu'il n'était pas pressé de la lâcher.

Elle appuya le front contre son torse.

— Je suis encore fâchée que tu aies fait de moi une meurtrière dans ton bouquin.

— Tu n'as pas l'air très en colère...

— *Ah bon ?* C'est pourtant la voix de ma fureur que tu entends tonitruer à tes oreilles.

— Il faudra la travailler un peu, ta « voix de la fureur ». Ou alors, tu pourrais simplement renoncer à être en colère.

Etait-il déjà arrivé à Eva de rester remontée plus de cinq minutes contre qui que ce soit ?

— Si ça peut contribuer à me racheter, je suis prêt à ramper pendant quelques jours.

— Ramper comment, par exemple ?

— Toutes les options sont possibles. Si tu as une faveur à me demander, c'est le moment ou jamais. L'envie de sacrifier une seconde bouteille de mon vin ridiculement hors de prix se fait-elle sentir ? Pas de problème. Je te fournis même le tire-bouchon.

Il y eut un petit temps de silence, puis elle leva les yeux vers lui.

— Rien d'aussi coûteux ne sera nécessaire. Je voudrais juste un peu de sexe. Emmène-moi dans ton lit, Lucas. Offre-moi encore un orgasme.

Chapitre 15

« Rire est excellent pour se tailler des abdos en béton. »

— Eva

L'étreinte de Lucas se desserra. L'espace d'un instant, Eva se prit à regretter d'avoir formulé son souhait ouvertement. Elle aurait dû garder le silence et laisser les choses se faire toutes seules. Parce qu'ils auraient fini au lit d'une façon ou d'une autre, elle en était certaine. Il avait eu une façon de la tenir dans ses bras qui exprimait autre chose qu'une simple volonté de tenir l'hypothermie à distance.

— Je suis prêt à t'offrir tout ce que tu veux, mais pas ça.

La voix de Lucas était rauque et son corps tendu se crispait sous la tension.

— Pourquoi ?

— Tu sais pourquoi. Toi et moi, nous ne voulons pas la même chose.

— Moi, ce que je veux, c'est du sexe. Et toi ?

Il jura entre ses dents.

— On n'aborde pas le sexe sous le même angle, toi et moi, Eva.

— Tant que l'angle de pénétration reste bon, ça marche pour moi.

Lucas ne sourit même pas.

— Tu es une romantique.

— Tu as peur que je tombe amoureuse de toi, mais cela n'arrivera pas. Regarde-moi bien, Lucas.

Elle leva son visage vers lui.

— Est-ce que j'ai des étoiles plein les yeux ? Une expression d'extase rêveuse illumine-t-elle mes traits ? Est-ce que je te regarde comme si tu étais une licorne plaquée or ? Non. Parce que ce n'est pas une femme amoureuse que tu as devant toi, Lucas. Juste une femme qui a envie de faire l'amour. Alors ? Ta décision ? Tu entres ou tu sors ?

Un sourire, cette fois, effleura les lèvres de Lucas.

— La question est à prendre au sens littéral ou figuré ?

— Les deux, je pense.

Son sourire s'évanouit, et il lui effleura la joue du bout des doigts.

— Ce n'est pas si simple de garder la mainmise sur ses sentiments.

— Tu te considères comme irrésistible à ce point ? C'est un peu arrogant, non, comme attitude ?

— Je ne me considère pas *moi* comme irrésistible, je te considère *toi* comme vulnérable. Nuance. Et je ne profite pas des femmes en situation de vulnérabilité.

— Je ne suis pas vulnérable, je suis ouverte. Ce n'est pas la même chose. Je n'ai pas peur de mes émotions, Lucas. C'est la différence entre nous. Non seulement les émotions font partie de la vie, mais ce sont elles qui nous permettent de savoir que nous sommes vivants.

Il maintint son regard plongé dans le sien jusqu'au moment où les portes de l'ascenseur s'ouvrirent. Puis il lui prit la main en silence et l'entraîna dans l'appartement.

— Je veux que tu prennes tout de suite une douche brûlante. Tu as besoin de te réchauffer.

— Tu viens la prendre avec moi ?

Elle voulut glisser les mains sous le pull de Lucas, mais il arrêta son geste en lui immobilisant les poignets.

— Eva...

— Je vais suivre ton conseil, pour la douche. J'émets juste le souhait que tu viennes te joindre à moi.

Elle se dirigea vers l'escalier en déroulant son écharpe. Un tour à chaque pas. Puis elle la laissa tomber au sol et déboutonna son manteau en lui jetant un regard d'invite.

— Je frissonne toujours. Je pourrais mourir d'hypothermie si tu ne me réchauffes pas rapidement.

— Alors garde ton manteau sur toi.

La voix tendue et le ton haché la firent sourire. D'un mouvement d'épaules, elle se débarrassa de la parka.

— Il faut que je retire au plus vite tout le linge trempé que j'ai sur le dos.

Elle ôta son pull et l'entendit ravaler son souffle.

— Tu as droit à la danse des Sept Voiles, Lucas. En version thermique.

Espérant que le désir de ce dernier l'emporterait sur sa volonté, elle se dirigea vers sa chambre sans plus se retourner.

Elle avait une envie éperdue de faire l'amour avec

lui, et à présent qu'elle avait la confirmation que c'était réciproque, elle ne voyait plus aucune raison de s'en priver.

Lucas la suivit mais s'immobilisa à l'entrée de la salle de bains, la main sur l'encadrement de la porte. Les jointures de ses doigts étaient livides. Comme s'il luttait comme un possédé pour s'interdire de faire le pas décisif qui le conduirait à l'intérieur.

— Tu sais comme moi que ce serait une mauvaise idée, Eva.

— Prendre son pied en compagnie choisie n'est *jamais* une mauvaise idée.

Ses vêtements détrempés par la neige lui collaient à la peau et ses doigts gourds avaient presque perdu toute sensibilité. Elle réussit à se déshabiller tant bien que mal et se dirigea vers la cabine de douche. En prenant son temps, consciente qu'il avait les yeux rivés sur le roulement de ses hanches.

Elle le désirait et le lui avait clairement fait savoir. Que restait-il encore à ajouter ? S'il ne voulait pas, tant pis pour elle. Et tant pis pour lui. Elle n'irait pas jusqu'à le supplier.

Réglant le jet, elle ferma les yeux et poussa un long soupir d'aise lorsque l'eau chaude ruissela enfin sur sa peau glacée. À travers la musique des gouttes, elle perçut enfin le timbre sombre de sa voix :

— Tu sais que ce n'est pas que sexuel, Eva.

Le son grave l'enveloppa, formant des volutes invisibles qui s'enroulaient autour d'elle. Il y avait une force tranquille dans sa voix qui l'apaisait, lui détendait un à un tous les muscles. Tout son corps réagissait. De peur de se trahir, elle garda les yeux fermés, consciente que son regard parlerait déjà pour elle avant même qu'elle n'ouvre la bouche.

— Tu crois ?

Elle se tourna vers lui, laissant l'eau couler sur ses cheveux et glisser sur sa peau.

— On compte combien d'orgasmes en moyenne avant qu'une relation sexuelle occasionnelle ne devienne une relation suivie ?

— Je ne sais pas. Tu frissonnes... Tu as encore froid ?

— Pas froid, non.

Ces réactions n'avaient plus rien à voir avec des problèmes thermiques. Mais expliquer ce qu'elle ressentait la mènerait trop loin. Muette, elle le regarda retirer ses vêtements et entrer à son tour dans la cabine de douche. Puis elle fondit pour de bon lorsque les mains de Lucas glissèrent sur sa peau et que la masse dure de ses cuisses entra en contact avec les siennes. Elle soupira de plaisir, savourant la rencontre humide de leurs corps dans ce microcosme tiède, saturé de vapeur. Elle avait oublié à quel point le contact entre deux peaux pouvait être un plaisir, riche comme une promesse d'infini. Ou peut-être n'avait-elle rien oublié du tout ? Peut-être était-ce simplement la première fois qu'un prélude à l'intimité la bouleversait à ce point ? Elle tenta de se convaincre qu'elle réagissait ainsi uniquement parce qu'elle ne faisait pas l'amour assez souvent. Mais elle savait que la raison était plus profonde.

Lucas la fit reculer doucement contre la cloison, l'écartant du jet qui frappa avec un bruit de tonnerre la largeur de ses épaules et de son dos.

Il lui toucha les cheveux avec une douceur infinie,

ses doigts glissant entre les mèches mouillées avant de chasser les gouttes d'eau qui lui ruisselaient sur le visage. Il lui embrassa les paupières l'une après l'autre avant de laisser errer lentement ses lèvres sur sa joue. Là seulement, alors que l'excitation formait une boule de tension qui lui embrasait le ventre, il chercha sa bouche.

— Eva...

Il murmura son nom contre ses lèvres et elle ferma les yeux, se laissant sombrer corps et biens dans un bain vertigineux de désir où elle voulait s'immerger quitte à disparaître à jamais.

Il fit pleuvoir des baisers légers dans son cou avant de lui mordiller une épaule. Elle laissa échapper un petit cri de surprise et de plaisir lorsqu'il planta les dents dans sa chair. Le désir appelait le désir, et l'anticipation de la pénétration fit monter son excitation si vite qu'elle crut qu'elle allait jouir rien que par la sensation de sa langue sur la pointe de son mamelon. Elle se cramponna aux muscles puissants des épaules de Lucas.

— Maintenant.

Un seul mot, mais prononcé dans l'urgence, à mi-chemin entre l'ordre et la supplication.

Elle s'attendait vaguement à ce qu'il proteste, mais les mains de Lucas glissèrent au bas de son dos et il la souleva, cuisses ouvertes, la maintenant entre son corps puissant et la faïence de la paroi. Avec le jet réglé à fond, l'eau dévalait sur eux avec le fracas d'une pluie tropicale et la vapeur embrumait l'atmosphère. Ou était-ce la sauvage alchimie entre eux qui créait cette impression de brouillard tourbillonnant ? Tout ce qu'elle savait, c'était que l'engourdissement du froid l'avait quittée et que toutes les parties anesthésiées d'elle-même se réveillaient dans un bel ensemble. Sa libido vibrait et chantait sous l'effet des baisers de Lucas, et sa peau, ses lèvres, le bout de ses doigts avaient gagné en sensibilité. Sous le jet brûlant, elle l'embrassait dans le plus grand abandon — eau, salive et soupirs mêlés. Les cheveux de Lucas étaient plaqués, des gouttes d'eau s'accrochaient à ses cils épais, et elle s'enivrait de la pression de son sexe dur qui pulsait avec insistance contre le bas de son ventre.

Son regard arrimé au sien, il la pénétra. Elle l'accueillit avec un gémissement de pur plaisir. Laissant tomber la tête sur l'épaule de Lucas, elle s'offrit à son invasion alors qu'il la tenait fermement, offerte à l'assaut de ses reins.

Faire l'amour ainsi était d'un érotisme presque insoutenable : l'urgence contenue, l'intimité ardente... Elle aurait voulu qu'ils restent ainsi toujours, unis, connectés, comme joints de manière indissociable.

La tête lui tournait. Elle haletait, et son excitation atteignait un niveau d'intensité presque alarmant. Des mots incohérents se bousculaient dans son esprit embrumé. Elle aurait voulu lui dire ce qu'elle ressentait, mais le seul son qui émergea de ses lèvres fut un long râle qui se déployait sans fin. Elle se contenta alors de le lui montrer, en lui pétrissant les bras et les épaules, s'attardant sur le renflement de ses biceps, se gorgeant de la sensation de ses muscles en mouvement alors qu'il soutenait son poids, pour aller et venir en elle. Il maintint son rythme — lent, parfait, subtilement accordé aux exigences de son plaisir à elle, sa bouche fusionnée à la sienne, jusqu'à ce que la jouissance déferle sur eux, ajoutant de la vapeur à la vapeur.

Un rayon de lune jouait parmi les ombres de la chambre. Lucas écoutait le son léger de la respiration d'Eva. Elle s'était endormie tout contre lui, lovée dans ses bras comme un chaton cherchant un lieu sûr où se blottir. Il s'était promis après la première fois qu'il ne recommencerait pas, que la nuit qui avait suivi le bal resterait une parenthèse unique. Et voilà qu'il était de nouveau dans un lit, nu et enroulé autour d'Eva.

Qu'y avait-il donc chez elle qui lui faisait oublier ses plus fermes résolutions ?

En sa présence, le désir endormait la prudence.

C'était un genre d'engouement — un engouement sexuel qui lui troublait le jugement. Ou peut-être était-ce juste la trop longue phase d'abstinence préalable qui fragilisait sa volonté ?

Quelle que soit la nature exacte du phénomène, ce n'était pas de l'amour.

Son corps était séduit, inutile de le nier, mais son cœur restait intact, malgré tout ce qu'ils partageaient. Intact parce que anesthésié ? Abîmé ? Il était incapable de le dire.

La tension qu'il ressentait dut se communiquer à Eva car elle se pelotonna un peu plus étroitement contre lui et bâilla comme une chatte, ses membres mêlés aux siens dans le plus grand abandon.

— Tu es bien silencieux, Lucas. À quoi tu penses ?

À quoi il pensait ? Qu'elle était une femme qui attendait un happy end et qu'il n'avait rien à lui offrir en guise de dénouement joyeux. Il ne connaissait pas grand-chose au bonheur. Tout ce qu'il savait, c'était qu'elle aspirait à rencontrer l'amour et que, de son côté, il avait déjà donné.

— Je ne pense à rien.

— Tu réfléchis, si. Tu te demandes ce que cet épisode signifie et où il va nous mener.

— Il ne mène nulle part, Eva.

— Parce que tu refuses de retomber amoureux.

Il y eut un temps de silence. Puis elle reprit :

— Tu te considères comme un expert en amour. Mais qu'est-ce qui te prouve que c'est bien le cas ?

— Tu essaies de me dire que je n'aimais pas ma femme ?

— Non, ce n'est pas ça.

La voix d'Eva était douce comme la nuit.

— J'essaie de te dire qu'il y a autant de façons d'aimer qu'il y a d'êtres humains en ce monde. Aucune relation amoureuse ne ressemble à une autre. Et tant mieux, sinon il n'y aurait eu qu'un seul roman d'amour écrit à travers les âges.

— Tu veux dire que Roméo n'avait pas les mêmes sentiments pour Juliette que Heathcliff pour Cathy dans *Les Hauts de Hurlevent* ?

— C'est bien toi, de choisir comme exemple deux histoires qui se terminent de manière tragique ! Mon idée, c'est juste que l'amour prend un visage différent pour chaque personne qui l'éprouve. Deux personnes qui s'aiment, c'est toujours de l'inédit. Et la formule varie à l'infini. Tiens, prends le pain, par exemple. On pourrait dire que c'est juste de la farine et de l'eau. Et pourtant, il y a mille façons de le fabriquer. L'amour n'est pas *par essence* voué à tourner au drame. Ça peut aussi se passer dans la joie.

Elle hésita.

— Tu ne crois pas aux deuxièmes chances ?

— L'échec d'un mariage, c'est autre chose que louper un examen. Il ne s'agit pas juste de repiquer une année dans l'espoir d'obtenir de meilleures notes à la seconde tentative. Ce n'est pas ma vision des choses, en tout cas.

— Parce que tu considères que ton couple se résume à ça ? À un échec ?

— Dans notre relation, il manquait quelque chose de fondamental. Quelque chose que je n'ai pas su donner à Sallyanne.

— Peut-être que personne n'aurait pu lui donner ce qu'elle n'a pas su trouver dans votre relation. Cette part manquante, c'était probablement quelque chose qu'elle aurait eu besoin de résoudre chez elle.

Eva se tut un instant.

— Tu as décidé qu'aimer ce n'était plus pour toi mais, s'il y avait, quelque part, une autre histoire d'amour en réserve qui t'attendait ? Un amour qui te tirerait vers le haut au lieu de te broyer ? La vie est trop courte et trop précieuse pour être vécue dans la désolation d'un cœur fermé, Lucas.

Croyait-elle réellement ce qu'elle disait ?

L'entendre parler ainsi le conforta dans sa conviction qu'ils venaient de commettre une gigantesque erreur.

— J'ai toujours autant de mal à croire que tu aies pu arriver à ce stade de ta vie en gardant ton stock complet d'illusions intactes.

— Tu pars automatiquement du point de vue que

tu as raison et que j'ai tort, mais qui te dit que le contraire n'est pas vrai ?

— J'ai déjà aimé, Eva. Je connais la vraie nature du phénomène pour l'avoir vécu de l'intérieur.

— Tu connais la vraie nature de l'amour que tu as vécu avec Sallyanne, mais que sais-tu de la vraie nature de l'amour que tu pourrais partager avec une autre femme ? La fois suivante pourrait être différente. Pense à cette possibilité.

Il avait du mal à décider si la vision qu'elle avait de la vie était inspirante ou terrifiante. Peut-être les deux à la fois.

— Ce que je pense, c'est que tu es repartie au pays des Bisounours.

— Mes amis l'appellent « la planète Eva ». Mais on y est bien, tu sais, murmura-t-elle de sa jolie voix légèrement voilée. Peut-être que tu devrais venir m'y rejoindre, même si c'est juste pour une petite pause.

Malgré tous les signaux d'alerte qui se déchaînaient dans sa tête, elle avait réussi à le faire rire. Il se pencha pour la faire taire d'un baiser et la plaqua contre le matelas. Elle était douce, pulpeuse et appétissante, comme la nourriture qu'elle cuisinait.

— OK. Va pour une pause, alors.

— Il y a juste une seule règle à respecter sur ma planète : on ne s'encombre pas et on laisse ses grosses valises derrière soi. Seuls les bagages à main sont autorisés.

Eva se rendormit par deux fois après la sonnerie du réveil avant de se décider à se lever, tout azimutée et d'humeur vaseuse.

Elle débusqua Lucas dans sa salle de bains en

train de se raser, un drap de bain noué autour de la taille.

— Il est horriblement tard. Pourquoi tu m'as laissée dormir ?

— Parce que tu es ingérable le matin et que tu es encore pire quand tu manques de sommeil. Et tu avais de bonnes raisons d'être fatiguée. Tu as eu une nuit très active.

— Je n'étais pas seule dans le coup. Tu étais partie prenante, au cas où tu l'aurais oublié.

Leurs regards se trouvèrent dans le miroir.

— Je ne l'ai pas oublié, crois-moi.

Elle voulut battre en retraite, mais il la rattrapa par le poignet.

— Tu vas où comme ça ?

— Préparer le petit déjeuner en vitesse.

— Oublie le petit déjeuner. Ce matin, tu te reposes et c'est moi qui assure la bouffe — en déléguant, rassure-toi. On va prendre un magnifique petit déj' au French Bistro, juste au coin de la rue. Je pense que tu vas adorer.

Il lui lâcha la main et recommença à se raser.

— Mais ton livre...

— J'ai bouclé le premier jet. Il faut que je prenne un peu de recul avant de poursuivre.

— Tu l'as terminé !

Elle était tout excitée pour lui.

— Combien de mots, alors ?

— Cent mille. Mais il n'est pas terminé, non. Un premier jet, c'est encore de l'inachevé.

Eva en avait les jambes coupées.

— *Cent mille* mots ! Quand j'en écris mille dans

mon blog, je suis déjà super contente de moi. Tu écris toujours aussi vite une fois que tu as démarré ?

— Non.

— Mais, cette fois, tu étais au pied du mur, c'est ça ?

— Cette fois, j'étais inspiré.

Même si elle s'interdisait formellement de tirer des conclusions hâtives chaque fois qu'il lui faisait un compliment, ces paroles lui procurèrent un sursaut de joie.

— Parce que je suis la parfaite meurtrière ?

Un sourire s'étira sur les traits de Lucas — lent et sexy.

— Tu es la parfaite quelque chose. Je n'ai pas encore réussi à découvrir quoi.

— J'ai plein de cordes à mon arc. Si tu ne veux pas que je t'arrache ce drap de bain pour te faire une démonstration de mes aptitudes, je ferais mieux d'aller m'habiller.

— Je vote pour que tu te couvres au plus vite. Il est hors de question que je refasse l'amour avant d'avoir récupéré au moins une partie des millions de calories que nous avons dépensées cette nuit.

Malgré cette affirmation catégorique, une bonne heure supplémentaire s'écoula avant qu'ils ne quittent l'appartement.

Le French Bistro sur Lexington Avenue offrait un décor original avec une authentique French *touch*. Eva fut immédiatement sous le charme.

— J'ai l'impression d'être de retour à Paris ! Comment se fait-il que je n'aie jamais entendu parler de cet endroit ?

— Tu vis à Brooklyn, rappelle-toi.

Lucas, lui, était visiblement un habitué des lieux. Le café était bondé, mais ils eurent droit à un traitement de faveur et on leur dégotta une petite table près de la fenêtre.

Eva se débarrassa de son manteau et se glissa sur la banquette.

— J'ai reçu un texto de Harriet. Elle va garder le chiot quelques jours, mais le centre d'adoption des animaux a confirmé qu'ils lui trouveront un foyer sans problème.

— Sauvetage réussi, donc. Heureuse nouvelle.

C'était la meilleure solution pour le chiot, en effet. Alors pourquoi ce petit pincement au cœur qui ressemblait à de la déception ?

Elle se répéta une fois de plus qu'elle n'avait pas le temps de s'occuper d'un animal de compagnie, et se plongea dans le menu. Mais Lucas lui prit la carte des mains et la rendit au serveur.

Sans même la consulter sur ses envies, il passa commande pour eux deux. Elle haussa les sourcils.

— Qu'est-ce qui t'arrive ? Tu nous fais un complexe de domination, tout à coup ?

— Depuis deux semaines, c'est toi qui décides matin, midi et soir de nos choix alimentaires. Ce matin, c'est mon tour. Je mange ici tout le temps. Je sais ce qu'ils ont de bon à la carte.

Il se renversa contre son dossier.

— Avoue que tu le voulais pour toi, ce chiot ?

Elle secoua fermement la tête.

— Non. Je n'ai pas le temps de m'occuper d'un animal. J'ai de plus en plus de boulot avec Urban Génie.

Il resta un instant sans rien dire, à scruter ses traits en silence. Mais il n'insista pas.

— Tu as beaucoup d'événements à organiser d'ici Noël ?

— Quelques-uns, oui. Mais aucun pour lequel j'aurai à me déplacer en personne. Je délègue à fond.

— Et la fête de Noël organisée par la résidence pour seniors ? Tu comptes y assister ?

La question la surprit.

— Non, pourquoi ? Je n'ai plus vraiment de raisons d'y aller.

— Tu as dit que les occupants de la résidence te manquaient. Je suppose que tu dois leur manquer tout autant. Pourquoi ne pas aller faire un tour là-bas ?

C'était une possibilité qu'elle n'avait jamais envisagée.

— Je ne sais pas. Depuis le décès de Grams, j'ai pensé une ou deux fois à aller leur rendre visite. Mais j'ai du mal à m'imaginer là-bas alors qu'elle n'y sera pas...

Elle essaya de se représenter dans les locaux de la résidence, parmi les anciens amis de sa grand-mère, et ressentit un flux d'émotions mêlées.

— J'ai peur que le lieu soit trop chargé en souvenirs. Ça risque d'être difficile.

— Retrouver des gens qui l'ont côtoyée pendant des années, ça peut être aussi une façon de te reconnecter avec elle. Je suis sûr que le personnel et les autres résidents ont des souvenirs d'elle qu'ils apprécieraient de partager avec quelqu'un qui l'a connue et aimée.

Le serveur arriva avec du café brûlant, des toasts et des œufs Bénédicte sur un plateau.

Les yeux rivés sur l'assiette joliment garnie posée devant elle, Eva fixait la nourriture sans la voir. Elle pensait à Tom et aux autres amis de sa grand-mère.

— Je les ai abandonnés. J'aurais dû aller les voir, mais...

— ... mais c'est un pas difficile à franchir. Demande à quelqu'un de t'accompagner pour te soutenir.

— Je ne vois pas à qui je pourrais demander ça. Paige et Frankie bossent non-stop. Matt a un gros chantier à Long Island, donc il n'est pas souvent dans le secteur. Et Jake... Bon, j'adore Jake, mais ce n'est pas le genre de mec avec qui tu te sens encouragée à pleurer sur son épaule.

— Je viendrai avec toi, si tu veux. Comme tu as déjà pleuré sur mon épaule, la formule est testée et approuvée.

Sa proposition la prit au dépourvu.

— Tu ferais ça ?

— Sans toi, je n'aurais pas réussi à écrire. Si je peux t'être utile à mon tour, ce sera avec plaisir.

Elle était touchée. Et fit taire la petite voix qui s'interrogeait sur la nature des sentiments chez lui qui le poussaient à faire une proposition aussi généreuse.

— Tu risques d'être assailli de toutes parts, à la résidence. L'un des plus proches amis de ma grand-mère fait partie de la horde avide de tes lecteurs enthousiastes.

— Je les apprécie, mes lecteurs enthousiastes. C'est grâce à eux que je gagne ma vie. Le seul truc qui peut me mettre mal à l'aise, c'est quand les femmes me font passer leurs petites culottes sous la table.

— Ça arrive ?

— Plus souvent que tu ne le crois.

Il lui raconta quelques anecdotes, mentionnant des incidents survenus à l'occasion de ses séances de dédicace. Elle écouta avec curiosité et amusement.

— Qui aurait pu croire que le chemin d'un écrivain était ainsi pavé d'embûches ? Tu devrais toucher une prime de risque. Mais Tom a quatre-vingt-dix ans, donc j'imagine qu'il ne représente pas un péril physique majeur.

D'un mouvement du menton, Lucas lui désigna les œufs qui refroidissaient sur son assiette.

— Mange. Et réfléchis à ma proposition.

Elle s'exécuta et continua de réfléchir pendant qu'ils déambulaient le long de la Cinquième Avenue pour aller admirer le sapin de Noël du Rockefeller Center.

— Je venais souvent ici avec Grams.

Emmitouflée dans son manteau, elle se blottit contre Lucas pour regarder les patineurs évoluer sur la glace, dans un tourbillon flou de figures et de couleurs. Des gratte-ciel étincelaient derrière eux, éblouissants sous le soleil hivernal.

— Parfois, je chaussais mes patins et elle me regardait tourner sur la piste. Je lui faisais des petits signes à chaque passage. J'aurais tellement voulu qu'elle soit encore là. Cela me manque de ne plus pouvoir lui parler.

— De quoi aurais-tu envie de lui parler aujourd'hui ?

— Je lui demanderais son avis. Parfois, quand j'ai du mal à prendre une décision, je ferme les yeux et c'est comme si je l'entendais me donner une réponse à sa façon. Ça te paraît pathologique ?

— Non.

Il lui glissa un doigt sous le menton, l'obligeant à soutenir son regard.

— De quel conseil as-tu besoin ? Quelle question lui poserais-tu si elle était là ?

Elle n'aurait eu qu'une seule et unique chose à demander à sa grand-mère, et c'était ce qu'elle pensait de son histoire avec Lucas...

Elle déglutit avec peine et se força à sourire.

— Là, comme ça, je n'aurais pas de problème particulier à lui soumettre. D'ailleurs, je suis trop gelée pour avoir les neurones en état de marche. Allez viens, on retourne à l'appartement. N'oublie pas que ton manuscrit t'attend.

Chapitre 16

« L'amour est une expédition en terre inconnue. Alors n'oublie pas de t'équiper d'une carte et d'une boussole. »

— PAIGE

Lucas renonça à essayer de ne plus toucher Eva. Déjà parce que sa volonté s'usait à lutter contre la tentation. Mais aussi parce que Eva se situait aux antipodes de ces gens qui valorisaient leur espace privé et maintenaient toutes sortes de barrières émotionnelles. Elle était comme le chiot qu'ils avaient sauvé. Affectueuse, confiante — et tactile.

Il s'attela à la phase correction/réécriture de son bouquin et mit le paquet. En immersion complète dans l'univers de fiction qu'il avait créé, il resta vissé sur son fauteuil de bureau et cohabita en vase clos avec ses personnages. Ces derniers vivaient dans son esprit et prenaient forme, à tel point que le monde réel s'estompa et finit par s'effacer complètement. Il savait sans l'ombre d'un doute que ce roman était le meilleur qu'il avait écrit jusque-là. Il avait rédigé un thriller qu'il serait fier de montrer au reste du monde.

Derrière les fenêtres de son cabinet de travail, le soleil hivernal mouchetait les arbres chargés de neige de minuscules éclats d'argent, comme si le parc s'était paré de strass et de paillettes en l'honneur de la saison festive. Des piétons chargés de sacs et de paquets se pressaient sur les trottoirs, entrant et sortant des boutiques. Mais ni le spectacle de la rue ni la beauté presque irréelle du parc ne parvenaient à le distraire de son livre. En réécrivant son premier jet, il retranchait et épurait, resserrait son intrigue, approfondissait ses personnages et polissait ses dialogues. Les nuits et les jours finirent par se confondre. Il travaillait désormais tant d'heures d'affilée qu'il lui arrivait parfois de lever les yeux pour constater que le soir tombait déjà et qu'il était complétement passé à côté d'une autre journée.

Sans Eva, il aurait sans doute oublié de boire et de s'alimenter et aurait fini amaigri, déshydraté, avec pour seules fonctions vitales encore en marche son cerveau fonctionnant en surrégime. Mais elle faisait des apparitions à intervalles réguliers pour lui porter des en-cas à haute valeur nutritionnelle, si faciles à avaler qu'il avait à peine besoin de détacher les doigts de son clavier : des mini-quiches aux champignons shiitaké, avec une sublime pâte feuilletée maison et des saveurs subtiles d'ail et d'épices ; des crostinis nappés de lanières de poivrons marinés et de burrata crémeuse ; une onctueuse mousse de saumon au mascarpone présentée dans des verrines. Chaque bouchée était un festin miniature, conçu pour être consommé sur le pouce sans qu'aucune concession ne soit faite sur le plan des saveurs et de la qualité. Face à un tel panel du talent d'Eva, il n'avait aucun mal à comprendre comment Urban Génie s'était fait un nom aussi rapidement. Eva avait un don très sûr pour accorder ses mets aux circonstances — qu'il s'agisse d'un grand mariage ou d'un écrivain qui n'avait plus le temps de décoller les yeux de son écran.

Hormis les moments où elle surgissait soudain comme une présence lumineuse au beau milieu de son univers glauque et lui apportait de quoi se restaurer, elle était attentive à ne pas le déranger même si, à l'occasion, il l'entendait parler au téléphone avec Paige et Frankie, ou chanter dans la cuisine tandis qu'elle expérimentait des nouveaux plats pour son blog.

Le soir, ils dînaient systématiquement ensemble, mais il se retirait après le repas pour continuer à travailler jusque tard dans la nuit. Ce fut à l'occasion d'un de ses marathons d'écriture nocturne qu'il entendit les cris de terreur d'Eva.

Il bondit de sa chaise, le cœur cognant contre les côtes, dans un état de tension nerveuse exacerbé par l'ambiance terrifiante de la scène qu'il venait de retravailler.

Ouvrant la porte de la chambre à la volée, il trouva la lampe de chevet allumée. Eva était assise toute droite dans son lit, les cheveux en bataille, les yeux écarquillés de terreur.

— Eva ? Qu'est-ce qui se passe ?

Les muscles tendus à se rompre, il parcourut la pièce des yeux, préparé à affronter des assaillants cagoulés. Mais il n'y avait personne d'autre qu'Eva qui tremblait de tous ses membres.

— Qu'est-ce qui t'est arrivé ?

Dans un premier temps, elle ne répondit pas, puis elle tira en tremblant les couvertures sous son menton.

— Tu peux mettre un peu de lumière, s'il te plaît ? demanda-t-elle d'une toute petite voix.

— Ta lampe de chevet est allumée.

— Le plafonnier, je veux dire.

Elle claquait des dents. Il actionna tous les interrupteurs de la pièce et se dirigea vers le lit.

— Dis-moi ce qui s'est passé, Eva.

Elle était livide et visiblement très secouée.

— Un mauvais rêve, je crois.

— Tu as fait un cauchemar ?

Il s'assit à côté d'elle, sur le lit, et l'attira au creux de ses bras.

— Raconte-moi.

— J'étais dans la cuisine et je préparais un dîner pour plein de gens, et puis... Non, j'aime autant ne pas te décrire la scène.

— Tu lis un de mes romans ? s'écria-t-il, surpris, en avisant le livre sur la table de chevet.

— Je pensais que c'était la chose à faire. Mais ce fut une grossière erreur. Tu es bon dans ton domaine, mais ton domaine n'est pas bon pour moi. S'il te plaît, ne le prend pas contre toi, Lucas.

Non seulement il ne le prenait pas mal, mais il était touché.

— Je ne m'attendais pas du tout à ce que tu lises un de mes bouquins.

— Je voulais comprendre ton univers. Mal m'en a pris...

Il sourit et resserra son étreinte.

— Ce ne sont que des mots, ma chérie. Juste le fruit de mon imagination macabre.

— Je sais. Mais ce qui est terrifiant dans ton histoire, c'est qu'elle ressemble à la réalité. Ça ne me dérange pas de lire des bouquins sur des extraterrestres ou des zombies, parce que je ne risque pas de tomber sur un de ces spécimens chez Bloomingdale's. Mais le mec de ton roman était charmant et je ne suis pas persuadée que j'aurais su détecter le meurtrier en lui.

— Tu as un radar infaillible, souviens-toi. Tu aurais senti tout de suite que quelque chose n'allait pas.

— Peut-être, oui. Mais peut-être pas. Je ne suis pas programmée pour être méfiante.

— C'est un des aspects de toi que j'aime.

Il regretta d'avoir utilisé le verbe « aimer », mais elle ne releva pas. Visiblement très tendue, elle se passa les mains sur le visage.

— Ce rêve m'a flanqué une trouille sévère. Tu ne te terrorises pas toi-même quand tu es à fond dans l'écriture ?

— Parfois. Quand ça m'arrive, je suis généralement assez content de moi.

— Dans ces cas-là, tu écris en allumant les lumières dans tout l'appartement ?

Il sourit.

— Non. Je travaille plongé dans le noir, au contraire. Il n'y a rien de plus délicieux que ce genre de peur.

Elle frissonna.

— Cela t'arrive de lire des romans où les personnages sont encore vivants à la fin ?

— Pas souvent.

Un nouveau frisson la parcourut et elle jeta un coup d'œil sur son téléphone.

— Quelle heure il est ?

— 3 heures du matin. J'étais en train d'écrire. Je n'avais pas réalisé qu'il était déjà si tard.

— Désolée de t'avoir coupé dans ton élan. Tu peux retourner travailler, si tu veux. Ça va aller, maintenant.

— Je crois que je vais plutôt en profiter pour me coucher.

Il se leva, retira ses vêtements, se glissa avec elle sous la couette et la reprit dans ses bras. Elle chuchota contre ses lèvres :

— On peut laisser au moins une lumière allumée ?

— Sérieux ?

— Oui. S'il y a un tueur en série dans la chambre, je préfère le voir à l'avance que de le repérer au dernier moment.

Deux jours plus tard, Eva entra dans son bureau et posa un paquet enrubanné sur sa table de travail.

— Joyeux Noël, Lucas.

— Tu m'as acheté un cadeau ? C'est gentil, mais tu n'aurais pas dû. Je n'ai besoin de rien.

— C'est une question de point de vue. Ouvre-le.

Il reporta son attention sur le paquet et glissa le doigt sous le papier, détachant le ruban adhésif.

— C'est un livre !

— Et pas n'importe lequel.

Il finit de retirer l'emballage et retourna l'ouvrage broché pour en découvrir le titre.

— *Orgueil et Préjugés.*

Il leva les yeux vers elle.

— Tu m'as acheté un roman de Jane Austen ?

— Je pense que ce serait très profitable pour toi que tu t'ouvres à d'autres approches littéraires. Toutes les histoires d'amour ne se terminent pas dans le crime et l'abomination. Le style de Jane Austen est vif et plein d'humour, tu verras. Mais le plus important, c'est que ça se termine bien. J'essaie de te montrer qu'il existe des livres intelligents où les personnages ne finissent pas découpés en petits morceaux ou seuls, en miettes, trahis et livrés à une irrémédiable déchéance. Il y a d'autres options.

Il reposa le livre.

— Eva, dit-il patiemment. Mon domaine à moi, c'est le crime. L'épouvante.

— À qui le dis-tu ! Ta prose m'a procuré des cauchemars à hurler.

Cet épisode peu glorieux l'avait passablement embarrassée, mais elle avait décidé qu'il ne servait à rien de faire semblant d'être quelqu'un d'autre qu'elle-même.

— Grâce à toi, je ne pourrai plus jamais dormir dans le noir. Et je n'oserai probablement plus prendre de taxi non plus.

— C'est normal qu'il y ait des morts dans des polars, Eva. Ce sont les lois du genre.

— Mais ces mêmes personnages pourraient juste être gravement blessés puis soignés et remis sur pied par un médecin sympa, non ?

Il parut amusé.

— À quoi bon un serial killer s'il n'y a pas de morts ? Le bouquin ne produirait pas l'effet espéré par le lecteur.

— Ton tueur aurait pu rencontrer quelqu'un de bien, se repentir et tomber amoureux...

— Eva, l'interrompit-il gentiment. Le plus simple, crois-moi, c'est que tu ne lises pas ce que j'écris. Cela ne sert à rien de te torturer.

— Oui, je sais... Mais je me disais que si tu écrivais des textes plus joyeux, tu n'aurais peut-être pas une vision aussi noire et déformée de la vie comme de l'amour. Tu pourrais juste essayer de rédiger une nouvelle de quelques pages où personne ne mourrait, par exemple ?

Elle attendit sa réponse en fixant sur lui un regard luisant d'espoir. Mais il secoua la tête en se renversant contre son dossier.

— Si c'est un cadeau de Noël, il faudrait peut-être que je me préoccupe de trouver le tien.

— J'ai absolument tout ce qu'il me faut.

— Tu n'as pas envoyé ta liste au Père Noël ?

— Si. Cet été déjà. J'ai demandé du sexe — pas prodigué par le Père Noël lui-même, bien sûr, mais par un beau mec très *hot*. Donc j'ai déjà été exaucée. Et cela ne sert à rien que je lui écrive une seconde lettre car, depuis, j'ai été une très, très vilaine fille.

Elle se pencha pour l'embrasser.

— Et que peut-on attendre du Père Noël lorsqu'on est une fille pas sage ?

— De lui, je ne sais pas, mais de moi... Je vais te montrer ce que je fais avec les vilaines filles.

Il se leva et l'attira dans ses bras.

Elle se cramponna à sa chemise, déterminée à

dire ce qu'elle avait sur le cœur depuis le début de la journée.

— Lucas ?

— Quoi ?

— J'ai réfléchi à ce que tu m'as dit, l'autre fois.

Elle leva le visage vers lui et sa bouche effleura celle de Lucas.

— Qu'est-ce que je t'ai dit ?

— Que je devrais retourner à la résidence pour seniors et que tu m'accompagnerais. Tu étais sérieux quand tu me l'as proposé ?

Il desserra légèrement son étreinte.

— Ai-je l'habitude de faire des propositions en l'air ?

— Des fois on dit les choses sans les penser vraiment. Et ce n'est pas un engagement anodin pour toi. Cela te coûterait un après-midi entier de boulot et je sais que tu écris jour et nuit en ce moment pour livrer ton manuscrit dans les temps.

— C'est vrai. Mais ça, c'est encore plus important.

Il entrelaça ses doigts aux siens.

— Tu as envie d'assister à leur fête de Noël, alors ?

— Oui. Même si j'ai un peu peur de craquer une fois sur place. Je ne suis pas retournée là-bas une seule fois depuis que Grams est morte. Imagine que je me mette à chialer comme un veau ?

— Alors je chanterai encore plus fort pour couvrir le son. Je beuglerai des chants de Noël à pleins poumons.

— Tu détestes les chants de Noël.

Elle sourit. Mais comment se débrouillait-il à chaque fois pour l'arracher à sa tristesse ?

— Je suis sérieuse, Lucas.

— Et moi donc.

Il lui pressa la main.

— Personne ne portera de jugement sur toi, Ev. Si tu pleures, tu pleures. J'espère que ce ne sera pas le cas, parce que je n'aime pas te voir en larmes, mais si ça arrive, personne ne t'en fera le reproche. Et si tu sens que c'est trop pour toi et que tu préfères partir, on trouvera une excuse pour s'éclipser. Tu n'auras qu'à me laisser faire. Quand il s'agit de couper aux mondanités en tout genre, je suis le grand spécialiste de l'esquive.

— Mais tu es quand même prêt à t'infliger ce truc-là pour moi.

La gorge soudain nouée par l'émotion, elle fixa leurs mains jointes.

— Pourquoi, Lucas ?

— Par pur calcul, bien sûr. J'ai bon espoir que ta gratitude s'exprimera au lit.

— Ce n'est pas une vraie réponse.

Il souleva sa main pour la porter à ses lèvres.

— Je le fais parce que je sais que, pour toi, c'est une étape difficile mais nécessaire. Et parce que je tiens à toi.

Le cœur battant, elle retint son souffle.

— Tu ne couperas pas aux livres à dédicacer.

— Avec un peu de chance, je devrais pouvoir survivre.

Chapitre 17

« Aime ta vie, c'est la seule que tu as. »

— EVA

Annie Cooper dirigeait la résidence pour seniors depuis qu'elle avait quitté son emploi d'infirmière-chef dans un des hôpitaux les plus fréquentés de la ville. Lucas n'avait aucune difficulté à l'imaginer régnant sur un service hospitalier, avec une efficacité un peu brusque mais amicale.

Elle embrassa chaleureusement Eva.

— Je suis tellement contente de te revoir !

— C'est réciproque. Vous m'avez manqué, tous. Comment va ton fils, Annie ?

C'était typique d'Eva de commencer par s'inquiéter de tout un tas de gens avant même d'avoir prononcé trois mots. Elle était toujours plus préoccupée des autres que d'elle-même.

— Bien, bien. Il est très occupé. Et d'après ce que j'entends, tu es surbookée, toi aussi. J'ai vu passer pas mal d'articles sur Urban Génie.

— J'aurais dû venir vous voir ici plus tôt…

— Tu avais d'autres priorités et c'est tout à fait

dans l'ordre des choses. D'ailleurs, on ne te perd pas de vue, Eva. Regarder tes vidéos sur YouTube fait partie de nos nouveaux rituels maison. Ici, on adore ta recette de bouchées énergétiques aux dattes, amandes et flocons d'avoine. Ta grand-mère aurait été aux anges. Et tellement fière de toi.

Eva esquissa un sourire fragile et se tourna vers lui.

— Annie, je te présente Lucas.

Ils échangèrent une poignée de main.

— Eva m'avait avertie que vous viendriez aussi, monsieur Blade. J'aime autant vous prévenir que l'effervescence règne, par ici. Un écrivain célèbre en visite, c'est du pain bénit. J'espère que vous vous sentez de taille à affronter un fan-club plus qu'enthousiaste. Nous avons tous vos livres dans notre bibliothèque. Cela vous ennuierait d'en dédicacer quelques-uns ?

— Je suis prêt à signer tout ce que vous voudrez.

Tout en parlant, Lucas gardait un œil sur Eva. Durant le trajet, elle avait été moins loquace qu'à l'ordinaire. Et, à mesure qu'ils approchaient de la résidence, l'habituel flot enjoué s'était tari pour ne plus laisser place qu'à quelques vagues réponses monosyllabiques.

Annie sourit.

— C'est généreux de votre part. Je sais que quelques résidents apporteront aussi leurs exemplaires personnels dans l'espoir d'obtenir une dédicace. Vous pourriez peut-être aussi nous lire quelques pages au cours de l'après-midi ?

Eva sortit en sursaut de son état de transe et lui jeta un regard inquiet.

— Je ne suis pas sûre que ce soit une heureuse

idée. Noël, c'est Noël. Ce n'est pas la journée du sang qui dégouline et des lames effilées plantées dans des cœurs innocents.

Annie les précéda en riant dans un couloir inondé de soleil.

— Rien ne vaut le plaisir d'un bon suspense, pourtant ! Il n'y a pas si longtemps, le dernier roman de M. Blade a été élu Livre du mois par notre club de lecture. Tout le monde était impressionné par la maestria avec laquelle vous avez réussi à nous laisser dans le doute jusqu'au bout quant à l'identité du meurtrier. Et quel coup de théâtre à la fin ! On s'est tous fait avoir, même Tom qui normalement décrypte l'énigme avant tout le monde. J'imagine que tu es une grande lectrice des livres de M. Blade, toi aussi, Eva ?

— Euh… une lectrice très occasionnelle. En fait, je n'en ai lu qu'un et j'ai dû entamer une thérapie depuis. Je suis la reine des lâches.

L'habituel sourire épanoui d'Eva paraissait un peu forcé aujourd'hui. Lucas pressa le pas pour se rapprocher d'elle. Sa présence ici prouvait à elle seule qu'elle n'avait rien d'une lâche.

Annie poussa une porte.

— Tout le monde est au cours de yoga sur chaise, en ce moment, mais la séance devrait bientôt être terminée. Je pensais qu'on pourrait s'installer dans la Garden Room.

Elle les introduisit dans une pièce spacieuse dominant des jardins qui s'étiraient jusqu'au fleuve Hudson. Avec ses grandes baises vitrées, le salon inondé de lumière baignait dans une atmosphère étonnamment apaisante.

— Ma grand-mère adorait cette pièce. Elle aimait tellement la vue.

Le regard d'Eva se perdit par la fenêtre. Lucas se demanda s'il n'avait pas commis une erreur en l'encourageant à faire cette démarche. Il prit conscience, tout à coup, qu'elle aurait pu le taxer d'hypocrisie. Qu'avait-il fait de son côté pour se rapprocher des anciens amis de Sallyanne ? Rien. Cela dit, les circonstances étaient différentes dans son cas. Entre l'image que les gens avaient du drame et la réalité de leur situation de couple, il existait un tel gouffre qu'il ne savait plus comment le franchir. Couper les ponts avec leurs amis communs avait été plus simple que de maintenir des relations basées sur les non-dits ou le mensonge. Leurs condoléances, leurs mots de consolation avaient eu le même effet abrasif sur sa douleur à nu que s'ils l'avaient frottée au papier de verre. C'était un des facteurs qui l'avaient poussé à s'enfermer dans cette longue phase d'isolement volontaire — surtout pendant la période qui entourait l'anniversaire de la mort de Sallyanne.

Annie poussa deux fauteuils en direction de la fenêtre.

— Notre chef nous a préparé des boulettes de dinde à l'orientale, sous forme de petites bouchées. Cela devrait faire une jolie collation.

— Ah oui, tiens. J'ai apporté des gâteaux, comme promis.

Dans un effort évident pour s'arracher à sa prostration, Eva souleva les sacs qu'ils avaient transportés en taxi. Annie lui sourit.

— Je vous laisse le soin de déballer tout ça ? Pendant ce temps, je vais aller rassembler mes troupes.

Lucas lui prit les sacs des mains et les porta jusqu'à la table.

— Comment tu te sens ?

— Bien.

S'ils n'avaient pas cohabité depuis des semaines dans l'espace clos de son appartement, il aurait pu prendre sa réponse pour argent comptant. Mais depuis le temps qu'il pratiquait les humeurs d'Eva, il les percevait au premier regard. Mieux que cela, il les ressentait directement en lui, comme s'ils étaient connectés par des chaînes neuronales invisibles.

En ce moment, elle était clairement submergée par ses émotions, mais il ne pourrait pas faire grand-chose pour l'aider lorsqu'ils seraient entourés d'une foule de résidents.

Il se maudit de lui avoir soufflé l'idée de cette visite !

— Ne te fais pas violence, Ev. Il n'est pas encore trop tard pour inventer une excuse et filer d'ici.

— Ah non, je ne peux pas leur faire un coup pareil. Ce ne serait vraiment pas sympa de repartir maintenant. Tu peux m'aider à déballer les petits gâteaux, s'il te plaît ?

Elle avait confectionné des cupcakes, et chacun était une œuvre d'art en soi, décoré avec une attention minutieuse jusque dans les plus petits détails.

— Tu as fait des études artistiques ?

Elle arrangea sur un plat les pâtisseries colorées aux parfums et aux consistances variées.

— Non. Chaque fois que j'essaie de peindre, le résultat est épouvantable. Je ne suis bonne qu'à une seule chose, dans la vie : cuisiner.

— Ce n'est pas ton seul talent, objecta-t-il en

lui tendant un second plat. Tu codiriges une société de services florissante à New York. Sais-tu combien de start-up se cassent la figure chaque jour dans cette ville ?

— Je ne veux surtout pas le savoir. Naturellement, c'est ta mission dans la vie de terrifier les gens, donc j'imagine que c'était ton intention de me faire peur ?

— Te faire peur est la dernière chose dont j'aie envie.

Elle tourna la tête et leurs regards se rencontrèrent.

— Lucas...

— Tu *peux* le faire, ma belle. Je suis là.

Il avait parlé à voix basse, pour ses seules oreilles, et elle lui jeta un regard reconnaissant. Au même moment, ils entendirent une exclamation admirative d'Annie.

— Extraordinaire ! Ils sont vraiment magnifiques, ces cupcakes !

Il n'eut pas l'occasion de renouveler son aparté avec Eva, car les résidents arrivaient petit à petit dans le salon. D'emblée, Eva fut entourée, embrassée, et très vite engloutie au sein du petit groupe de personnes qui avaient été liées d'amitié avec sa grand-mère. Il la vit peu à peu se détendre alors qu'elle prenait des nouvelles des uns et des autres. Tous se pressaient autour d'elle, attirés par ce rayonnement qui n'appartenait qu'à elle. Lucas nota qu'elle prenait le temps d'échanger quelques mots avec chacun d'entre eux — y compris avec les nouveaux résidents qu'elle ne connaissait pas encore.

Chacun y allait de son souvenir, et Eva, réconfortée par les manifestations d'affection des pensionnaires, retrouvait petit à petit sa pleine spontanéité et son sourire. Au bout d'un moment, l'attention générale se déplaça vers lui et il signa, dédicaça et répondit aux innombrables questions dont les résidents âgés le bombardaient avec enthousiasme.

Il fit la connaissance du fameux Tom, qui semblait suspendu à ses lèvres.

— Ma femme aussi appréciait vos romans. Chaque fois qu'un nouveau Lucas Blade sortait, on prenait d'abord le temps de le lire chacun à notre tour, puis on en débattait pendant des heures. Partager mes lectures, en parler... Cela fait partie des choses qui me manquent le plus depuis que cette fichue maladie a emporté Alison. Soutenir une conversation avec une femme qui a du tempérament, c'est plus stimulant que les mots-croisés, vous ne trouvez pas ? J'ai toujours gardé la nostalgie de nos discussions.

Eva vint se glisser sur une chaise à côté de lui.

— Vous devriez vous remarier, Tom.

Le vieil homme lui adressa un sourire en coin.

— C'est une demande officielle ? Je veux bien t'accorder ma main, même si, de mon temps, c'était l'homme qui prenait l'initiative.

— Il y a longtemps qu'on n'en est plus là, Tom. De nos jours, nous avançons droit sur l'objectif stratégique, nous autres les femmes. Je me serais bien mariée avec vous, mais vous ne me supporteriez pas plus d'une semaine. Je mets un bazar effroyable partout où je passe et je suis détestable le matin au lever.

Elle se pencha pour embrasser le vieil homme sur la joue, et il lui pressa affectueusement la main.

— Si j'avais eu soixante ans de moins, je t'aurais prise au mot et je t'aurais mis la bague au doigt en moins de temps qu'il ne faut pour le dire. J'ai toujours eu le nez pour repérer les femmes qui valent le coup. Il ne faudra pas longtemps pour qu'un gars un peu plus malin que les autres te mette le grappin dessus, ma petite Eva.

Lucas surpris le rapide regard que le vieil homme jeta udans sa direction et il eut l'impression inconfortable que la remarque pourrait bien lui être destinée.

Tom avait-il deviné qu'il se passait un truc entre Eva et lui ? Jugeant que les manœuvres de Tom vis-à-vis d'Eva étaient du même ordre que celles de son incorrigible grand-mère avec lui-même, il jugea prudent de garder le silence.

— Vous avez été marié combien d'années, Tom ?

— La première fois, pendant vingt ans.

— La première fois ?

Tom eut un petit haussement d'épaules amusé.

— Que vous dire ? Je suis un homme qui apprécie de vivre en couple. Entre Martha et moi, ça a été le coup de foudre dès le premier jour d'école. J'ai essayé de piquer le ruban qu'elle avait dans les cheveux et elle m'a frappé avec son cartable. Au premier coup reçu, j'ai compris que c'était elle et qu'il n'y en aurait pas d'autre. Lorsque la mort l'a emportée — une mort naturelle, je précise, donc inutile d'en faire un scénario louche, jeune homme —, j'ai pensé que c'était fini pour moi. Ma théorie, c'était qu'un homme ne tombe pas deux fois sur le gros lot dans une seule vie, et pourtant si ! J'ai rencontré Alison à une réunion du club de lecture dont je faisais partie. Je l'ai remarquée tout de suite car c'était la seule à ne pas avoir aimé le livre dont on débattait. Et elle n'a pas eu peur de faire connaître son opinion, moi je vous le dis ! Avec des arguments énergiques à l'appui. Elle m'a soufflé. Une semaine plus tard, je lui ai demandé si elle voulait m'épouser. Parce que quand l'amour est là, et qu'il est là pour de bon, ça ne sert à rien d'attendre dix ans. Je sais que Martha aurait apprécié Alison, si elles s'étaient connues.

Les yeux d'Eva s'embuèrent.

— C'est une belle histoire, Tom.

Le vieil homme lui tapota la main.

— Ta grand-mère serait drôlement fière si elle te voyait maintenant. À la tête de ta propre entreprise ! Et amoureuse avec ça.

Les joues d'Eva s'empourprèrent.

— Je ne suis pas amoureuse, Tom ! D'où tenez-vous cette idée ?

Lorsque le regard de Tom se posa sur lui, Lucas comprit que cette expédition à la maison de retraite n'avait pas été la plus heureuse des initiatives...

C'était comme une visite à sa grand-mère, mais puissance dix.

— Je vous ai vus chuchoter ensemble, avec Lucas, pendant que vous arrangiez les petits gâteaux sur un plat.

— Lucas m'a donné un coup de main, c'est tout. Nous sommes amis.

— Et c'est très bien ainsi, crois-moi. Dans une relation amoureuse, la part d'amitié est décisive. Parce que mettre le feu aux draps, c'est une chose, mais si le lien d'amitié manque, c'est cuit.

Eva tourna un regard mortifié vers lui. Il décida donc d'intervenir avant que Tom ne leur trouve un volontaire pour les marier sur l'heure.

— Eva travaille pour moi jusqu'à Noël. C'est tout.

Tom lui jeta un regard patient — et sceptique. Ce dernier ne croyait pas un mot de ce qu'il venait de lui dire, de toute évidence.

— Certaines personnes vivent avec la conviction erronée qu'on n'aime qu'une fois dans une vie. Je suis la preuve vivante que l'amour peut sonner deux fois à la même porte.

Lucas échappa de justesse à la réponse qu'on attendait sans doute de lui, car le chef fit une entrée remarquée dans la Garden Room avec des en-cas de fête disposés sur un grand plateau. Eva se leva aussitôt pour lui donner un coup de main.

Lucas voulut lui emboîter le pas, mais Tom se pencha pour lui murmurer sur le ton de la confidence :

— Cette fille, il n'y en a pas deux comme elle, vous ne trouvez pas ?

Lucas ne pouvait décemment soutenir le contraire, même si, en acquiesçant, il s'enfonçait encore un peu plus dans les complications.

— Je trouve aussi.

Tom s'extirpa de son fauteuil avec une souplesse étonnante pour un homme de son âge.

— Quand on souffre de la solitude, on a tendance à s'attacher un peu trop vite et à se méprendre sur la nature de ses propres sentiments.

— Je suis d'accord avec vous. Mais même si Eva est une romantique dans l'âme, elle a la tête sur les épaules. Et ne tombera jamais dans les bras de n'importe qui.

Tom le regarda fixement pendant quelques instants. Puis il secoua la tête.

— Je ne parlais pas d'elle. Je parlais de *vous*.

Sur cette affirmation sibylline, le vieil homme alla rejoindre le reste des résidents qui se pressaient autour de la table.

Qu'est-ce que Tom avait voulu lui dire ? s'interrogea Lucas, abasourdi. Ce n'était pas lui qui souffrait de solitude, c'était Eva. Enfin merde, il avait toujours été parfaitement heureux dans son appartement perché loin du monde — jusqu'au moment où Eva avait débarqué chez lui par surprise.

Il dédicaça encore deux livres pour des résidents qui vinrent timidement lui apporter leur exemplaire, puis il se joignit au reste de la compagnie à qui on servit la collation salée puis les délicieux cupcakes d'Eva.

Après ce goûter substantiel, le petit groupe réclama de la musique. Tom se mit au piano et joua un moment, puis tous ensemble ils persuadèrent Eva de chanter. Elle donna un petit récital à sa façon, interprétant avec talent quelques chansons connues. Lucas sentit couler en lui sa voix claire au timbre étonnamment sensuel dont les inflexions joyeuses coloraient désormais ses journées.

Lorsqu'ils regagnèrent l'appartement, il faisait déjà nuit noire. Eva avait enroulé sa grosse écharpe en laine jusque sous ses yeux, et sa voix ne lui parvint qu'étouffée :

— Je suis désolée, vraiment. C'était hyper gênant, cet épisode avec Tom.

— Il est protecteur envers toi. Il veut ton bonheur, c'est tout.

Et le bonheur, c'était précisément ce que Lucas ne pouvait pas lui offrir. Pas sur le long terme, en tout cas. Les paroles de Tom lui avaient rappelé ce qu'il avait eu tendance à vouloir oublier : Eva n'était pas le genre de fille à se satisfaire d'une brève relation superficielle. Tout en elle allait vers la profondeur, au contraire : ses sentiments, ses espoirs, ses attentes.

De la façon dont il voyait les choses, elle était dans l'erreur sur tout un tas de plans, y compris et surtout dans ses vues archi-romantisées de l'amour et du mariage. Mais si pour Eva la perte de ses désillusions semblait inéluctable, il n'avait aucune envie d'en être l'instrument. Cela lui ferait à peu près le même effet que d'attraper un papillon pour lui arracher les ailes. Au cours des quelques semaines écoulées, il avait appris à admirer son inébranlable joie de vivre. Alors si quelqu'un ou quelque chose devait détruire son talent pour le bonheur, il aimait autant que ce ne soit pas lui.

Que l'ami Tom ait été marié deux fois ou non ne faisait pas l'ombre d'une différence à ses yeux. Il aurait pu se marier six fois de suite que cela n'aurait rien changé.

Pour sa part, il était déjà passé par la case mariage et l'expérience l'avait guéri de l'envie de recommencer. Se faire bouffer le cœur une fois dans une vie lui paraissait devoir suffire. Pour le moment, c'était Eva qui passait par une phase de vulnérabilité. Et certainement pas lui. Il était à l'abri, immunisé, cadenassé derrière un blindage affectif à toute épreuve.

— Ma grand-mère et Tom étaient de grands amis. C'était généreux de ta part d'accepter de jouer une partie de billard avec lui, poursuivit Eva pendant qu'il ouvrait la porte de l'appartement. Et de l'avoir laissé gagner, surtout.

— Je ne l'ai pas laissé gagner. Il m'a mis une pâtée mémorable.

Il ne précisa pas qu'il avait passé plus de temps à l'observer *elle* du coin de l'œil qu'à se concentrer sur le tapis vert.

Il la regarda aller et venir dans l'appartement, actionnant les interrupteurs. Quelque chose avait changé dans la façon dont elle se déplaçait. Comme si sa démarche avait perdu son côté dansant.

— C'est un type intéressant, ce Tom. Tu l'avais briefé à l'avance, pour qu'il sorte ainsi pile au bon moment cette remarque sur le fait qu'on pouvait aimer deux fois dans une même vie ?

— Non.

Elle lui tourna le dos pour se verser un verre d'eau.

— Je ne l'avais pas revu depuis le décès de Grams. Et c'est toi qui m'as proposé de m'accompagner là-bas, je te rappelle.

Elle joua distraitement avec son verre.

— Ce qu'il a dit n'a rien de très original, Lucas. Inutile d'en faire une théorie du complot. Tom croit à l'amour, c'est tout. Ce qui n'a rien de vraiment étonnant puisqu'il l'a connu deux fois. Lorsqu'on en a soi-même fait l'expérience, on n'a pas tellement de raisons de douter de l'existence de la chose en question.

— Je n'ai jamais affirmé que je ne croyais pas à l'amour. Tout ce que je dis, c'est que je n'ai pas envie de le revivre. Tom si, en revanche. Et plutôt trois fois qu'une.

Mais pourquoi évitait-elle son regard ainsi ?

— Si tu veux mon avis, il t'épouserait sans hésiter si tu lui donnais sa chance.

— C'est peut-être ça, la solution. Je devrais me marier avec Tom.

Elle but une gorgée d'eau, reposa son verre. Mais continua de lui tourner le dos.

— Qu'est-ce qui ne va pas, Eva ?

Il n'aimait pas l'idée qu'elle puisse lui cacher quelque chose.

— Rien. Tout va bien. Tu as faim ?

— Non. J'ai stocké suffisamment de calories là-bas pour me protéger du froid pendant un mois entier en Alaska.

Il s'avança pour lui poser une main sur l'épaule.

— Je veux savoir ce qui se passe dans ta tête.

Au lieu de se décrisper et de glisser les bras autour de lui, elle resta raide et distante dans son étreinte.

— Elle me manque, c'est tout.

Les cheveux d'Eva lui effleurèrent le menton. Il lui passa la main dans le dos, dans un mouvement réconfortant de va-et-vient.

— Tu regrettes d'être retournée là-bas ?

— Non.

Elle se dégagea du cercle de ses bras en continuant à regarder ailleurs.

— Quelqu'un a dit quelque chose qui t'a fait de la peine ?

Les occasions n'avaient pas manqué où ils s'étaient trouvés séparés pour une raison ou pour une autre. Peut-être qu'un incident s'était produit sans qu'il s'en soit aperçu ?

— Oh non, au contraire. Ils ont tous été adorables. J'ai promis à Annie de revenir les voir à la première occasion. Puisque tu n'as pas faim, je vais aller mettre mon blog à jour. Et j'imagine que tu dois être pressé de te remettre à ton manuscrit après avoir sacrifié un après-midi entier pour moi.

Il la suivit des yeux avec un mélange de contrariété et de frustration. Ce n'était pas dans les habitudes d'Eva de se montrer réservée et évasive. La voir faire de pareils efforts pour ne rien laisser transparaître de ce qu'elle ressentait le mettait mal à l'aise.

— Eva...

Elle s'immobilisa en haut des marches.

— Merci d'être venu avec moi aujourd'hui, Lucas. J'étais contente de les revoir. Et c'était bien aussi de pouvoir reparler de Grams avec eux. Ça m'a aidée. Je pensais que ça raviverait mon chagrin, mais ça l'a adouci, au contraire. Je me sens moins triste.

Il fronça les sourcils. Si elle se sentait moins triste, pourquoi donc avait-elle l'air malheureuse à ce point, alors ?

Eva ferma la porte de la salle de bains et se laissa tomber sur le bord de la baignoire.

Elle était amoureuse. Et pour de bon.

Tom, lui, l'avait vu tout de suite, alors pourquoi ne s'était-elle rendu compte de rien ?

Elle avait toujours cru que le jour où elle en ressentirait les effets, ce serait comme une descente en douceur dans des eaux tièdes et accueillantes. Elle n'avait pas anticipé ce côté si soudain, si brutal — plutôt de l'ordre de la chute que de la glissade progressive, chute qui s'était soldée par un plongeon brutal dans une mer tumultueuse et profonde. Déjà, elle avait perdu toute maîtrise du phénomène et se retrouvait le souffle coupé et en équilibre précaire, dans un état qui oscillait entre la terreur et l'exaltation. Mais malgré tous ces remous internes, aucun doute ne l'effleurait : ce qu'elle ressentait pour Lucas n'avait rien de superficiel, et le passage du temps n'effacerait rien.

Elle en était d'autant plus certaine qu'elle ne voulait *pas* de ces sentiments. Aimer dans ces circonstances n'était ni sage ni raisonnable. Lucas ne voulait pas entendre parler d'une nouvelle relation stable. Elle avait vu à quel point Tom l'avait mis mal à l'aise lorsque le vieil homme avait évoqué les deux amours de sa vie.

Cela ne signifiait pas qu'elle était incapable de vivre une relation sans complications, de type *sex-friend*, avec un homme. Elle pouvait le faire. Mais avec Lucas...

Elle déglutit avec peine.

Lucas. Eva songea à la chaleur rassurante de sa présence lorsqu'elle avait franchi la porte de la résidence. À sa compassion quand il l'avait tenue dans ses bras le jour où elle avait éclaté en sanglots. À sa présence à ses côtés pendant le bal — la façon dont il avait veillé sur elle, protecteur en diable, malgré ses protestations.

Elle songea à son écoute, à l'attention réelle qu'il portait à ses paroles, même quand elle parlait trop. Elle revit le sourire amusé dont il saluait parfois ses remarques — la façon dont il faisait honneur aux mets qu'elle lui préparait.

Lucas était l'homme avec qui elle voulait vivre. L'homme avec qui elle se sentait exister. Et il était tellement plus encore que cela.

Avec un gémissement de détresse, elle s'enfouit le visage dans les mains.

Et maintenant ?

Elle glissa une main tremblante dans son sac et tâtonna à la recherche de son téléphone.

— Paige ? J'ai un problème.

— Tu es enceinte ?

— Pourquoi le fait d'avoir un problème doit-il toujours se traduire par l'idée d'une grossesse ?

— Je ne sais pas. Ça m'est venu comme ça. Dis-moi ce qui se passe. Tu as renversé du vin rouge sur le canapé blanc de Lucas ? Tu as effacé son manuscrit par mégarde ?

— Je suis amoureuse de lui. Et si tu me réponds que tu m'avais prévenue, je raccroche.

Paige ne dit rien de la sorte, au contraire :

— Existerait-il une chance pour qu'il éprouve la même chose de son côté ?

— Aucune.

— Tu es sûre ?

Eva songea à la farouche détermination de Lucas de se tenir à l'écart de tout engagement vis-à-vis des autres — surtout de l'amour.

— Oui, je suis sûre. Il a rayé cette possibilité de son programme.

Une douleur lui prit la poitrine en étau, et elle sentait poindre un début de migraine.

Lucas avait raison. Aimer n'avait rien de magique. C'était compliqué, et ça mettait un bazar pas possible.

— Il sait que tu es amoureuse de lui ?

— Pas encore. Mais tu me connais : dissimuler ce que je ressens n'est pas ma spécialité première. Je ne sais pas ce qu'il faut que je fasse.

Il y eut un temps de silence sur les ondes.

— Tu peux arrêter de bosser pour lui, si tu veux. En prétextant qu'on a trop de boulot et qu'on a besoin de toi pour Urban Génie.

— Non. Quand je signe un contrat pour la boîte, je respecte mon engagement jusqu'au bout. Sans compter tout ce que ma présence ici rapporte à l'agence.

Mais ce n'était pas la seule raison. Elle voulait qu'il termine son roman. Elle savait ce que ce texte représentait pour lui. Si par sa présence elle pouvait apporter une contribution, même modeste, alors elle resterait, quoi qu'il arrive.

— Je suis *déjà* amoureuse. Maintenant que le mal est fait, cela ne changera pas grand-chose que je m'en aille ou non. Le seul truc qui m'inquiète, c'est qu'il finisse par s'en rendre compte.

— Ce serait si terrible que ça ?

— Terrible, je ne sais pas. Mais méga-gênant en tout cas. Oh ! merde, je crois que je me liquéfierais de honte...

Toujours assise sur le bord de la baignoire, elle se voûta misérablement.

Il y avait si longtemps qu'elle rêvait d'aimer, et voilà que c'était chose faite...

Ce qu'elle n'avait pas anticipé, en revanche, c'était qu'elle s'éprendrait d'un homme qui refuserait de risquer son cœur dans une nouvelle relation.

C'était la péripétie de trop dans l'intrigue.

Et l'idée personnelle qu'elle se faisait d'un roman noir.

Chapitre 18

« En toute chose, point trop n'en faut — sauf en matière de chocolat et d'amour. »

— Eva

Au fond, peut-être aurait-il été plus raisonnable de prendre ses cliques et ses claques et de couper les ponts avec Lucas.

Mais elle avait beau clamer qu'on pouvait aimer plus d'une fois dans une vie, qu'est-ce qui lui prouvait que cela arriverait dans son cas ? Et si Lucas devait être le seul amour véritable qu'elle connaîtrait jamais ? La solution la plus avisée serait alors de rester et de vivre pleinement chaque seconde, chaque instant de cette parenthèse unique.

Même si chaque moment passé avec lui se teinterait d'une nostalgie frangée de tristesse, parce qu'elle savait que leur épisode à deux tirait à sa fin.

À présent qu'il avait une version presque achevée de son manuscrit, Lucas était sorti de la frénésie créative où il pouvait passer des nuits entières à écrire. Il poursuivait ses remaniements, mais à un rythme moins soutenu et en s'accordant des pauses plus longues.

Il lui fit la surprise de l'emmener au Metropolitan Opera où, comme chaque année, *Casse-Noisette* était à l'affiche. Elle lui tint la main pendant toute la représentation, la vision troublée par les larmes devant l'armée des souris, la fée Dragée et tous ces personnages qui avaient peuplé son imaginaire d'enfant chaque fois que sa grand-mère et elle avaient assisté au ballet-féerie de Tchaïkovski.

Lucas se pencha pour lui chuchoter à l'oreille :

— Je t'imagine très bien en petit tutu rose. Je parie que tu étais à croquer.

— J'étais mignonne mais un peu gauche. J'étais la seule fée Dragée du lot qui s'est emmêlée les pieds et s'est retrouvée assise par terre sur son derrière. Tu ne m'avais jamais dit que tu étais amateur de danse classique, toi aussi ?

— Amateur de danse classique ? Pas aux dernières nouvelles, non.

— Alors qu'est-ce que tu fais ici ?

— Je sais que *Casse-Noisette* fait partie de tes plaisirs de Noël favoris.

Elle était profondément touchée, non seulement parce qu'il faisait l'effort d'assister à ce spectacle pour elle, mais aussi parce qu'il avait écouté et mémorisé tout ce qu'elle lui avait confié au sujet de sa vie passée avec sa grand-mère.

— Pour un cynique arrogant, tu peux être assez adorable quand tu veux. Pour te récompenser de ta générosité, je mettrai mes habits de fée et je danserai pour toi tout à l'heure.

Le regard de Lucas glissa sur ses lèvres.

— Je veux bien te voir danser, mais troque plutôt la tenue de fée contre la tenue d'Ève.

Il n'était jamais contrarié par son désordre et s'accommodait sans difficulté de ses états matinaux hagards. Elle n'avait aucun problème de son côté avec le fait qu'il s'enfermait des heures durant devant son ordinateur.

Un après-midi, Lucas sortit de son cabinet de travail à grands pas, le regard courroucé et la mine orageuse. Elle se figea net en se demandant quel désastre inattendu avait pu fondre sur lui.

— Qu'est-ce qui se passe ? Un blocage ?

— Tu es entrée dans mon bureau ?

— Oui. Tu n'y étais pas mais j'ai laissé une assiette de biscuits avec une tisane sur ta table de travail.

— Tu as modifié mon texte !

— Pardon ?

Eva ouvrit de grands yeux, en essayant de feindre l'innocence.

— Je ne vois pas du tout de quoi tu me parles.

— Tu es vraiment la menteuse la moins douée de l'histoire de la création. Tu as déjà vu deux agents du FBI se prendre dans les bras ?

— Pourquoi pas ? Quel mal y aurait-il à réconforter un collègue dans le cadre du travail ? À mes yeux, ça les rend juste *humains*. Ils viennent d'assister à une scène terrible.

— Eva, j'écris une histoire d'é-pou-van-te.

— Eh bien, maintenant, elle sera un tout petit peu moins épouvantable, ton histoire. Ne me remercie pas. Je l'ai fait de bon cœur.

Il se passa la main dans la nuque en lui jetant un regard exaspéré.

— Eva...

— Quoi ? J'ai lu quelques pages et j'ai tout de suite perçu qu'il y avait une attirance entre ces deux-là. Je pensais qu'ils pourraient coucher ensemble et découvrir qu'ils s'aiment. Je ne vois pas en quoi le fait d'ajouter quelques éléments positifs gâcherait le suspense de ton bouquin.

— Ça casse la tension narrative.

— Ah oui ? Tu trouves ?

N'ayant jamais été en faveur des tensions quelles qu'elles soient, elle le prit comme un compliment.

— C'est une bonne chose, alors ?

— Non, Eva. Ce n'est pas une bonne chose.

— C'est une question de point de vue, non ?

— Tu voudrais que j'écrive des thrillers heureux ?

— Ça pourrait devenir un genre littéraire entièrement nouveau. Je suis persuadée que ça marcherait.

— Ce serait la fin immédiate de ma carrière.

— Il faut toujours que tu dramatises !

Et ils continuèrent à se chamailler, comme chaque fois qu'ils parlaient musique, livres ou cinéma.

Elle le força à endurer *L'Amour à tout prix* et, en contrepartie, accepta de regarder *Fenêtre sur cour* jusqu'au bout, même si elle garda les mains devant les yeux pendant une bonne partie du film et insista ensuite pour dormir avec sa lampe de chevet allumée.

Lucas emballa avec soin une veilleuse et la lui offrit comme précadeau de Noël.

— Je ne suis plus une enfant ! Je n'ai pas besoin de veilleuse !

— Tu dors toujours avec la lumière allumée.

— Seulement depuis que je te connais.

Lorsqu'elle lui annonça qu'elle sortait pour terminer ses derniers achats de Noël, il lui proposa de l'accompagner.

— Comme ça, tu pourrais m'aider à choisir un cadeau digne de ce nom pour ma grand-mère.

Ce fut la seule raison qu'il consentit à lui donner lorsqu'elle le sonda pour essayer de comprendre ce qui le poussait à affronter la foule qu'il détestait.

Une nouvelle tempête de neige était venue puis repartie, laissant derrière elle des rues enneigées et un ciel sans nuages d'un bleu azuréen. S'il n'y avait pas eu le vent et le froid mordant, ils auraient pu se croire au bord de la Méditerranée tant la lumière était intense.

Eva resserra frileusement les pans de son manteau autour d'elle et glissa la main dans celle de Lucas.

Il referma ses doigts sur les siens et ils déambulèrent ensemble le long de la Cinquième Avenue, passant devant des vitrines décorées selon des thèmes variés où scintillaient les délicates lumières blanches des guirlandes lumineuses. Ils flânèrent devant le Rockefeller Center pour admirer une fois encore le sapin monumental, puis ils poursuivirent jusqu'au marché de Noël de Bryant Park où ils firent le tour des échoppes. Eva prit tout son temps, examinant les bijoux, les décorations, les stands d'artisanat et de produits gastronomiques locaux. Elle jeta un regard d'excuse à Lucas.

— Tu ne t'ennuies pas trop ? Une expédition shopping avec moi, ça doit être ta nouvelle définition de l'épouvante, non ?

Il lui prit ses paquets des mains.

— Je ne suis pas doué pour les achats de Noël. Si tu peux m'aider à choisir mes cadeaux, je te serai redevable à vie.

— Redevable, tu l'es déjà. Grâce à moi, tu vas pouvoir respecter ta date limite de remise. Je suis un miracle ambulant. Comment s'est passée ta relecture, ce matin ?

— Bien. J'en suis à la dernière étape. Dès demain, j'envoie le manuscrit à mon agent et mon éditeur. Grâce à toi. Et tu as raison : tu es un vrai miracle.

— Et si on laissait tomber les courses ? Je pourrais te ramener à la maison séance tenante et opérer quelques miracles supplémentaires sur ta personne ? J'ai envie de toi, Lucas.

Il lui passa un bras autour des épaules et elle se blottit contre lui. Par moments, elle en arrivait presque à regretter que la vie commune avec lui soit si simple, si évidente. Comme si tout entre eux allait de soi.

Elle afficha un sourire stoïque.

— Tout compte fait, non. Ne succombons pas à la tentation. Nous ne quitterons pas le champ de bataille avant d'avoir trouvé le cadeau parfait pour Mitzy.

Elle se tourna de nouveau vers le stand, et Lucas la libéra à contrecœur.

— À quoi ça ressemble, un cadeau idéal ? Je n'en ai pas la moindre idée.

— Tu n'as pas besoin d'idées : tu m'as, moi.

Plusieurs heures s'écoulèrent avant qu'ils ne regagnent enfin l'appartement. Ils laissèrent tomber leurs paquets en vrac dans l'entrée et se dirigèrent en droite ligne vers la chambre à coucher.

Leurs bouches se trouvèrent dans un élan presque désespéré. Leur temps de cohabitation touchait à sa fin. Et plus l'échéance se rapprochait, plus ils faisaient l'amour avec passion.

Eva savait qu'ils n'avaient plus que très peu de temps devant eux. Quelques jours encore, puis elle ferait ses bagages. L'heure de l'adieu tomberait comme un couperet et ils ne se reverraient peut-être plus jamais. Ils partiraient chacun de leur côté, et Lucas ne saurait jamais rien de ses sentiments réels pour lui.

Eva tournait les mots dans sa tête alors qu'ils faisaient l'amour avec lenteur et gravité, étirant la tension du désir, jouant de tous les registres de l'attente et du plaisir. Encore et encore, Lucas la menait jusqu'au bord de la jouissance et la maintenait là, à la limite, pantelante et enfiévrée. Jamais il n'y aurait de « bon moment » pour lui chanter les mots qu'elle avait sur le bout de la langue. Alors autant les prononcer maintenant, alors que son amour pour lui la consumait comme une flamme vive, exigeant d'être dit, hurlé, proclamé. Bientôt tout serait terminé et, si elle partait sur un silence, elle le regretterait probablement toute sa vie.

— Je t'aime.

Elle souffla les mots d'amour dans son cou et le sentit se figer.

— Je t'aime, Lucas. Je t'aime, je t'aime...

Sans un mot, il plaqua sa bouche sur la sienne et lui imposa silence. Elle sentit la tension de ses doigts dans ses cheveux et le mouvement de ses reins monta en puissance, comme s'il était mû par une urgence soudaine et ravageuse. À aucun moment, il ne cessa de l'embrasser — par désir ou par peur de ce qu'elle lui donnait à entendre, elle aurait été incapable de le dire.

Elle garda le silence mais continua à lui parler d'amour de tout son corps, murmurant le message par ses caresses, le chuchotant en silence dans ses baisers.

Un spasme parcourut les reins de Lucas. Il s'enfonça en elle avec une force érotique décuplée qui déclencha en elle une jouissance inouïe — le premier orgasme de sa vie à la mener à la complétude totale. Lucas la rejoignit dans un cri, puis l'embrassa de nouveau, encore et encore, comme s'il ne pouvait plus la lâcher.

Longtemps, elle demeura immobile sous lui, comme étourdie par le plaisir, ivre de cette incroyable intimité amoureuse qu'elle venait de partager avec Lucas.

Elle aurait voulu que ça dure encore.

Que ça dure *toujours*.

Il était son premier amour et elle ne demandait qu'une chose : qu'il soit aussi le dernier. Mais si leur relation devait s'arrêter là, elle se souviendrait de cet instant et ce serait sans regrets.

Ce fut le lendemain au réveil qu'elle perçut le changement chez Lucas.

Il ne restait plus rien entre eux de l'humour, de la complicité, de la simplicité spontanée. À la place était apparue une attitude qu'elle ne pouvait qualifier que de... polie.

Elle l'observait, sidérée, son moral en chute libre, comme un ascenseur dont on aurait coupé les câbles.

— Lucas ? Qu'est-ce qui se passe ?

— Ce truc entre nous est sorti des clous. Je ne voulais surtout pas qu'on en arrive là.

Elle ne s'était pas attendue à une approche aussi frontale. Ni à la brutalité du diagnostic. Peut-être avait-elle espéré gagner encore un peu de temps, alors même qu'elle le savait compté. Elle avait envie de le supplier de se taire. Il lui répugnait d'entendre ce qu'il s'apprêtait à lui dire parce qu'elle savait que ses prochaines paroles signeraient la fin de leur relation.

— Tu dis ça parce que je t'ai parlé d'amour, c'est ça ? Je t'ai fait peur ?

— On ne se connaît que depuis un mois.

— Et ça a été le meilleur mois de ma vie. Ce n'est pas la durée d'une relation qui compte, Lucas, c'est l'intensité et la profondeur. Tu ne t'es jamais demandé pourquoi deux personnes peuvent se voir régulièrement pendant des années sans que leur relation ne débouche jamais sur rien ? Puis l'un d'eux rencontre quelqu'un et c'est immédiat. Un mois plus tard, ils sont mariés.

Son visage demeura impassible.

— Tu me demandes en mariage, c'est ça ?

— Mais non ! Ce n'est pas ça du tout ! Je dis seulement que nous avons passé beaucoup de temps ensemble en un mois. Plus que des gens qui sortiraient ensemble depuis longtemps, en ne se voyant que de façon occasionnelle. Et puis oui, je t'aime. Je refuse de mentir à ce sujet.

La tension déformait les traits séduisants de Lucas.

— Ce n'est pas possible, Eva.

— Tu veux dire que je ne compte pas pour toi ?

— Tu comptes, si. Mais tu veux vivre ton conte de fées. Et c'est quelque chose que je ne peux pas te donner.

— Oh ! Lucas...

À la vague de tristesse qui la submergea vint se mêler une pointe de découragement à l'idée qu'il ne comprenait toujours pas.

— Le conte de fées, ce n'est pas le Prince Charmant ni la Dame à la licorne. Le conte de fées, c'est l'amour lui-même. Mon nuage rose, mon rêve doré, c'est juste d'aimer et d'être aimée. Ça ne va pas chercher plus loin que ça. L'enchantement, il est là, pour moi.

— L'amour n'est pas ce que tu crois.

— Mais est-il pour autant ce que tu crois, *toi* ? L'amour n'est pas une malédiction, Lucas, c'est un privilège. Un cadeau de la vie.

Elle prit une inspiration. Puis un risque. Pourquoi pas ? Au point où ils en étaient, elle n'avait plus rien à perdre.

— Ce cadeau, je te l'offre. Mon cœur dans sa totalité. Pour toujours.

Lucas blêmit. Son visage était pâle comme de la craie.

— Eva...

— Oui, je t'aime, Lucas. Je sais que c'est allé très vite et c'est peut-être de la folie de parler de sentiments durables après une période aussi brève, et pourtant je suis sûre de ce que je ressens. Tout ce qui se passe entre nous est authentique, Lucas. Tu me rends heureuse. Avec toi, je n'ai jamais eu à faire semblant, jamais eu à me cacher ou à me montrer différente de ce que je suis. Notre relation a peut-être été courte, mais c'est la plus sincère, la plus vivante, la plus belle que j'aie jamais vécue.

Devant son regard sceptique, elle chercha les mots pour plaider sa cause — *leur* cause à tous les deux.

— Parfois, tu sors avec quelqu'un et cela prend un temps fou de savoir à qui tu as affaire. Tu nages dans le flou et tu vas de malentendu en malentendu. C'est lourd, c'est pesant, ça n'avance pas. Avec toi, il n'y a jamais eu ça. Tu étais attentif à ce qui se passait en moi. C'est grâce à toi que j'ai compris que c'était épuisant de prétendre tout le temps que tout allait bien. Que c'est idiot d'affirmer qu'on se sent au top alors que ce n'est pas le cas et qu'on a tout simplement un deuil à vivre. Et je ne dis pas ça pour critiquer mes amies. La pression, je me la mettais moi-même : je me faisais un devoir d'être toujours joyeuse et positive. Avec toi, je ne me suis jamais senti cette obligation. Grâce à ton influence, je remonte la pente, je vais mieux et je t'en remercie... Mais je parle et je parle et je parle. À ton tour, maintenant.

Lucas avait l'air d'un homme traqué sur le point d'être soumis à la torture. Il se passa nerveusement la main dans les cheveux.

— Je ne sais pas quoi te dire.

Même si elle aurait pu s'y attendre, la déception fut brutale.

— Il y avait deux ou trois choses que j'espérais entendre de ta part. Et ta réponse n'en fait pas partie.

Il se pressa l'arête du nez à deux doigts puis laissa retomber sa main.

— Tu dis que je te rends heureuse, mais jusqu'à

quand ? Combien de temps crois-tu que ça peut durer, ce genre de fragile état de grâce ? Et que se passera-t-il lorsque tu te réveilleras un matin pour constater que je ne t'apporte plus le bonheur que tu attends ? Je ne veux pas être celui qui massacrera ta belle ivresse de vivre. C'est une responsabilité que je refuse de prendre sur mes épaules.

— Alors ne la massacre pas. Dis-moi que tu m'aimes aussi et nous nous emploierons à nous épauler, à nous faire mutuellement du bien et à passer beaucoup de temps au lit.

— Parce que tu crois sérieusement que c'est aussi simple ?

— Je crois que l'amour peut être simple, si on lui donne sa chance.

— Je ne partage pas ton avis.

Eva sentit son cœur saigner, comme si on venait de le piétiner à coups de talon.

Rassemblant ses forces, elle grilla ses dernières cartouches.

— Je ne t'aurais pas cru si lâche, Lucas.

— Je te dis que je te protège et tu me traites de lâche ?

— Nous sommes conscients l'un et l'autre que la seule personne que tu protèges, en l'occurrence, c'est toi. Je sais que tu aimais Sallyanne. Je sais que tu as souffert et que tu souffres encore. Je sais aussi que cela n'a pas été un deuil facile. Donc je comprends que tu puisses hésiter à reprendre le risque d'aimer, mais tu n'as pas besoin de te protéger de moi, Lucas. La relation que nous avons construite m'est précieuse et je ne ferai jamais rien qui puisse l'abîmer.

— Mais *moi* je pourrais le faire.

— Non.

Elle adoucit le ton de sa voix car elle savait quel conflit se déroulait dans la tête de Lucas.

— Toi non plus, tu ne ferais jamais rien qui puisse détruire notre relation. Je pense qu'au fond de toi tu le sais, mais tu as peur de le reconnaître.

Forçant ses jambes de plomb à se mouvoir, elle se détourna pour se diriger vers l'escalier.

— Où tu vas ?

— Boucler mes valises.

— Parce que tu comptes partir tout de suite ? demanda-t-il d'une voix rauque.

Seulement si tu ne fais rien pour me retenir.

— Quelle raison me donnes-tu de rester, Lucas ? Ma mission officielle est terminée. Ce pour quoi tu m'as payée, je l'ai fait. Si je restais, ce serait par amour. Et mon amour, tu ne veux pas en entendre parler.

Elle avait grimpé la moitié des marches lorsqu'il la rappela.

— Attends !

Elle s'immobilisa net au son de sa voix. L'espoir refleurit timidement, comme la flamme fragile d'une bougie que le vent aurait couchée sans l'éteindre. Elle se retourna lentement, le cœur battant à grands coups désordonnés dans sa poitrine.

— Oui ?

— Reste encore un peu.

— Et ensuite ?

Lorsqu'il ne répondit pas, elle recommença à gravir l'escalier, soudain vidée et à bout de forces.

— Il y a des choses dans la vie pour lesquelles je

suis prête à me battre : mes amis, mon entreprise, mon avenir. Mais je ne me battrai pas pour ton cœur, Lucas. Si tu ne peux pas le donner de ton plein gré, je préfère m'en passer complètement.

Chapitre 19

« Sois dans la vie comme sur le tatami : fais preuve de souplesse. »

— *Frankie*

Triste comme les nuages qui avaient envahi le ciel d'hiver, Eva longeait la Cinquième Avenue. Quelques flocons légers tombaient dans le matin gris.

Elle leva son visage vers la neige et ferma les yeux.

Sur une impulsion, elle entra dans la cathédrale Saint-Patrick, une oasis de calme et de paix au cœur d'un des endroits les plus fréquentés de New York.

Elle était souvent venue visiter l'immense édifice néo-gothique avec sa grand-mère, mais c'était la première fois qu'elle éprouvait le besoin d'y retourner depuis sa mort.

Les souvenirs de Grams lui serraient le cœur et elle se glissa sur un banc pour s'asseoir un moment en silence, admirant l'impressionnante architecture et la beauté des vitraux.

Un chœur de femmes chantait et leurs voix claires s'élevaient, montaient jusque sous les voûtes vertigineuses. Une boule se forma dans sa gorge, l'empêchant de déglutir.

Elle avait été si sûre de l'amour de Lucas pour elle ! Mais jamais, à aucun moment, il ne lui avait dit qu'il éprouvait des sentiments à son égard. Peut-être qu'elle avait mal interprété les signes, en laissant ses espoirs et ses rêves déformer sa perception de la réalité ?

Elle songea à tout ce qu'elle avait appris pendant ces quelques semaines où elle avait partagé ses journées et ses nuits avec lui.

— Tu vois, Grams, tu n'avais pas toujours raison sur tout, finalement.

Elle esquissa un faible sourire en s'apercevant qu'une fois de plus elle parlait à sa grand-mère dans sa tête.

— C'est bien d'être le soleil, mais parfois on a aussi le droit — et même le besoin — d'être le nuage de pluie. L'équilibre d'une vie veut qu'on soit tantôt le rayon, tantôt l'averse.

Et c'était Lucas qui le lui avait appris.

Elle avait pu s'ouvrir à lui comme elle ne s'était encore jamais ouverte à personne. Et cette complicité allait lui manquer presque autant que le sexe. Elle avait toujours pensé que la pire chose qui pouvait lui arriver serait de ne jamais connaître l'amour, mais elle découvrait qu'il y avait nettement plus douloureux encore, et c'était d'aimer quelqu'un qui ne voulait pas de vous.

— Joyeux Noël, Grams, chuchota-t-elle. Tu me manques.

Elle se recueillit encore quelques instants puis elle alluma un cierge pour sa grand-mère et, le cœur lourd, repartit à travers les rues enneigées. Dans le métro bondé, des familles joyeuses se bousculaient, surchargées de paquets et tout excitées par la perspective des fêtes qui commençaient.

Paige était à la fête de Noël de l'entreprise de Jake, et Frankie et Matt sur le trajet de retour du Connecticut où ils s'étaient déplacés pour un chantier. Elle aurait donc l'immeuble pour elle toute seule.

Toute seule.

Mais ce n'était pas sa solitude à elle qui la préoccupait, en l'occurrence.

C'était celle de Lucas.

Elle tourna la clé dans la serrure, laissa tomber ses sacs par terre et s'affala sur le canapé sans même prendre la peine d'enlever son manteau.

Que faisait-il à présent qu'il avait terminé son bouquin ? Il n'avait plus la moindre excuse pour rester caché chez lui. Avec qui partagerait-il désormais ses inquiétudes et ses secrets ? Passerait-il le reste de sa vie à se taire sur ce qui s'était vraiment passé entre sa femme et lui par souci de protéger la famille de Sallyanne ? Resterait-elle la seule personne au monde à qui il avait confié la vérité sur son premier amour ?

— On peut compter sur ta présence à Noël, alors ? Ton frère a promis qu'il viendrait. Dieu sait que ça tient de l'exploit de vous réunir tous les deux dans une même pièce... Lucas, tu m'écoutes au moins ? Pourquoi restes-tu planté devant cette fenêtre comme ça ?

Lucas se retourna et tenta de concentrer son attention sur sa grand-mère. Dans sa tête tournait inlassablement le souvenir de ces quelques instants à couper le souffle où Eva lui avait dit qu'elle l'aimait. Comment cela avait-il pu se produire ? Il avait élevé toutes les barrières nécessaires, pourtant. Mais, d'une façon ou d'une autre, elle avait réussi à creuser une brèche.

— Désolé. Qu'est-ce que tu disais ?

— Je t'expliquais que j'allais épouser un chanteur d'opéra de vingt et un ans et que nous comptions nous installer à Vienne.

— Bien, bien... Bonne idée.

Il pensa à la nuit où Eva avait pleuré. *Et maintenant, était-elle en train de pleurer ?* La culpabilité était comme une bête sournoise qui lui rongeait les entrailles.

Elle l'avait quitté. Eva avait plié bagage et déserté son appartement. Juste au moment où elle venait de lui révéler qu'elle l'aimait. Elle avait mis ses sentiments à nu et lui avait offert son cœur sur un plateau.

Puis elle était partie sans un mot en refermant la porte derrière elle.

Il prit une profonde inspiration et accepta de regarder la vérité en face : elle était partie parce qu'il ne lui avait pas donné une seule raison de rester. Mais quel argument aurait-il pu avancer ? L'amour n'était pas chose simple et ne coulait pas de source, contrairement à ce qu'elle se plaisait à fantasmer. Il s'était montré raisonnable pour deux, voilà tout.

— Lucas ?

Dans la voix de sa grand-mère perçait une douceur inhabituelle.

— C'est toujours un grand plaisir pour moi de

te voir, mais pourquoi venir ici si tu ne souhaites pas engager la conversation ? Tu as l'intention de me parler de ce qui te préoccupe ? Ou de rester muet devant cette fenêtre pendant l'entière durée de ta visite ?

— Je ne suis pas préoccupé. Je suis venu t'apporter ton cadeau de Noël.

Il lui tendit un paquet artistiquement emballé.

— Tu peux l'ouvrir tout de suite, si tu veux. Tu n'es pas obligée d'attendre demain.

Sa grand-mère prit le paquet et le plaça sur la petite table à côté d'elle.

— Il attendra demain. Sauf bien sûr si ton cadeau est la nouvelle que tu as demandé Eva en mariage.

Lucas se pétrifia.

— Si c'est ce que tu espères, tu peux attendre longtemps. Cela n'arrivera pas.

— Parce que tu es buté comme mille ânes ?

— Parce que je ne suis pas amoureux.

Alors même qu'il prononçait ces mots, il sentit qu'ils ne sonnaient pas tout à fait juste — comme des fausses notes dans tout son joli discours.

Sa grand-mère l'observait d'un air pensif.

— Bon, eh bien, tant pis. Tu prendras bien une part de ce gâteau ?

C'était tout ? Elle lui parlait d'amour quelques secondes plus tôt et maintenant elle lui proposait du gâteau ?

— C'est toi qui l'as fait ?

— Pas moi, non. Eva.

— Elle est venue ici ?

— Ça a l'air de te surprendre. Je la connais depuis plus longtemps que toi, Lucas.

— Et tu l'as trouvée comment ? Triste ? Déprimée ?

Il n'était pas certain de vouloir entendre la réponse à sa question. Si elle était triste, cela signifierait qu'il lui avait fait du mal. Si elle n'avait rien perdu de sa joie de vivre, en revanche il lui faudrait en conclure qu'elle s'en fichait. Que ses mots d'amour n'avaient été que du vent.

L'amour, ce n'est jamais si simple.

Sa grand-mère prit ses lunettes sur la petite table d'appoint à côté de son fauteuil et les enfila sur son nez.

— Pourquoi ? Tu lui as donné des raisons d'être triste et déprimée ?

Des milliers de raisons, en vérité. Mais il ne se voyait pas entrer dans les détails de sa vie privée avec sa grand-mère de quatre-vingt-dix printemps. Ce n'était pas parce qu'elle l'avait bourré de friandises pendant son enfance qu'il pouvait soudain se mettre à tout lui raconter.

— Eva vit une période difficile en ce moment, précisa-t-il d'un ton raide. Elle a perdu sa grand-mère l'année dernière.

— Je suis au courant. Nous en avons souvent parlé ensemble, Eva et moi. Mais tu sais que ce n'est pas la raison pour laquelle Eva est effondrée en ce moment.

Lucas se sentait comme un accusé appelé à la barre.

— Est-ce qu'elle t'a dit que... ?

— ... tu veux savoir si elle s'est épanchée au sujet de ce qui s'est passé entre vous ? La réponse est non. Elle n'avait pas besoin de le faire. Toutes les tempêtes qui agitent le ciel intérieur d'Eva se lisent à livre ouvert sur son visage. Eva est quelqu'un de délicieusement spontané. La façon dont elle m'a parlé de toi m'a dit tout ce que j'avais besoin de savoir. C'est dommage que ses sentiments pour toi soient à sens unique.

Mitzy retira ses lunettes et les essuya avec soin.

— C'est donc ça qui te turlupine ? Tu te sens coupable ? Ce n'est vraiment pas nécessaire, Lucas. Personne n'a à se sentir fautif parce qu'il n'est pas amoureux. L'amour n'est pas un sentiment que l'on peut faire naître de force. Il est là, ou il n'y est pas. Eva a pris un petit coup au moral, c'est vrai. Mais c'est une fille belle, drôle et généreuse. Il ne lui faudra pas longtemps pour trouver quelqu'un d'autre.

Quelqu'un d'autre.

C'était une possibilité qu'il n'avait pas encore envisagée.

— Tu voudrais qu'elle trouve quelqu'un d'autre ?

Sa bouche était sèche comme du carton, sa gorge râpeuse. Son cœur s'acharnait à grands coups contre ses côtes, comme pour le traiter de crétin et d'inconscient.

— Tu ne penses quand même pas qu'une fille comme Eva reste seule longtemps ? Elle a un cœur en or, un tempérament solaire et une gentillesse sans égale. Il ne s'écoulera pas un mois avant qu'un homme avisé ne s'en aperçoive et ne se hâte de cueillir cette fleur rare. Je ne serais d'ailleurs pas étonnée qu'elle fasse un de ces mariages-coup de foudre qui se décident en l'espace de quelques jours. Elle sait ce qu'elle veut dans la vie et elle a confiance en ses propres sentiments. Ce n'est pas non plus le courage qui lui manque. Donc, sérieusement, ne va pas t'empoisonner la conscience avec des remords inutiles. Comme tu n'es pas amoureux d'elle, tu n'éprouveras que du soulagement de la voir heureuse avec un autre.

Sa grand-mère chaussa de nouveau ses lunettes et le dévisagea avec inquiétude.

— Tu as l'air un peu pâle. Je parie que tu passes des nuits entières à écrire. Ce n'est pas sain du tout comme rythme de vie. Maintenant que ton roman est terminé, tu devrais te reposer, prendre l'air.

Son chien, Cacahuète, s'approcha pour se frotter le museau contre sa cheville. Lucas se pencha pour le prendre dans ses bras et se revit chez le vétérinaire avec Eva, le jour où ils avaient trouvé le chiot. Sa grand-mère avait raison. Une fille comme Eva ne resterait pas sur un échec. Elle refuserait de passer ses nuits à pleurer. Avec une nature positive comme la sienne, elle ramasserait ses billes et sourirait de nouveau au monde... et aux hommes.

Son amour pour lui laisserait en elle une blessure, mais la plaie finirait par guérir. Elle saurait faire ce qu'il fallait pour.

Il eut une vision du beau corps nu d'Eva dans les bras de quelqu'un d'autre et regretta de ne pas avoir de punching-ball à sa disposition.

Et si elle rencontrait un type qui ne comprenait rien à la sensibilité si particulière qui était la sienne ? Quelqu'un qui abuserait de sa générosité ou qui malmènerait ses rêves ?

Sa grand-mère lui tendit une part de gâteau — une création élaborée à base de génoise, de crème chantilly et de fraises fraîches. Cela lui fit penser à la texture d'une peau claire de femme... à des lèvres couleur rubis. À la souplesse de la soie et à l'odeur fruitée du shampoing d'Eva.

Par politesse, il en prit une cuillerée et la porta à sa bouche. Mais il découvrit que l'appétit n'était pas au rendez-vous.

Il reposa son assiette à gâteau avec brusquerie, provoquant un tintement de métal et de porcelaine.

— Bon sang, mais tu devrais trembler pour son sort, Gran ! Eva a des rêves rose bonbon plein la tête. Elle voit le monde comme un vaste club de vacances souriant peuplé de gens sympathiques ! Elle va se faire bouffer toute crue.

Sa grand-mère récupéra de justesse sa cuillère qui menaçait de chuter au sol.

— Ce n'est pas la vision que j'ai d'Eva. Je la vois comme une fille déterminée, qui sait tirer le meilleur parti de la vie comme elle vient. C'est quelqu'un qui se fixe des caps et qui s'arrange pour les tenir. Avoir des rêves n'est pas une tare, Lucas. Surtout lorsqu'on a le courage de se battre pour les réaliser. Et j'estime que c'est le cas d'Eva.

« Je t'aime, Lucas.»

Eva avait eu du cran, en effet. Elle n'avait pas eu peur de mettre la vérité de son cœur à nu, alors que, de son côté, il ne lui avait donné aucune garantie quant à la réciprocité de ses sentiments.

Il se passa une main lasse sur le visage.

— Je ne pourrais jamais être celui qu'elle voudrait que je sois.

Sa grand-mère reposa la théière et lui jeta un regard dubitatif.

— Tu es sûr que c'est pour Eva que tu dis ça ? Cela ne s'appliquerait pas à Sallyanne, plutôt ?

Il se figea, se tenant d'instinct sur la défensive.

— Comment ça ?

— Sallyanne était une femme compliquée — quelqu'un qui se cherchait et qui ne se trouvait pas. Comme votre relation était complexe, tu en as déduit que l'amour était un sentiment tortueux en soi. Mais Sallyanne avait de gros problèmes, Lucas — et des problèmes qui ne venaient pas de votre couple. Tu ne pouvais pas tout résoudre à sa place. Ni la guérir si elle ne souhaitait pas être guérie.

Son cœur se mit soudain à battre très vite. Il n'avait jamais abordé le sujet « Sallyanne » avec sa famille. Et il y avait quelque chose de terrifiant dans le fait d'évoquer le naufrage de son couple avec un de ses proches.

— Après sa mort, je n'ai pas arrêté de me dire que je n'avais pas fait ce qu'il fallait, que je n'avais pas été à la hauteur avec elle...

— Et tu t'es torturé pendant trois ans avec ça.

Il vit une profonde compréhension dans le regard attentif de sa grand-mère.

— J'ai longtemps espéré que tu te déciderais à venir m'en parler, dit-elle. Ça me faisait mal de voir que tu gardais toute cette souffrance en toi.

— Je ne voulais pas détruire l'image positive que tout le monde avait d'elle. Malgré tout ce qui s'est passé, je l'aimais.

— Et elle t'aimait aussi, même si cet amour était compliqué à vivre pour elle.

— À la fin, je ne savais plus du tout ce qu'elle voulait de moi.

L'ombre d'un sourire effleura les traits de Mitzy.

— Je crois que ce que voulait Sallyanne — et

ce qu'elle souhaiterait pour toi si elle était encore en vie —, c'est juste que tu sois heureux. Peut-être que la vie — et l'amour —, c'est finalement aussi simple que cela.

— Bon. Tu nous racontes tout maintenant. L'histoire entière de A à Z.

Paige versa du vin dans trois verres, et Eva s'effondra sur le canapé.

Matt et Jake étaient sortis jouer au poker avec Daniel, le frère aîné des jumelles, et un autre de leurs amis. Elles avaient l'immeuble à disposition pour elles trois.

— Il n'y a pas vraiment d'histoire. Je suis tombée amoureuse, c'est tout.

Rien ne servait de mentir ni de différer. Elle était trop épuisée pour faire semblant. Et de toute façon, elle avait toujours été incapable de dissimuler quoi que ce soit à Paige et à Frankie.

Paige porta son verre à ses lèvres.

— Et l'affaire s'arrête là ?

— L'affaire s'arrête là, oui.

— Tu es sûre *sûre* qu'il n'a pas de sentiments pour toi ?

Eva garda les yeux rivés sur le liquide couleur rubis au fond de son verre et songea à la nuit où elle avait ouvert un des romanée conti de Lucas dont le prix dépassait une année de son loyer.

— Je ne sais pas. Il se pourrait qu'il tienne à moi, mais il refuse toute forme d'attachement amoureux, donc il n'admettra jamais rien. Je l'aime. Je crois qu'il m'aime aussi. Ça devrait être simple, pourtant.

— Je vais le tuer.

Frankie fit claquer son verre sur la table et attrapa la bouteille.

— N'ayant pas comme toi une nature douce et généreuse, je n'aurai aucun problème pour le retrouver et pour le désosser de façon lente et méthodique.

Eva frissonna.

— Vous vous seriez tellement bien entendus, tous les deux. Pourquoi es-tu en colère comme ça ?

— Je ne suis pas en colère.

— La dernière fois que je t'ai vu cet air féroce, c'est quand l'ex de Roxy a débarqué ici et que tu as failli lui arracher un bras. Qu'est-ce que j'ai fait pour t'énerver comme ça ?

— Rien. Tu n'as rien fait. C'est lui.

Frankie bouillonnait visiblement de rage. Elle tendit la main.

— Donne-moi ton téléphone.

— Pourquoi ?

— Donne-le-moi, c'est tout.

— Pas avant que tu me dises ce que tu veux faire avec.

— Il faut bien que quelqu'un se charge de lui dire qu'il se comporte comme un connard. Et comme tu es trop gentille, je prends la responsabilité sur moi.

Frankie claqua des doigts.

— Allez ! File-moi ce téléphone.

— Jamais de la vie ! Qu'est-ce qui te prend ? C'est ma souffrance, pas la tienne.

— Erreur. Quand tu as mal, j'ai mal — et je déteste ça.

Frankie se laissa tomber dans un fauteuil à côté d'elle.

— Et merde. Ça me hérisse, tiens. De nous trois, c'est toi qui aurais dû vivre l'histoire d'amour la plus resplendissante. Tu méritais de danser avec l'homme de tes rêves sur fond de soleil couchant, tout en chevauchant l'un et l'autre des licornes jumelles.

Eva sourit à travers ses larmes.

— Je n'ai encore jamais vu de licorne danser.

Frankie ouvrit les mains en signe d'impuissance.

— Et moi je n'ai jamais vu de licorne du tout, ce qui prouve bien ce que je viens de dire.

Paige toussota.

— On peut revenir à la réalité, s'il vous plaît ?

Avec son tact habituel, Paige recentra leurs arguments sur un versant plus pratique.

— Frankie, Eva a raison : cette histoire la concerne elle et personne d'autre.

— Tu es en train de me dire que je n'ai pas le droit de briser la nuque à ce crétin ? Jake et moi, on pourrait se mettre à deux et l'écorcher vif.

— Ce n'est pas notre façon de procéder.

Paige prit la bouteille et remplit de nouveau les verres. Eva hocha la tête.

— On ne peut pas forcer quelqu'un à vous aimer. Ce n'est pas comme ça que ça marche.

— Cela confirme ce que je savais déjà : tomber amoureuse, c'est juste cent pour cent merdique.

Frankie but une généreuse gorgée.

— Ressers-moi, Paige. Je veux porter un toast.

— Tu es sûre que tu n'as pas déjà assez bu ?

— Je commence à peine.

Elle poussa son verre de l'autre côté de la table et attendit que Paige le remplisse.

— OK. Levez vos verres, mesdames. Pour

commencer, nous buvons au succès de notre entreprise. Quelle aventure, mes amies. À Urban Génie !

Frankie leva son verre très haut, et Paige et Eva suivirent son exemple.

— À Urban Génie !

Elles avalèrent une gorgée puis Frankie les arrêta d'un signe impérieux de la main.

— Stop. Ce n'est qu'un début. Je bois aussi à nous trois. Au fait que nous avons réussi à ne pas nous entre-tuer malgré nos styles divergents.

Eva lui jeta un regard perplexe.

— Tu voulais me tuer, moi aussi ?

— Lève ton verre, je te dis !

Elle s'exécuta docilement.

— À l'amitié ! claironna Frankie. Parce que la véritable amitié transcende les différences. Je préfère lire un roman noir, toi tu te plongeras plus volontiers dans un roman *feel good.* Mais ce n'est pas grave. Je te pardonne tes erreurs de goût.

Eva haussa les sourcils.

— Merci pour ta grande magnanimité.

— Je bois à notre amitié-pour-toujours.

Frankie agita son verre, et Paige se mit à rire.

— Il vaudrait peut-être mieux que ce soit notre dernier toast, sinon tu vas avoir une gueule de bois monstre demain. Et c'est Noël, rappelle-toi.

— Juste un encore.

Frankie prit la bouteille et leur remit une tournée.

— À notre solidarité par vents et marées, pour le meilleur et pour le pire. Au soutien que nous nous sommes toujours apporté !

Eva vit le regard de Frankie s'adoucir en se posant sur elle.

— À la solidarité entre filles.

— À la solidarité entre filles, chuchota-t-elle à son tour, la gorge nouée.

Paige joignait sa voix aux leurs lorsque la porte de l'appartement s'ouvrit à la volée. Matt et Jake entrèrent en se querellant bruyamment au sujet de la partie de poker qui venait visiblement de se terminer.

— Ce n'est pas parce que tu n'as pas gagné qu'il faut forcément en déduire que j'ai triché ! fulminait Jake en refermant le battant d'un coup de pied. Apprends à perdre dans la dignité, merde !

— Je suis tout à fait capable d'accepter une vraie défaite, mais je t'avais battu et...

Matt s'interrompit net en la voyant, la mine défaite, sur le canapé.

— Qu'est-ce qui t'arrive, Eva ? Que s'est-il passé ?

Sa sollicitude lui réchauffa le cœur.

— Rien.

— Tu ne pleures jamais pour rien.

Jake accrocha son manteau.

— Elle pleure en regardant des comédies romantiques. Techniquement, ça équivaut à pleurer pour rien.

Frankie leva les yeux au plafond.

— Tu pourrais la fermer cinq minutes, Jake ? Ce n'est pas parce que tu manques de la sensibilité la plus élémentaire que tu es obligé de mettre tout le monde dans le même panier.

— Je ne suis pas insensible. Il m'est arrivé de pleurer devant un film sentimental. Bon d'accord, c'était juste d'exaspération. Et depuis quand tu nous la joues Miss Sensible, Frankie ?

Matt ne les écoutait même pas.

— Eva ?

— Tout va bien. Tu sais que j'ai la larme facile. Frankie a juste dit un truc sympa qui m'a émue.

C'était décidé : elle ne se plaindrait ni ne broierait du noir. Lucas refusait son amour, c'était son droit. Elle avait tenté sa chance, s'était heurtée à un mur et il n'y avait plus rien à faire.

À part se ressaisir et passer à autre chose.

Ce fut au tour de Jake de hausser un sourcil ironique.

— *Frankie,* dire un truc sympa ? Tu es sûre d'avoir bien entendu ?

Frankie lui jeta un regard noir.

— Si tu n'étais pas sur le point de te marier avec mon amie, je t'attaquerais avec un couteau de boucher et je te mettrais en tranches.

— Au combat, tu n'aurais aucune chance contre moi. Tu es peut-être ceinture noire de karaté mais, à l'école de la rue, j'ai appris les coups les plus vicieux. Et je n'hésite pas à m'en servir.

— Ça suffit, vous deux ! C'est Noël et, à Noël, personne ne se tape dessus.

Paige tourna la tête vers la porte.

— Où est Daniel ?

— Il est rentré chez lui. Rejoindre sa famille. Même Daniel observe une trêve à Noël et arrête pendant quelques heures de s'envoyer des filles.

Eva les écoutait en souriant de nouveau, absorbant en elle leur chaleur, leurs rires, leur drôlerie et leurs piques affectueuses.

L'amitié-pour-la-vie, songea-t-elle. Pas seulement avec Frankie et Paige, mais aussi avec Jake et Matt. Elle n'avait plus le sentiment d'être seule sur une île déserte. Elle se sentait dans un cocon, connectée, entourée, *aimée*.

— Moi aussi, je veux porter un toast, proclama-t-elle en levant son verre. Je bois à ma famille de cœur ! Il y a la famille dans laquelle on naît et celle qu'on se crée. Les deux ont leurs mérites. Mais je vous remercie d'être ma famille de cœur à moi.

Il y eut un moment de silence.

Jake, le premier, reprit la parole :

— Continue comme ça et tu vas même réussir à me faire pleurer.

Il subtilisa le verre de Paige et le leva avec emphase.

— À vous tous ! Vous êtes invivables tous autant que vous êtes, mais je ne peux pas vivre sans vous quand même.

— À nous ! reprit Eva.

Et Frankie et Matt se joignirent au chœur. Paige, elle, eut un sourire suave.

— Si je te surprends encore une fois à piquer mon vin, Jake, tu vas commencer à comprendre le sens réel du mot « invivable ».

Chapitre 20

« Les histoires d'amour avec un happy end sont comme les personnes qui les vivent. Chacune est unique. »

— Eva

Le Romano's était bondé. Eva alla traîner sa déprime côté cuisine où elle avait promis de seconder la mère de Jake. Par commodité, compte tenu du nombre exceptionnel de convives, Maria et son équipe s'étaient mis d'accord pour proposer une formule unique. Eva avait contribué à l'élaboration du menu retenu et n'avait pas besoin d'être briefée pour se mettre à la tâche. Maria lui avait suggéré d'aller plutôt s'asseoir et de profiter du repas de Noël avec ses amis. Mais Eva préférait avoir les mains et l'esprit occupés que de laisser le champ libre à des ressassements au sujet de Lucas.

La tentation avait été forte de passer sa journée de Noël la tête cachée sous la couette, et elle ne s'était arrachée de son lit que pour éviter d'inquiéter ses amis. Si sa grand-mère avait encore été là, Eva aurait couru se réfugier chez elle et Grams aurait trouvé les mots et les gestes pour lui booster le moral. Elle serait ressortie de chez elle plus légère, plus forte et plus confiante en elle-même.

En l'état actuel des choses, il lui faudrait puiser dans ses propres ressources pour se tenir la tête hors de l'eau. Après la brève phase d'euphorie de la veille au soir, le contrecoup se faisait sentir. Elle était moralement épuisée et à l'extrême bord des larmes.

Comme le Noël précédent, elle se retrouvait à serrer les dents et à prendre sur elle pour arriver au bout de la journée sans s'effondrer.

Et Lucas ? Comment passait-il sa journée du 25 décembre ? S'était-il replié sur sa sacro-sainte solitude ou avait-il au moins fait l'effort d'aller voir sa grand-mère ?

— Ah te voilà, Eva ! Comment ça va, *bellissima* ?

Maria était déjà sur le pied de guerre depuis le matin. Elle avait les joues en feu à cause de la chaleur du four et de la pression des préparatifs.

— Ça va super, merci.

Eva vit le regard de Maria et haussa les épaules.

— Bon, OK, pas vraiment super. Une partie de moi — la partie incurablement naïve et rêveuse — croyait que je comptais réellement pour Lucas.

— C'est peut-être le cas.

Eva prit une tête d'ail et détacha une gousse.

— Pas assez, en tout cas. Et puis, il faut être fou pour penser qu'on aime quelqu'un pour la vie lorsqu'on le connaît depuis un mois.

— Tu crois vraiment qu'il faut être fou pour penser ça ?

— Paige et Jake se sont rencontrés à l'adolescence. Et Frankie et Matt se connaissent depuis encore plus longtemps que ça.

— Il n'y a pas qu'une seule façon de tomber amoureux, ma chérie. Et d'après ce que je comprends, entre Lucas et toi, il y a eu une entente immédiate.

— On était assez en phase, oui.

Vidée de son énergie, Eva fixa son morceau d'ail d'un œil sombre.

— Je lui ai beaucoup parlé de moi. Il m'a beaucoup parlé de lui. Alors, j'ai cru que...

Elle secoua la tête.

— Peu importe ce que j'ai cru. J'étais idiote.

— Ne pleure pas, Eva. Il ne faut pas que tu aies les yeux rouges aujourd'hui !

— Oui, je sais. C'est Noël. Je ne dois pas gâcher le plaisir des autres.

Maria lui prit l'ail des mains.

— C'est à ton plaisir que je pense, plutôt. Je te connais. Tu auras envie d'être jolie. Va te mettre un peu de rouge à lèvres.

S'il y avait un conseil auquel elle ne s'attendait pas de la part de Maria, c'était bien celui-là.

— Pour quoi faire ? Je n'ai pas besoin de maquillage pour mon face-à-face avec un rôti de bœuf et des pommes de terre au four, même relevées à l'ail et au romarin.

Tout le monde autour d'elle avait l'air excité, joyeux et bourré d'énergie. Ce qui rendait d'autant plus ardue la lutte qu'elle devait mener pour faire à peu près bonne figure.

— Tu verras. Ça fait toujours du bien de prendre soin de son apparence.

Maria la serra avec affection dans ses bras.

— Ta grand-mère serait très très fière de toi, ma chérie. Et maintenant, il faut qu'on sorte le bœuf du four si on ne veut pas leur servir à tous des tranches de semelle noircie.

Eva n'était pas persuadée que sa grand-mère aurait été fière d'elle en la voyant se répandre façon nuage de pluie dans les cuisines du Romano's. Mais elle ne dit rien et se concentra sur ses tâches. Cuisiner avait toujours été une forme de thérapie pour elle. Elle trancha, hacha et découpa avec le cerveau en mode pilotage automatique.

L'organisation des cuisines était rodée à la perfection. Elle s'y intégra sans difficulté et trouva un apaisement dans les gestes culinaires familiers. C'était reposant de se laisser porter par le courant sans avoir à réfléchir.

— Ev ?

Frankie apparut sur le pas de la porte, et Eva la vit échanger un rapide regard avec Maria.

— Tu peux venir un instant ? lui dit son amie. On a quelque chose pour toi.

— Ça ne peut pas attendre ? J'ai quatre-vingts couverts à assurer. On est en plein rush, là.

Elle était fière de parler d'une voix forte et décidée — même si elle ressentait tout le contraire. Armée de maniques, elle retira un grand plat de pommes de terre du four.

— Je croyais que la séance cadeaux était prévue pour plus tard ?

— C'en est un qu'on ne peut pas emballer. Mais il devrait te plaire.

Le ton de Frankie était bizarre. Elle avait l'air ou très excitée ou très satisfaite d'elle-même. Peut-être même les deux à la fois.

— Il n'y a rien dont j'aie vraiment envie en ce moment, tu sais.

Frankie donna des signes d'impatience.

— Est-ce que tu pourrais rappliquer gentiment au lieu de tergiverser ? Je ne suis pas douée, moi, pour ces machins d'agent secret.

— Mais j'ai promis à Maria de lui faire une réduction de vin rouge !

— Je m'en occupe, moi, de ta réduction. Si je prends du vin et que j'en bois la moitié, ce sera réduit, non ?

Frankie vint la tirer par la manche.

— Allez, allez... Je serai le marmiton de Maria.

— Et moi, je m'occupe de ça.

Maria lui prit le plat de pommes de terre des mains et indiqua la porte du menton.

— File, Eva. Je me débrouille.

Eva s'apprêtait à ouvrir la bouche pour demander ce qu'elles manigançaient, mais Paige ne lui en laissa pas le temps. Elle débarqua à son tour en cuisine avec ses affaires à la main.

— Tiens, Ev, ton sac. Ou plutôt, non, attends.

Paige en sortit une trousse de maquillage.

— Ne bouge pas, surtout.

— Mais qu'est-ce qui se passe, à la fin ? Vous trouvez que j'ai une si sale tête que ça ? D'abord Maria me dit de me mettre du rouge à lèvres, puis...

— Arrête de parler. Je ne peux pas te maquiller si tu bouges tout le temps.

Paige lui fit un relooking express, avec quelques coups de crayon, un nuage de blush et un soupçon de gloss.

— Et voilà. Classe... C'est parti, maintenant !

Son amie claqua des doigts, et Jake apparut avec le manteau d'Eva. Elle le prit en secouant la tête.

— Vous me jetez dehors, c'est ça ? J'aimerais que quelqu'un m'explique.

— C'est une surprise.

Paige la gratifia d'un sourire qui lui fendit le cœur.

— Joyeux Noël à la meilleure amie que la terre ait jamais portée.

— Hé ! protesta Frankie. C'est *moi*, l'amie dont tout le monde rêve... Viens là, Eva, que j'essuie les traces de farine sur ta robe. Parfait. Maintenant tu peux y aller. Ton carrosse t'attend.

— Mon carrosse ? Vous avez bu, ou quoi ? J'ai l'impression que tout le monde a perdu la tête dans ce restaurant.

Eva se laissa manœuvrer jusque dans la salle principale. Pendant un instant de pure folie, elle se demanda si Lucas serait présent parmi les convives. Et si c'était lui la surprise dont ils lui parlaient ? Le cœur battant, elle fouilla la salle du regard. Pas de Lucas. La brutale intensité de sa déception la prit par surprise, la laissant les jambes fauchées.

Du coin de l'œil, elle vit Matt qui lui souriait à l'entrée du restaurant et entrevit Roxy, la mine rêveuse, qui tenait sa fille Mia dans les bras.

Ils avaient tous une tête si réjouie qu'elle ne voulut pas doucher leur enthousiasme. Elle répondit à leurs sourires et s'efforça de murer Lucas hors de ses pensées.

Puisqu'ils s'étaient décarcassés pour lui préparer une surprise, elle ferait l'effort d'avoir l'air contente. Elle pouvait bien faire ça pour eux.

— Tu nous appelles après ? Juré ?

Paige la poussa dehors et Eva frissonna, le visage fouetté par une bouffée d'air glacé.

— Elle a intérêt à valoir le déplacement, votre surprise. Il fait un temps à ne pas mettre un chien dehors.

Le long du trottoir, un taxi jaune attendait, moteur allumé. Et à côté de la portière ouverte...

— Albert ?

Déconcertée, Eva s'immobilisa net. Frankie la poussa d'autorité.

— Bon, d'accord, c'est un peu approximatif, comme carrosse, mais au moins il est jaune. Si tu bois quelques verres de vin, tu pourras t'imaginer que c'est une citrouille... La voici, Albert, je vous la remets en mains propres. Signée, tamponnée et livrée, comme promis. À vous de jouer maintenant. Et ne vous laissez pas soumettre à un interrogatoire en règle, surtout.

Albert la salua affectueusement et l'embarqua dans le taxi chauffé.

— Vous nous raconterez comment ça s'est passé ! lança Paige au moment où Albert refermait sa portière.

Le taxi démarra aussitôt. De plus en plus intriguée, Eva se tourna pour faire face au portier de l'immeuble où habitait Lucas.

— Comment *quoi* s'est passé ? Pourquoi n'êtes-vous pas resté déjeuner avec les autres au Romano's, Albert ? Je vous avais invité.

— Je retournerai là-bas dès que j'aurai apporté ma contribution.

— Et en quoi consiste-t-elle, cette fameuse contribution ?

— Pour commencer, j'ai quelque chose à vous remettre.

Il lui tendit un paquet enrubanné, emballé dans du papier couleur argent.

Eva le contempla en secouant la tête.

— De plus en plus énigmatique, tout ça.

Elle examina l'étiquette du cadeau et reconnut l'écriture de Lucas.

Tu m'as offert un livre, voici le mien pour toi.

— C'est un cadeau de Noël de Lucas ?

Elle darda un regard interrogateur sur Albert, qui se contenta de sourire avant de détourner la tête pour s'absorber dans la contemplation des rues inhabituellement calmes.

— New York sous la neige offre un spectacle magique, non ?

— Lucas m'a acheté un livre ?

Elle déchira l'emballage, et un fascicule lui tomba sur les genoux. La couverture, très épurée, montrait juste les silhouettes stylisées d'un homme et d'une femme de dos, marchant main dans la main.

Sur la page de garde, elle retrouva l'écriture ferme et assurée de Lucas.

En espérant de tout cœur que tu prendras plaisir à découvrir cette histoire.

Elle commença à lire et ne releva les yeux que lorsque le taxi fit halte sur la Cinquième Avenue.

— Eva ?

Soulagée d'avoir une excuse pour s'interrompre, elle referma le livret. Légèrement abasourdie, elle regarda autour d'elle.

— Tiffany's ? Qu'est-ce qu'on fait ici, Albert ? Ils ne sont même pas ouverts aujourd'hui. C'est Noël.

— Il semble qu'ils aient accepté de faire une exception pour une circonstance très particulière. Allez-y, Eva. Ils vous attendent.

— Mais...

La portière s'ouvrit, et elle leva les yeux vers l'homme qui se tenait sur le trottoir.

— Lucas ?

Elle oublia le livre qu'elle tenait à la main. Elle oublia sa fatigue, sa tristesse. Elle oublia le monde entier.

Ses genoux se liquéfiaient, son cœur cognait en accéléré. Elle comprit qu'il lui faudrait du temps, *beaucoup* de temps, pour se détacher de Lucas Blade.

Et peut-être même une vie entière.

Que voulait-il ? Faire bonne figure devant ses amis était une chose, se dit-elle. Jouer la comédie devant lui en était une autre. Il portait son long manteau noir et, à en juger par les cernes sous ses yeux, il n'avait pas beaucoup dormi depuis qu'elle était partie.

Elle descendit du taxi en chancelant et se tourna vers Albert.

— Vous ne venez pas ?

— Non. Mon rôle dans cette histoire est terminé. Pour le reste, c'est à vous de jouer, Eva.

Il salua Lucas d'un signe de la main.

— Je retourne à mon repas de Noël. Maria m'a promis de me garder une place à sa table.

Eva en avait le tournis.

— Vous connaissez Maria, Albert ? Et vous me laissez toute seule maintenant ?

— Maria et moi, nous nous sommes parlé au téléphone à quelques reprises cette semaine. Et vous n'êtes pas seule, mon petit. Une fille comme vous ne se retrouvera jamais seule. Joyeux Noël, Eva !

Il referma sa portière, et elle se retrouva sur le trottoir, son livret plaqué contre la poitrine, frissonnant dans l'air glacé alors que le taxi s'éloignait en direction de Brooklyn.

Et maintenant ?

La voix de Lucas s'éleva dans son dos.

— Eva ? Tu veux bien entrer avant que nous finissions tous en statues de glace ?

— Tous ?

Elle se retourna lentement. La tourmente émotionnelle de ces derniers jours l'avait vidée de ses forces.

— Je ne comprends rien à ce qui se passe, Lucas.

— Si tu voulais bien entrer, tu comprendrais.

Les doigts crispés sur le livret, elle s'aventura sur le trottoir et tressaillit lorsqu'il la prit dans ses bras.

— Ah ! Un baiser pour Noël.

Elle n'osait imaginer que cela puisse signifier autre chose. Elle ne s'avisa même pas de demander ce qu'ils faisaient là, tous les deux, devant sa bijouterie préférée.

— Et mon cadeau, alors ? Tu en as pensé quoi ?

— Ton cadeau ?

— La nouvelle.

Elle se mordilla la lèvre. Jusqu'où pouvait-elle être sincère ? Dans la mesure où c'était un cadeau, elle aurait dû le remercier. D'un autre côté...

— Je peux être franche ? Je ne l'ai pas encore terminée, mais ce que j'ai lu ne m'a pas rassurée...

Tu sais que j'ai du mal avec l'épouvante, se hâta-t-elle d'ajouter. Ne le prends pas mal.

Lucas parut sidéré par sa réponse.

— De *l'épouvante* ? Où ça, de l'épouvante ? C'est une histoire d'amour !

— Une histoire d'*amour* ?

Elle le regarda, interloquée, puis baissa les yeux sur le fascicule qu'elle tenait à la main.

— Mais... mais il lui bande les yeux et il l'emmène de force dans une pièce plongée dans le noir et il ferme toutes les portes à clé — j'étais persuadée qu'il allait l'assassiner. Et j'appréhendais sérieusement la suite.

— Il lui bande les yeux parce qu'il veut lui faire une surprise.

— Et c'est quoi, la surprise ? D'être enfermée dans une chambre noire ?

— La chambre noire, comme tu dis, est une joaillerie. L'intrigue était *censée* se dérouler dans une tonalité romantique.

Il parlait entre ses dents et avait un ton bizarre.

— Si tu avais poursuivi ta lecture, tu aurais assisté à une demande en mariage.

— Comment ? Sous la menace d'un couteau ?

Brusquement, elle fut prise d'un grand rire. Elle riait si fort, même, qu'elle avait du mal à former ses mots.

— La scène que j'avais à l'esprit tout en lisant aurait pu être tirée tout droit d'un film d'horreur et...

Elle s'interrompit net lorsqu'un doute se forma soudain dans son esprit. Non, c'était inimaginable...

— Lucas, es-tu l'auteur de... C'est *toi* qui as

écrit ça ? Le nom de l'écrivain ne figure pas sur la couverture.

— Oui. La nouvelle est de moi. Et je l'ai écrite uniquement pour toi.

Il se passa la main dans les cheveux. Sa voix était rauque, cassée par l'émotion.

— Tu voulais à tout prix une histoire qui se termine bien — style « on s'aime pour la vie et on fait une brochette d'enfants ».

— Je me serais contentée d'une histoire où tout le monde reste en vie. Cela aurait été un bon début.

— Je me suis lancé dans l'écriture d'un court roman d'amour. Je n'ai encore jamais eu autant de mal à composer un texte. Je pensais ne pas m'en être trop mal sorti. Il y avait une bague avec un diamant et...

Il s'interrompit et fit la grimace.

— Bon, OK. Je me suis planté. Ça n'a pas donné le résultat escompté, donc ?

Il avait essayé de lui écrire une histoire d'amour.

Il l'avait fait pour elle.

Il y avait tant de choses qu'elle aurait aimé lui dire, mais son cœur débordait.

— Tu sais, Lucas, je...

— En gros, elle t'a filé la chair de poule, mon histoire d'amour. J'ai échoué dans les grandes largeurs.

Eva tressaillit. Une forte émotion lui nouait la gorge.

— Tout bien réfléchi, je crois que tu devrais rester fidèle au genre littéraire qui a fait ton succès. Le roman noir est ton domaine.

— J'espérais te charmer avec la version rose bonbon.

— J'aime que tu aies écrit cela pour moi. Je suis incroyablement touchée.

— Et moi incroyablement vexé d'avoir échoué. Espérons que je merderai un peu moins pour l'étape suivante.

Elle fronça les sourcils en l'entendant marmonner ces derniers mots à voix basse.

— *Quelle* étape suivante ?

En guise de réponse, il la tira à l'intérieur de la joaillerie. Elle cligna des yeux, éblouie par les reflets et les lumières. Deux personnes les attendaient dans le magasin — un homme et une femme, souriants l'un et l'autre, avec une attitude discrète et réservée.

— Comment dois-je comprendre ma présence ici, Lucas ? C'est quoi, le plan, sérieux ? Tout le monde a l'air de faire partie de cette vaste conspiration, et je suis la seule à tâtonner dans le noir. Et quel est le rôle d'Albert dans ce sombre complot ?

— Lorsque je lui ai parlé de ce que j'avais en tête, il a exprimé le souhait de participer à « ce sombre complot », comme tu dis. Même chose pour tes amies, ma grand-mère et Maria. Frankie a menacé de me castrer si j'osais m'y prendre de travers avec toi. Je ne sais pas comment tu as pu te mettre en tête que tu étais seule au monde. Tu bénéficies d'une garde rapprochée que même le président t'envierait.

— Mais...

— Eva, j'ai beaucoup de choses à te dire, donc si tu pouvais pour une fois me laisser parler sans m'interrompre, cela nous permettrait d'avancer.

— Je te laisse parler bien sûr, mais...

Il lui posa un doigt sur les lèvres. Elle vit dans son regard un éclat particulier.

— On oublie les yeux bandés. Le bâillon serait plus indiqué. Il me permettrait de placer enfin un mot. Je voudrais dire les bonnes choses de la bonne manière, et tu perturbes ma concentration.

— D'accord, je me tais.

Elle serra les lèvres, bien déterminée à ne plus émettre un seul son. Mais son cœur battait comme un tambour et ses pensées s'éparpillaient dans toutes les directions. Qu'est-ce que Lucas avait en tête ?

— Je vais aller droit à l'essentiel et je garde l'historique complet pour plus tard. Il y a énormément de gens qui t'aiment, ma chérie.

Il lui caressa la joue du pouce.

— Et je fais partie du lot.

Elle osait à peine respirer.

— Tu fais partie des gens qui m'aiment ?

— Oui. Et un peu plus que la moyenne, même. Ce serait probablement le moment pour moi d'utiliser un vocabulaire fleuri en prononçant des phrases à rallonge — c'est mon boulot après tout, de tirer le meilleur parti des richesses de notre langue. Mais j'ai tellement peur de ne pas utiliser les bons mots que je préfère faire simple : je t'aime.

— Mais tu ne voulais pas retomber amoureux ! Pour toi, l'amour est un sentiment sans issue qui n'apporte que des complications !

— Une personne très sage m'a dit un jour qu'il existe autant de façons d'aimer que d'individus sur cette planète. Et il semblerait que cette personne ait raison.

Glissant une main sur sa nuque, il se pencha pour lui effleurer les lèvres d'un baiser.

— Il y a des milliers de choses que j'aimerais te

dire, mais ces deux personnes de bonne volonté ont déjà sacrifié une partie de leur journée de Noël pour moi, donc ne les faisons pas trop attendre.

— Attendre quoi ? J'ignore encore ce que nous faisons ici.

La tête lui tournait. *Lucas l'aimait* ?

Le sourire était de retour dans les yeux de ce dernier.

— Ce que nous faisons ici ? Que te dit ton radar infaillible, Eva ?

Ils se trouvaient dans une bijouterie. *La* joaillerie new-yorkaise romantique par excellence. Mais elle n'osait pas tirer de conclusions trop hâtives.

— Mon radar semble être en panne. Je vis sur la planète Eva, tu te souviens ?

— Ton radar est en parfait état de marche.

— Qu'est-ce qui te fait dire ça ? Tu ne sais pas ce que je pense.

— Mais je sais comment ton esprit fonctionne.

— Je suis un peu prévisible, c'est ça ?

— Tu es *adorable*. Je t'aime, Eva, et nous sommes ici parce que, lorsqu'un gars sait qu'il est amoureux, il n'a aucune raison d'attendre dix ans avant de se marier. C'est Tom qui m'a appris ça. Et ma grand-mère. Elle m'a rappelé que mon grand-père et elle se sont mariés alors qu'ils se connaissaient depuis tout juste deux semaines.

— C'était différent dans leur cas. Le pays était en guerre. Tout devait se passer dans l'urgence.

— Ils sont quand même restés mariés plus de soixante ans alors que mon grand-père lui avait passé la bague au doigt au bout de quinze jours. J'ai attendu plus longtemps que lui.

Eva eut le vertige.

— Une bague ? Tu veux m'acheter une bague ?

— Si tu avais lu ma nouvelle jusqu'au bout, tu aurais su comment ça se terminait.

— Si j'avais fini ta nouvelle, j'aurais probablement terminé aux urgences psychiatriques.

— Bon, oublions cette histoire.

Il sourit de nouveau et se pencha pour l'embrasser tout en douceur.

— Alors voilà : ma demande, mon espoir, c'est que tu me fasses une place sur la planète Eva. Je voyage léger, avec juste un bagage à main, et je crois avoir bien intégré les règles sur ton territoire.

Elle sentit son cœur se gonfler dans sa poitrine.

Elle se pinça — non, elle ne rêvait pas.

Lucas. Son Lucas.

Un nœud d'émotion lui obstruait la gorge.

— Tu es vraiment sûr ? Ce n'est pas donné à tout le monde de survivre sur la planète Eva.

— À tout le monde, non. Mais je crois avoir les dispositions adéquates.

Il tendit la main, et un des employés qui avaient assisté à leur échange en silence lui remit discrètement un écrin.

— Je sais que c'est un peu rapide et on pourra attendre aussi longtemps que tu le voudras pour fixer la date, mais j'aimerais que tu deviennes ma femme, Eva.

Il sortit la bague de l'écrin, la glissa à son doigt et garda sa main dans la sienne.

Elle baissa les yeux sur le diamant qui étincelait à l'annulaire de sa main gauche. Son cœur formait une boule douloureuse dans sa poitrine.

— C'est le mariage que tu veux, Lucas ? Vraiment ?

— Oui. Je t'aime et je pourrai te détailler à quel point tout à l'heure, lorsqu'on sera chez nous. Mais maintenant, pour que ces deux malheureux puissent fermer boutique et rejoindre enfin leurs familles, dis-moi juste oui ou non.

La réponse était simple et n'exigeait aucun temps de réflexion.

— C'est oui. Tout bêtement oui. Tu sais que je t'aime, Lucas. Je te l'ai dit et je n'ai pas changé d'avis. Rien ne pourrait me faire changer d'avis.

— C'est bien ce sur quoi je tablais.

Sans lui lâcher la main, il salua les deux vendeurs d'un geste rapide, et l'entraîna à grands pas vers la porte.

— Euh... on prend le large sans payer la bague ? Je n'ai pas très envie de me retrouver entre les mains de tes potes de la police de New York. Ils ne sont pas très souriants.

— Tout est réglé.

— Tu l'avais achetée d'avance ? Tu m'impressionnes. Si je t'avais dit non, ils te l'auraient reprise ?

— Je savais que tu ne pourrais pas me dire non. Il n'y a pas plus fidèle que ton cœur, Eva Jordan. Et tu me l'avais offert sur un plateau, rappelle-toi.

Étroitement enlacés, ils longèrent la Cinquième Avenue en foulant la neige fraîche qui craquait joyeusement sous leurs pas. Eva sentait le poids de la bague à son doigt et la chaleur de Lucas qui l'enveloppait comme un manteau.

— Tu as dû payer des sommes folles pour qu'ils acceptent d'ouvrir chez Tiffany's rien que pour toi le jour de Noël !

— Cela m'a coûté moins cher que la bouteille de vin que tu t'es octroyée l'autre soir.

Elle rougit au souvenir de sa crise de rage.

— C'est tout de même étonnant qu'un vin aussi cher puisse donner autant mal à la tête.

— Si tu n'avais pas descendu une bouteille entière sans même prendre le temps de respirer entre deux verres…

— Tu me pardonnes ?

— Et toi ?

Il s'immobilisa et la prit par les épaules pour la faire pivoter vers lui. Ce qu'elle lut dans son regard la fit fondre.

— Qu'est-ce que je pourrais avoir à te pardonner, Lucas ?

— D'avoir décliné ce que tu m'offrais avec tant de générosité et de courage.

Il repoussa doucement les cheveux qui tombaient sur son visage.

— Lorsque tu m'as dit que tu m'aimais, ça m'a terrifié. J'avais une peur bleue de te faire du mal. Peur aussi de renouer avec la souffrance, de mon côté.

— Je comprends, tu sais.

Le froid s'insinuait sous son manteau, mais elle avait tellement chaud partout qu'elle le remarquait à peine.

— Pendant trois ans, j'ai vécu en repli chez moi dans une quasi-pénombre et, tout à coup, tu as débarqué avec ton sourire à haut voltage et ta positivité lumineuse. Ton rayonnement éclairait les zones d'ombre de ma vie. Tu l'as transformée. Tu me donnais envie d'être amoureux de nouveau. Par moments, tu m'aurais presque fait croire aux contes de fées, ce qui est tout de même un comble pour un auteur de thriller !

Il lui prit le visage entre ses mains puissantes et posa les lèvres sur les siennes. Elle l'embrassa avec passion, les bras noués autour de son cou.

— Tu vas me faire pleurer.

— Je me disais que tu n'avais pas les pieds sur terre... J'étais persuadé que ce que tu attendais de la vie était une pure chimère. Et j'ai gardé cette conviction jusqu'au moment où tu es partie en me laissant sur le carreau. Il a fallu ça pour que je comprenne que je voulais entrer dans le monde de tes rêves. Je veux partager ta vie et la partager tout entière — le bon et le mauvais, le terrifiant et l'excitant. Je t'aime, Eva.

Il avait chuchoté les mots contre ses lèvres.

— Tu es la personne la plus douce et la plus forte, la plus généreuse et la plus exquise que j'aie jamais rencontrée. Et je n'arrive pas à croire que ton cœur m'appartient.

Le cœur en question était tellement débordant d'amour qu'elle avait de la peine à former ses mots.

— J'aime tout chez toi, Lucas. Y compris ton imagination féroce et ton goût prononcé pour l'horreur.

Il sourit.

— C'est dire si tu m'aimes, en effet !

Dans le ciel nuageux et gris, les flocons commencèrent à tomber, déposant d'éphémères confettis sur leurs cheveux et leurs manteaux. Lucas chassa la neige du revers de la main puis entrelaça de nouveau ses doigts aux siens.

— Viens. Rentrons chez nous.

Lorsqu'ils poussèrent la porte de son appartement,

Eva sourit de joie en retrouvant le décor devenu familier où ils avaient appris à s'aimer. Elle était tellement heureuse qu'elle avait de la peine à respirer.

— Je vais peut-être appeler Paige et Frankie pour leur dire ce qui se passe.

— Tous tes amis sont déjà au courant. Crois-tu sinon que j'aurais réussi à les convaincre de m'aider ? Tout ce que je leur demandais, c'était de te mettre dans un taxi, mais ils ont refusé jusqu'au moment où je leur ai juré que c'était bien un engagement définitif que j'avais en tête. Ils sont archi-protecteurs avec toi.

— Donc mes amis ont tous su avant moi ?

Sans lâcher le petit livre de Lucas, elle se débarrassa de ses bottes. Il l'aida à retirer son manteau.

— Je ne suis quand même pas entré dans les détails. Ils savent que je t'aime, c'est tout. Et Frankie a émis quelques menaces macabres dont j'ai la ferme intention de me servir pour mon prochain bouquin. Cette fille a un esprit merveilleusement tortueux.

— Vous avez quantité de points communs, tous les deux.

Elle se raccrocha aux revers du manteau de Lucas.

— Ta façon d'être avec moi me disait que tu m'aimais aussi, mais tu étais si fermement résolu à me repousser...

— Ma relation avec Sallyanne avait toujours été explosive et je ne savais jamais où j'en étais avec elle. Par moments, son imprévisibilité pouvait être grisante mais, la plupart du temps, elle me tuait à petit feu. J'en ai conclu que l'amour, c'était forcément du genre montagnes russes et qu'il fallait avoir un cœur mieux accroché que le mien pour se réembarquer pour un second tour. Puis tu es arrivée dans ma vie et tu m'as montré qu'on pouvait se relier à l'autre d'une façon très différente de celle que je connaissais.

Du dos de la main, il traça la courbe de sa joue.

— Tu m'as appris que l'amour, ce n'était pas forcément l'art de la joute et du combat. Et qu'aimer pouvait être autre chose qu'essayer de trouver son chemin au cœur d'un labyrinthe plongé dans le noir.

— Je sais que tu l'aimais, Lucas. Jamais je n'attendrai de toi que tu nies ou que tu sous-évalues l'amour que tu avais pour elle.

— Je l'aimais, oui. Mais ma relation avec toi est très différente, je ne mentirai pas là-dessus. Tellement différente, même, qu'au début je n'ai pas fait le lien. C'était de l'amour aussi, mais je ne le reconnaissais pas dans la mesure où ce que nous vivions n'était ni sombre, ni orageux, ni tourmenté. Tu étais comme un ovni dans ma vie, avec ta bonne humeur et ton optimisme à tout crin. J'étais honnêtement convaincu que l'amour en version simple et sans complication ne pouvait pas exister ailleurs que dans ta riche imagination. Tu voulais ce qui me semblait être un rêve. Et je ne me sentais pas à la hauteur de ce rêve. Autrement dit, condamné à échouer avec toi comme j'avais échoué avec Sallyanne. Et je refusais de m'embarquer dans une nouvelle relation de couple vouée à se déliter par ma faute. Mais, lorsque tu es partie, j'ai vu à quoi ressemblait la vie sans toi. Alors si tu es toujours prête à tenter l'aventure, je te promets de passer le restant de mes jours à essayer de ne pas trahir tes rêves.

Eva avait les larmes aux yeux.

— Oublie mes rêves, Lucas. C'est la réalité que je veux. Je te veux, toi. Toi, tel que tu es. Ni meilleur ni différent. Je n'en reviens toujours pas que tu aies écrit une nouvelle où tu as maintenu tous tes personnages en vie jusqu'au bout.

Elle tenait toujours son petit livre pressé contre la poitrine. Il le lui ôta gentiment.

— On devrait se débarrasser de cet opus bizarre. Il aurait besoin d'être remanié de fond en comble.

Eva lui reprit le volume des mains.

— Non. Je veux le garder tel qu'il est. C'est le plus beau cadeau que j'aie jamais reçu et il m'appartient.

— Tu ne l'as même pas lu jusqu'au bout !

— Mais les deux personnages restent en vie, c'est ça ?

Il lui adressa un lent sourire.

— En vie. En pleine santé. Et ils se marient à la fin.

— C'est tout ce que j'ai besoin de savoir, même si j'espère que leur amour-pour-toujours se décline sur un mode résolument érotique. Quant au passage où il lui bande les yeux… on pourrait peut-être déplacer cette scène dans une chambre à coucher, tu ne penses pas ? Cela te paraît jouable sur le plan de l'intrigue ?

Les yeux de Lucas pétillèrent.

— Ce n'est pas une mauvaise idée. Tu ferais une excellente relectrice.

— Je le crois, oui.

Elle se dressa sur la pointe des pieds et lui passa les bras autour du cou.

— Naturellement, avant de prévoir la scène dans

la fiction, il est important de vérifier si elle fonctionne dans la vraie vie, qu'est-ce que tu en dis ?

— J'en dis que ça ressemble à une fin de roman idéale.

Et il la souleva dans ses bras pour la porter dans l'escalier.

Composé et édité par HarperCollins France.

Achevé d'imprimer en septembre 2018.

CPi
BLACK PRINT

Barcelone

Dépôt légal : octobre 2018.

Pour limiter l'empreinte environnementale de ses livres, HarperCollins France s'engage à n'utiliser que du papier fabriqué à partir de bois provenant de forêts gérées durablement et de manière responsable.

Imprimé en Espagne.